中华经典藏书

于天池 译注

聊斋志异

中华书局

图书在版编目(CIP)数据

聊斋志异/于天池译注. —北京:中华书局,2016.3
(2025.8 重印)
(中华经典藏书)
ISBN 978-7-101-11568-0

Ⅰ.聊… Ⅱ.于… Ⅲ.①笔记小说-中国-清代②《聊斋
志异》-译文③《聊斋志异》-注释 Ⅳ.I242.1

中国版本图书馆 CIP 数据核字(2016)第 032833 号

书　　名	聊斋志异	
译 注 者	于天池	
丛 书 名	中华经典藏书	
责任编辑	刘胜利	
装帧设计	毛　淳	
责任印制	陈丽娜	
出版发行	中华书局	
	(北京市丰台区太平桥西里 38 号　100073)	
	http://www.zhbc.com.cn	
	E-mail:zhbc@zhbc.com.cn	
印　　刷	河北博文科技印务有限公司	
版　　次	2016 年 3 月第 1 版	
	2025 年 8 月第 15 次印刷	
规　　格	开本/880×1230 毫米　1/32	
	印张 13⅜　插页 2　字数 200 千字	
印　　数	202001-208000 册	
国际书号	ISBN 978-7-101-11568-0	
定　　价	27.00 元	

前　言

凡选本都是选者心目中被选者及其作品的影像。

在我的心目中，小说家蒲松龄（1640—1715）活泼泼的面影是这样的：

他出生在一个亦儒亦商的家庭，出生时家境败落，正赶上明清易代之际。清兵的屠杀，流民的动乱，各种自然灾害的丛生，都给他留下了深刻印象。

虽然从小身体欠佳，他却长得高大魁梧，一副山东大汉的模样，大概有点儿丑，他说自己"耸肩缩项，如世钟馗"。

他才华横溢，开朗，乐观，也很执着。像当时的读书人一样，他立志通过科举考试当官建功立业，但命运没有眷顾他。从 19 岁考中秀才，每逢乡试他必参加，却屡战屡败，屡败屡战，即使有了儿孙，带着儿孙仍继续无望的努力，晚年终获得了个"安慰奖"——当了贡生。科考的失败于他是一辈子的心痛。他做梦都想"得何时化作风鸢去啊，看天边怎样"。晚年对儿孙说："无似乃祖空白头，一经终老良足羞。"

由于贫贱，他也向往发财，这大概同他父亲亦儒亦商的家庭背景有关。他不避讳于此，在给灶王爷的祭词中说："倘上方见帝，幸代陈词：仓箱讨得千钟黍，从空坠万铤朱提。"

他热情好友，爱花，喜酒，说"有花有酒春常在"。

由于"少羸多病"，也由于齐鲁的文化环境，他从小坐禅信佛，喜道又爱好幻术，但这没有影响也未曾动摇他的根本——儒家思想。

他喜欢交游，曾组织"郢中诗社"，与当时诗坛盟主王渔洋有些交往，却终因生活在穷乡僻壤，周围缺乏真正可与比肩对话的知己而苦闷，痛苦。由于是一个穷秀才，"食贫衣俭"，他感同身受底层农民的生活压力，常说："枭谷卖丝，以办太平之税；按限比销，惧逢官怒。"

由于生活所迫，他当了一辈子私塾先生，大概从 30 岁左右起，一直干到 70 岁才撤帐归家。教师生涯隔绝了与世俗社会的沟通，让他更感到孤独寂寞，更耽于浪漫和幻想，却也在私塾的闲暇中，把充沛的救世热情，对知音的渴望，对于真善美的追求，释放到文学的天地里。

他一生杂学旁收，知识渊博，各种文学体裁都"冠绝当世"，得心擅场。他自负者有三：一是八股文，不过在当日无人赏识，后来更是随着历史的烟尘被人遗忘。二是俚曲，多是为东家祝寿之作，由于方言和俚俗，虽然为民间文学的绮丽，知者也不多。三是笔记小说《聊斋志异》，当日就不胫而走，后来更是家喻户晓，这部"集腋为裘，妄续《幽冥》之录；浮白载笔，仅成孤愤之书"的著作，奠定了蒲松龄这个老秀才在中国古代文学史乃至世界文学史上的特殊地位。

《聊斋志异》把中国传统的谈狐说鬼的文化发挥到极致，可称是文言小说的集大成者。

鲁迅说："传奇风韵，明末实弥漫于天下。"蒲松龄的《聊斋志异》能够从中脱颖而出，除了杰出的文学天赋，我想首先在于它的独创性。

蒲松龄是把文言小说当作抒情诗来写的。《聊斋志异》中多鬼狐花妖，然而其特质和继承所在，不是六朝志怪，唐宋传奇，而是抒情诗歌，是屈原的"披萝带荔"和李贺的"牛鬼蛇神"。其中有浓郁的情感，强烈的抒情性，深层次的寄托，即清人余集所说："以为异类有情，或者尚堪晤对；鬼谋虽远，庶其警彼贪淫。"

前代志怪传奇中的主人公，多帝王将相，志士仁人，孝女节妇，《聊斋志异》虽然也不乏孝子烈女，主人公却大多为穷书生、小负贩、农夫、走卒，乃至孩童。人物平民化，故事生活化，接地气，虽有鬼狐掺杂其中，显示了丰富的想象和浪漫的色彩，却无不具有坚实的生活基础和底层民俗依托。从某种意义上，《聊斋志异》堪称是明清时代北方农村的民俗百科全书。"说鬼说狐，如华严楼阁，弹指即现"，又在惊心骇目之中示以平常，"实情致周匝，合乎人意中所欲出"。英人翟里斯在翻译选编《聊斋志异》时说："《聊斋志异》增加人们了解中国民间传说的知识，同时它对于了解辽阔的中华帝国的社会生活，风俗习惯，是一种指南。"恰切指出了《聊斋志异》对于中华民族民族性反映的价值所在。

《聊斋志异》与前代的志怪传奇小说不同，它是在中国古代文学的戏剧和白话小说，乃至说唱文学日趋成熟后出现，并成功地吸取了它们的营养。我们在《聊斋志异》中不难看到元代戏剧、明代传奇、《三国演义》、《水浒传》、《西游记》、《金瓶梅》、"三言""二拍"的影响，这使得《聊斋志异》在故事的编撰上，无论就内容的复杂性上抑或情节的曲折性上都超迈前代，像《胭脂》、《张诚》、《莲香》等篇已然摆脱了传统的线性结构的束缚而变得更加丰富细密，俨然是长篇小说的结构规模。《聊斋志异》的语言用的是浅显文言，其中人物对话生动跳脱，如从口出，像《翩翩》中对话："女迎笑曰：'花城娘子，贵趾久弗涉，今日西南风紧，吹送来也！小哥子抱得未？'曰：'又一小婢子。'女笑曰：'花娘子瓦窑哉！那弗将来？'曰：'方鸣之，睡却矣。'于是坐以款饮。又顾生曰：'小郎君焚好香也。'"其描声拟音的传神，即使放在戏剧和白话小说中也毫不相让。这都是此前的文言小说所不可比拟的。

著名批评家和文学史家李长之先生曾经对于作家和作品的选本发表过很好的见解，他认为"选本的去取标准只有两个，一是文学批评的，一是文学史的"。"如果从文学批评的眼光出发，一个选本当力求其精，所选的应该全是完整之作——至少从选的人的眼光看是如此。如果从文学史的眼光出发，一个选本当力求其代表的意义，所谓代表的意义是：代表某一作家，代表某一时代、代表某一种文学的体裁的演化之迹"。另外，他还对"只是为给青年朋友看看"的通俗的"应急的选本"谈了看法，认为"这种选本，可以文学批评为基础，而略略兼顾文学史"。"凡入选的作家，却无论如何要包括他三类作品，一是自叙传性质的，二是代表他的特殊风格的，三是撇开他本人的风格而确系最完整的艺术品的"。同时他认为，一个选本"必须有编者的详细导言，以说明他的选择的重心所在"。而归根结底，"选本不可无，但绝不能代替原作"。他主张读原著，"倘若为研究，我们就唯恐材料的不足，搜辑之不暇，而不能挑肥拣瘦。这就是选本绝不能代替原作处"。

这本《聊斋志异》便是按照长之先生的这个指导原则选编的，至于达没达到长之先生的标准，只能敬请读者批评指正了。

于天池
2016 年 1 月于有书有琴斋

目 录

聊斋自志

　　这是蒲松龄为《聊斋志异》写的序言。

　　有人写序言是在书成之前，有人写序言是在书成之后。这篇序言写于 1679 年，蒲松龄 40 岁，正是《聊斋志异》在创作过程之中却又已成规模之际。因此序中所表现的美学思想，展现的《聊斋志异》的追求，体现的是蒲松龄中年的心路历程和此一阶段《聊斋志异》的创作宗旨。

　　这篇序言强调《聊斋志异》的创作过程是"集腋为裘"，非一时兴起之作；却又"浮白载笔"，充满感情色彩。创作目的是"妄续《幽冥》之录"，"仅成孤愤之书"，有着现实的劝惩和明确的批判目标。创作环境是"门庭之凄寂，则冷淡如僧；笔墨之耕耘，则萧条似钵"，那既是蒲松龄当日设馆授徒环境的自然写照，又是在科场中怀才不遇，渴望知己的一种创作心态之反映。"惊霜寒雀，抱树无温；吊月秋虫，偎阑自热"则直然是小说家孤独灵魂的凄厉呼喊，引人心悸。

　　值得深思的是，作为短篇小说集的序言，本篇开首所引述的作品模式和先贤范式不是小说和小说家，而是诗作和诗人，是屈原、李贺及其作品，并称"自鸣天籁，不择好音，有由然矣"，这一方面让我们感受到屈原和李贺对于蒲松龄的影响，另一方面也告诉我们，《聊斋志异》具有诗的品格，蒲松龄是以诗为小说，或者是以小说为诗，具有强烈的抒情性。因此，这篇序言虽短，却是阅读《聊斋志异》的重要锁钥。

　　孤立地看，这篇序言也是感情浓烈，极具抒情色彩的好骈文。

　　披萝带荔，三闾氏感而为骚①；牛鬼蛇神，长爪郎吟而成癖②。自鸣天籁③，不择好音④，有由然矣⑤。松落落秋萤之火，魑魅争光⑥；逐逐野马之尘，罔两见笑⑦。才非干宝，雅爱搜神⑧；情类黄州，喜人谈鬼⑨。闻则命笔，遂以成编⑩。久之，四方同人⑪，又以邮筒相寄⑫。因而物以好聚⑬，所积益夥⑭，甚者：人非化外，事或奇于断发之乡⑮；睫在眼前，怪有过于飞头之国⑯。遄飞逸兴，狂固难辞⑰；永托旷怀，痴且不讳⑱。展如之人⑲，得毋向我胡卢耶⑳？然五父衢头，或涉滥听㉑；而三生石上，颇悟前因㉒。放纵之言，有未可概以人废者㉓。

【注释】

①披萝带荔，三闾氏感而为骚：意为披萝带荔的山鬼类的民间传闻引起了屈原的诗兴。披萝带荔，《楚辞·九歌·山鬼》："若有人兮山之阿，披薜荔兮带女萝。"写山鬼以薜荔为衣，以女萝为带。薜荔，也叫木莲；女萝，一名"松萝"，两者均指香草。三闾氏，指屈原。屈原（约前340—前278），名平，战国时楚国伟大诗人，出身贵族，曾做过三闾大夫，掌楚王族昭、屈、景三姓之事。感，感触，有所感而发。骚，指以屈原《离骚》为代表的一种诗歌形式，也称"楚辞"。

②牛鬼蛇神，长爪郎吟而成癖：意为李贺对于牛鬼蛇神那样的荒诞不经的事情却纳入诗歌，嗜吟成癖。

牛鬼蛇神，指虚荒诞幻的不经之事。唐杜牧《李长吉歌诗序》论其诗云："鲸呿鳌掷，牛鬼蛇神，不足为其虚荒诞幻也。"长爪郎，指李贺。李贺（790—816），字长吉，唐中期诗人。唐李商隐《李长吉小传》："长吉细瘦，通眉，长指爪。能苦吟疾书。"

③天籁：自然界的音响。《庄子·齐物论》："汝闻人籁而未闻地籁，汝闻地籁而未闻天籁夫！"这里借指发自胸臆的诗作。

④好音：好听的声音。《诗·鲁颂·泮水》："食我桑黮，怀我好音。"这里以之指世俗所崇尚的"正声"、"善言"。

⑤有由然：有一定的原委。以上举屈原、李贺为例，说明描写鬼神的虚荒诞幻之作，有着久远的传统和理由。

⑥松落落秋萤之火，魑（chī）魅争光：意谓自己孤寂失意，犹如一点儿微弱的萤火，而冥冥之中，精怪鬼物却争此微光。松，松龄，作者自称。落落，疏阔孤独的样子。秋萤，秋天的萤火虫。火，指秋夜飞舞的萤火虫所发出微弱的亮光，暗喻自己凄凉、卑微的处境。魑魅争光，晋裴启《语林》载：嵇康一天夜晚灯下弹琴，忽见一人"面甚小，斯须转大，遂长丈馀，单衣革带。嵇视之既熟，乃吹灯灭之，曰：'耻与魑魅争光。'"这里化用其意，以魑魅与之争光，反衬作者与世俗落落寡合。魑魅，与下文"罔两"，都指精怪鬼物。

⑦逐逐野马之尘，罔两见笑：言自己随俗浮沉，追逐
名利，受到鬼物奚落讪笑。逐逐，竞求。指逐利。
《易·颐》："虎视眈眈，其欲逐逐。"野马之尘，即
浮游的尘埃。《庄子·逍遥游》："野马也，尘埃也，
生物之以息相吹也。"成玄英疏："青春之时，阳气
发动，遥望薮泽之中，犹如奔马，故谓之野马也。"
此以之喻污浊的现实社会。罔两见笑，为鬼物所讥
笑。《南史·刘粹传》附《刘损传》："损同郡宗人
有刘伯龙者，少而贫薄。及长，历位尚书左丞、少
府、武陵太守，贫窭尤甚。常在家慨然召左右，将
营十一之方，见一鬼在傍抚掌大笑。伯龙叹曰：'贫
穷固有命，乃复为鬼所笑也。'遂止。"

⑧才非干宝，雅爱搜神：意为我的才能虽然不及干宝，
却像他一样非常喜爱搜集神怪故事。干宝，字令
升，东晋文学家，"撰集古今神祇灵异人物变化，名
为《搜神记》"（《晋书》本传）。雅，甚，颇。搜
神，指像干宝一样搜集记录鬼神怪异之事。

⑨情类黄州，喜人谈鬼：意为自己的爱好如同当年贬
谪黄州的苏轼，也喜欢听人讲谈鬼怪故事。黄州，
指苏轼。苏轼（1036—1101），字子瞻，号东坡居
士，宋代文学家。因反对王安石新法，以"谤讪朝
廷"罪，贬谪黄州（今湖北黄冈）。在黄州时，他
每日早起即出外访客，相与纵谈，客人有无可谈
者，便强使其谈鬼；如有推脱，他便说"姑妄言
之"。见宋叶梦得《避暑录话》。

⑩闻则命笔，遂以成编：意为每逢听到鬼怪故事，就提笔记录下来，于是汇编成书。成编，即成书。古代没有纸，将文字刻在竹简或木板上，用皮筋或绳子编串起来就是书。

⑪同人：志同道合之人。

⑫邮筒：这里指书信。古人邮寄书信、诗文所用的圆形管筒。

⑬以：因。好（hào）：爱好。聚：聚集。

⑭夥（huǒ）：多。

⑮人非化外，事或奇于断发之乡：意为虽然同为国人，但是发生的事情却比荒蛮边远的地方还要奇怪。化外，教化之外。指行政管理所不及的边远地区。断发之乡，指古吴越地区，即今江苏南部、浙江、福建一带。断发，"断发文身"的省语，指剪断长发，身刺花纹，此为古吴越水乡的习俗而与中原不同。

⑯睫在眼前，怪有过于飞头之国：意为眼前发生的怪事，竟比人头会飞的国度更为离奇。睫在眼前，极言其近。睫，眼睫毛。飞头之国，传说中人头会飞动的国度。《酉阳杂俎·境异》："岭南溪洞中，往往有飞头者，故有飞头獠子之号。头将飞，一日前颈有痕，匝项如红缕，妻子遂看守之。其人及夜状如病，头忽生翼，脱身而去，乃于岸泥寻蟹蚓之类食，将晓飞还，如梦觉，其腹实矣。"

⑰遄（chuán）飞逸兴，狂固难辞：意为当灵感超逸飞动，不敢推辞狂放不羁。遄，速。飞，飞动。逸

兴，飘逸豪放的意兴。唐王勃《滕王阁序》："遥襟
俯畅，逸兴遄飞。"狂，狂放。

⑱永托旷怀，痴且不讳：意为坚定理想追求的寄托，
如痴如迷，也无须讳言。旷怀，开阔的胸怀。痴，
痴迷。讳，避讳。

⑲展如：真诚的样子。《诗·鄘风·君子偕老》："展如
之人兮，邦之媛也。"朱熹注："展，诚也。"

⑳胡卢：一作"卢胡"，形容笑声。

㉑然五父衢（qú）头，或涉滥听：意为在五父衢头所
听到的或者是些无稽的传闻。衢，可通四方的十字
路口。五父衢，衢名。《左传·襄公十一年》："季武
子将作三军，……祖诸五父之衢。"又，《史记·孔
子世家》叙述叔梁纥与颜氏女野合而生孔子，以是
孔子母讳言叔梁纥葬处，孔子母死后，无法合葬，
"乃殡五父之衢，盖其慎也"。《史记正义》引《括地
志》："五父衢在兖州曲阜县西南二里，鲁城内衢道
也。""五父之衢"也可能指代模糊的地方。

㉒而三生石上，颇悟前因：唐袁郊《甘泽谣·圆观》
载李源与圆观和尚十分友好，圆观依据佛家因果，
预知自己来生将做牧童，便约请李源在他死后十二
年到杭州天竺寺相见。李源依约而往，在寺前听一
牧童唱道："三生石上旧精魂，赏月吟风不要论。惭
愧情人远相访，此身虽异性常存。"李源便晓得牧
童就是圆观的托身。后人附会此事，把杭州天竺寺
后的山石指为"三生石"。诗文中往往也以"三生

石"代指因缘前定。三生，即"三世"。佛教以过去、现在、未来，即前生、今生、来生为"三生"或"三世"。前因，前生因果。因，梵语意译，这里指因缘。

㉓放纵之言，有未可概以人废者：意谓所言虽然恣意放任，也有可取之处，不能一概因人废言。放纵，放任，不循常轨。概，一概，全部。

【译文】

身披香草的山鬼，引发了屈原的诗情；牛鬼蛇神样荒诞的事情，李贺却吟咏上了瘾。直抒胸臆，不合世俗，是有着传统和缘由的啊。我落寞而微贱，有如秋天的萤火虫，发出的微光却引起魑魅争抢；追名逐利，随世浮沉，引起了魍魉的讪笑。才分虽然比不上干宝，却痴迷搜集怪异之事；性情近似于苏轼，喜欢听人讲说鬼的故事。听到就写下来，于是汇编成书。久而久之，周围志同道合的人寄来了共同感兴趣的故事。由于爱好和兴趣，故事的数量积攒得越来越多，更何况内容也超出想象：虽然是周边的人物，发生的事情竟然比荒蛮之地更为奇异；事情就在眼皮底下，可怪异竟然比人头会飞的国度更加离奇。逸兴飞动，诗情大作，固然难以推辞狂放不羁；永远寄托放旷的胸怀，也不必讳言如痴如醉。那些诚实的人可能会因此见笑我吧？然而道听途说或许有不实之词；而三生石上的故事，却可以让人明白前生今世的因果。所以狂放恣睢的话有不能一概因人废言之处。

松悬弧时①，先大人梦一病瘠瞿昙②，偏袒入室③，药膏如钱④，圆黏乳际⑤。寤而松生，果符墨志⑥。且也，少羸多病⑦，长命不犹⑧。门庭之凄寂，则冷淡如僧；笔墨之耕耘⑨，则萧条似钵⑩。每搔头自念：勿亦面壁人果是吾前身耶⑪？盖有漏根因，未结人天之果⑫；而随风荡堕，竟成藩溷之花⑬。茫茫六道，何可谓无其理哉⑭！独是子夜荧荧⑮，灯昏欲蕊⑯，萧斋瑟瑟⑰，案冷疑冰⑱，集腋为裘，妄续《幽冥》之录⑲；浮白载笔，仅成孤愤之书⑳。寄托如此，亦足悲矣！嗟乎！惊霜寒雀㉑，抱树无温；吊月秋虫㉒，偎阑自热㉓。知我者，其在青林黑塞间乎㉔！

康熙己未春日㉕

【注释】

①悬弧时：出生时。悬弧，古代男子出生时的礼仪标志。《礼记·内则》："子生，男子设弧于门左，女子设帨于门右。"在门左挂一张弓，表示出生的是男孩。弧，木弓。

②先大人：死去的父亲。先，尊称已死的人。蒲松龄的父亲蒲槃，字敏吾。病瘠瞿昙（qútán）：病瘦的和尚。瘠，瘦弱。瞿昙，梵语也译为"乔答摩"，佛教始祖释迦牟尼的姓氏，原以代指释迦牟尼，后为佛的通称。这里指代僧人。

③偏袒：僧人身穿袈裟，袒露右肩，称"偏袒"。《释

氏要览·礼数》："偏袒，天竺之仪也。……律云，
偏露右肩，即肉袒也。律云，一切供养，皆偏袒，
示有便于执作也。"室：卧室。

④钱：指如铜钱大小。

⑤黏（nián）：贴，黏合。

⑥寤而松生，果符墨志：言外之意是自己与僧人有些
联系，甚或就是那个病弱的僧人转世。寤，睡醒。
果符墨志，果然与父亲的梦相符合。墨志，中医药
中的膏药一般是黑色的。

⑦羸（léi）：瘦弱。

⑧长（zhǎng）命不犹：长大之后，命不如人。不犹，不
如别人。犹，若。《诗·召南·小星》："实命不犹。"

⑨笔墨之耕耘：指为人做幕宾、塾师，以谋生计。《文
选》载梁任昉《为萧扬州作荐士表》："既笔耕为养，
亦佣书成学。"

⑩钵："钵多罗"的省语，梵语音译，也称"钵盂"，
和尚食器，底平，口略小。和尚外出，只携一瓶一
钵，沿途向人募化；瓶用来饮水，钵用来盛饭。

⑪面壁人：指僧人。《五灯会元·东土祖师·菩提达磨
大师》："当魏孝明帝正光元年也，寓止于嵩山少林
寺，面壁而坐，终日默然。人莫之测，谓之壁观婆
罗门。"后因以"面壁人"专指和尚。

⑫盖有漏根因，未结人天之果：意为由于前世的原因，
自己难以得到修炼的正果。《景德传灯录》："（梁武）
帝问（达磨）曰：'朕即位以来，造寺写经，度僧不

可胜记，有何功德？'师曰：'并无功德。'帝曰：'何以无功德？'师曰：'此但人天小果，有漏之因，如影随形，虽有非实。'帝曰：'如何是真功德？'答曰：'净智妙圆，体自空寂，如是功德，不以世求。'"有漏，指不能断除三界（欲界、色界、无色界）烦恼，不能归于空寂。佛教称烦恼为"漏"。根、因，都是佛教名词，指能生成或引起果报的根本原因。人天之果，指僧人修炼的果报。果，果报，梵语意译，泛指依思想行为而得的结果。

⑬而随风荡堕，竟成藩溷（hùn）之花：意为随风飘荡，竟然成了飘到篱笆外粪坑的落花。指自己的落拓不遇。《梁书·范缜传》："初，缜在齐世尝侍竟陵王子良。子良精信释教而缜盛称无佛。子良问曰：'君不信因果，世间何得有富贵？何得有贫贱？'缜答曰：'人之生譬如一树花，同发一枝，俱开一蒂，随风而堕，自有拂帘幌坠于茵席之上，自有关篱墙落于溷粪之侧。坠茵席者，殿下是也；落粪溷者，下官是也。贵贱虽复殊途，因果竟在何处？'"藩，篱笆。溷，粪坑。

⑭茫茫六道，何可谓无其理哉：这是愤激之言，意为自己的不幸遭遇是理应如此。六道，佛教指天道、人道、阿修罗道、饿鬼道、畜牲道、地狱道。佛教认为众生根据生前善恶，都在"六道"里轮回转生。

⑮子夜：夜半子时。即夜十一时至凌晨一时。荧荧：微弱的灯光。

⑯灯昏欲蕊：灯油将尽，灯芯则结灯花，光线晦暗。蕊，灯花。

⑰萧斋：清冷的书斋。唐李肇《唐国史补》中："梁武帝造寺，令萧子云飞白大书'萧'字，至今一'萧'字存焉；李约竭产自江南买归东洛，匾于小亭以玩之，号为'萧斋'。"这里"萧"字，有萧条冷落的意思。瑟瑟：犹瑟缩、寒冷。

⑱案：几案。这里指书桌。

⑲集腋为裘，妄续《幽冥》之录：意为搜集的狐鬼故事积累起来，狂妄地想把它作为《幽冥录》的续编。集腋为裘，喻积小成大，积少成多。《意林》引《慎子·知忠》："粹白之裘，盖非一狐之腋也。"腋，指狐腋皮毛，极为珍贵。裘，皮袍。妄，狂妄，意为不自揣才力。《幽冥》之录，即《幽冥录》，南朝宋刘义庆著，是一部记载神鬼怪异故事的志怪小说。

⑳浮白载笔，仅成孤愤之书：意为把酒秉笔，写下这部志怪之书，不过是寄托心志，抒发胸中愤懑而已。浮白，此泛指饮酒。浮，罚人饮酒。白，罚酒用的大酒杯。载笔，持笔写作。孤愤之书，《韩非子》有《孤愤》篇。《史记·老子韩非列传》说，韩非"悲廉直不容于邪枉之臣，观往者得失之变，故作《孤愤》、《五蠹》……十馀万言"。司马迁《太史公自序》谓韩非《孤愤》篇是发愤之作，因"意有所郁结，不得通其道也，故述往事，思来者"。

㉑惊霜：因霜落而惊觉秋天的到来。

㉒吊：这里是悲伤的意思。

㉓阑：栏杆。

㉔青林黑塞：指梦魂所历的冥冥之中。唐杜甫《梦李白》："魂来枫林青，魂返关塞黑。"

㉕康熙己未：康熙十八年，1679年。

【译文】

我出生的时候，父亲梦见一个病弱的和尚，身穿袈裟，偏袒右肩，走入卧室，把一帖如铜钱般大小的膏药圆圆地粘在父亲的胸前。父亲惊醒后，恰巧我就出生了，真像梦见的那样。而且，从小我就体弱多病，长大了也不如别人康健。门庭冷落，车马稀少，家里像远离尘世的僧房；靠着笔墨谋生，清贫萧条的生活如同和尚的钵盂。经常搔头自念：是不是果真那个和尚是我的前身啊？大概因为我前生前世有缺失，不能修成正果；于是今生今世像飘在藩篱粪坑的落花一样不幸。唉，茫茫六道轮回，怎么能说没有因果道理呢！只是可怜我在半夜里伴着昏昏半明的烛光，孤独地在萧瑟的书斋，冰冷的书桌前，打算积少成多，搜集狐鬼故事，狂妄地想把它写成《幽冥录》的续编；边喝酒，边写作，仅用它来抒发胸中的愤懑。这样的寄托，也真是可悲可叹了！嘻，我像霜后寒冷的鸟雀贴紧了树枝也感受不到温暖；又像是对月伤怀的秋虫依偎在栏杆里自我温暖。理解的知音，只能在梦魂的冥冥中求取了。

康熙十八年春天

考城隍

　　在繁复的《聊斋志异》的不同版本中，尽管收录的小说在数目、卷次、篇目排列的次序上有所差异，但有一点，那就是《考城隍》无论是在蒲松龄的手稿本，还是在后人不同的编辑阶段，一直都是放在第一篇的位置上。更值得注意的是：在《聊斋志异》的评论史上，评论者都非常重视它在《聊斋志异》中开篇的地位：何垠说："一部书如许，托始于《考城隍》，赏善罚淫之旨见矣。"但明伦说："一部大文章，以此开宗明义。"

　　在这篇小说中，蒲松龄不仅借濒死回生的故事讲述赏善罚淫的宗旨，更重要的是通过"有心为善，虽善不赏；无心作恶，虽恶不罚"楬橥了衡量作品中人物的价值体系标准，从哲学和美学的层面表述了《聊斋志异》所展现的理念。"有花有酒春常在，无烛无灯夜自明"，一方面暗示了故事的非人间的环境，同时体现了作者悠然自得、昂然向上的胸襟。你可以把它理解为贫困潦倒的生活中的达观从容，也可以理解为仕途不顺利境遇下的坚韧不拔，更可以理解为作者的胸襟怀抱——一种从容的生活态度。

　　予姊丈之祖，宋公讳焘^①，邑廪生^②。一日，病卧，见吏人持牒^③，牵白颠马来^④，云："请赴试。"公言："文宗未临^⑤，何遽得考^⑥？"吏不言，但敦促之。公力疾乘马从去^⑦，路甚生疏。至一城郭，如王者都。移时入府廨^⑧，宫室壮丽。上坐十馀官，都不知何人，惟关壮缪可识^⑨。檐下设几、墩各二^⑩，先有一秀才坐其末，公便与连肩^⑪。几上各有笔札^⑫。俄题纸飞下。视之，八字，云："一人二人，有心无心。"二公文成，呈殿上。公文中有云："有心为善，虽善不赏；无心为恶，虽恶不罚。"诸神传赞不已。召公上，谕曰："河南缺一城隍^⑬，君称其职。"公方悟，顿首泣曰："辱膺宠命^⑭，何敢多辞？但老母七旬，奉养无人，请得终其天年，惟听录用。"上一帝王像者，即命稽母寿籍^⑮。有长须吏，捧册翻阅一过，白："有阳算九年^⑯。"共踌躇间，关帝曰："不妨令张生摄篆九年^⑰，瓜代可也^⑱。"乃谓公："应即赴任，今推仁孝之心^⑲，给假九年。及期，当复相召。"又勉励秀才数语。二公稽首并下^⑳。秀才握手，送诸郊野。自言长山张某^㉑。以诗赠别，都忘其词，中有"有花有酒春常在，无烛无灯夜自明"之句。

【注释】

①讳：名讳。旧时对尊长不能直称其名，要避讳。因称其名为"讳"。

②邑廪生：本县廪膳生员。明洪武二年（1369）始，凡考取入学的生员（习称"秀才"），每人月廪食米六斗，以补助其生活。后生员名额增多，成化年间改为定额内者食廪，称"廪膳生员"，省称"廪生"；增额者为增广生员和附学生员，省称"增生"和"附生"。清沿明制，廪生月供廪饩银四两，增生岁、科两试一等前列者，可依次升廪生，称"补廪"。参见《明史·选举志》、《清史稿·选举志》。

③牒：古代官府往来文件，公文。

④白颠马：白额马。颠，额端。《诗经·秦风·车邻》："有车邻邻，有马白颠。"朱熹注："白颠，额有白毛，今谓之的颡。"

⑤文宗：原指文章宗匠，即众人所宗仰的文章大家。《后汉书·崔骃传》："崔为文宗，世禅雕龙。"清代用以敬称省级的学官提督学政，简称"提学"、"学政"。临：指案临。清制，各省学政在三年任期内依次到本省各地考试生员，称"案临"。考试的名目有"岁考"、"科考"两种。

⑥遽（jù）：仓猝。

⑦力疾：勉力，勉强支撑病体。

⑧府廨（xiè）：官署。旧时对官府衙门的通称。

⑨关壮缪（mù）：指关羽（？—219），字云长，河东解县人。三国时蜀汉大将。死后追谥壮缪侯，见《三国志·蜀书》本传。后逐渐被神化，宋以后历代封建王朝屡加封号。明万历年间敕封为"三界伏魔

大帝神威远震天尊关圣帝君"，清顺治年间敕封为"忠义神武关圣大帝"。自是相沿。

⑩几：长方形的小桌子。墩：一种低矮的坐具。

⑪连肩：肩靠肩，并排而坐。

⑫笔札：犹言笔、纸。札，古时供书写用的薄木简。

⑬城隍：古代神话中守护城池的神，后为道教所信奉。相传从《礼记·郊特牲》中蜡祭八神之一的水（即隍）庸（即城）衍化而来。三国之后即有地方祀城隍神，唐以后历代封建王朝普遍奉祀，一般称为某府某县城隍之神，视同人间的郡县长官。参见清赵翼《陔馀丛考·城隍神》。

⑭辱膺宠命：为旧时接受任命或命令时表示感激的套语。辱，犹言承蒙。膺，受。宠命，恩赐的任命。

⑮稽母寿籍：查看记载其母寿限的簿籍。稽，查。寿籍，迷信传说中阴间记载人们寿限的簿册，即所谓"生死簿"。

⑯阳算：活在阳世的年数，寿命。

⑰摄篆：指代理官职。摄，代理。篆，旧时印信刻以篆文，因代指官印。

⑱瓜代："及瓜而代"的省词。原意为来年食瓜季节使人替代。《左传·庄公八年》："齐侯使连称、管至父戍葵丘，瓜时而往，曰：'及瓜而代。'"后因称官员任职期满由他人接任为"瓜代"。这里是接任的意思。

⑲推仁孝之心：推许其仁孝的心志。推，推许，推重，赞许。

⑳稽（qǐ）首：伏地叩头。旧时所行的跪拜礼。

㉑长山：旧县名。明清时代属济南府，辖境为今山东
　　邹平东部的长山镇。

【译文】

　　我姐夫的祖父姓宋名焘，是县里的秀才。一天，宋先生患病躺在床上，忽然看见一个官差拿着官府文书，牵着一匹额头上生有白毛的马走上前来，说："请先生去参加考试。"宋先生说："主考的学政还没有来，怎么突然举行考试了呢？"官差不说话，只是一再催促他起程。宋先生勉强支撑着骑马跟他去了，所走的道路都十分陌生。不久，便来到一座城市，好像是帝王居住的都城。过了一会儿，他们进入一座官府，宫殿巍峨壮观。大堂上坐着十几个官员，宋先生都不认识，只知道其中一个是壮缪侯关羽。堂下檐前设置几案、坐墩各两个，先前已经有一个秀才坐在了下首，宋先生便挨着他坐下。几案上各自放着纸和笔。一会儿，殿堂上传下写有题目的试卷。宋先生一看，上面写着八个字："一人二人，有心无心。"两位先生写完文章后，便把答卷送呈殿上。宋先生的文章里有这样的话："有目的去做好事，虽然好，但不必给奖励；不是故意地办了坏事，虽然不好，也可以不必处罚。"殿上各位官员一边传看一边不住地称赞。于是把宋先生召上殿来，对他说："河南有个地方缺一位城隍，你适宜担任这个职务。"宋先生恍然大悟，连忙跪下叩头哭着说："我才疏学浅，蒙此重任，怎么敢推辞呢？但家中老母已经七十多岁了，无人奉养。请允许老母死了以后，我再服从调用。"堂上一个帝王模样

的人，立即命令查看宋先生母亲的寿数。一个留着长胡须的官员，拿着记载寿数的册子翻阅了一遍，说："宋母还可以活九年。"各位官员正在犹豫不决的时候，关圣帝君说："不妨让那个姓张的秀才先代理九年，然后再让宋焘接任。"于是帝王模样的人对宋先生说："本应让你立即上任，现在念你有仁孝之心，给你九年的假期。到了期限，再召你前来。"接着又对张秀才说了几句勉励的话。两位先生叩头谢恩，一起走下了殿堂。张秀才握着宋先生的手，一直把他送到郊外，自我介绍说是长山人，姓张。又送给宋先生诗作临别留念，但宋先生把诗中大部分词句都忘掉了，只记得其中有"有花有酒春常在，无烛无灯夜自明"的句子。

公既骑，乃别而去。及抵里，豁若梦寤①。时卒已三日。母闻棺中呻吟，扶出，半日始能语。问之长山，果有张生，于是日死矣。后九年，母果卒。营葬既毕，浣濯入室而殁②。其岳家居城中西门内，忽见公镂膺朱幩③，舆马甚众，登其堂，一拜而行。相共惊疑，不知其为神。奔讯乡中，则已殁矣。

【注释】

①豁：突然，一下子，形容很快。

②浣濯（zhuó）：洗涤。此指沐浴。殁（mò）：死。

③镂膺朱幩（fén）：形容马饰华美。镂膺，马胸部镂金饰带。《诗·秦风·小戎》："虎韔镂膺，交韔二

弓。"朱熹注："镂膺，以刻金饰马带也。"朱幩，
马嚼环两旁的红色扇汗用具。亦用作装饰。《诗·卫
风·硕人》："四牡有骄，朱幩镳镳。"

【译文】

宋先生上马后，张秀才方惜别而去。宋先生回到家
中，好像是从一场大梦中忽然醒来一样。其时他已经死去
三天了。宋先生的母亲听见棺材里有呻吟声，急忙扶他出
来，过了半天，宋先生才能说出话来。宋先生派人去长山
打听，果然有个姓张的秀才，也在那天死去了。过了九年，
宋母果然去世了。宋先生将母亲安葬完毕，自己洗浴料理
后，进了卧室就死了。宋先生的岳父家住在城里的西门中，
这天忽然看见宋先生骑着装饰华美的骏马，身后跟随着众
多车马仆役，进了正屋向他拜别后立刻离去。全家人都很
惊疑，不知道宋先生已经成了神。宋先生的岳父派人跑到
宋先生的家乡去打听消息，才知道宋先生已经死了。

公有自记小传，惜乱后无存①，此其略耳。

【注释】

①乱：战乱。

【译文】

宋先生曾经写有自己的小传，可惜战乱后没有保存下
来，这里记述的只是个大略。

崂山道士

　　如果把学道也纳入广泛地学习知识范畴的话，那么《崂山道士》就是一篇颇具教育教学意义的小说。

　　学习任何知识都要过两关：其一是要打好坚实基础。基础不牢，学什么都难以深入。其二是要能够吃苦，没有任何捷径可走。王生过不了这两关，当然也就学不了道。

　　但学道还有一个更重要的前提，就是为人要善，心术要正，要有正大的理想和抱负。没有理想和抱负的学习是缺乏持久动力的。所以，尽管王生在看到饮酒女乐的幻戏后，向往艳羡，暂时打消归念，却仍不能坚持。小说后来写王生在离开崂山之前，央求道士教他钻墙窬穴之术，充分暴露了他的丑恶灵魂。他在妻子面前炫耀钻墙窬穴之术，"蓦然而踣"，"额上坟起"，是这篇小说最富于喜剧色彩的情节。

　　王生的身份是"故家子"。如果我们联系蒲松龄长期在缙绅之家的教学生涯，本篇没准是他直接针对所教学生"娇惰不能作苦"而创作的呢。

　　关于崂山道士剪纸为月的情节描写，生动轻灵，颇有童话情趣。从明冯梦龙《古今谭概》"灵迹部""纸月取月留月"条的记载看，很可能蒲松龄参考了唐人传奇以来的相关记载。

邑有王生，行七①，故家子②。少慕道③，闻劳山多仙人④，负笈往游。登一顶，有观宇⑤，甚幽。一道士坐蒲团上，素发垂领⑥，而神观爽迈⑦。叩而与语⑧，理甚玄妙⑨，请师之。道士曰："恐娇惰不能作苦。"答言："能之。"其门人甚众，薄暮毕集。王俱与稽首，遂留观中。凌晨，道士呼王去，授以斧，使随众采樵。王谨受教。过月馀，手足重茧⑩，不堪其苦，阴有归志⑪。

【注释】

①行七：在家里排行老七。

②故家子：世家大族之子。

③少慕道：从小仰慕道术。道，这里指道教。道教渊源于古代巫术和秦汉时的神仙方术。东汉张道陵倡导五斗米道，奉老子为教主，逐渐形成道教。后世道教多讲求神仙符箓、斋醮礼忏等迷信法术。

④劳山：也称"崂山"或"牢山"，在今山东青岛东北，南滨黄海，东临崂山湾，有上清宫、白云洞等名胜古迹。

⑤观（guàn）宇：道教的庙宇。

⑥素发垂领：白发披垂到脖颈。素，白色。领，脖子。

⑦神观爽迈：神态爽朗不俗。观，容貌，仪态。迈，高超不俗。

⑧叩：探问，询问。

⑨理甚玄妙：指说出的话幽深微妙。玄妙，《老子》：

"玄之又玄，众妙之门。"谓道家所称的"道"深奥难识，万物皆出于此。后形容事理深奥微妙，难以捉摸。

⑩手足重（chóng）茧：手脚都磨出了老茧。重茧，一层层摩擦而生成的硬皮。

⑪阴有归志：私下里有回去的打算。

【译文】

县里有个姓王的书生，排行老七，是破落的世家子弟。从小仰慕道家的方术，听说崂山上有很多神仙，便背着书箱前去访仙学道。他登上崂山的一个山顶，看见一座道观很是幽静。有个道士端坐在蒲团上，虽然白发下垂到衣领边儿上，却精神爽朗，神采奕奕。王生上前打招呼交谈，道士说的话非常玄微奥妙，王生便请求道士收他为徒。道士说："我恐怕你娇气懒惰惯了，吃不了苦。"王生回答说："我能吃苦的。"道士的门徒很多，傍晚时全都来了。王生和他们一一行礼，就留在了道观中。第二天天刚亮，道士便招呼王生起床，交给他一把斧子，让他随顺众人一起去砍柴。王生恭谨地按照道士的要求去做。过了一个多月，王生的手脚磨出了厚厚的茧子，不堪再忍受这样的劳苦，暗暗产生了回家的念头。

一夕归，见二人与师共酌。日已暮，尚无灯烛。师乃翦纸如镜，黏壁间。俄顷①，月明辉室，光鉴毫芒②。诸门人环听奔走。一客曰："良宵胜乐③，不可不同。"乃于案上取壶酒，分赉诸徒④，且嘱尽醉。

王自思：七八人，壶酒何能遍给？遂各觅盎盂⑤，竞饮先醨⑥，惟恐樽尽⑦。而往复挹注⑧，竟不少减。心奇之。俄一客曰："蒙赐月明之照，乃尔寂饮⑨，何不呼嫦娥来⑩？"乃以箸掷月中，见一美人，自光中出，初不盈尺，至地，遂与人等。纤腰秀项，翩翩作《霓裳舞》⑪。已而歌曰："仙仙乎⑫，而还乎，而幽我于广寒乎⑬！"其声清越，烈如箫管⑭。歌毕，盘旋而起，跃登几上，惊顾之间，已复为箸。三人大笑。又一客曰："今宵最乐，然不胜酒力矣。其饯我于月宫可乎⑮？"三人移席，渐入月中。众视三人，坐月中饮，须眉毕见，如影之在镜中。移时，月渐暗。门人然烛来⑯，则道士独坐而客杳矣。几上肴核尚存⑰，壁上月，纸圆如镜而已。道士问众："饮足乎？"曰："足矣。""足宜早寝，勿误樵苏⑱。"众诺而退。王窃忻慕，归念遂息。

【注释】

①俄顷：一会儿，片刻。

②月明辉室，光鉴毫芒：月光明彻，纤微之物都能照见。鉴，照。毫芒，毫毛的细尖。唐裴铏《传奇·裴航》："有玉兔持杵臼，而雪光辉室，可鉴毫芒。"毫，兽类秋后生出御寒的细毛。芒，谷类外壳上的针状刺须。

③良宵胜乐：美好夜晚的赏心乐事。宵，晚。胜，盛，美。

④分赉（lài）：分发赏赐。赉，赏赐。

⑤盎盂：都是盛汤水的容器。盎，大腹而敛口。盂，宽口而敛底。

⑥竞饮先釂（jiào）：争抢着喝。釂，饮尽杯中酒。

⑦樽：本作"尊"，也作"罇"，盛酒器，犹今之酒壶。

⑧往复挹（yì）注：指众人传来传去地倒酒。挹注，从大盛器倒入小盛器。这里指从酒壶倒入酒杯。

⑨乃尔寂饮：这样寂寞地喝酒。乃尔，如此。

⑩嫦娥：本作"姮娥"。神话传说中的月神，据说本为后羿之妻。《淮南子·览冥训》："羿请不死之药于西王母，姮娥窃之奔月宫。"

⑪《霓裳舞》：即《霓裳羽衣舞》，唐代天宝年间宫廷流行的一种舞蹈。据《乐苑》，《霓裳羽衣曲》本为西凉节度使杨敬述所献西域《婆罗门曲》，经唐玄宗改制而成。而《唐逸史》则认为是唐玄宗曾夜游月宫，见"仙女数百，皆素练裳衣，舞于广庭。问其曲，曰《霓裳羽衣曲》"。详见《乐府诗集·舞曲歌辞·霓裳辞》题解。

⑫仙仙：轻盈起舞的样子。《诗·小雅·宾之初筵》："屡舞仙仙。"

⑬幽：幽禁。广寒：月宫名。旧题汉郭宪《洞冥记》："冬至后月养魄于广寒宫。"

⑭烈如箫管：像箫管般嘹亮清脆。箫管，管乐器的统称。烈，这里是声音强烈的意思。

⑮饯：饯行，送别。

⑯然：同"燃"。

⑰肴核：菜肴果品。

⑱樵苏：砍柴割草。

【译文】

一天晚上打柴回来，王生看见两位客人和师父坐在一起饮酒。这时天已经黑了，还没点上灯和蜡烛。师父剪了一张如同圆镜子一样的纸，贴在墙壁上。一会儿，那纸就变成了一轮明月，照亮了整个屋子，光亮之强连毫毛都可以看得见。各位弟子都在周围听从吩咐，奔走侍候。一位客人说："这么美好的夜晚，应该和大家一同分享啊。"于是从桌子上拿起酒壶，把酒分赏给众弟子，嘱咐他们一醉方休。王生暗想：七八个人，一壶酒怎么能够全满足呢？这时，弟子各自找来盛酒的器具，争先恐后地倒酒喝，唯恐酒壶空了。然而众人不断地往外倒，那壶里的酒竟一点儿也不见减少。王生心里很是惊奇。不一会儿，一位客人说："承蒙您赐给我们月亮照明，但这么寂寞无声地饮酒有点儿无聊，为什么不把嫦娥唤来呢？"于是把筷子向月亮中一抛，随即看见一个美女，从月光中飘逸而出，开始还不到一尺高，等落到地上时就和常人一样高了。那美女腰身纤细，脖颈秀美，翩翩地跳起了"霓裳羽衣舞"。跳完舞又唱起了歌："轻盈起舞啊！回来呀！为什么幽闭我在广寒宫里呀！"她的歌声清越高亢，嘹亮得像是吹箫管一样。唱完了歌，美女盘旋而起，一下子跳到了桌子上，大家正惊奇地看着时，她又变回了筷子。道士和客人一齐开怀大笑起来。又有一位客人说："今夜最为快乐，但再也喝不下酒了。请把送别我的酒宴摆在月宫里吃可以吗？"说完，

崂山道士

二五

三个人就带着酒席，慢慢飞进了月亮当中。大家看着他们三个人坐在月宫里饮酒，连胡须眉毛都看得清清楚楚，就如同影像照在镜子中似的。过了一会儿，月亮渐渐暗淡下去了。弟子们点上蜡烛，却看见道士一个人坐在屋里，而客人不见了踪影。桌子上的菜肴、果品仍然还在，墙上的月亮，不过是一张像镜子一样的圆纸片。道士问大家："都喝够了吗？"众人回答说："够了。""喝够了就早些睡觉吧，不要耽误了明天打柴。"众人答应着纷纷退下。王生心里暗暗惊喜羡慕，打消了回家的念头。

又一月，苦不可忍，而道士并不传教一术。心不能待，辞曰："弟子数百里受业仙师，纵不能得长生术，或小有传习，亦可慰求教之心。今阅两三月①，不过早樵而暮归。弟子在家，未谙此苦②。"道士笑曰："我固谓不能作苦，今果然。明早当遣汝行。"王曰："弟子操作多日，师略授小技，此来为不负也。"道士问："何术之求？"王曰："每见师行处，墙壁所不能隔，但得此法足矣。"道士笑而允之。乃传以诀③，令自咒毕④，呼曰："入之！"王面墙不敢入。又曰："试入之。"王果从容入，及墙而阻。道士曰："俯首骤入，勿逡巡⑤！"王果去墙数步，奔而入，及墙，虚若无物，回视，果在墙外矣。大喜，入谢。道士曰："归宜洁持⑥，否则不验。"遂助资斧遣之归⑦。

【注释】

①阅：经，历。

②谙：熟悉。

③诀：指施行法术的口诀。

④咒：念咒，即诵念施法的口诀。

⑤逡（qūn）巡：迟疑，犹豫。

⑥洁持：洁以持之，即以纯洁的心持有道术。

⑦资斧：指旅费。

【译文】

又过了一个月，王生实在受不了劳苦，而道士还是连一个法术也不传授。王生不想再等待下去，就向道士告辞说："徒弟不远几百里来向仙师学习道术，即使您不能教我长生不老的法术，总可以教点儿小法术，也算安慰我的一片求教之心了。现在过了两三个月，天天都不过是早上去砍柴晚上回来。徒弟在家里可从来没受过这种辛苦。"道士笑着说："我本来就认为你不能吃苦，现在果然如此。明天早晨就送你回去。"王生说："徒弟在这里辛苦了多日，请师父稍微教我一点儿小本事，这次就不算白来了。"道士问："你想要学什么法术呢？"王生说："我常见师父行走的时候，墙壁也不能阻隔，能学到这个法术我就知足了。"道士笑着答应了他。于是，道士就教他口诀，让他自己念了咒以后，就招呼说："进去！"王生面对着墙，不敢进去。道士又说："你试着往里走一下。"王生照着从容前行，到了墙跟前却被阻挡住了。道士说："你低头快进，不要犹豫！"王生果然在离墙几步远的地方，冲着墙跑向前去，到了墙根，好像空空的什么东西也没有，回头再一看，身子果然已经在墙外边了。王生大为高兴，返回墙里拜谢师父。道士说："回去后要清白做人，否则就不会灵验。"于是，给了他些路费送他回家。

抵家，自诩遇仙①，坚壁所不能阻。妻不信。王效其作为，去墙数尺，奔而入，头触硬壁，蓦然而踣②。妻扶视之，额上坟起③，如巨卵焉。妻挪揄之④，王惭忿，骂老道士之无良而已⑤。

【注释】

①自诩（xǔ）：自吹。

②蓦（mò）然而踣（bó）：猛地跌倒。踣，跌倒。

③坟起：指肿块隆起。

④挪揄（yéyú）：讥笑嘲弄。

⑤无良：不善，没存好心。

【译文】

王生回到家里，自吹说遇见了仙人，学会了法术，坚固的墙壁也不能阻挡他。妻子不相信。于是，王生仿效起那天的举动，离墙几尺远，往墙里跑去，不料头一碰硬壁，就猛地摔倒在地上。妻子扶起他来一看，只见额头上肿起了鸡蛋似的一个大包。妻子讥笑他，王生又惭愧又气愤，大骂老道士不是个好东西。

异史氏曰：闻此事未有不大笑者，而不知世之为王生者，正复不少！今有伧父^①，喜痰毒而畏药石^②，遂有舐痈吮痔者^③，进宣威逞暴之术，以迎其旨，诒之曰^④："执此术也以往，可以横行而无碍。"初试未尝不小效，遂谓天下之大，举可以如是行矣。势不至触硬壁而颠蹶不止也^⑤。

【注释】

①伧（cāng）父：鄙贱匹夫，犹言村夫。古时讥讽骂人的话。

②喜痰（chèn）毒而畏药石：喜好伤身的病毒，而害怕治病的药石，比喻喜欢阿谀奉承而害怕直言忠告。痰毒，疾病，灾患。药石，治病的药物和砭石。《左传·襄公二十三年》："臧孙曰：'季孙之爱我，疾痰也；孟孙之恶我，药石也。美痰不如药石。夫石犹生我，痰之美，其毒滋多。"

③舐（shì）痈吮痔：一般作"吸痈舐痔"。吸痈脓，舐痔疮，比喻无耻谄媚，下贱奉迎。《庄子·列御寇》："秦王有病，召医，破痈溃痤者得车一乘，舐痔者得车五乘，所治愈下，得车愈多。"

④诒（dài）：欺骗。

⑤颠蹶：摔倒，跌落。

【译文】

异史氏说：听到了这件事的人没有不大笑的，却不知世上像王生那样的人，真还有不少呢！现在有一种鄙陋粗野的人，喜欢像病毒一样的坏东西，却畏惧治病疗伤的药物，于是便有一帮吮痈舐痔的拍马者，向他进献显扬威风、逞弄暴力的办法，以迎合他的心意，还骗他说："掌握了这种法术去运用它，就可以横行天下而无可阻挡了。"起初试行未必没有小效果，于是他就以为天下之大都可以任他这样干了。这种人势必不撞在硬壁上碰得头破血流决不会停止的。

娇娜

　　婚姻是人类的发明。婚姻与爱情并不完全统一。有婚姻不见得有爱情，有爱情不见得有婚姻。男女之间亲密的情感也不一定必须走向性的形式。

　　小说写家庭教师孔生与狐狸一家非常友爱和谐。他的生活中一共出现了三个女性：一个是香奴，这是孔生"酒酣气热"时所瞩目者，被皇甫公子讥为"少所见而多所怪"，谈不上有什么深的感情；一个是松娘，后来成了孔生的妻子，她只是孔生婚姻的配偶，与孔生的关系可能更多的是伦理性质的；第三个女性就是娇娜，是小说着力所写的女性，也是小说中最为光彩的形象。她两次救孔生，都是篇中精彩的片段。一次是出于对兄长朋友的救死扶伤，为孔生医疗胸口脓疮，写得细腻平和而轻松幽默，无论是"伐皮削肉"的解颐妙语，还是"为洗割处"，又"口吐红丸"，"着肉上，按令旋转"的温柔从容，令孔生"贪近娇姿，不惟不觉其苦，且恐速竣割事，偎傍不久"；再一次是孔生为救娇娜而死，娇娜出于报恩，"撮其颐，以舌度红丸入，又接吻而呵之"，激情澎湃，真情发露。孔生诚然爱着娇娜，而娇娜之于孔生，或者出于友情，或者出于爱情，虽难以判断，其烂漫真挚却是封建社会中一般女子不可能做到的。清代评论家但明伦说："娇娜能用情，能守礼，天真烂漫，举止大方，可爱可敬。"的确是搔到人物形象痒处的评论。

孔生雪笠，圣裔也①。为人蕴藉②，工诗。有执友令天台③，寄函招之。生往，令适卒。落拓不得归④，寓菩陀寺，佣为寺僧抄录。

【注释】

①圣裔：孔子的后代。封建时代孔丘被尊为圣人，凡其后代子孙，都被尊称为"圣裔"。

②蕴藉：温文尔雅，有教养。

③执友：志趣相投的朋友。《礼记·曲礼》："执友称其人也。"注："执友，志同者。"令天台：担任天台县县令。天台，今属浙江，在天台山下。

④落拓：贫困失意，景况凄凉。

【译文】

书生孔雪笠，是孔圣人的后代。为人温文尔雅，善于作诗。有个志趣相投的朋友在天台县做知县，写信请他前去。孔生去了，知县恰巧病故。孔生流落在当地回不了家，暂住在菩陀寺里，给寺里的和尚抄写经文谋生。

寺西百馀步，有单先生第。先生故公子①，以大讼萧条②。眷口寡，移而乡居，宅遂旷焉。一日，大雪崩腾③，寂无行旅。偶过其门，一少年出，丰采甚都。见生，趋与为礼，略致慰问，即屈降临。生爱悦之，慨然从入。屋宇都不甚广，处处悉悬锦幕，壁上多古人书画。案头书一册，签云《琅嬛琐记》④。翻阅一过，俱目所未睹。生以居单第，意

为第主，即亦不审官阀⑤。少年细诘行踪，意怜
之，劝设帐授徒。生叹曰："羁旅之人⑥，谁作曹丘
者⑦？"少年曰："倘不以驽骀见斥⑧，愿拜门墙⑨。"
生喜，不敢当师，请为友。便问："宅何久锢？"答
曰："此为单府，曩以公子乡居⑩，是以久旷。仆皇
甫氏，祖居陕。以家宅焚于野火，暂借安顿。"生
始知非单。当晚，谈笑甚欢，即留共榻。

【注释】

①故公子：世家子弟。故，这里是故旧的意思。

②以大讼萧条：因为一场大的官司，家道败落下来。
讼，诉讼。萧条，本为形容秋日万物凋零，这里借
指家境衰落。

③崩腾：飞扬，纷飞。

④签：书籍封面的题签。《琅嬛琐记》：大概是虚拟的
书名。古有笔记小说《琅嬛记》三卷，旧题元伊世
珍作。书首载西晋张华游神仙洞府"琅嬛福地"的
传说，因用"琅嬛"为书名。书中所记多为神怪故
事，所引书名也前所未见。

⑤官阀：官位和门第。《后汉书·郑玄传》："汝南应
劭……自赞曰：'故太山太守应中远，北面称弟子，
何如？'玄笑曰：'仲尼之门，考以四科，回（颜
回）、赐（子贡）之徒不称'官阀'。"

⑥羁旅：客居在外。

⑦曹丘：此代指推荐人。《史记·季布栾布列传》载，

曹丘生赞赏季布，大力为之宣扬，使季布因而享有盛名。后因以"曹丘"或"曹丘生"代指推荐人。

⑧驽骀（tái）：能力低下的马，喻平庸无才。《楚辞·九辩》："却骐骥而不乘兮，策驽骀而取路。"

⑨拜门墙：拜为老师。门墙，《论语·子张》载子贡称颂孔子学识博大精深，曾说："譬之宫墙，赐（子贡名）之墙也及肩，窥见室家之好。夫子之墙数仞，不得其门而入，不见宗庙之美，百官之富。"后因以门墙指师门。

⑩曩（nǎng）：以前。

【译文】

普陀寺西边百馀步处，有一个单先生的府第。单先生本来是大户人家的公子，因为打了场大官司而家道衰落。由于家里的人丁不多，便搬到乡下去住，府宅就空闲起来。有一天，大雪纷纷扬扬，路上行人稀少。孔生偶然路过单府门前，看见一个少年走出来，容貌很是俊美。少年见了孔生，赶忙上前行礼，寒暄几句后，就请孔生入内做客。孔生对少年很有好感，就爽快地跟他进了大门。只见里面的房屋都不算很宽大，处处悬挂着绸锦围幔，墙壁上许多古人的字画。书桌上放着一本书，封面写着《琅嬛琐记》。孔生把书翻阅了一遍，都是他从未读过的。孔生见少年住在单家的府第里，以为他是这里的主人，也就不再问及他的门第来历。少年详细询问了孔生的经历后，很是同情，劝他开设学馆教授学生。孔生叹息说："我是个流落他乡的人，谁肯做我的推荐人呢？"少年说："如果你不嫌弃我愚笨的话，我愿拜你为老师。"孔生很高兴，便说不敢以老师自居，希望彼此以朋友相待。孔生于是问道："你们家的宅院为什么总关着门呢？"少年回答说："这里是单家的府第，早先因为单公子到乡下去住了，就长期空闲着。我姓皇甫，世世代代住在陕西。由于家宅被野火烧毁了，才在这里暂时借住。"孔生这才知道少年不是单家的主人。当晚，两人谈笑欢畅，少年便留孔生住了下来。

　　昧爽①，即有僮子炽炭于室。少年先起入内，生尚拥被坐。僮入白："太公来②。"生惊起。一叟入，鬃发皤然③，向生殷谢曰："先生不弃顽儿，遂肯赐教。小子初学涂鸦④，勿以友故，行辈视之也⑤。"已，乃进锦衣一袭⑥，貂帽、袜、履各一事⑦。视生盥栉已⑧，乃呼酒荐馔⑨。几、榻、裙、衣，不知何名，光彩射目。酒数行，叟兴辞⑩，曳杖而去。餐讫，公子呈课业⑪，类皆古文词，并无时艺⑫，问之。笑云："仆不求进取也。"抵暮，更酌曰："今夕尽欢，明日便不许矣。"呼僮曰："视太公寝未。已寝，可暗唤香奴来。"僮去，先以绣囊将琵琶至。少顷，一婢入，红妆艳绝。公子命弹《湘妃》⑬。婢以牙拨勾动⑭，激扬哀烈⑮，节拍不类夙闻⑯。又命以巨觞行酒，三更始罢。

【注释】

①昧爽：拂晓。

②太公：古时对祖父辈老人的尊称。这里是仆人对老一辈主人的尊称。

③鬓发皤（pó）然：鬓发皆白。皤，白。

④初学涂鸦：指刚刚开始学习。涂鸦，喻书法幼稚或胡乱写作。唐卢仝《示添丁》："忽来案上翻墨汁，涂抹诗书如老鸦。"

⑤行辈视之：当作同辈人来看待。

⑥一袭：一身，一套。

⑦一事：一件。

⑧盥栉（guànzhì）：洗脸梳头。

⑨荐馔（zhuàn）：上菜。荐，进献，陈列。馔，食物。这里指菜肴。

⑩兴辞：起身告辞。

⑪课业：功课，学业。

⑫时艺：明清时称科举应试的八股文为"时艺"或"时文"。时，当时，对"古"而言。艺，文。

⑬《湘妃》：这里指乐曲名。湘妃，湘水女神。传说舜有二妃娥皇、女英。舜南巡死于苍梧，二妃闻讯，投湘水而死，成为湘水之神，称"湘妃"。《琴操》有《湘妃怨》，又有《湘夫人》曲。见《乐府诗集·琴曲歌辞·湘妃解题》）。

⑭牙拨：骨质拨子，用来拨弹乐器丝弦。

⑮激扬：激越昂扬。哀烈：凄清美妙。哀，指声音凄清尖利。烈，美好，美妙。《文选》晋嵇康《琴赋》："洋洋习习，声烈遐布。"李周翰注："烈，美也。"

⑯夙闻：平常听到的。夙，平素。

【译文】

　　天刚亮，就有童仆进来在屋里生着了炭火。少年已经先起了床到内室去了，孔生还围着被子坐在床上。这时，一个童仆进来告诉："太公来了。"孔生慌忙起床，只见一个鬓发雪白的老叟走进屋来，向孔生再三再四道谢说："承蒙先生不嫌弃我的儿子，愿意教他读书。这孩子刚刚学习诗文，不要因为和他是朋友，就把他当作同辈看待。"说完送给孔生一套漂亮的锦缎衣服，另外还有一顶貂皮帽子，一双袜子、一双鞋。老叟看他洗完了脸，梳完了头，就叫人端上酒菜来。孔生见到桌子、床榻、裙子、衣服，每一样都光彩夺目，只是叫不上名。酒过几巡，老叟起来告辞，拄着拐杖离开了。用完了餐，公子就拿出了相关课程的作业给孔生看，孔生见到都是传统的文章诗词，并没有科举应考的八股文，就问这是为什么。公子笑着说："我不想参加科举进取功名。"到了晚上，公子又让人端出酒来，说："咱们今天晚上可以尽情欢乐一次，明天就不允许了。"他又招呼童仆说："去看看太公睡了没有。要是睡了，悄悄地叫香奴来这里。"童仆出去后，先拿来了一把锦袋套着的琵琶。过了一会儿，有一个婢女入屋，只见她红妆粉饰，容貌美艳。公子让她弹《湘妃》曲。婢女用象牙做的拨片勾动琴弦，其曲激扬高昂，哀怨悲烈，节奏不像是以前听到过的。公子又让人拿来大酒杯畅饮，玩乐到夜里三更时分才散去。

次日，早起共读。公子最惠①，过目成咏②，二三月后，命笔警绝③。相约五日一饮，每饮必招香奴。一夕，酒酣气热，目注之。公子已会其意，曰："此婢为老父所豢养。兄旷邈无家④，我夙夜代筹久矣。行当为君谋一佳耦⑤。"生曰："如果惠好⑥，必如香奴者。"公子笑曰："君诚少所见而多所怪者矣⑦。以此为佳，君愿亦易足也。"

【注释】

① 惠：通"慧"，聪明。

② 咏：声调有抑扬地吟诵。

③ 命笔：作诗文。警绝：警策绝妙。警，警策。

④ 旷邈无家：独居无妻。旷，男子壮而无妻。邈，冈。家，结婚成家。这里指妻室。《楚辞·离骚》："浞又贪夫厥家。"注："妇谓之家。"

⑤ 行当：即将，将要。佳耦：称心的妻子。

⑥ 惠好：见爱加恩。惠，恩惠。

⑦ 少所见而多所怪：即少见多怪。由于见闻太少，看到平常的事物也感到惊奇。《弘明集》载汉牟融《理惑论》："谚云：'少所见，多所怪。睹骆驼，言马肿背。'"

【译文】

第二天，两人早起一起读书。公子非常聪明，过目不忘，两三个月以后，写出的诗文令人赞叹叫绝。两人约好每五天就在一起喝酒，喝酒就一定叫来香奴。一天晚上，乘着酒兴，头脑发热，孔生两眼不住地打量香奴。公子已经明白了他的心思，就说："这个婢女是我父亲收养的。兄长远离家乡，没有家室，我替你日夜都在想着这事，已经很久了。一定给你找个好的妻子。"孔生说："如果有好意替我找伴侣，一定要像香奴这样的。"公子笑着说："你真是少见多怪的人呀！如果以她为好的话，你的愿望也太容易满足了。"

居半载，生欲翱翔郊郭①，至门，则双扉外扃②。问之，公子曰："家君恐交游纷意念，故谢客耳。"生亦安之。时盛暑溽热③，移斋园亭。生胸间肿起如桃，一夜如碗，痛楚吟呻。公子朝夕省视，眠食都废。又数日，创剧，益绝食饮。太公亦至，相对太息。公子曰："儿前夜思先生清恙④，娇娜妹子能疗之。遣人于外祖母处呼令归，何久不至？"俄僮入白："娜姑至，姨与松姑同来。"父子疾趋入内。少间，引妹来视生。年约十三四，娇波流慧⑤，细柳生姿⑥。生望见颜色，呻顿忘，精神为之一爽。公子便言："此兄良友，不啻胞也⑦，妹子好医之。"女乃敛羞容，揄长袖⑧，就榻诊视。把握之间，觉芳气胜兰。女笑曰："宜有是疾，心脉动矣⑨。然症虽危，可治。但肤块已凝⑩，非伐皮削肉不可。"乃脱臂上金钏安患处，徐徐按下之。创突起寸许，高出钏外，而根际馀肿，尽束在内，不似前如碗阔矣。乃一手启罗衿⑪，解佩刀，刃薄于纸。把钏握刃，轻轻附根而割。紫血流溢，沾染床席。而贪近娇姿，不惟不觉其苦，且恐速竣割事，偎傍不久。未几，割断腐肉，团团然如树上削下之瘿⑫。又呼水来，为洗割处。口吐红丸，如弹大，着肉上，按令旋转。才一周，觉热火蒸腾；再一周，习习作痒⑬；三周已，遍体清凉，沁入骨髓。女收丸入咽，曰："愈矣！"趋走出。生跃起走谢，沉瘤若失⑭。而悬想容辉，苦不自已。

【注释】

①翱翔：遨游。《诗·齐风·载驱》："鲁道有荡，齐子翱翔。""鲁道有荡，齐子游遨。"朱熹注："游遨，犹翱翔。"

②扉：门。扃（jiōng）：关。

③溽热：湿热。

④清恙：称人疾病的敬词。恙，病。

⑤娇波：娇美的眼波。

⑥细柳：纤细的腰围。

⑦不啻（chì）胞：与同胞没有两样。不啻，不异于。

⑧揄（yú）长袖：指卷起长袖。揄，挥动。

⑨心脉动：指思想波动。古人认为心为思维的器官，中医有心在地为火之说，故娇娜说宜有热毒肿疾。心脉，中医谓主心之正常与否的脉象称"心脉"。

⑩肤块已凝：指热毒凝于皮下，成为肿块。

⑪罗衿（jīn）：丝罗衣襟。此指罗衣的下摆。

⑫瘿（yǐng）：树瘤。树因虫害或创伤，部分组织畸形发育而成的隆起物。

⑬习习作痒：微微发痒。习习，形容辛辣、痛痒等感觉。

⑭沉痼：积久难愈的病，重病。

【译文】

过了半年，孔生想到城郊去游玩。走到大门口，却发现两扇门从外面反锁着。向公子一问，公子回答说："父亲怕我交往游玩多了扰乱了心性，就用这个办法来谢绝客人。"孔生听了也就放了心。这时正是盛夏潮热的时节，孔生和公子就把书房移到了园亭里。一天，孔生胸前忽然肿起一个桃子大小的脓包，一夜之间长到了碗口大，他痛得不住地呻吟。公子早晚都来探视，吃不下，睡不安。又过了几天，孔生胸前的脓包更厉害了，连吃饭喝水都不能够了。太公也来看望，与公子相对叹息。公子说："我昨夜里想，孔先生的病，娇娜妹妹可以治疗。已经派人去外祖母家叫她快来，为什么这么久了还不见到来呀？"不一会儿，童仆进来告诉说："娇娜姑娘到了，姨妈与阿松姑娘也一同来了。"公子和父亲立即起身到内室去了。过了一会儿，公子领着妹妹前来探视孔生。娇娜年纪大约十三四岁，娇媚的眼波中流露出聪慧，腰身像细柳一样婀娜多姿。孔生一看见娇娜，顿时忘记了痛苦和呻吟，精神为之一爽。公子便对娇娜说："这是哥哥要好的朋友，就像同胞兄弟，请妹妹好好地给他医治。"娇娜于是收敛羞容，卷起了长袖，靠近床边来诊治。在她把脉的时候，孔生感到有阵阵的比兰花还幽香的气息袭来。娇娜笑了笑说："是应该得这种病啊，心脉动了啊。不过病虽然严重，还是可以治的。只是脓块已经凝结，非割皮去肉不可了。"说完摘下手上的金镯子安放在患处，慢慢向下按。肿烂之处渐渐鼓起了一寸多高，突出金镯之外，脓根的馀肿则被吸束在镯圈里，不像原来那样有碗口大了。于是娇娜掀起衣襟，解下佩刀，刀刃比纸还要薄。她一手按着镯子，一手握着刀，顺着脓疮的根部轻轻地割了起来。伤口处不断溢出的紫血，把床席都弄脏了。孔生这时因为贪恋靠近娇娜的动人身姿，不但不觉得痛苦，反而担心她很快就割完，不能多依偎。没过多久，腐烂的肉都被割下来，像病树上长的树瘤似的那么一团。娇娜又叫人拿水来，为孔生清洗割过的伤口。然后从口中吐出一粒红丸，有弹子大小，放在肉上，按着红丸让它旋转。才转了一圈，孔生就觉得胸前热气蒸腾；再转一圈，疮口有些发痒；转到第三圈之后，感到浑身清凉，透入到了骨髓。娇娜收起红丸，放回口中，说："好了！"然后快步走出房去。孔生连忙跳起身子，跑着前去道谢，多日的重病好像一下子就消失了。而孔生每日里不由自主地苦苦思念娇娜美丽的容颜。

自是废卷痴坐①，无复聊赖。公子已窥之，曰："弟为兄物色，得一佳偶。"问："何人？"曰："亦弟眷属。"生凝思良久，但云："勿须。"面壁吟曰："曾经沧海难为水，除却巫山不是云②。"公子会其指③，曰："家君仰慕鸿才，常欲附为婚姻。但止一少妹，齿太稚④。有姨女阿松，年十八矣，颇不粗陋。如不见信，松姊日涉园亭⑤，伺前厢，可望见之。"生如其教，果见娇娜偕丽人来，画黛弯蛾⑥，莲钩蹴凤⑦，与娇娜相伯仲也⑧。生大悦，请公子作伐⑨。公子翼日自内出⑩，贺曰："谐矣。"乃除别院，为生成礼。是夕，鼓吹阗咽⑪，尘落漫飞。以望中仙人，忽同衾帻⑫，遂疑广寒宫殿，未必在云霄矣。合卺之后⑬，甚惬心怀⑭。

【注释】

① 废卷：指无心读书。废，荒废。卷，指书，唐以前的书文多裱成长卷，以轴舒卷，因称。

② 曾经沧海难为水，除却巫山不是云：这是唐元稹《离思五首》中的第二首诗中悼念亡妻的诗句。全诗是："曾经沧海难为水，除却巫山不是云。取次花丛懒回顾，半为修道半为君。"孔生吟咏这两句诗，意在暗示除却娇娜，他人都不中意。

③ 会其指：领会了他的意思。指，旨意，意向。

④ 齿太稚：年纪太小。齿，年龄。

⑤ 日涉园亭：每天到园亭里游玩。涉，到，游历。晋陶渊明《归去来辞》："园日涉以成趣。"

⑥ 画黛弯蛾：描画的双眉，像蚕蛾的触须那样弯曲细长。黛，古时妇女描眉用的青黑色颜料。蛾，蚕蛾，其触须黑而细长弯曲，所以旧时常喻女子美眉为"蛾眉"。

⑦莲钩蹴（cù）凤：纤瘦的小脚穿着凤头鞋。莲钩，指旧时妇女所缠的小脚。莲，金莲，喻女子的小脚。《南齐书·东昏侯纪》："凿金为莲花以帖地，令潘妃行其上，曰：'此步步生莲花也。'"蹴，踏。凤，鞋头上的绣凤。

⑧相伯仲：不相上下。伯仲，兄弟之间，长者为伯，幼者为仲。

⑨作伐：做媒。《诗·豳风·伐柯》："伐柯如何，匪斧不克。取妻如何，匪媒不得。"后来因称为人做媒曰"执柯"，又变为"作伐"。

⑩翌日：次日，第二日。翌，通"翌"。

⑪鼓吹阗咽（tiányè）：鼓吹之声并作。吹，指唢呐、喇叭之类管乐器。阗，众声并作。咽，有节奏的鼓声。

⑫衾幪：锦被与罗帐。

⑬合卺（jǐn）：举行婚礼。一瓠刻为两瓢，叫"卺"，婚礼中夫妇各执其一对饮，叫"合卺"，为古时结婚礼仪之一。《礼记·昏义》："共牢而食，合卺而酳（yìn）。"

⑭惬：满意。

【译文】

从此之后，孔生丢掉书本，整日呆坐，再也干不了任何事情了。公子已经觉察出了他的心思，就说："小弟为你物色多时，找到了一个好伴侣。"孔生问："是谁？"公子说："也是我的一个亲戚。"孔生沉思很久，说："不必了。"面对着墙壁吟诗说："'曾经沧海难为水，除却巫山不是云'。"公子明白了他的所指，说："我父亲仰慕你的博学多才，常常想能与你结成姻亲。但我只有一个小妹子，岁数还太小。我姨妈有个女儿叫阿松，十八岁了，并不难看。如果你不信，阿松姐白天到园亭里来，你悄悄在前厢房里看，就可以看见。"孔生按照公子所说的去做，果然看见娇娜陪着一个美丽女子前来，她两道蛾眉又黑又弯，纤细小巧的脚上穿着描凤绣鞋，与娇娜不相上下。孔生大为欣喜，就请公子做媒。第二天，公子从内室出来，向孔生祝贺说："事情办妥了。"于是另外收拾了一处院子，为孔生举办婚礼。当天晚上，鼓乐喧天，连梁上的灰尘都被震落得四处飞扬。孔生因为盼望中的仙女忽然和自己同床共枕，竟然怀疑起那月亮里的广寒宫殿也未必真在天上。成婚以后，孔生心中非常满意。

一夕，公子谓生曰："切磋之惠①，无日可以忘之。近单公子解讼归②，索宅甚急。意将弃此而西，势难复聚，因而离绪萦怀。"生愿从之而去。公子劝还乡闾，生难之。公子曰："勿虑，可即送君行。"无何，太公引松娘至，以黄金百两赠生。公子以左右手与生夫妇相把握，嘱闭眸勿视。飘然履空，但觉耳际风鸣。久之，曰："至矣。"启目，果见故里，始知公子非人。喜叩家门，母出非望③，又睹美妇，方共忻慰④，及回顾，则公子逝矣。松娘事姑孝，艳色贤名，声闻遐迩⑤。

【注释】

①切磋：工匠切剖骨角，磋磨平滑，制成器物。这里
喻研讨学问。《诗·卫风·淇奥》："如切如磋，如琢
如磨。"

②解讼：官司完结。解，了结。讼，诉讼。

③非望：意想不到。

④忻（xīn）慰：欣慰。

⑤声闻遐迩：远近闻名。遐，远。迩，近。

【译文】

一天晚上，公子对孔生说："和你在一起读书互相切磋
所得到的教益，我没有一天不记在心里。但近日单公子家
的官司已经了结了，就要回来，催要宅院催得很急。我们
准备放弃这里去到西边住，想到从此势必难以再相聚，心
中就被离愁别绪搅得乱纷纷的。"孔生表示愿意随他们一起
去。公子劝他还是回自己的家乡，孔生感到回家很有困难。
公子说："不要担心，可以马上送你们回去。"没多久，太
公带着松娘也来了，送给孔生一百两黄金。公子两手分别
握住孔生夫妇，嘱咐他们闭上眼睛不要看。孔生飘飘然腾
空而起，只觉得耳边的风声"呼呼"作响。过了许久，听
见公子说："到了。"孔生睁眼一看，果然看到了家乡，这
才知道公子并非凡人。孔生高兴地敲开家门，孔母喜出望
外，又看到了漂亮的媳妇，正在互相欢欣慰问的时候，回
头一看，公子已经不见了。松娘侍奉婆婆十分孝顺，美丽
和贤惠的名声，远近闻名。

后生举进士，授延安司李①，携家之任，母以道远不行。松娘举一男，名小宦。生以忤直指罢官②，罣碍不得归③。偶猎郊野，逢一美少年，跨骊驹④，频频瞻顾。细视，则皇甫公子也。揽辔停骖⑤，悲喜交至。邀生去，至一村，树木浓昏，荫翳天日。入其家，则金沤浮钉⑥，宛然世族。问妹子则嫁，岳母已亡，深相感悼。经宿别去，偕妻同返。娇娜亦至，抱生子掇提而弄曰⑦："姊姊乱吾种矣！"生拜谢曩德⑧。笑曰："姊夫贵矣。创口已合，未忘痛耶？"妹夫吴郎，亦来谒拜。信宿乃去⑨。

【注释】

① 延安司李：延安府的推官。延安，府名。辖境在今陕西北部，治所为延安。司李，也称"司理"，宋代各州掌狱讼的官员。明清时期在各府置推官，其职掌与宋代司李略同，因也别称"司理"或"司李"。

② 忤：违逆，触犯。直指：直指使。汉代派侍御史为直指使，巡视地方，审理重大案件。见《汉书·百官公卿表》。这里指明清时巡按御史一类的官员。

③ 罣（guà）碍：官吏因公事获咎而罢官，留在任所听候处理，不能自由行动，叫"罣碍"。

④ 骊驹：纯黑色的马。亦泛指马。

⑤ 揽辔停骖：收缰勒马。骖，泛指马。

⑥ 金沤（ōu）浮钉：装饰在大门上的形似浮沤（水泡）

的涂金圆钉。宋程大昌《演繁露》："今门上排立而突起者，公输般所饰之蠡也。《义训》：门饰，金谓之铺，铺谓之钘，音欧，今俗谓之浮沤钉也。"

⑦掇提而弄：一上一下抱起逗弄。掇，耸动。

⑧曩（nǎng）德：从前的恩德。

⑨信宿：再宿，住了两天。《诗·周颂·有客》："有客宿宿，有客信信。"朱熹注："一宿曰宿，再宿曰信。"

【译文】

后来，孔生考中了进士，被任命为延安府的司理，他带着全家去上任，只有母亲因为路太远没有前往。松娘生下了一个男孩，名叫小宦。不久，孔生因为冒犯了直指使被革去官职，滞留在当地无法返回家乡。有一天，他偶然在郊外打猎，忽然遇见一个美貌少年，骑着一匹小黑马，不住地注视他。仔细一看，原来那人竟是皇甫公子。于是拉住缰绳，停下马，两人都悲喜交集。公子邀请孔生到他们那里去，到了一个村落，只见树木茂密繁盛，浓浓的树荫遮天蔽日。来到公子家中，只见大门上镶着包金大圆钉头，像是世族豪门人家似的。孔生问起娇娜，说已经出嫁了，又知道岳母已经去世，深觉悲哀，两人都感触万分。住了一个晚上，孔生离去，随后把妻儿都带了过来。娇娜也来了，双手把孔生的孩子搂在怀里，举起又放下，逗弄着说："姐姐乱了我们的种啦！"孔生再次拜谢娇娜先前的治病之恩。娇娜笑着说："姐夫富贵了。疮疤好了，还没有忘记痛吗？"娇娜的丈夫吴郎，也前来拜见。孔生一家住了两个晚上才离开。

一日，公子有忧色，谓生曰："天降凶殃，能相救否？"生不知何事，但锐自任①。公子趋出，招一家俱入，罗拜堂上。生大骇，亟问②。公子曰："余非人类，狐也。今有雷霆之劫。君肯以身赴难，一门可望生全。不然，请抱子而行，无相累。"生矢共生死③。乃使仗剑于门，嘱曰："雷霆轰击，勿动也！"生如所教。果见阴云昼暝，昏黑如醫④。回视旧居，无复闬闳⑤，惟见高冢岿然⑥，巨穴无底。方错愕间⑦，霹雳一声，摆簸山岳；急雨狂风，老树为拔。生目眩耳聋，屹不少动。忽于繁烟黑絮之中，见一鬼物，利喙长爪，自穴攫一人出⑧，随烟直上。瞥睹衣履，念似娇娜，乃急跃离地，以剑击之，随手堕落。忽而崩雷暴裂，生仆，遂毙。

【注释】

①但锐自任：却立即表示自己愿意承担。锐，迅疾。

②亟（jí）：急。

③矢：发誓。

④醫（yī）：黑石。

⑤闬闳（hànhóng）：住宅的大门。这里指皇甫公子宅舍。

⑥冢：坟。岿然：高大独立的样子。

⑦错（cù）愕：仓促间感到惊愕。错，通"促"。

⑧攫：抓取。

【译文】

一天，公子满脸忧愁地对孔生说："上天就要降下灾难了，你能救救我们吗？"孔生虽然不知道是什么事，但一口应承下来。公子快步出去，把全家人都叫了进来，围在堂上向孔生拜谢。孔生大吃一惊，急忙追问是怎么回事。公子说："我们不是人类，是狐狸。今天将遭遇雷霆劈击的劫难。你要是肯挺身相救，我家一门老小就有指望存活。不然的话，就请你抱着孩子赶快离开吧，不要受了连累。"孔生发誓愿同生共死。于是，公子便请孔生手执宝剑站在大门前，嘱咐他说："遭到雷霆轰击，不要动！"孔生按着公子所说的准备好。果然看到天上阴云密布，大白天顿时变成黑夜，天空黑沉沉地像是压迫的黑石头。回头看原先的住处，根本不再是什么高宅深院，只看见一座大坟墓岿然而立，下方是一个深不见底的大洞。正在惊愕的时候，突然响起一声霹雳雷声，地动山摇；接着又是狂风暴雨，把老树都连根拔了起来。孔生虽然被弄得眼花耳聋，但屹立着一点儿也不动。忽然在滚滚浓密的黑烟之中，现出了一个恶鬼，尖嘴长爪，从洞里抓出一个人，顺着黑烟一直升了上去。孔生一眼看去，觉得那人的衣着鞋袜像是娇娜，便急忙一跃而起，用剑向空中的恶鬼奋力一击，被抓的人随之从空中坠落下来。忽地又是一阵山崩地裂似的炸雷，孔生倒地而亡。

少间，晴霁①，娇娜已能自苏。见生死于旁，大哭曰："孔郎为我而死，我何生矣！"松娘亦出，共舁生归②。娇娜使松娘捧其首，兄以金簪拨其齿，自乃撮其颐，以舌度红丸入，又接吻而呵之。红丸随气入喉，格格作响。移时，醒然而苏。见眷口满前③，恍如梦寐。于是一门团圞④，惊定而喜。

【注释】
①晴霁：天晴。霁，晴。
②舁（yú）：抬。
③眷口：家人。
④团圞（luán）：团聚。圞，圆。

【译文】

不一会儿，云开日出，娇娜自己苏醒过来。看见孔生死在旁边，放声大哭道："孔郎是为救我而死的，我还活着干什么呀！"这时候，松娘也出来了，一起抬着孔生返回家。娇娜让松娘捧着孔生的头，又让公子用金簪拨开孔生的牙齿，自己用手指撮弄着孔生的面颊，用舌头把红丸吐到他的口中，又嘴对嘴地向孔生吹气。红丸随着气进入了孔生的喉咙，"格格"地响了一阵儿。过了一会儿，孔生竟然睁开眼睛，苏醒了过来。他看见亲人围聚在身边，觉得仿佛是大梦初醒一样。于是阖家团圆，化惊为喜。

生以幽圹不可久居①，议同旋里②。满堂交赞，惟娇娜不乐。生请与吴郎俱，又虑翁媪不肯离幼子，终日议不果。忽吴家一小奴，汗流气促而至。惊致研诘③，则吴郎家亦同日遭劫，一门俱没。娇娜顿足悲伤，涕不可止。共慰劝之，而同归之计遂决。生入城勾当数日④，遂连夜趣装⑤。既归，以闲园寓公子，恒反关之，生及松娘至，始发扃。生与公子兄妹，棋酒谈宴，若一家然。小宦长成，貌韶秀⑥，有狐意。出游都市，共知为狐儿也。

【注释】

①幽圹（kuàng）：墓穴。幽，地下。

②旋里：返回家里。里，里居。

③惊致研诘：大吃一惊地仔细询问。研，穷究。诘，问。

④勾（gòu）当：主管，料理。

⑤趣（cù）装：急忙整理行装。趣，促。

⑥韶（sháo）秀：美好秀丽。

【译文】

孔生认为地下的坟墓，不适宜久住，就商议着一起回到他的家乡去住。大家听了都一致称好，只有娇娜一人闷闷不乐。孔生邀请她与吴郎一起前往，却又顾虑公婆舍不得年幼的孩子，整天也没有商量出个结果来。就在这时，忽然有个吴家的小仆人汗流满面、气喘吁吁地跑来。大家吃惊地盘问他，原来吴家也在同一天遭到了劫难，全家老小都死去了。娇娜一听，悲痛得捶胸顿足，泪流不止。大家一齐劝慰，于是一同回孔生家的计议也就决定了下来。孔生进城料理了几天事情后，全家就连夜收拾行装出发了。回到家乡以后，孔生安置了一个空闲的院落让公子一家住，院落的门总是反锁着，只有孔生、松娘夫妇来时才打开锁。孔生与公子兄妹二人，经常在一起下棋、饮酒、闲谈、设宴，好像一家人一样。小宦长大以后，面容清秀聪慧，有着狐狸的机灵性情。他到街市上游玩，人们都知道他是狐狸所生的孩子。

异史氏曰：余于孔生，不羡其得艳妻，而羡其得腻友也①。观其容可以忘饥，听其声可以解颐②。得此良友，时一谈宴，则"色授魂与"③，尤胜于"颠倒衣裳"矣④！

【注释】

①腻友：美丽而亲昵的女友。腻，极其亲密。

②解颐：开口笑的样子。颐，面颊。

③色授魂与：汉司马相如《上林赋》："色授魂与，心愉于侧。"《史记索隐》引张揖说："彼色来授我，我魂往与接也。"这里指男女精神上的爱恋。色，容貌。魂，精神，内心。

④颠倒衣裳：《诗·齐风·东方未明》："东方未明，颠倒衣裳。"朱熹认为是"刺其君兴居无节，号令不时"。这里隐指男女两性关系。

【译文】

异史氏说：对于孔生，我不羡慕他得到一个娇艳的妻子，而是羡慕他拥有一位亲密的女友。看到她的容貌，可以让人忘记饥渴，听到她的声音，能够令人欢笑。得到这样的好朋友，时时在一起饮酒闲谈，那种"色授魂与"的精神上的交流享受，更胜过"颠倒衣裳"的男女性爱啊！

青凤

　　狐女青凤的温婉多情，书生耿去病的风流倜傥，给人留下深刻的印象，自然可以看做是一篇颇为浪漫的人狐恋爱的小说。但如果把它看做是教人与传说中的狐狸家族如何相处的白皮书似乎也未尝不可。

　　小说中的狐狸家族在拘谨胆小的人看来，是妖异，需要避而远之；但是在豁达而狂放不羁的人眼中，则与人类并无两样。小说中狂生耿去病与狐狸一家的关系从某个方面看正是表达了蒲松龄的这一观念。可能有人会提出，耿去病不是有妻子吗？为什么还追求青凤并被作者正面描写呢？原因很简单，在蒲松龄的时代，一夫可以多妻，已婚男子并非不可以继续其多情的追求。

　　狐狸一家在小说中极具人情味：重家谱，严家教，温文尔雅，礼仪和谐。小说特意写其家居的座次："一叟儒冠南面坐，一媪相对，俱年四十馀。东向一少年，可二十许，右一女郎，裁及笄耳。酒胾满案，团坐笑语。"不仅"颇具人情，忘为异类"，简直是人类中的典范呢。

　　《青凤》在《聊斋志异》中的地位颇为特殊。《聊斋志异》卷五《狐梦》写蒲松龄的朋友毕怡庵"每读《青凤传》，心辄向往，恨不一遇"，后来果然与狐女邂逅，结尾有这样一段对话："'君视我孰如青凤？'曰：'殆过之。'曰：'我自惭弗如。然聊斋与君文字交，请烦作小传，未必千载下，无爱忆如君者。'"可见《青凤》篇在蒲松龄及其朋友心中的地位。

太原耿氏^①，故大家，第宅弘阔。后凌夷^②，楼舍连亘，半旷废之。因生怪异，堂门辄自开掩，家人恒中夜骇哗。耿患之，移居别墅，留老翁门焉。由此荒落益甚，或闻笑语歌吹声。

【注释】

①太原：清代府名。治所在今山西太原。

②凌夷：通作"陵夷"。像山丘一样渐渐低下，引申为衰败、颓替，走下坡路。此指家势衰落。陵，丘陵，土山。夷，平。

【译文】

太原有一家姓耿的，原本是个大户人家，有着宽阔宏敞的院落。后来家事渐渐衰落，大片大片的房舍有一多半都荒废了。于是生出一些稀奇古怪的事来。大堂的门经常自开自闭，家人常常在半夜里被惊吓得叫起来。耿家的人为此感到心烦忧虑，便搬到别处去住了，只留下一个老头子在这里看门。从此，这个大院更荒凉破败，有时里面还会传出阵阵欢歌笑语乃至鼓乐之声。

耿有从子去病，狂放不羁。嘱翁有所闻见，奔告之。至夜，见楼上灯光明灭，走报生。生欲入觇其异^①，止之，不听。门户素所习识，竟拨蒿蓬，曲折而入。登楼，殊无少异。穿楼而过，闻人语切切。潜窥之，见巨烛双烧，其明如昼。一叟儒冠南面坐^②，一媪相对，俱年四十馀。东向一少年，可二十许，右一女郎，裁及笄耳③。酒胾满案④，团坐笑语。生突入，笑呼曰："有不速之客一人来⑤！"群惊奔匿，独叟出叱问："谁何入人闺闼⑥？"生曰："此我家闺闼，君占之。旨酒自饮⑦，不一邀主人，毋乃太吝？"叟审睇曰："非主人也。"生曰："我狂生耿去病，主人之从子耳。"叟致敬曰："久仰山斗⑧！"乃揖生入，便呼家人易馔⑨，生止之。叟乃酌客。生曰："吾辈通家⑩，座客无庸见避，还祈招饮。"叟呼："孝儿！"俄少年自外入。叟曰："此豚儿也⑪。"揖而坐。略审门阀⑫。叟自言："义君姓胡。"生素豪，谈议风生，孝儿亦倜傥⑬，倾吐间⑭，雅相爱悦。生二十一，长孝儿二岁，因弟之。

【注释】

① 觇（chān）：看，察看。

② 儒冠：儒生戴的帽子。南面：面向南而坐。这是主位，尊长坐的位置。

③ 及笄（jī）：刚十五岁。《礼记·内则》："女子……十有五年而笄。"笄，簪。古代女子一般十五岁结发插簪，表示成年，可以议婚；因称女子十五岁为"及笄之年"。

④ 胾（zì）：大块的肉。

⑤ 不速之客：不邀自至的客人。《易·需》："有不速之客三人来。"速，召，邀。

⑥ 谁何：是谁，是什么人。《汉书·贾谊传》："陈利兵

而谁何。"颜师古注："谁何，问之为谁也。"闺闼
（tà）：女人的卧室，内寝。

⑦旨酒：美酒。

⑧久仰山斗：犹言久仰大名。《新唐书·韩愈传赞》：
"学者仰之如泰山北斗云。"后因以"久仰山斗"作
为初次会面时的客套话。

⑨易馔（zhuàn）：撤换旧菜，添上新菜，表示对后来客
人的尊敬。

⑩通家：家族之间，累世通好，即世交。语出《后汉
书·孔融传》。《称谓录》引《冬夜笔记》："明人往
来名刺，世交则称通家。"

⑪豚儿：旧时对别人谦称自己的儿子。《三国志·吴
书·孙权传》注引《吴历》：曹操曾说："生子当如
孙仲谋，刘景升儿子若豚犬耳。"

⑫门阀：门第和阀阅的合称。这里是家世来历的意思。

⑬倜傥（tìtǎng）：豪爽不羁。

⑭倾吐间：开怀畅谈之际。倾，倾怀，竭诚。吐，谈
吐，交谈。

【译文】

耿家有个侄子名叫耿去病，性格豪放任性，无所拘束。
他嘱咐看门老头儿，假如发现有什么怪诞事，就跑来告诉
他。一天夜里，老头儿看见楼上有烛光摇曳，便连忙跑去
告诉了耿生。耿生便要前去察看有什么异常，耿家极力劝
阻，他不听。耿生平常对那院落的门户通道很熟悉，便拨
开丛生的蒿艾蓬草，左绕右绕地进了院子。刚登上楼，还

没感觉有什么可奇怪的地方。等穿过楼去，就听见有轻声
说话的声音。偷偷一看，只见里面点着两支巨大的蜡烛，
明亮得如同白昼一般。一个老头儿戴着儒生的帽子脸朝南
坐着，一个老妇人与他面对面相坐，都有四十多岁。面东
坐着一个少年，大约有二十来岁，右边一个女郎，才十五
岁左右。桌子上摆满了酒肉，正围坐在一起谈笑。耿生突
然闯了进去，大笑着高声说："有不请自到的一个客人来
啦！"围坐的人都吃惊地跑离躲避，唯独老头儿站出呵叱
道："是什么人闯进别人家的内室？"耿生说："这本来是我
家的内室呀，是先生占住着。您摆着好酒好肉自饮自乐，
也不邀请主人一下，这不是太吝啬了吗？"老头儿仔细地
打量了耿生，说："你不是耿家的主人。"耿生说："我是狂
生耿去病，主人的侄子。"老头儿向他施礼致敬说："久仰
大名，如泰山北斗！"便邀请耿生入座，随即召呼家人添
换酒菜，耿生制止他不要客气。老头儿就邀请耿生一起喝
酒。耿生说："咱们算得上是世交，刚才在座的各位无须回
避，请他们出来一起喝酒吧。"老头儿于是叫道："孝儿！"
一会儿，那个少年从外边走了进来，老头儿介绍说："这是
我的儿子。"少年作了一揖坐下。大家开始介绍自家门第。
老头儿自我表白说："我姓胡，名义君。"耿生平常就很豪
放，谈笑风生，孝儿也很潇洒，谈吐之间，不由得互相倾
慕起来。耿生二十一岁，比孝儿大两岁，就称孝儿为弟。

　　叟曰："闻君祖纂《涂山外传》①，知之乎？"
答："知之。"叟曰："我涂山氏之苗裔也②。唐以后③，

谱系犹能忆之，五代而上无传焉④。幸公子一垂教也。"生略述涂山女佐禹之功⑤，粉饰多词⑥，妙绪泉涌⑦。叟大喜，谓子曰："今幸得闻所未闻。公子亦非他人，可请阿母及青凤来共听之，亦令知我祖德也⑧。"孝儿入帏中⑨。少时，媪偕女郎出。审顾之，弱态生娇，秋波流慧，人间无其丽也。叟指妇云："此为老荆⑩。"又指女郎："此青凤，鄙人之犹女也⑪。颇惠，所闻见，辄记不忘，故唤令听之。"生谈竟而饮，瞻顾女郎，停睇不转⑫。女觉之，辄俯其首。生隐蹑莲钩⑬，女急敛足，亦无愠怒。生神志飞扬，不能自主，拍案曰："得妇如此，南面王不易也！"媪见生渐醉，益狂，与女俱起，遽搴帏去⑭。生失望，乃辞叟出。而心萦萦，不能忘情于青凤也。

【注释】

①《涂山外传》：隐指记载狐族古老传说的书籍。《吴越春秋·越王无余外传》载：夏禹三十未娶。行至涂山，始有娶妻意。乃有九尾白狐来见。涂山民谣说：娶了九尾白狐之女可以成为帝王，而且家国昌盛。禹以为吉，于是娶之，名为女娇，即涂山氏。后生子，名启。书名大概是狐叟杜撰。涂山，指涂山氏，禹之妻。古史关于禹娶涂山的记载不详，有的认为涂山是古涂山国诸侯之女，有的认为涂山是涂山九尾白狐之女。外传，凡广引异闻、增补史传

的书，以及推衍故训、不主经义的书，统称“外传”。

②苗裔：后代子孙。

③唐：学者对本文中的唐有两种解释。一指陶唐氏，古帝尧所建国；一指李唐王朝。

④五代：也可以有两种解释。一指唐、虞、夏、商、周五个朝代。所谓“五代而上”，即指唐尧以前。《史记·五帝本纪》：“学者多称五帝，尚矣。然《尚书》独载尧以来；而百家言黄帝，其文不雅驯，荐绅先生难言之。”一指梁、陈、齐、周、隋。本文中的唐五代云云可能指唐尧时代较为合理。

⑤涂山女佐禹之功：据刘向《列女传》记载：夏禹娶涂山氏后第四天便去治水，无暇顾家。夏启生后，“涂山独明教训，启化其德，卒致令名……能继禹之道”。又《汉书·武帝纪》“见夏后启母石”句下颜注：“禹治鸿水，通镮辕山，化为熊。谓涂山氏曰：欲饷，闻鼓声乃来。禹跳石，误中鼓。涂山氏往，见禹方作熊，惭而去；至嵩高山下，化为石。”这些教子、送饭等传说，当即所谓“佐禹之功”。

⑥粉饰多词：铺陈夸张，词采繁富。

⑦妙绪泉涌：妙语迭出，喷涌如泉。形容语言动听，滔滔不绝。绪，思绪，话头。

⑧祖德：祖先的德行，多指其事迹、功业。

⑨帏中：帏，设于内室的幛幔。此处指闺房。

⑩老荆：老妻。一般称“拙荆”，胡叟年辈长于耿生，

故称妻曰"老荆"。荆，谓荆钗，用荆枝做的髻钗，
用以喻贫穷人家妇女的装束打扮。

⑪犹女：侄女。

⑫停睇：目不转睛地看。

⑬隐蹑莲钩：悄悄踩青凤的小脚。莲钩，形容女人的
小脚。

⑭搴（qiān）：通"褰"，掀起，撩起。

【译文】

老头儿说："听说你的祖上曾经编写过一部叫《涂山外
传》的书，你知道吗？"耿生回答说："知道啊。"老头儿
说："我就是涂山氏的后人。唐以后的家谱谱系我还能记得，
但五代以上就没有传授了。请耿公子讲授一下。"耿生于是
大略讲述了涂山狐女辅佐大禹治水的功劳，辞藻丰富，妙
语连珠，纷如泉涌。老头儿听后，十分欢喜，就对儿子说：
"今天有幸听到了许多从未听过的事情。耿公子也不是外
人，可以叫你母亲和青凤一起出来听听家史，也让她们知
道我们祖上的功德。"孝儿起身掀开幕帏进去。不一会儿，
老妇人带着女郎一起出来。耿生仔细一看，那女郎身姿柔
弱娇小，眼波流露着聪慧的神采，真是人间少见的美丽。
老头儿指着妇人说："这是我的老伴。"又指着女郎说："这
是青凤，我的侄女。人很聪明，凡所听所见，就能长记不
忘，所以叫她也来听听。"耿生谈完了胡家家世的话题，就
开始喝酒，眼光紧盯着女郎，目不转睛。女郎发现了，就
低下了头。耿生悄悄地在桌子底下用脚触碰女郎的鞋，女
郎急忙缩回脚，但却没有恼怒。耿生更加心摇意动，不能

自持，拍着桌子喊道："能娶到这样的妻子，就是让我面南称王也不换！"老妇人见耿生越来越醉，更加狂放，就拉着女郎一齐起身，撩起帷帐进内室去了。耿生顿时大失所望，就向老头儿告辞回去。可回到家，魂牵梦萦地心里总放不下青凤。

至夜，复往，则兰麝犹芳^①，而凝待终宵，寂无声欬^②。归与妻谋，欲携家而居之，冀得一遇。妻不从，生乃自往，读于楼下。夜方凭几，一鬼披发入，面黑如漆，张目视生。生笑，染指研墨自涂，灼灼然相与对视^③。鬼惭而去。

【注释】

①兰麝犹芳：香气犹存。兰，兰花。麝，麝香。

②声欬（kài）：人的声响。欬，咳嗽。

③灼灼然：鲜明光亮的样子。

【译文】

第二天夜晚，耿生又去那里，觉得青凤的芳芬气息还可以闻到，但凝神等待了一个整夜，却是寂静得一点儿声音也听不见。回家以后，耿生和妻子商量，打算全家搬到那座院落里住，希冀能再次遇上青凤。妻子没答应，耿生就独自搬了进去，在楼下读书。到了夜里，他正倚在桌前，忽然一个鬼披头散发地闯入，脸黑得像漆一样，瞪着眼睛看着耿生。耿生笑了，用手指染了些砚台里的墨汁涂抹在自己脸上，目光闪闪地与那鬼相对而视。鬼自觉没趣蹓走了。

次夜，更既深，灭烛欲寝，闻楼后发扃^①，辟之閛然^②。生急起窥觇，则扉半启。俄闻履声细碎，有烛光自房中出。视之，则青凤也。骤见生，骇而却退，遽阖双扉。生长跽而致词曰^③："小生不避险恶，实以卿故。幸无他人，得一握手为笑，死不憾耳。"女遥语曰："惓惓深情^④，妾岂不知，但叔闺训严^⑤，不敢奉命。"生固哀之云："亦不敢望肌肤之亲，但一见颜色足矣。"女似肯可，启关出，捉之臂而曳之。生狂喜，相将入楼下^⑥，拥而加诸膝。女曰："幸有夙分^⑦。过此一夕，即相思无用矣。"问："何故？"曰："阿叔畏君狂，故化厉鬼以相吓，而君不动也。今已卜居他所^⑧，一家皆移什物赴新居，而妾留守，明日即发。"言已，欲去，云："恐叔归。"生强止之，欲与为欢。方持论间，叟掩入。女羞惧无以自容，俛首倚床^⑨，拈带不语。叟怒曰："贱婢辱吾门户！不速去，鞭挞且从其后！"女低头急去，叟亦出。尾而听之，诃诟万端，闻青凤嘤嘤啜泣^⑩。生心意如割，大声曰："罪在小生，于青凤何与？倘宥凤也，刀锯铁钺^⑪，小生愿身受之！"良久寂然，生乃归寝。自此第内绝不复声息矣。

【注释】

①发扃：开锁。扃，从外面关门的门闩。

②辟：开。閛（pēng）然：形容门扇打开的声音。

③长跽（jì）：长跪，直挺挺地跪着，表示有所哀求。

④惓惓（quán）：恳切的样子。

⑤闺训：这里指家长对晚辈妇女的管束。

⑥相将（jiāng）：携手。

⑦夙分（fèn）：宿缘，前世注定的缘分。

⑧卜居：选择居所。这里指迁居。

⑨俛（fǔ）首：低头。俛，同"俯"。

⑩嘤嘤啜泣：小声抽泣。啜泣，即饮泣。嘤嘤，形容
哭声细弱。《诗·王风·中谷有蓷》："啜其泣矣，何
嗟及矣。"

⑪铁钺（fūyuè）：斫刀和大斧。腰斩、砍头的刑具，
泛指刑戮。铁，铡刀。切草的农具。也用为斩人的
刑具。钺，大斧。

【译文】

又到了夜里，时间已经很晚了，耿生正准备吹灭蜡烛
睡觉，忽然听见楼后有开门的声音，只听"呼"地一声门
被打开了。他急忙起身偷偷一看，只见门扇半开着。一会
儿，听到了细碎的脚步声，烛光从房里渐渐出来。仔细一
看，原来正是青凤。青凤猛然看到耿生，吃惊地倒退几步，
一下子关上了门。耿生在门外长跪不起，对青凤说道："我
在这里不怕险恶地久等，实在是为了你。现在幸好没有别
人，如果能握到你的手高兴一下，即使是死了我也不遗憾
了。"青凤离得远远地说："你的一片眷眷深情，我哪里能
不知道，但是叔叔的闺训很严格，我实在不敢满足你的要
求。"耿生又苦苦地哀求说："我也不敢指望和你有肌肤之
亲，只要开开门让我见上一面就满足了。"青凤好像默许了

他的请求，打开门走了出来，伸手抓住他的胳臂把他拉进了屋里。耿生喜出望外，跟青凤拉着手到了楼下，耿生抱起青凤放在膝上，两人依偎在一起。青凤说："幸亏我们有前世的缘分。要是过了这一夜，再相思也没有用了。"耿生问："那是什么原因呢？"青凤回答说："我叔叔害怕你的狂放，所以化作厉鬼去吓唬你，但见你丝毫不为所动。现在他已经看好了别处的房子，一家人都在往新居搬运物件，只有我留在这里看守，明天就要出发了。"说完，她就想要离开，说："恐怕叔叔就要回来了。"耿生强行留住她，想和她上床共寻男女之欢。正在推扯争执的时候，老头儿忽然闯了进来。青凤又羞愧又害怕，无地自容，低着头倚在床边，手中拈着衣带默不出声。老头儿怒骂她说："贱丫头！败坏了我家的名声！你还不赶快离开，随后我就要用鞭子抽你！"青凤低着头赶紧走了，老头儿也跟着走了出去。耿生连忙尾随着去听动静，只听得老头儿不住口地百般辱骂，青凤"嘤嘤"地小声哭泣。耿生心如刀割，大声喊道："所有罪过都在我身上，与青凤有什么关系？假如宽恕了青凤，即使是刀劈斧砍，我也愿意以身承受！"过了很长时间，楼里寂静下来，耿生这才回去睡觉。从此府第里再也听不到异常的声音了。

　　生叔闻而奇之，愿售以居，不较直①。生喜，携家口而迁焉。居逾年，甚适，而未尝须臾忘凤也。

【注释】

①不较直：不计较价格。直，价钱。

【译文】

　　耿生的叔叔听说了这件事后，很欣赏耿生，愿意把房宅卖给耿生住，不和他计较价钱。耿生很高兴，就带着家里人搬了进去。住了一年多，感到很适意，但心中无时无刻不在想念青凤。

　　会清明上墓归，见小狐二，为犬逼逐。其一投荒窜去，一则皇急道上。望见生，依依哀啼，阘耳辑首①，似乞其援。生怜之，启裳衿，提抱以归。闭门，置床上，则青凤也。大喜，慰问。女曰："适与婢子戏，遘此大厄②。脱非郎君，必葬犬腹。望无以非类见憎。"生曰："日切怀思，系于魂梦。见卿如获异宝，何憎之云！"女曰："此天数也。不因颠覆③，何得相从？然幸矣，婢子必以妾为已死，可与君坚永约耳④。"生喜，另舍舍之。

【注释】

①阘（tà）耳辑首：垂耳缩头，畏惧驯服的样子。阘，耷拉，下垂的样子。辑，敛，缩。

②遘（gòu）：遭遇。

③颠覆：困顿，灾祸。《诗·邶风·谷风》："昔育恐育鞠，及尔颠覆。"余冠英注："颠覆，谓困穷。"

④坚永约：坚订终身之约，相誓白头偕老。

清明节这天，耿生去扫墓回来，看见两只小狐狸，被一只狗紧紧地追赶着。其中一只落荒而逃，另一只在路上惶急乱转。它望见耿生，依依地哀叫，耷拉着耳朵，缩着头，好像希望耿生施以援手。耿生很可怜它，便掀开衣襟，拉起它抱在怀里回家了。到家里关上门，把它放在床上，狐狸竟然幻化成了青凤。耿生大喜过望，急忙上前来慰问她。女郎说："刚才我正与婢女玩，忽然遭到了这样的大灾难。若不是你，我一定葬身犬腹了。希望你不要因为我不是同类而憎嫌我。"耿生说："我日夜思念着你，连梦中都在想念。见到了你就像得到了无价之宝，哪里说得上憎嫌呢！"女郎说："这也是上天的定数。要不是遇到这一场灾难，怎么能跟你在一起呢？不过很幸运，婢女必定以为我已经死了，我今后可以和你永远在一起了。"耿生无比欢喜，另外安排出宅院让她住下。

积二年馀，生方夜读，孝儿忽入。生辍读，讶诘所来。孝儿伏地，怆然曰："家君有横难，非君莫拯。将自诣恳，恐不见纳，故以某来。"问："何事？"曰："公子识莫三郎否？"曰："此吾年家子也[①]。"孝儿曰："明日将过，倘携有猎狐，望君之留之也。"生曰："楼下之羞，耿耿在念，他事不敢预闻[②]。必欲仆效绵薄[③]，非青凤来不可！"孝儿零涕曰："凤妹已野死三年矣[④]！"生拂衣曰[⑤]："既尔，则恨滋深耳！"执卷高吟，殊不顾瞻。孝儿起，哭失声，掩面而去。生如青凤所，告以故。女失色曰："果救之否？"曰："救则救之，适不之诺者，亦聊以报前横耳⑥。"女乃喜曰："妾少孤，依叔成立。昔虽获罪，乃家范应尔⑦。"生曰："诚然，但使人不能无介介耳⑧。卿果死，定不相援。"女笑曰："忍哉！"

【注释】

①年家子：科举同年的晚辈子侄。

②预闻：过问。

③效绵薄：报效微力，出力助人的谦词。绵薄，即"绵力薄材"，意思是力量薄弱。《汉书·严助传》："越人以绵力薄材，不能陆战。"

④野死：死于荒野，未经殓葬。

⑤拂衣：以袖拂衣，是气愤的表示。此处有峻拒逐客之意。

⑥横：横暴。此指胡叟从前的粗暴干涉。

⑦家范：家规。尔：如此。

⑧介介：犹言"耿耿"。意思是耿耿于怀，不能忘却。

【译文】

过了两年多，耿生夜里正在读书，孝儿忽然进来。耿生放下手中的书卷，惊讶地询问他从哪里来。孝儿趴伏在地上，悲伤地说："家父遇到飞来横祸，除了你没有人能够救他了。他本打算亲自登门恳求，但怕你不肯接纳他，所以让我前来相求。"耿生问："什么事啊？"孝儿说："公子认识莫三郎吗？"耿生回答说："他是和我同年登榜人的子侄。"孝儿说："明天他将要从这里经过，如果他携带有猎获的狐狸，请公子务必留下它。"耿生说："当日楼下的那番羞辱，至今我还耿耿于怀，其他的事我也不愿意过问。如果一定要让我效力，非得让青凤出面不可！"孝儿流着泪说："青凤妹已经死在野外三年了！"耿生一甩衣袖愤慨地说："既然是这样，我就恨上加恨了！"说完，拿起书卷高声吟读了起来，再也不理睬孝儿。孝儿站起身，失声痛哭，捂着脸跑了出去。耿生到青凤住所，告诉了她刚才的事。青凤听完大惊失色，说："你到底救不救他呢？"耿生说："救还是要救的，刚才之所以不立刻答应，也不过是为了报复一下他先前的无礼而已。"青凤于是欢喜起来，说："我从小就成了孤儿，依赖叔叔的抚养才长大成人。先前虽然遭到他的惩罚，也是因为家规应该如此。"耿生说："的确是这样，但总使人心里不能没有一点儿芥蒂。你要是真死了，我肯定不救他。"青凤笑着说："你真忍心啊！"

次日，莫三郎果至，镂膺虎韔①，仆从甚赫②。生门逆之③，见获禽甚多，中一黑狐，血殷毛革④，抚之，皮肉犹温。便托裘敝，乞得缀补。莫慨然解赠。生即付青凤，乃与客饮。客既去，女抱狐于怀，三日而苏，展转复化为叟。举目见凤，疑非人间。女历言其情。叟乃下拜，惭谢前愆⑤。喜顾女曰："我固谓汝不死，今果然矣。"女谓生曰："君如念妾，还乞以楼宅相假，使妾得以申返哺之私⑥。"

生诺之。叟赧然谢别而去⑦。入夜，果举家来。由此如家人父子，无复猜忌矣。生斋居，孝儿时共谈宴。生嫡出子渐长⑧，遂使傅之⑨。盖循循善教⑩，有师范焉⑪。

【注释】

①镂膺虎韔（chàng）：马的胸带饰以镂金，骑士的弓袋饰以虎皮，形容主人和坐骑英武华贵。《诗·秦风·小戎》："虎韔镂膺，交韔二弓。"膺，指马胸带。韔，弓袋。

②赫：显耀、有声势的样子。

③门逆之：在门外迎接客人，表示殷勤尽礼。逆，迎。

④血殷（yān）毛革：流出的血把皮毛染红了。殷，赤黑色，是经时积血的颜色。

⑤惭谢前愆（qiān）：面色羞惭地对往日过失表示歉意。谢，告罪，道歉。愆，过失。

⑥申返哺之私：表达对长辈的孝心。申，表达。返哺，传说乌鸦长成，能觅食喂养母鸟，因以比喻子女对父母尽孝。私，私衷，指孝心。

⑦赧（nǎn）然：红着脸，不好意思。赧，因羞惭而脸红。

⑧嫡出子：正妻所生的儿子。宗法社会中，正妻叫"嫡"，所生子称"嫡出子"，省称"嫡子"。

⑨傅之：做孩子的老师。

⑩循循善教：循序渐进，善于教导。循循，有次序的样子。《论语·子罕》："夫子循循然善诱人。"

⑪有师范：很有老师的风度气派。范，型范。

【译文】

第二天，莫三郎果然行猎经过这里，他骑着饰有缕金胸带的马，挎着虎皮制成的弓袋，仆从非常众多。耿生站在门口迎接他，看到他猎获的禽兽很多，其中有一只黑色的狐狸，流出的血已经把皮毛染成了黑红色，用手一摸，皮肉还是温热的。耿生便假托说自己的皮袍破了，想求得这个狐狸的皮来补缀。莫三郎痛快地解下狐狸送给了他。耿生立即交给青凤，自己陪着客人喝酒。客人走了以后，青凤把狐狸抱在怀里，过了三天它才苏醒过来，转动几下身体又变成了老头儿。老头儿睁开眼看见了青凤，怀疑自己不是在阳间。青凤详细地述说了前后经过。老头儿立即向耿生下拜致礼，惭愧地对以前的过错道歉。他高兴地回望着青凤说："我本来就认为你没有死，现在果然。"青凤对耿生说："你如果心里有我，还求你把那座楼宅借给我们住，使我能报答叔叔的养育之恩。"耿生答应了她。老头儿脸红着道谢，告别而去了。到了夜里，老头儿果然把全家都搬了过来。从此两家如同父子亲人，不再有什么猜疑嫌弃了。耿生住在书斋里，孝儿时常来与他饮酒聚谈。耿生正妻生的儿子渐渐长大，耿生就让孝儿做他的老师。孝儿循循善诱，很有老师的风范。

画皮

同样是已婚的男子对女子示爱，在《青凤》，狂生耿去病是浪漫多情，赢得了狐女青凤的垂青；在《画皮》，王生却被作者认为是不法行为，受到了惩罚。为什么有此不同待遇呢？原因很简单，即青凤是未婚女子，在一夫多妻制的男权社会中，耿去病的这一行为并不违法；而那个鬼变的女子，自称已婚者，是有主的。王生贪图她的美貌，渔猎已婚女子之色，犯了封建社会的大忌，因之王生之受惩合情合理——这也是作品特别强调的，凡是上当受骗者都有致命的弱点，或者贪财，或者贪色，祸出有因。不过，王生因贪色而受到惩罚固然罪有应得，但王生的妻子为此受到屈辱，所谓"爱人之色而渔之，妻亦将食人之唾而甘之矣"，就有点儿令人别扭，大概一方面是情节发展的需要，另一方面也体现了蒲松龄因果报应的思想吧。

《画皮》所蕴含的道德劝惩内容异常丰富，比如鬼化成美女欺骗，书生由于贪色上当，渔人之色最后报应在自己妻子身上，锄恶必须务尽不能手软等等。同时由于小说在艺术技巧上也确实是上乘之作，如故事情节的曲折，语言的形象生动，特别是恶鬼"铺人皮于榻上，执采笔而绘之"的描写，想象丰富，惊异耸动，极富寓言性，以致"画皮"后来成为汉语中形容炫色迷人的鬼蜮伎俩的固定词汇，《画皮》也成了《聊斋志异》中被改编移植最多的篇目。

太原王生，早行，遇一女郎，抱襆独奔①，甚艰于步。急走趁之②，乃二八姝丽③，心相爱乐。问："何夙夜踽踽独行④？"女曰："行道之人，不能解愁忧，何劳相问！"生曰："卿何愁忧？或可效力，不辞也。"女黯然曰："父母贪赂⑤，鬻妾朱门⑥。嫡妒甚，朝詈而夕楚辱之⑦，所弗堪也，将远遁耳。"问："何之？"曰："在亡之人，乌有定所。"生言："敝庐不远，即烦枉顾。"女喜，从之。生代携襆物，导与同归。女顾室无人，问："君何无家口？"答云："斋耳⑧。"女曰："此所良佳。如怜妾而活之，须秘密，勿泄。"生诺之。乃与寝合。使匿密室，过数日而人不知也。生微告妻。妻陈，疑为大家媵妾⑨，劝遣之。生不听。

【注释】

①抱襆（fú）独奔：怀抱包袱，独自赶路。襆，包袱。奔，急行，赶路。

②趁：赶上去，凑上去。

③二八姝丽：十六岁上下的美女。姝，美女。

④夙（sù）夜：早夜，天色未明。踽踽（jǔ）：一个人走路孤零零的样子。

⑤贪赂：贪财。赂，用作收买的财物。这里指纳聘的财礼。

⑥鬻（yù）：卖。朱门：代指富贵人家。

⑦詈（lì）：骂。楚：一名"荆"，古人常用它制作刑

杖或扑具，故经常用"楚"指代打人的棍子。这里指捶打。

⑧斋：此处指书斋、书房。

⑨媵（yìng）妾：古代诸侯嫁女所陪嫁的姬妾。后世所谓通房丫头。

【译文】

太原姓王的一个书生，早晨在路上走，遇见一个女郎，抱着个包袱独自急行，步履很吃力。王生快步赶上前去，一看，原来是个十六七岁的秀美女子，心里很喜欢。就问她："你为什么天不亮孤零零地一个人在路上走呢？"女子说："你是一个过路的行人，既然不能替我分担忧愁，何必要问呢！"王生说："你有什么忧愁？我也许能出力帮忙，一定不推辞。"女子露出伤感的神色，说："我的父母贪图钱财，把我卖给一个富贵人家。那家的大老婆妒忌极了，早晨骂，晚上打，欺辱我，我实在忍受不了啦，想逃得远远的。"王生问："你想去哪里呢？"女子说："我是一个正在逃亡的人，哪里有一定的去处。"王生说："我的家离这儿不远，就劳烦你到我那里委屈一下吧。"女子很高兴，同意了。王生替她携带着包袱物件，领着她一起回去。到了地方，女子四下一看，见屋里没有别人，就问："你怎么没有家眷呢？"王生回答说："这是我的书房。"女子说："这个地方很不错。如果你怜爱我，想让我活下去，就一定要保守秘密，不要把消息泄露出去。"王生答应了下来。当晚，王生就和她睡在一起。王生让她藏匿在密室当中，过了许多天别人都不知道。不久，王生把这件事稍稍透露给了妻子。王生的妻子姓陈，听说后，怀疑那女子是豪门大族家逃出来的小老婆，劝王生打发她走。王生不听。

偶适市，遇一道士，顾生而愕，问："何所遇？"答言："无之。"道士曰："君身邪气萦绕，何言无？"生又力白①。道士乃去，曰："惑哉！世固有死将临而不悟者！"生以其言异，颇疑女。转思明明丽人，何至为妖，意道士借魇禳以猎食者②。无何，至斋门，门内杜③，不得入。心疑所作，乃逾垝垣④，则室门亦闭。蹑迹而窗窥之⑤，见一狞鬼，面翠色，齿巉巉如锯⑥，铺人皮于榻上，执采笔而绘之。已而掷笔，举皮，如振衣状，披于身，遂化为女子。睹此状，大惧，兽伏而出⑦。急追道士，不知所往。遍迹之，遇于野，长跪乞救。道士曰："请遣除之。此物亦良苦，甫能觅代者，予亦不忍伤其生。"乃以蝇拂授生⑧，令挂寝门。临别，约会于青帝庙⑨。

【注释】

①力白：竭力辩白。

②魇禳（yǎnráng）：镇压邪祟叫"魇"，驱除灾变叫"禳"，均属道教法术。猎食：伺机攫取所需，俗称"骗饭吃"。

③杜：关，堵。

④垝（guǐ）垣：残缺的院墙。垝，坍塌。垣，外墙。

⑤蹑迹而窗窥之：放轻脚步，靠近窗前窥视它。

⑥巉巉（chán）：本意为山势高峻的样子，这里用以形容女鬼牙齿长而尖利。

⑦兽伏而出：如兽伏地，爬行而出。

⑧蝇拂：又名"拂尘"，用马尾一类的毛制成的拂子，用以驱蝇。旧时道士常常用手持之。

⑨青帝：中国古代神话中传说有五位天帝，青帝是主宰东方的天帝。后来道教供奉五帝为神，称东方之帝为"青帝"。见《云笈七签》卷十八《老子中经》。

【译文】

王生偶尔去街市上，遇见了一个道士，道士看见王生非常惊愕，问："你最近遇见什么人呢？"王生回答说："没有呀。"道士说："你浑身被邪气缠绕着，怎么还说没有？"王生极力辩白。道士叹息着走了，说："糊涂啊！世界上居然有死到临头还执迷不悟的人！"王生因为他的话很蹊跷，就有些怀疑那个女子了。转念一想，明明是个美丽的女子，怎么会是个妖怪，琢磨道士没准是借口镇妖除怪来谋取钱财的。不一会儿，他走到了书房门口，看见大门反锁着，没法儿进去。便对这种做法起了疑心，于是翻过残破的墙进了院子，只见卧室的门也关着。他蹑手蹑脚地走到窗前偷偷一看，只见一个面目狰狞的恶鬼，脸色发青，牙齿尖锐得像锯齿一样，正把一张人皮铺在床上，手里拿着彩色画笔在描绘。画完之后，恶鬼扔下画笔，举起人皮，像抖动衣服一样地披在身上，接着就变成了美丽的女子。王生看见这个情形，吓坏了，像野兽一样四肢着地爬了出去。

他急忙去追寻道士的踪迹，可那道士已经不知去向了。王生到处找了个遍，才在郊外遇见了道士，他跪在道士面前苦苦求救。道士说："那就让我把它赶走吧。不过这东西修炼得也不容易，刚刚能找到替代的人，我也不忍心就伤了它的性命。"于是把手里驱赶蝇蚊的拂子交给王生，让他挂在卧室的门口。临到分手的时候，道士又与王生约定在青帝庙见面。

生归，不敢入斋，乃寝内室，悬拂焉。一更许，闻门外戢戢有声①。自不敢窥也，使妻窥之。但见女子来，望拂子不敢进，立而切齿，良久乃去。少时，复来，骂曰："道士吓我。终不然②，宁入口而吐之耶！"取拂碎之，坏寝门而入，径登生床，裂生腹，掬生心而去。妻号。婢入烛之，生已死，腔血狼藉③。陈骇涕不敢声。

【注释】

①戢戢（jí）有声：有喊喊嚓嚓的声响。戢戢，象声词。形容细小之声。

②终不然：终不会这样，提示下面所说的情况不会发生。

③狼藉：此指血迹模糊。《通俗编》引苏氏《演义》："狼藉草而卧，去则灭乱。故凡物之纵横散乱者，谓之狼藉。"

【译文】

王生回去，不敢进书斋，就睡在家里的内室，把蝇拂悬挂在室外。到了夜里一更时分，王生听见门外响起了"嘁嘁嚓嚓"的声音。自己吓得不敢偷看，就让妻子去悄悄看一看。只见那个女子走了过来，望见挂在门口的蝇拂不敢进门，站在那里咬牙切齿，过了很久才离去。不一会儿，女子又来了，厉声骂道："那道士吓唬我。难道要我把吃到口中的肉吐出来吗！"说完，取下蝇拂，撕成碎片，撞坏卧室的门，冲进来直接爬上王生的床，撕裂王生的胸腹，挖出心脏然后离开了。妻子哭号起来。婢女进门拿着蜡烛来照看，只见王生已经死去，腹腔血肉模糊，乱七八糟。陈氏流着眼泪，不敢声张。

明日，使弟二郎奔告道士。道士怒曰："我固怜之，鬼子乃敢尔！"即从生弟来。女子已失所在。既而仰首四望，曰："幸遁未远。"问："南院谁家？"二郎曰："小生所舍也。"道士曰："现在君所。"二郎愕然，以为未有。道士问曰："曾否有不识者一人来？"答曰："仆早赴青帝庙，良不知。当归问之。"去，少顷而返，曰："果有之。晨间一妪来，欲佣为仆家操作，室人止之①，尚在也。"道士曰："即是物矣。"遂与俱往。仗木剑，立庭心，呼曰："孽魅！偿我拂子来！"妪在室，惶遽无色，出门欲遁。道士逐击之，妪仆，人皮划然而脱②，化为厉鬼，卧嗥如猪。道士以木剑枭其首③，身变作浓烟，匝地作堆④。道士出一葫芦，拔其塞，置烟中，飗飗然如口吸气⑤，瞬息烟尽。道士塞口入囊。

共视人皮，眉目手足，无不备具。道士卷之，如卷画轴声，亦囊之，乃别欲去。

【注释】

①室人止之：我的妻子把她留下了。室人，妻。止，留。

②划然：犹言"哗"的一声，皮肉撕裂的声音。

③枭其首：砍下他的头。枭首，斩人首悬于高竿，借以宣示罪名，警戒众人。

④匝地作堆：旋绕在地，成为一堆。匝，环绕。

⑤飀飀（liú）：象声词。多形容风声。

【译文】

　　第二天早晨，陈氏打发王生的弟弟王二郎跑去告诉道士。道士愤怒地说："我本来还可怜它，恶鬼竟敢如此猖狂！"立即随着王生的弟弟来到家里。那女子已经不见了踪影。道士便抬起头来四下张望，说："幸亏它还没有逃远。"道士问："南院是谁家？"王二郎说："是我的房舍。"道士说："那鬼现在就在你家。"王二郎愕然，以为没有这回事。道士问他："是否曾经有一个不认识的人来过？"王二郎说："我一大早就跑到青帝庙去找您，实在不知道。让我回家去问问。"说完就离去了，过了一会儿，回来说："果然是有。早晨来了一个老妇人，打算受雇在我家做家务，我的妻子把她留了下来，现在还在呢。"道士说："就是这家伙了。"于是一起到了王二郎家。道士手持木剑，站在庭院当中，高声叫道："造孽的恶鬼！赔我的蝇拂来！"那老妇人在屋子里大惊失色，出了门就要逃跑。道士追上前去用木剑一击，老妇人应声跌倒了，人皮"咔嚓"一声裂开脱落在地上，现出恶鬼的原形，卧在地上像猪一样的嚎叫。道士用木剑砍下恶鬼的头，恶鬼的身子变成浓烟，环绕在地上聚成了一堆。道士拿出一个葫芦，拔去塞子，然后放在烟堆当中，只听得"嗖嗖"直响，像是有人用口吸气似的，转眼之间烟就被葫芦吸得干干净净。道士把葫芦塞上口，放进行囊里。大家一起再去看地上的人皮，只见眉毛、眼睛、手、脚，没有一样不具备。道士卷起人皮，像卷画轴一样"哗哗"作响，也放在行囊里，然后告别大家准备离去。

　　陈氏拜迎于门，哭求回生之法。道士谢不能①。陈益悲，伏地不起。道士沉思曰："我术浅，诚不能起死。我指一人，或能之，往求必合有效。"问："何人？"曰："市上有疯者，时卧粪土中。试叩而哀之。倘狂辱夫人，夫人勿怒也。"二郎亦习知之，乃别道士，与嫂俱往。见乞人颠歌道上②，鼻涕三尺，秽不可近。陈膝行而前。乞人笑曰："佳人爱我乎？"陈告之故。又大笑曰："人尽夫也③，活之何为？"陈固哀之。乃曰："异哉！人死而乞活于我。我阎摩耶④？"怒以杖击陈，陈忍痛受之。市人渐集如堵。乞人咯痰唾盈把⑤，举向陈吻曰："食之！"陈红涨于面，有难色，既思道士之嘱，遂强啖焉⑥。觉入喉中，硬如团絮，格格而下，停结胸间。乞人大笑曰："佳人爱我哉！"遂起，行已不顾。尾之，入于庙中，迫而求之，不知所在。前后冥搜，殊无端兆⑦，惭恨而归。

【注释】

①谢不能：推辞无能为力。谢，推辞。

②颠歌：疯疯癫癫地唱歌。

③人尽夫也：人人可以成为你的丈夫。《左传·桓公十五年》："人尽夫也，父一而已。"

④阎摩：原为印度神话中的鬼王，佛教传入中国后，在中国民间成为掌管地狱的阎罗王，阎王。

⑤盈把：满满的一把。

⑥啖（dàn）：吃。

⑦端兆：线索，迹象。

【译文】

陈氏跪拜在门前，哭着哀求道士想办法救活王生。道士推辞说无能为力。陈氏更加悲痛，跪伏在地上不肯起来。道士沉思之后，说："我的法术疏浅，实在是不能起死回生。我指给你一个人，他或许能，你前去求他，一定会有办法。"陈氏问："是什么样人啊？"道士说："街市上有一个疯子，时常倒卧在粪土当中。你试着去对他叩头哀求。倘若他发狂侮辱夫人，夫人不要生气。"王二郎也熟识那个疯子，于是与嫂嫂陈氏一起告别道士，去找那个疯子。到了街市，只见那个要饭的乞丐在路上疯疯癫癫地唱歌，鼻涕拖得三尺长，污秽腥臭得让人无法靠近。陈氏跪着用膝盖挪到他面前。乞丐笑着说："美人爱我吗？"陈氏告诉了他事情的原委。乞丐又大笑说："人人都可以做你的丈夫啊，救活他干什么！"陈氏还是一再地哀求。乞丐就说："真是怪事啊，人死了却来求我救活他。我难道是阎罗王吗？"说完便恼怒地用讨饭棍击打陈氏，陈氏忍着痛挨着。这时，街市上围观的人越来越多，挤得像一堵墙。乞丐又咳出满满的一把痰，举到陈氏的嘴边说："吃了它！"陈氏的脸涨得通红，面有难色，但又想起道士的嘱咐，就强忍着恶心吞吃下去。只觉得那痰咽到了喉咙，硬得像一团棉絮，"格格"地响着往下走，聚结在胸口停住了。乞丐大笑着说："美人爱我呀！"于是起身便走，不再理睬陈氏。陈氏和王二郎尾随着他，来到一座庙里，想靠前再去哀求，却已失去所在。他们前前后后搜了个遍，也毫无踪影，只好又羞愧又气恨地回了家。

既悼夫亡之惨，又悔食唾之羞，俯仰哀啼，但愿即死。方欲展血敛尸①，家人伫望，无敢近者。陈抱尸收肠，且理且哭。哭极声嘶，顿欲呕，觉鬲中结物②，突奔而出，不及回首，已落腔中。惊而视之，乃人心也，在腔中突突犹跃，热气腾蒸如烟然。大异之，急以两手合腔，极力抱挤，少懈，则气氤氲自缝中出③，乃裂缯帛急束之④。以手抚尸，渐温，覆以衾裯⑤。中夜启视，有鼻息矣。天明，竟活。为言："恍惚若梦，但觉腹隐痛耳。"视破处，痂结如钱，寻愈。

【注释】

①展血敛尸：擦去血污，收尸入棺。展，展抹，拂拭。

②鬲中：胸腹之间。鬲，胸腔腹腔之间的横膈膜。

③氤氲（yīnyūn）：冒热气，烟云弥漫的样子。

④缯（zēng）帛：古代对于丝绸的总称。

⑤衾裯（qīnchóu）：被子。

【译文】

　　陈氏既哀痛丈夫死得这样悲惨，又悔恨自己吞吃了别人痰唾的羞辱，呼天抢地地哀哭，只求自己立即死去。陈氏想给丈夫抹干血污收殓尸体，可家人都吓得远远地站着，没有人敢靠近。陈氏只好自己抱起王生的尸身，收拾流在肚子外面的肠子，一边清理一边嚎啕大哭。当她哭到声嘶力竭的时候，顿时觉得想要呕吐，感到聚结在胸膛中的那个硬东西，突然要从喉咙中涌出，她来不及转过头去，那东西已经一下子落到了王生的胸腔中。陈氏吃惊地一看，竟然是一颗人心，在王生胸腔里"突突"地跳动着，冒着像烟雾一样的腾腾热气。陈氏大为惊奇，急忙用两手抱着王生的胸腔，尽力往一起挤合，稍稍一松动，就看见一缕缕的热气从缝隙里冒出来，于是撕裂丝绸，急忙把王生的胸腹裹紧。这时，再用手抚摸尸体，觉得渐渐有些温热了，就给王生盖上一床棉被。半夜起来探视，她发现王生的鼻孔里已经有了些气息。天亮，王生竟然活过来了。只说："恍恍惚惚好像做梦一样，只觉得肚子那儿隐隐作痛。"再一看被抓破的地方，结了个铜钱那么大的硬痂，不久，王生就痊愈了。

异史氏曰：愚哉世人！明明妖也，而以为美。迷哉愚人！明明忠也，而以为妄。然爱人之色而渔之^①，妻亦将食人之唾而甘之矣。天道好还^②，但愚而迷者不寤耳。可哀也夫！

【注释】

①渔：贪取。这里指渔猎女色，即贪婪地追求和占有女人。

②天道好（hào）还：指宇宙间的哲理是往复还报，善有善报，恶有恶报，寓有警戒世人不要作恶之意。天道，天理。还，还报。《书·汤诰》："天道福善祸淫。"《老子》："其事好还。"

【译文】

异史氏说：愚蠢啊，世俗之人！明明是妖怪，却以为是美女。执迷不悟啊，笨拙之人！明明是忠告，却认为是欺妄。然而，贪爱别人的美色而去猎取，自己的妻子也将会心甘情愿地舔吃别人的痰唾。善有善报，恶有恶报，这是天理，只不过愚笨而痴迷的人不醒悟罢了。真是可哀叹啊！

陆判

　　《陆判》故事分为两部分。前半部分叙述蒲松龄对医疗科学的理解与幻想，后半部分叙述其对社会人生的幻想。故事的重心在前半部分，精彩处也在前半部分。

　　男人要有才（主要指的是诗文之才），女人要有貌，这是中国古代对于人的评判的金标准。但才貌均得之于遗传基因，非后天所能及，于是许多人便朝思暮想企图改变现状。《陆判》通过蒲松龄的浪漫想象充分反映了中国古代人的心理状态，也反映了可能改变的路径——器官移植。虽然这些想象与现代的解剖学不尽吻合，比如认为人是否聪明，取决于心，愚笨是因为"毛窍塞"的缘故，换心就可以使人变聪明；比如要想变漂亮，不是整容，而是干脆换头——都有点儿缘木求鱼的味道。但换心使"文思大进，过眼不忘"；换头，使之"长眉掩鬓，笑靥承颧"，成为了"画中人"，展现了蒲松龄文思之巧，想象力之丰富。换心、尤其是换头的描写："陆以头授朱抱之，自于靴中出白刃如匕首，按夫人项，着力如切腐状，迎刃而解，首落枕畔。急于生怀取美人头合项上，详审端正，而后按捺。""朱妻醒，觉颈间微麻，面颊甲错，搓之，得血片，甚骇，呼婢汲盥。婢见面血狼籍，惊绝。濯之，盆水尽赤。举首则面目全非，又骇极。夫人引镜自照，错愕不能自解。"具体而微，精巧生动，数百年之后都令人惊叹蒲松龄高度的描摹技巧。

　　小说后半部分对于社会人生的描写——多子多福——则落入了俗套，反映了蒲松龄世俗的理想的另一面。

陵阳朱尔旦①，字小明。性豪放，然素钝②，学虽笃③，尚未知名。一日，文社众饮④，或戏之云："君有豪名，能深夜赴十王殿⑤，负得左廊判官来⑥，众当醵作筵⑦。"盖陵阳有十王殿，神鬼皆以木雕，妆饰如生。东庑有立判⑧，绿面赤须，貌尤狞恶。或夜闻两廊拷讯声，入者，毛皆森竖⑨。故众以此难朱。朱笑起，径去。居无何，门外大呼曰："我请髯宗师至矣⑩！"众皆起。俄负判入，置几上，奉觞酹之三⑪。众睹之，瑟缩不安于座⑫，仍请负去。朱又把酒灌地，祝曰："门生狂率不文⑬，大宗师谅不为怪。荒舍匪遥，合乘兴来觅饮⑭，幸勿为畛畦⑮。"乃负之去。

【注释】

①陵阳：指山东莒县陵阳。一说指汉代陵阳县，今安徽青阳陵阳。

②素：一向。钝：迟钝，愚笨。

③笃：专心，勤奋。

④文社：科举时代，秀才们讲学作文，以文会友的结社。

⑤十王殿：庙宇名。十王，中国佛教所传十个主管地狱的阎王之总称，也称"十殿阎君"，略称"十王"。后道教也沿用此称。

⑥判官：官名。唐始设，为节度、观察、防御诸使的僚属。此指民间传说中为阎王执掌簿册的佐吏。

⑦醵（jù）：凑钱饮酒。

⑧东庑（wǔ）：东廊。庑，殿堂下周围的走廊或廊屋。此指廊屋。立判：站着的判官。

⑨毛皆森竖：因恐惧而毛发都耸立起来。森，高耸。

⑩髯宗师：即所谓"左廊判官"。宗师，旧称受人尊崇，堪为师表的人。明清称学使为宗师。朱尔旦负陆判至文社故用以戏称。

⑪酹（lèi）：以酒浇地，祭祀鬼神。

⑫瑟缩：因恐惧而抖动、蜷缩。

⑬门生：科举时代贡举之士以主考官员为座主，而自称门生。此处既已称陆判为宗师，而宗师（即学使）又为各省乡试的主考官，朱因以自称。狂率不文：狂妄轻率，不懂礼仪。文，礼法。

⑭合：应，合当。

⑮勿为畛畦（zhěnqí）：意谓不要为人鬼异域所限。畛畦，田间小路，引申为界限、隔阂。

【译文】

陵阳地方有个叫朱尔旦的书生，字小明，性格豪爽旷达，不过向来愚笨，学习虽然很努力，却还没有什么声名。一天，文社里的朋友聚会喝酒，有人对朱尔旦开玩笑说："你不是有豪爽旷达的名声吗，假如敢在深夜里去十王殿，把左廊下那个判官给背来，大家就凑钱宴请你。"原来，陵阳有个冥府十王殿，那里供着的神鬼都是用木头雕刻成的，装饰得栩栩如生。东边的廊下摆着一个站立的判官，绿色的脸，赤红色的胡须，长得格外狰狞丑恶。传说夜里常听到两廊下发出拷打审讯的声音，进这里的人往往都毛骨悚然，所以大伙借此来难为朱尔旦。朱尔旦听了，笑着起身，径直往十王殿去了。不一会儿，就听到门外大叫道："我请大胡子宗师到了！"众人忙站起来。顷刻间，朱尔旦背着判官进了屋，把判官放在几案上，向判官三次举起酒杯酹地敬酒。大家看了这一情状，吓得哆哆嗦嗦，坐不住了，急忙请朱尔旦再把判官背回去。朱尔旦又把酒酹洒在地上，祷告说："弟子粗鲁无礼，大宗师想必不会见怪吧。我那粗陋的家门离此不远，理应有兴致时到我家来喝酒呀，但愿你不要有什么界限。"说罢，背起判官走了。

次日，众果招饮。抵暮，半醉而归，兴未阑①，挑灯独酌。忽有人搴帘入，视之，则判官也。朱起曰："意吾殆将死矣②！前夕冒渎③，今来加斧锧耶④？"判启浓髯微笑曰："非也。昨蒙高义相订⑤，夜偶暇，敬践达人之约⑥。"朱大悦，牵衣促坐，自起涤器爇火⑦。判曰："天道温和，可以冷饮。"朱如命，置瓶案上，奔告家人治肴果⑧。妻闻，大骇，戒勿出。朱不听，立俟治具以出⑨。易盏交酬⑩，始询姓氏，曰："我陆姓，无名字。"与谈古典⑪，应答如响。问："知制艺否⑫？"曰："妍媸亦颇辨之⑬。阴司诵读，与阳世略同。"陆豪饮，一举十觥⑭。朱因竟日饮，遂不觉玉山倾颓⑮，伏几醺睡。比醒，则残烛昏黄，鬼客已去。

【注释】

①兴未阑：指意犹未尽。阑，尽。

②意：自料。殆：大概，推测。

③冒渎：冒犯，亵渎。

④加斧锧（zhì）：指加以死罪。斧锧，古代杀人的刑具，类似于铡刀。斧，谓刀刃。锧，谓砧板。

⑤高义：犹高谊、盛情。相订：犹相约。订，定，约定。

⑥达人：这里是旷达之人的意思。

⑦涤器爇（ruò）火：清理饮酒的器具，生火准备温酒。

⑧治肴果：置办下酒的菜肴。治，置办。肴果，菜和果品。

⑨立俟（sì）治具：站着等置备肴果。俟，等待。

⑩易盏交酬：形容饮酒时的亲密。易盏，交换酒杯。交酬，互相敬酒。

⑪古典：此指具有典范性的古代名著。典，典籍。

⑫制艺：科举制度下应试的文章。指八股文。

⑬妍媸（yánchī）：美和丑。

⑭十觥（gōng）：形容酒量大。觥，古代酒杯。

⑮玉山倾颓：形容酒醉。玉山，形容容止体态和仪表的美好。南朝宋刘义庆《世说新语·容止》："嵇叔夜之为人也，岩岩若孤松之独立；其醉也，傀俄若玉山之将崩。"

【译文】

第二天，大家果然请朱尔旦吃了一顿酒席。傍晚，朱尔旦喝得半醉回来，酒瘾未能尽兴，便点上灯，自斟自饮。

忽然有人掀起帘子走了进来。一看，原来是判官。朱尔旦忙起身说："唉，我想大概真是快死了吧！昨晚多有冒犯，今天是来惩罚处死的吗？"判官掀起浓浓的胡须微笑着说："不是的。昨天承蒙盛情相邀，今夜偶然得闲，我是恭敬地来赴你这个达人的邀约啊。"朱尔旦听了非常高兴，拉着判官的衣袖，连忙请判官入座，然后亲自刷洗杯盘，点上烫酒的火。判官说："天气暖和，可以冷饮。"于是朱尔旦不再烫酒，把酒瓶子放在桌子上，然后急忙出去告诉家人准备酒菜果品。妻子听后，非常害怕，嘱咐丈夫不要出去了。朱尔旦不听，立等妻子准备妥当后便端着盘碗出来了。朱尔旦和判官你一杯我一盏地喝起来后，朱尔旦才问起判官的姓名，判官说："我姓陆，没有字。"谈起古代的典籍，陆判官应答如流。朱尔旦又问："你懂八股文吗？"陆判官说："美丑好坏也还都能分辨。阴间读书作文与阳间大略相同。"陆判官的酒量很大，一口气就喝下十大杯。朱尔旦因为喝了一天的酒，这时不知不觉醉得身子挺不住了，趴在桌子上酣睡起来。等朱尔旦醒过来，只见残灯昏黄，鬼客已经离去。

　　自是三两日辄一来，情益洽，时抵足卧①。朱献窗稿②，陆辄红勒之③，都言不佳。一夜，朱醉，先寝，陆犹自酌。忽醉梦中，觉脏腑微痛，醒而视之，则陆危坐床前④，破腔出肠胃，条条整理。愕曰："夙无仇怨，何以见杀？"陆笑曰："勿惧，我为君易慧心耳。"从容纳肠已，复合之，末以裹足布束朱腰。作用毕⑤，视榻上亦无血迹，腹间觉少麻木。见陆置肉块几上，问之。曰："此君心也。作文不快，知君之毛窍塞耳。适在冥间，于千万心中，拣得佳者一枚，为君易之，留此以补阙数⑥。"乃起，掩扉去。天明解视，则创缝已合，有绫而赤者存焉⑦。自是文思大进，过眼不忘。数日，又出文示陆。陆曰："可矣。但君福薄，不能大显贵，乡、科而已⑧。"问："何时？"曰："今岁必魁⑨。"未几，科试冠军，秋闱果中经元⑩。同社生素揶揄之，及见闱墨⑪，相视而惊，细询始知其异。共求朱先容⑫，愿纳交陆⑬。陆诺之。众大设以待之⑭。更初，陆至，赤髯生动，目炯炯如电。众茫乎无色，齿欲相击，渐引去。

【注释】

①抵足卧：同床睡眠。抵足，指脚对脚异向躺着。

②窗稿：指平时习作的文稿。读书人惯常在窗下写文章，故称。

③红勒：用朱笔删削、批改。宋沈括《梦溪笔谈·人事》载：北宋嘉祐年间，士人刘几"累为国学第一人，骤为怪险之语，学者翕然效之，遂成风俗。欧阳公（指欧阳修）深恶之。会公主文，决意痛惩。……有一举人论曰：'天地轧，万物茁，圣人发。'公曰：'此必刘几也。'戏续之曰：'秀才剌，试官刷。'乃以大朱笔横抹之，自首至尾，谓之红

勒帛，判'大纰缪'字榜之。既而果几也"。

④危坐：正襟危坐，端端正正地坐着。

⑤作用：施治，整治。用，治。

⑥阙（quē）数：欠缺的数额。

⑦绖（xiàn）：同"线"。

⑧乡、科：乡试、科试的省词。指举人、秀才的功名。

⑨魁：夺魁，考取第一名。即下文所谓"科试冠军，秋闱果中经元"。

⑩秋闱：指乡试。旧称试院为"闱"，而乡试在秋间举行，因称。经元：也称"经魁"，指前五名。明清科举考试，分五经取士。乡试及会试前五名，各为一经中的第一名。

⑪闱墨：清代于每届乡试、会试之后，由主考官选取中式试卷，编辑成书，叫做"闱墨"。

⑫先容：先作介绍。

⑬纳交：结交。

⑭大设：举行盛大仪式。

【译文】

从此，陆判官隔个两三天就来一次，两人交情更加融洽，有时脚挨脚同床而眠。朱尔旦把八股文文稿拿出给陆判官看，陆判官就操起朱笔批改，说都写得不好。一天夜晚，朱尔旦喝醉了，先睡去，陆判官仍然自斟自饮，继续喝着酒。醉梦中，朱尔旦忽然感觉脏腑微微疼痛，醒来一看，只见陆判官端坐在床前，正给他开膛破肚，一条条整理肠胃呢。朱尔旦惊呆了，问道："你我平常没有仇怨，为何杀我呀？"陆判官笑着说："莫害怕，我是为你替换个聪慧的心。"说着从容不迫地把肠子放到腹腔里，然后再把腹部缝合上，最后用裹脚布缠在朱尔旦的腰上。手术完毕，朱尔旦看到床上一点儿血迹也没有，只觉得肚子上稍有些发麻。朱尔旦看见陆判官把一块肉放在案桌上，便问那是什么。陆判官说："这就是你的心呵。看你作文不敏捷，知道你的心窍堵塞不通。刚才我在阴间，在成千上万的人心中，找到一个好的心，给你换上了。留下这个心来，准备拿回去补空缺。"说完，陆判官站起身，掩上屋门走了。天亮，朱尔旦解开裹脚布，伤口处已经愈合，只有一条红线痕迹存留。从此以后，朱尔旦写文章的能力飞跃进步，凡阅读过的典籍，过目不忘。过了几天，朱尔旦又把自己写的八股文拿给陆判官看。陆判官说："写得可以了。不过你的福气薄，不能够当大官，也不过中个秀才、举人吧。"朱尔旦问："什么时候啊？"陆判官说："今年必定考个头名。"不久，朱尔旦科考获得第一，秋天考试果然中了第一名举人。朱尔旦的社友平时总爱嘲笑他，此时，当大家见到朱尔旦的试卷后，个个目瞪口呆，无不惊服，细细打听后，才了解这桩异事。于是，大家一致请求朱尔旦向陆判官先为介绍，愿意跟陆判官交个朋友。陆判官答应了。大家大摆酒席，等待陆判官到来。一更初，陆判官来到，只见他红色胡须随风飘动，两目炯炯犹如电闪。众人被吓得失魂落魄，面无人色，身子发抖，牙齿相击，不久便一个个悄悄离席而去。

　　朱乃携陆归饮。既醺，朱曰："涮肠伐胃^①，受赐已多。尚有一事欲相烦，不知可否？"陆便请命。朱曰："心肠可易，面目想亦可更。山荆^②，予结发人^③，下体颇亦不恶，但头面不甚佳丽。尚欲烦君刀斧，如何？"陆笑曰："诺，容徐图之^④。"

【注释】

①涮（jiān）肠伐胃：洗肠剖胃。《五代史·周书·王仁裕传》：王仁裕少不知学，25 岁方思学习，"一夕，梦剖其肠胃，引西江水以浣之……及寤，心意豁然。自是资性绝高"。

②山荆：对人谦称自己的妻室。山，山人，即乡下人，山里人。谦称自己。荆，谦称妻子。《太平御览》引《列女传》："梁鸿妻孟光，荆钗布裙。"

③结发人：元配。古礼，成婚之夕，男左女右共髻束发，故称。

④徐图：从容做事，慢慢考虑。

【译文】

　　朱尔旦拉着陆判官回家去喝酒。喝到醉醺醺的时候，朱尔旦说："洗肠理胃的事，已经蒙受了很大的恩惠。不过还有一件事也想烦你帮忙，不知行不行？"陆判官便请朱尔旦尽管说出。朱尔旦说道："心肠可以更换，面孔想必也可以更换吧。我的老婆，是我的元配妻子，身子长得还不错，就是头面不怎么好看。我打算麻烦你再施展一下手术，可以吗？"陆判官笑着说："好吧，让我慢慢找机会办吧。"

过数日，半夜来叩关①。朱急起延入，烛之，见襟裹一物。诘之，曰："君曩所嘱，向艰物色。适得一美人首，敬报君命。"朱拨视，颈血犹湿。陆立促急入，勿惊禽犬。朱虑门户夜扃，陆至，一手推扉，扉自辟。引至卧室，见夫人侧身眠。陆以头授朱抱之，自于靴中出白刃如匕首，按夫人项，着力如切腐状，迎刃而解，首落枕畔。急于生怀取美人头合项上，详审端正，而后按捺。已而移枕塞肩际，命朱瘗首静所②，乃去。朱妻醒，觉颈间微麻，面颊甲错③，搓之，得血片，甚骇，呼婢汲盥④。婢见面血狼籍，惊绝。濯之，盆水尽赤。举首则面目全非，又骇极。夫人引镜自照，错愕不能自解。朱入告之。因反复细视，则长眉掩鬓，笑靥承颧⑤，画中人也。解领验之⑥，有红线一周，上下肉色，判然而异⑦。

【注释】
①叩关：敲门。
②瘗（yì）首静所：把头埋在僻静的地方。瘗，埋葬。
③甲错：鳞甲错杂。此处指面颊血污结痂，像鱼鳞似的。
④汲盥：打水盥洗。汲，提水。
⑤笑靥（yè）承颧（quán）：谓笑时口旁现出两个酒窝。靥，嘴旁边的小窝，俗称"酒窝"。颧，颧骨。酒窝在颧骨的下面，故云承。

⑥领：衣领。

⑦判然：分明，清楚。

【译文】

过了几天，陆判官半夜来敲门。朱尔旦急忙起身招呼他进来，在烛光下，看见陆判官衣襟中包着一个东西。问是什么，说："你从前嘱托我办的事，一直很难物色到合适的。刚才正好得到一个美女的头，现在赶忙来交差来了。"朱尔旦拨开一看，脖颈上的血还湿乎乎的。陆判官催促着快进入内室，不要惊动了鸡犬。朱尔旦正担心内室的门已经上了闩，陆判官走到，用手一推，门自动就打开了。朱尔旦把陆判官引到卧室，见夫人正侧着身子睡觉。陆判官让朱尔旦抱着美女的头，自己从皮靴中抽出一把像匕首一样锋利的刀，按着夫人的脖子，像切豆腐一样，手起刀落，脑袋一下子滚落在枕头旁边。陆判官急忙从朱尔旦怀中取过美女的头，合在夫人的脖子上，仔细端正了部位后，一一按捺合拢。然后陆判官把枕头拖过来塞在夫人肩侧，叫朱尔旦把原来的头埋在一个僻静的地方，然后就离开了。朱尔旦的妻子一觉醒来，觉得脖子微微发麻，脸干涩不平，用手一搓，掉下一些血痂，非常害怕，忙叫丫环打洗脸水。丫环进来，见到夫人脸上血迹斑斑，差点儿吓昏。用手给夫人洗脸，满盆水都变成了红色。抬起头来，跟从前完全不一样，又是一阵儿惊怕。夫人拿过镜子自己来照，也惊愕万分，不知出了什么事。这时，朱尔旦进了屋，把经过告诉了夫人。他反反复复仔仔细细看夫人的脸，只见长眉延伸到鬓发，面颊上显出一对酒窝，简直像画里的美人一样。解开她的衣领验视，脖颈有一圈细细的红色线痕，线痕上下的肉色完全不一样。

　　先是，吴侍御有女甚美①，未嫁而丧二夫，故十九犹未醮也②。上元游十王殿③。时游人甚杂，内有无赖贼窥而艳之，遂阴访居里④，乘夜梯入，穴寝门⑤，杀一婢于床下，逼女与淫。女力拒声喊，贼怒，亦杀之。吴夫人微闻闹声，呼婢往视，见尸，骇绝。举家尽起，停尸堂上，置首项侧，一门啼号，纷腾终夜。诘旦启衾⑥，则身在而失其首。遍挞侍女，谓所守不恪⑦，致葬犬腹。侍御告郡⑧，郡严限捕贼，三月而罪人弗得。

【注释】
①侍御：官名。"御史"的别称。明清属都察院，职称有左右都御史、左右副都御史、左右佥都御史、监察御史之别。
②醮（jiào）：女子嫁人。
③上元：元宵节。
④阴访：暗中查访。
⑤穴：打洞。寝门：卧室的门。
⑥诘旦：诘朝，第二天早晨。
⑦不恪（kè）：不慎重。恪，谨慎，恭敬。
⑧郡：此指郡衙。明清两代指知州、知府一类地方官的衙署。

【译文】

先前，吴侍御有个女儿，长得很漂亮，先后定了两家婚事，都是还没过门丈夫就死了，所以十九岁了，还没有嫁出去。正月十五元宵节，她去逛十王殿。当时游人很杂乱，其中有个无赖暗中看上了她的美艳，便悄悄侦查了她的居处，趁着夜黑乘梯子跳过墙，又在寝室门口挖洞钻进去，先在小姐床边杀死一个小丫环，接着便想强奸小姐。小姐拼命抗拒，大声呼喊，无赖急眼了，也把小姐杀了。吴夫人隐约听到喧闹声，喊丫环前去察看，丫环看见小姐身首异处吓坏了。这时全家上下都惊动起来，把小姐的尸身停放在厅堂上，把头放在她的脖颈旁，一门老少哭哭啼啼，闹腾了一夜。等到清晨，揭开覆盖小姐尸首的被单时，却发现尸身还在而头没有了。主人把所有侍女都鞭打了一顿，认为她们没有尽责守护，致使小姐的头颅成了野狗的腹中之物。吴侍御把杀人的案子报告了郡守，郡守严命衙役限期捉拿凶手，三个月过去了，凶手仍是没有抓到。

渐有以朱家换头之异闻吴公者。吴疑之，遣媪探诸其家。入见夫人，骇走以告吴公。公视女尸故存，惊疑无以自决，猜朱以左道杀女[1]，往诘朱。朱曰："室人梦易其首，实不解其何故。谓仆杀之，则冤也。"吴不信，讼之。收家人鞫之[2]，一如朱言，郡守不能决[3]。朱归，求计于陆。陆曰："不难，当使伊女自言之。"吴夜梦女曰："儿为苏溪杨大年所贼[4]，无与朱孝廉[5]。彼不艳于其妻，陆判官取儿头与之易之，是儿身死而头生也。愿勿相仇。"醒告夫人，所梦同。乃言于官。问之，果有杨大年，执而械之，遂伏其罪。吴乃诣朱，请见夫人，由此为翁婿。乃以朱妻首合女尸而葬焉。

【注释】

①左道：邪道，邪术。

②鞫（jū）：审讯。

③决：决断，判断。

④贼：杀害。

⑤无与朱孝廉：与朱孝廉无关。孝廉，明清时代指举人。

【译文】

　　渐渐有人将朱家妻子换头的奇异之事告诉了吴侍御。吴侍御起了疑心，便派了一个老妈子去朱家打听。老妈子见了朱夫人，吓得扭头就跑，回到府里报告了吴侍御。吴侍御看女儿的尸体仍然在，又惊又疑，弄不清是怎么回事，猜想可能是朱尔旦用妖术把女儿害了，于是，他到朱家盘问此事。朱尔旦对吴侍御说："我的妻子在梦中被换了头，实在不知道是怎么回事。说是我杀了小姐，真是冤枉。"吴侍御不信，告到了官府。官府把朱家的仆人抓去审问，说的都和朱尔旦一样，郡守无法断这个案子，只好把朱尔旦放了。朱尔旦回来，找到陆判官，请求他出主意。陆判官说："这事不难，我让吴家的女儿自己去说。"当夜，吴侍御梦见女儿说："孩儿是被苏溪的杨大年所害，与朱孝廉没有关系。他嫌妻子不够漂亮，陆判官便拿孩儿的头给他妻子换上了，所以孩儿身虽死，脑袋还在活着。希望不要与朱家结仇。”吴侍御醒来，把梦中事告诉夫人，夫人做的梦也一样。于是，吴侍御把梦中之事告诉了官府。官府一查问，果然有个叫杨大年的人，于是捉拿审讯，认罪伏法。吴侍御去拜访朱尔旦，请求与夫人相见，两人成了翁婿关系。商量着把朱尔旦妻子的头和吴侍御女儿的尸身合在一起埋葬了。

　　朱三入礼闱①，皆以场规被放②，于是灰心仕进。积三十年，一夕，陆告曰：“君寿不永矣。”问其期，对以五日。“能相救否？”曰：“惟天所命，人何能私？且自达人观之，生死一耳，何必生之为乐，死之为悲？”朱以为然。即治衣衾棺椁，既竟，盛服而没③。翌日，夫人方扶柩哭，朱忽冉冉自外至。夫人惧，朱曰：“我诚鬼，不异生时。虑尔寡母孤儿，殊恋恋耳！”夫人大恸，涕垂膺④，朱依依慰解之。夫人曰：“古有还魂之说，君既有灵，何不再生？”朱曰：“天数不可违也⑤。”问：“在阴司作何务？”曰：“陆判荐我督案务⑥，授有官爵，亦无所苦。”夫人欲再语，朱曰：“陆公与我同来，可设酒馔。”趋而出。夫人依言营备，但闻室中笑饮，亮气高声，宛若生前。半夜窥之，窅然已逝⑦。自是三数日辄一来，时而留宿缱绻⑧，家中事就便经纪⑨。子玮方五岁，来辄捉抱，至七八岁则灯下教读。子亦惠，九岁能文，十五入邑庠⑩，竟不知无父也。从此来渐疏，日月至焉而已⑪。

【注释】

①三入礼闱：三次参加进士试。礼闱，即会试。因其为礼部主办，故称之为"礼闱"。又因在春季举行，又称"春闱"。会试每三年一科，以丑、未、辰、戌年为会试正科，遇乡试恩科的第二年举行的会试，称为会试的恩科。

②以场规被放：由于违犯考场规则而被逐出场外或不予录取。参加科举考试时，如果挟带文书入场，或亲族任考官而不加回避等，均为违犯场规。而考卷违式，如题目写错，污损卷纸，越幅，抬头错误，不避圣讳等，也往往被取消考试资格。此处指后者。放，驱逐。

③没：去世。

④膺（yīng）：胸。

⑤天数：犹天命。

⑥督案务：监理案牍方面的事务。督，察视。案，案牍，官府文书。

⑦窅（yǎo）然：深远难见的样子。

⑧缱绻（qiǎnquǎn）：情投意合、缠绵的样子。

⑨经纪：料理。

⑩入邑庠（xiáng）：考中秀才。邑庠，县学。

⑪日月至焉：偶然来一次。《论语·雍也》："回也其心三月不违仁，其馀则日月至焉。"

【译文】

朱尔旦三次进京参加礼部的会试，都因为违反考场规定而落榜，于是对考试做官的路子不再积极。这样过了三十年，一天晚上，陆判官告诉朱尔旦说："你的寿命不长了。"朱尔旦问期限，回答说有五天。朱尔旦问："你能救我吗？"陆判官说："这都是上天的安排，怎能凭私愿行事？况且从通达的人看来，生死本是一回事，何必以生为快乐，以死为悲哀呢？"朱尔旦觉得很有道理。就去置办临终用的衣服被褥和棺材，就绪后，穿戴整齐，安然死去了。第二天，夫人正扶着灵柩哭，朱尔旦忽然从外面飘飘忽忽地回来。夫人非常害怕，朱尔旦说："我虽然确实是鬼，但与生时没有什么两样。我担心你们孤儿寡母的，实在恋恋不舍啊！"夫人听了不禁痛哭流涕，泪水沾湿了衣襟，朱尔旦柔情似水地安慰劝解着。夫人说："古代时候有还魂的说法，你既然能够显灵，何不再生？"朱尔旦说："上天的安排不能违背。"夫人问："你在阴间做什么事呢？"朱尔旦回答说："陆判官推荐我管理文案事物，享有官爵，也不受什么苦。"夫人还想再说些什么，朱尔旦说道："陆公跟我一块儿来的，可以准备些酒菜食物。"说完就快步出屋。夫人依照嘱咐准备酒食，只听到屋里欢笑饮酒，高声大嗓，还像生前一样。到半夜再窥视，屋里空荡荡的已不见二人的踪影了。从此之后，朱尔旦三五天就回家一趟，有时还留宿与妻子亲昵一番，顺便把家里的事情料理一下。朱尔旦的儿子名玮，刚五岁，每次回来都要抱一抱，等儿子长到七八岁的时候，就在灯下教他读书。儿子也挺聪明，九岁时就能写文章，十五岁时成为秀才，竟然不知道自己没有父亲。以后，朱尔旦渐渐回家次数越来越少，有时偶尔回来一次而已。

又一夕来，谓夫人曰："今与卿永诀矣。"问："何往？"曰："承帝命为太华卿①，行将远赴，事烦途隔，故不能来。"母子持之哭。曰："勿尔！儿已成立，家计尚可存活，岂有百岁不拆之鸾凤耶②！"顾子曰："好为人，勿堕父业。十年后一相见耳。"径出门去，于是遂绝。

【注释】

①太华卿：为蒲松龄杜撰的官职。太华，即西岳华山，在今陕西华阴南。因其西有少华山，故称"太华"。

②鸾凤：鸾和凤的合称，喻夫妻。鸾，传说中凤凰的一种，为雄性。

【译文】

有一天晚上，朱尔旦又来了，他对妻子说："今晚要跟你永别了。"妻子问："你要去哪里呀？"他说："天帝任命我担任太华卿，这就要到远处上任了，那里事情繁多而路途遥远，所以不能回来。"母子俩抱着朱尔旦哭，朱尔旦安慰说："不要这样！儿子已经长大成人，家里的生计还可以维持，哪里有百年不离散的夫妻呢！"又注视着儿子说："好好做人，不要坠毁父亲的家业名声。十年后我们可以再见一面。"说完，径直走出家门，从此就失去了音问。

后玮二十五，举进士，官行人^①。奉命祭西岳，道经华阴^②，忽有舆从羽葆^③，驰冲卤簿^④。讶之，审视车中人，其父也。下马哭伏道左。父停舆曰："官声好^⑤，我目瞑矣。"玮伏不起。朱促舆行，火驰不顾。去数步，回望，解佩刀遣人持赠，遥语曰："佩之当贵！"玮欲追从，见舆马人从，飘忽若风，瞬息不见。痛恨良久。抽刀视之，制极精工，镌字一行^⑥，曰："胆欲大而心欲小，智欲圆而行欲方^⑦。"

【注释】

①行人：官名。明代设有行人司，置司正及左右司副，下有行人若干，以进士充任。行人职掌捧节奉使，凡颁诏、册封、抚谕、征聘及祭祀山川神祇等，都由行人承担。

②华阴：县名。今属陕西。华山即在其境内。

③舆从羽葆：车马仪仗。舆从，车马侍从。羽葆，仪仗名。以鸟羽为装饰。《礼记·杂记》："匠人执羽葆御柩。"孔颖达疏："羽葆者，以鸟羽注于柄头，如盖，谓之羽葆。葆，谓盖也。"

④卤簿：秦汉时皇帝舆驾行幸时的仪仗队。汉以后王公大臣均置卤簿，于是也泛指官员仪仗。汉蔡邕《独断》："天子出，车驾次第，谓之卤簿。"汉应劭《汉官仪》解释："天子出车驾次第谓之卤，兵卫以甲盾居外为前导，皆谓之簿，故曰卤簿。"卤，大

型甲盾。甲盾的排列有明确规定，且著之簿籍，因称"卤簿"。

⑤声：声誉。下文"政声"之"声"，义同。

⑥镌（juān）：刻。

⑦胆欲大而心欲小，智欲圆而行欲方：意谓理想要远大，而心思要细密；智谋要周全，而行为要方正。语见《旧唐书·孙思邈传》。

【译文】

后来在朱玮二十五岁那年，他中了进士，官授行人之职。有一天，奉皇上之命，去祭祀西岳华山，道经华阴县的时候，忽然有一队用雉羽装饰车盖的队伍，不避出行的仪仗，急速驰来。朱玮很惊讶，仔细审视车中坐着的人，原来正是他的父亲。他跳下马来，哭着跪伏在道的左边，迎候父亲。朱尔旦停住车子，说道："你的官声很好，我可以瞑目九泉了。"朱玮依然跪伏不起。朱尔旦说完，催促车马起行，飞驰而去。车马跑出一段路，朱尔旦回头望了望，解下佩刀，派随从送给儿子，远远地对朱玮喊道："带上它会富贵！"朱玮想追随父亲，只见车马随从飘忽若风，眨眼之间不见了。朱玮悲恸遗憾的心情久久不能平复。他抽出佩刀仔细检视，只见佩刀制作非常精致，上面镌刻着一行字："胆欲大而心欲小，智欲圆而行欲方。"

玮后官至司马①，生五子，曰沉，曰潜，曰沕，曰浑，曰深。一夕，梦父曰："佩刀宜赠浑也。"从之。浑仕为总宪②，有政声。

【注释】

①司马：官名。古代为管领军队的高级官员称谓。汉武帝置大司马，为全国军政首脑，明清时期用为兵部尚书的别称，侍郎称少司马。此或指兵部尚书、侍郎一类官员。

②总宪：明清时为都察院长官左都御史的尊称。

【译文】

朱玮后来官做到了司马，共生了五个孩子，名字分别叫朱沉、朱潜、朱泃、朱浑、朱深。有一天晚上，梦见父亲说："佩刀应该送给浑儿。"他听从了父亲的嘱咐。朱浑后来当了左都御史，清正廉明，名声很好。

异史氏曰：断鹤续凫，矫作者妄①；移花接木②，创始者奇；而况加凿削于肝肠，施刀锥于颈项者哉！陆公者，可谓媸皮裹妍骨矣③。明季至今④，为岁不远⑤，陵阳陆公犹存乎？尚有灵焉否也？为之执鞭⑥，所忻慕焉⑦。

【注释】

①断鹤续凫，矫作者妄：意谓如果因为鹤的腿长而截之使短，因凫（野鸭）的腿短而续之使长，如此整容简直是妄为。《庄子·骈拇》："凫胫虽短，续之则忧；鹤胫虽长，断之则悲。"妄，谬，荒谬。

②移花接木：谓将一种花木嫁接到另一种花木之上，比喻陆判移心换头之术。

③媸皮裹妍骨：谓相貌丑陋而内心美好。媸皮，丑陋
　的相貌。妍骨，美好的骨肉。此谓美好的品行。

④明季：明代末年。

⑤为岁：犹为时。岁，指时间。

⑥为之执鞭：为其赶车。表示对人极度钦佩。执鞭，
　驭马赶车。

⑦忻慕：高兴而仰慕。《史记·管晏列传》："假令晏子
　而在，余虽为之执鞭，所忻慕焉。"

【译文】

　　异史氏说：把仙鹤的腿锯下来接在鸭子的腿上，以取
长补短，做这种事可谓异想天开；把一种花木嫁接到另一
种花木上，首创的人可谓奇思妙想；何况用斧凿修理人的
肝肠、用刀锥加于人的头颈进行改造呢！陆判官这个人，
真可以说是丑陋的外形包藏着美好的风骨啊。明末到现在，
年代还不太久远，陵阳的那个陆判官还在世间吗？还有灵
验吗？如果能为他执鞭效力，真是我所向往的。

婴宁

　　婴宁无疑在《聊斋志异》众多的人物形象中特别受到蒲松龄的喜爱，他在"异史氏曰"中称"我婴宁"，这在《聊斋志异》的人物中可以说极为罕见。

　　婴宁的性格受到了现代读者的喜爱，大凡《聊斋志异》的选本都选取了这篇作品。现代读者喜爱婴宁什么呢？喜爱她活泼天真，纯然的童心。尤其她开朗的笑声一直伴随着故事展开，具有鲜明的性格特色。这一性格既为蒲松龄所着意渲染也为其欣赏。正如他在"异史氏曰"中所说："房中植此一种，则合欢、忘忧并无颜色矣。若解语花，正嫌其作态耳。"

　　但是，一般读者往往忽视了故事的后半段中婴宁之所为，以及"异史氏曰"中的另一段话："而墙下恶作剧，其黠孰甚焉。至凄恋鬼母，反笑为哭，我婴宁殆隐于笑者矣。"故事的后半段突出的是婴宁的贞洁和孝顺，虽然在性格的逻辑上有些断裂，为现代读者不喜，但只有把故事的前半段和后半段合起来，婴宁的性格才完整；只有注意到"异史氏曰"中的这一段话，我们才能够全面理解蒲松龄塑造这个人物的立场。

　　《婴宁》中的景物描写色彩清丽纯朴，勾画出自然而鲜明的山野田园景色，有效衬托了婴宁"天然去雕饰"的性格，也显豁了产生婴宁性格的自然环境。

王子服，莒之罗店人①，早孤。绝惠②，十四入泮③。母最爱之，寻常不令游郊野。聘萧氏④，未嫁而夭，故求凰未就也⑤。会上元，有舅氏子吴生，邀同眺瞩⑥。方至村外，舅家有仆来，招吴去。生见游女如云，乘兴独遨⑦。有女郎携婢，撚梅花一枝⑧，容华绝代，笑容可掬。生注目不移，竟忘顾忌。女过去数武⑨，顾婢曰："个儿郎目灼灼似贼⑩！"遗花地上，笑语自去。

【注释】

①莒（jǔ）：在今山东日照莒县一带。清称莒州，属青州府管辖。

②绝惠：绝顶聪明。惠，通"慧"。

③入泮（pàn）：入县学为生员。泮，古代学官前水池。

④聘（pìn）：订婚。旧时订婚，男方须向女方行纳聘礼，称"行聘"或"文定"。

⑤求凰未就：独身之意。求凰，汉司马相如《琴歌》："凤兮凤兮归故乡，遨游四海求其凰。"相传此歌为向卓文君求爱而作，后因称男子求偶为"求凰"。

⑥眺瞩：登高望远。此指观赏景物。

⑦遨：游玩。

⑧撚（niǎn）：拈，轻巧地拿。

⑨数武：数步。武，此处为步之意。

⑩个儿郎：这个小伙子。个，这个。儿郎，指青年男子。

【译文】

　　王子服是莒州罗店地方的人，早年丧父。非常聪明，十四岁就考上了秀才。母亲特别疼爱他，平时不叫他到荒郊野外游玩。曾给他说了门亲事，姑娘姓萧，没嫁过来就死了，所以还是独身。元宵节那天，他舅舅家的孩子吴生，邀请他一块儿去登高望远。刚出村，舅舅家的仆人追来，把吴生招回去了。王子服一个人见出游的女子一群一伙的很多，便乘兴逛来逛去。有个女郎带着一个小丫环，拈着一枝梅花，容貌绝世，笑容可掬。王子服目不转睛地盯着她看，竟然一点儿顾忌也没有。女郎走过去几步，笑着对小丫环说："看那个儿郎，眼睛闪亮，死盯着别人，跟贼一样！"把梅枝扔在地上，跟丫环说笑着走开了。

　　生拾花怅然，神魂丧失，怏怏遂返。至家，藏花枕底，垂头而睡，不语亦不食。母忧之，醮禳益剧①，肌革锐减②。医师诊视，投剂发表③，忽忽若迷。母抚问所由④，默然不答。适吴生来，嘱密诘之。吴至榻前，生见之泪下。吴就榻慰解，渐致研诘⑤。生具吐其实⑥，且求谋画。吴笑曰："君意亦复痴！此愿有何难遂？当代访之。徒步于野，必非世家⑦。如其未字⑧，事固谐矣，不然，拚以重赂⑨，计必允遂。但得痊瘳⑩，成事在我。"生闻之，不觉解颐⑪。吴出告母，物色女子居里，而探访既穷，并无踪绪。母大忧，无所为计。然自吴去后，颜顿开，食亦略进。数日，吴复来，生问所谋。吴绐之曰⑫："已得之矣。我以为谁何人⑬，乃我姑氏女，即君姨妹行，今尚待聘。虽内戚有婚姻之嫌⑭，实告之，无不谐者。"生喜溢眉宇，问："居何里？"吴诡曰⑮："西南山中，去此可三十馀里。"生又付嘱再四，吴锐身自任而去⑯。

【注释】

①醮禳：祈祷消灾。醮，祭神。益剧：更加厉害。

②肌革锐减：消瘦得极快。肌革，犹肌肤。

③投剂：抓药。发表：中医药术语。指用药把病从体内表散出来。

④抚问所由：爱抚地问其得病的原因。

⑤研诘：细细追问。

⑥具：全，全部。

⑦世家：世代显贵之家，大户人家。

⑧字：女子许婚。

⑨拚（pàn）：不顾惜，豁出去。

⑩痊瘳（chōu）：痊愈。

⑪解颐：露出笑容。颐，面颊。

⑫绐（dài）：骗，欺哄。

⑬谁何：什么。

⑭内戚有婚姻之嫌：意谓姨表亲戚因血缘相近，通婚有所禁忌。内戚，内亲，妻的亲属。王子服与婴宁为表兄妹，故云"内戚"。

⑮诡曰：谎称，假说。

⑯锐身自任：挺身担当，自告奋勇。

【译文】

王子服怅然地拾起梅枝，神魂恍惚，怏怏不乐地回家。到了家里，王子服把花藏在枕头下，倒头便睡，不吃不喝，也不说话。母亲见他这样子很着急，就请和尚道士设坛驱邪，但王子服病情越来越重，瘦得不像样子。请来医生把脉诊治，开方下药，发散表邪，王子服也仍是恍恍惚惚、神思不清。母亲温柔地询问是怎么回事，王子服沉默不语。正巧吴生来到，母亲便嘱托吴生悄悄探寻犯病的原因。吴生走到床前，王子服一见便流下了眼泪。吴生便坐在床边安慰劝解，渐渐询问起他的心事。王子服把事情经过全部说了，还求吴生帮着想办法。吴生笑着说："你想得也太傻了！这个愿望有什么难以实现的？我替你寻找她。一个女儿家徒步到郊野去玩，说明必定不是豪门世家。如果还没曾许人，事情当然好办了；就是已经有了婆家，咱们豁出去多花些钱，估计也一定能够如愿。只要你病体康复，此事包在我身上。"王子服听了这话，不觉露出笑脸。吴生从王子服那里出来，把情况告诉了王子服的母亲，便四出打听那个女郎的居处；但不管如何寻查探访，始终没有找到女郎的踪迹。母亲非常忧虑，但什么办法也没有。然而，自从吴生走了之后，王子服愁颜顿开，也能稍微吃些东西了。几天后，吴生又来了，王子服问起事情进展。吴生骗他说："已经找到了。我以为是谁呢，原来就是我姑姑的女儿，也就是你的姨表妹，现在正等着找婆家。虽然是近亲不便谈婚论嫁，但假如诚恳地去说，没个不成的。"王子服喜上眉梢，问道："她住哪里啊？"吴生瞎编道："住在西南山中，离这里大概有三十里远。"王子服又嘱托再三，吴生拍着胸脯，满口答应，然后离去。

生由此饮食渐加，日就平复①。探视枕底，花虽枯，未便雕落。凝思把玩，如见其人。怪吴不至，折柬招之②。吴支托不肯赴召③，生恚怒④，悒悒不欢。母虑其复病，急为议姻，略与商榷⑤，辄摇首不愿，惟日盼吴。吴迄无耗⑥，益怨恨之。转思三十里非遥，何必仰息他人⑦？怀梅袖中，负气自往，而家人不知也。

【注释】

①平复：指病情好转。

②折柬：裁纸写信。柬，柬帖、信件、名片等的统称。

③支托：支吾推托。支，支吾，以含混之词搪塞。

④恚（huì）：愤怒，怨恨。

⑤商榷（què）：商量。榷，商讨。

⑥耗：音信。

⑦仰息他人：喻依赖他人。仰，仰仗。息，鼻息。指鼻腔呼吸的气息，呼气则温，吸气则寒。《后汉书·袁绍传》："袁绍孤客穷军，仰我鼻息，比如婴儿在股掌之上，绝其哺乳，立可饿杀。"

【译文】

王子服此后饮食逐渐增加，一天天好起来。他经常拿出枕头底下的梅枝凝神遐想，反复把玩，梅枝虽然干枯了，梅花却还没有怎么凋落。摆弄着这枝梅花，王子服便好像见到了那个姑娘。时间长了，王子服埋怨吴生不来，便写信召唤。吴生借口推托，不去见面，王子服又气又恨，郁郁寡欢起来。母亲怕他又病了，便赶紧替他筹划婚姻大事，可一跟他稍微商议，他就摇头拒绝，只是天天盼着吴生到来。吴生始终没有音讯，王子服更加怨恨。不过转念一想，三十里路也并非多远，干吗一定要仰仗别人的帮助呢？于是，他把枯梅放在袖里，赌着气，自己前往寻找，而家里人并不知晓。

伶仃独步^①，无可问程，但望南山行去。约三十馀里，乱山合沓^②，空翠爽肌，寂无人行，止有鸟道^③。遥望谷底，丛花乱树中，隐隐有小里落^④。下山入村，见舍宇无多，皆茅屋，而意甚修雅^⑤。北向一家，门前皆丝柳，墙内桃杏尤繁，间以修竹^⑥，野鸟格磔其中^⑦。意其园亭，不敢遽入。回顾对户，有巨石滑洁，因据坐少憩。俄闻墙内有女子，长呼"小荣"，其声娇细。方伫听间，一女郎由东而西，执杏花一朵，俛首自簪^⑧。举头见生，遂不复簪，含笑撚花而入。审视之，即上元途中所遇也。心骤喜。但念无以阶进^⑨，欲呼姨氏，顾从无还往，惧有讹误。门内无人可问。坐卧徘徊，自朝至于日昃^⑩，盈盈望断^⑪，并忘饥渴。时见女子露半面来窥，似讶其不去者。

【注释】

①伶仃：孤独的样子。

②合沓（tà）：重迭。

③鸟道：喻山路险峻狭窄，只有飞鸟可过。

④里落：村落，民居。

⑤意甚修雅：意境很美好幽雅。

⑥修竹：细长的竹子。修，长，高。

⑦格磔（zhé）：鸟鸣声。

⑧俛（fǔ）首：低头。

⑨阶进：搭讪的借口。阶，因由，凭借，台阶。进，接近，交往。

⑩日昃（zè）：太阳偏西。

⑪盈盈望断：犹言望穿秋水。形容盼望殷切。盈盈，形容眼波明澈如秋水，闪动有魅力。元王实甫《西厢记》："你若不去啊，望穿他盈盈秋水，蹙损他淡淡春山。"

【译文】

王子服独自一人孤零零在路上行走，连个问路的人都找不到，他只是一直向南山走去。大约走了三十多里，只见群山叠嶂，翠林爽人，山谷寂静无人，只有一条狭窄的小道。遥望山谷尽头，在花丛乱树的掩映中，隐隐约约有一个小村落。下山进村，见到房屋不多，都是茅草搭的小屋，而意境非常清净幽雅。朝北面的一家，门前种的都是垂柳，墙里桃树杏树尤其繁茂，中间还种着一丛竹林，野鸟在里面飞来飞去，欢快地鸣叫。王子服估计这是私家的庭院，不敢冒然进去。回头看看对面人家，门前有一块光洁的大石块，于是就坐在上面休息。不一会儿听到院墙内有个女子拉长声音呼叫"小荣"，声音娇婉动人。正专注倾听之间，有一位女郎由东向西，手执一朵杏花，正要低头往头上插。一抬头，看见王子服，便不再簪花，拈着花微笑进去了。王子服仔细打量这个女子，正是元宵节郊游时所遇到的。猛然惊喜非常，但想到没有借口上前相认，便打算呼叫姨妈，可是跟姨妈从来没有交往过，怕出现差错。这时院落里静悄悄的，无人可问。王子服坐也不是，站也不是，心神不宁，徘徊往复，从早晨一直挨到日落，殷殷盼着院里有人出来，忘了饥渴。期间，那个女郎从门缝里露出半个脸，窥探王子服，好像奇怪他为什么不离开这里。

　　忽一老媪扶杖出，顾生曰："何处郎君？闻自辰刻便来①，以至于今。意将何为？得勿饥耶？"生急起揖之，答云："将以盼亲②。"媪聋聩不闻③。又大言之，乃问："贵戚何姓？"生不能答。媪笑曰："奇哉！姓名尚自不知，何亲可探？我视郎君，亦书痴耳。不如从我来，啖以粗粝④，家有短榻可卧。待明朝归，询知姓氏，再来探访，不晚也。"生方腹馁思啖⑤，又从此渐近丽人，大喜。从媪入，见门内白石砌路，夹道红花，片片堕阶上。曲折而西，又启一关⑥，豆棚花架满庭中。肃客入舍⑦，粉壁光明如镜，窗外海棠枝朵，探入室中，裀藉几榻⑧，罔不洁泽。甫坐，即有人自窗外隐约相窥。媪唤："小荣！可速作黍⑨。"外有婢子嗷声而应⑩。坐次⑪，具展宗阀⑫。媪曰："郎君外祖，莫姓吴否？"曰："然。"媪惊曰："是吾甥也！尊堂，我妹子。年来以家窭贫⑬，又无三尺男⑭，遂至音问梗塞。甥长成如许，尚不相识。"生曰："此来即为姨也，匆遽遂忘姓氏。"媪曰："老身秦姓，并无诞育。弱息仅存⑮，亦为庶产⑯，渠母改醮，遗我鞠养。颇亦不钝，但少教训，嬉不知愁。少顷，使来拜识。"

【注释】

①辰刻：早上7点到9点左右。

②盻亲：探亲。

③聋聩不闻：耳聋听不到。聋聩，失聪。

④粗粝（lì）：糙米，喻粗茶淡饭。

⑤腹馁（něi）思啖：肚子饿了想吃饭。馁，饥。啖，吃。

⑥关：门。

⑦肃客：请客人进入。《礼记·曲礼》："主人肃客而入。"

⑧裀（yīn）藉：垫席。裀，通"茵"，指褥垫、毯子之类。

⑨作黍：做饭。黍，黄米。

⑩嗷（jiào）声而应：高声答应。

⑪坐次：坐着的时候。次，指事件正在进行时。

⑫展：陈述。宗阀：家族门第。

⑬窭（jù）贫：贫穷。《诗·邶风·北门》："终窭且贫。"朱熹注："窭者，贫而无以为礼也。"

⑭无三尺男：谓家没有男性。三尺男，指成年男性。

⑮弱息：本指幼弱的子女，后多指女儿。

⑯庶产：妾生。封建家族中，侧室称"庶"，所生子女称"庶出"。

【译文】

忽然有个老太婆拄着拐杖出来，对王子服说："你是哪里来的郎君？听说一大早就来了，一直呆到这时。你打算干什么呢？是不是饿了呀？"王子服赶忙站起身作揖，回答说："等着找亲戚呢。"老太婆耳聋没听见。又大声说了一遍，这才听明白，问道："你的亲戚叫什么名字啊？"王子服回答不出来。老太太笑着说："好怪哟！姓名都不知道，怎么探访亲戚啊？我看你呀，也是个书呆子吧。不如跟我进来，吃点儿粗茶淡饭，家里还有小床可以躺着，将就住上一宿。等到明天回家，打听好姓什么，再来探访也不迟。"王子服正饥肠辘辘，想吃东西，何况又可以接近那个漂亮姑娘，非常高兴。跟从着老太婆走进门去，只见门内白石铺路，夹道栽着花草，落英缤纷，坠落在台阶上。沿着小路曲折向西，又过一道小门，满院子都是豆棚花架。老太婆把王子服请到屋里，只见室内整洁，粉白的墙壁，明净的窗户，光亮鲜明像镜子一样，窗外海棠树的柔枝艳朵探入室中，床上的铺盖及桌椅家具也都是干干净净的。王子服刚坐下，就有人从窗外隐隐约约窥视。老太婆唤道："小荣，快去做饭！"外边有个丫环高声应答。坐了一会儿，聊起了家世。老太婆说："郎君的外祖家是不是姓吴？"王子服说："是。"老太婆吃惊地说："你是我外甥呀！你的母亲就是我的妹子。近年来，因为家里贫穷，又没个男孩子，也就不通音讯。外甥长得这么大了，还不相识呢。"王子服说："这次就是为姨妈而来，匆忙中就忘了姓什么。"老太婆说："我姓秦，没有生过孩子。只有个女孩，是庶出的，她母亲改嫁，送给我抚养。人倒不笨，就是少些教导，嘻嘻哈哈地不知道发愁。过一会儿，叫她见见你。"

　　未几，婢子具饭，雏尾盈握①。媪劝餐已，婢来敛具②。媪曰："唤宁姑来。"婢应去。良久，闻户外隐有笑声。媪又唤曰："婴宁，汝姨兄在此。"户外嗤嗤笑不已。婢推之以入，犹掩其口，笑不可遏。媪瞋目曰③："有客在，咤咤叱叱，是何景象？"女忍笑而立，生揖之。媪曰："此王郎，汝姨子。一家尚不相识，可笑人也。"生问："妹子年几何矣？"媪未能解，生又言之，女复笑，不可仰视。媪谓生曰："我言少教诲，此可见矣。年已十六，呆痴裁如婴儿④。"生曰："小于甥一岁。"曰："阿甥已十七矣。得非庚午属马者耶⑤？"生首应之。又问："甥妇阿谁？"答云："无之。"曰："如甥才貌，何十七岁犹未聘？婴宁亦无姑家⑥，极相匹敌⑦，惜有内亲之嫌。"生无语，目注婴宁，不遑他瞬。婢向女小语云："目灼灼，贼腔未改！"女又大笑，顾婢曰："视碧桃开未？"遽起，以袖掩口，细碎连步而出。至门外，笑声始纵。媪亦起，唤婢襆被⑧，为生安置。曰："阿甥来不易，宜留三五日，迟迟送汝归⑨。如嫌幽闷，舍后有小园，可供消遣，有书可读。"

【注释】

①雏尾盈握：指肥嫩的雏鸡。《礼记·内则》："雏尾不盈握，弗食。"雏，此指小鸡。盈握，满一把。鸡的尾部满一把，言其肥。

②敛具：收拾餐具。

③瞋（chēn）目：生气地看对方一眼。瞋，生气。

④裁：通"才"。

⑤庚午属马：庚午年生人，属马。古时以鼠、牛、虎、兔、龙、蛇、马、羊、猴、鸡、犬、猪十二种动物，来配十二地支子、丑、寅、卯、辰、巳、午、未、申、酉、戌、亥，称为"十二属"或"十二生肖"。庚午年生人应属马。

⑥姑家：婆家。

⑦匹敌：般配。敌，相当。

⑧襆（pú）被：指整理床铺。

⑨迟迟：慢慢地。指过些时候。

【译文】

不一会儿，丫环做好了饭，有肥嫩的小仔鸡，很是丰盛。老太婆不断让王子服多吃点儿，吃过饭，丫环进来收拾餐具。老太婆说："叫宁姑进来。"丫环应声而去。过了好一会儿，听见门外隐隐有笑声。老太婆又叫道："婴宁，你的姨表哥在这里。"门外仍是"吃吃"地不断地笑。丫环把婴宁推进来，婴宁还在捂着嘴笑得不能控制。老太婆瞪了她一眼，说道："有客人在，还是叽叽嘎嘎的，像个什么样子？"姑娘忍住笑站在一边，王子服向姑娘作揖行礼。老太太说："这是王郎，你姨妈的儿子。一家人还不相识，真是让人笑了。"王子服问道："妹妹几岁了？"老太婆一时没有听明白，王子服又说了一遍，这时姑娘又笑起来，笑得头都抬不起来了。老太婆对王子服说："我说过她少教育，这时看到了吧。年纪都十六岁了，还傻呆呆的像个婴儿。"王子服说："比我小一岁。"老太婆说："外甥已经十七岁。大概是庚午年生，属马的吧？"王子服点头答应。老太婆又问："外甥媳妇是谁呀？"王子服回答说："还没有呢。"老太婆说："像外甥这样的才貌，怎么十七岁了还没定亲呢？婴宁也还没有婆家，你们俩极为匹配，可惜姨表兄妹结婚不太好。"王子服没说话，只是注视着婴宁，顾不上眨眼旁视。丫环对姑娘小声说："还是目光灼灼的，没改那个贼样！"姑娘又大笑起来，对丫环说："咱们去看看碧桃开没开？"立刻站起来，用袖子掩着嘴，迈着细碎快步走出去了。走到门外，才放声大笑起来。老太婆也站了起来，招呼丫环为王子服收拾床铺安排就寝。对王子服说："外甥来一趟不容易，最好多住个三五天，慢慢再送你回家。如果嫌屋里寂寞憋闷，屋后有个小庭园，可以消闲排遣，也有书可供阅读。"

次日，至舍后，果有园半亩，细草铺毡，杨花糁径①，有草舍三楹②，花木四合其所。穿花小步，闻树头苏苏有声，仰视，则婴宁在上，见生来，狂笑欲堕。生曰："勿尔，堕矣！"女且下且笑，不能自止。方将及地，失手而堕，笑乃止。生扶之，阴捘其腕③，女笑又作，倚树不能行，良久乃罢。生俟其笑歇，乃出袖中花示之。女接之曰："枯矣。何留之？"曰："此上元妹子所遗，故存之。"问："存之何意？"曰："以示相爱不忘也。自上元相遇，凝思成疾，自分化为异物④，不图得见颜色，幸垂怜悯。"女曰："此大细事⑤。至戚何所靳惜⑥？待郎行时，园中花，当唤老奴来，折一巨捆负送之。"生曰："妹子痴耶？""何便是痴？"曰："我非爱花，爱撚花之人耳。"女曰："葭莩之情⑦，爱何待言。"生曰："我所谓爱，非瓜葛之爱⑧，乃夫妻之爱。"女曰："有以异乎？"曰："夜共枕席耳。"女俛思良久，曰："我不惯与生人睡。"语未已，婢潜至，生惶恐遁去。

【注释】

①杨花糁（sǎn）径：小路上星星点点地撒满了杨花粉粒。糁，碎米屑，泛指散乱的粒状细物。此谓撒落。

②三楹：三间房子。楹，堂屋前的柱子，也是古代计算房屋的数量单位。

③阴：暗地里。捘（zùn）：捏。

④化为异物：指人死亡。异物，指死亡的人，鬼的讳词。

⑤大细事：极小的事。

⑥靳惜：吝惜。

⑦葭莩（jiā fú）之情：亲戚情谊疏远淡薄。《汉书·中

山王传》:"非有葭莩之亲。"葭莩,芦苇内壁的薄膜,喻指疏远的亲戚,也泛指亲戚。

⑧非瓜葛之爱:不是一般关系的情感。瓜、葛,都是牵连很长的蔓生植物,一般比喻疏远的亲戚或疏远的感情。汉蔡邕《独断》:"四姓小侯,诸侯家妇,凡与先帝先后有瓜葛者……皆会。"此处的瓜葛之爱也即上文的"葭莩之情"。

【译文】

第二天,王子服来到房后,果然有半亩地的园子,细绒绒的小草犹如绿色地毯,杨花点点洒满小径上,园内有草屋三间,四周长满了花木。他穿过花丛,慢慢走着,只听见树头上有"簌簌"的响声,仰头一看,原来婴宁在树上。婴宁见王子服走来,大笑得差点儿掉下来。王子服急忙喊道:"别笑了,要掉下来!"婴宁一边下,一边笑,笑个不停。快要到达地面时,一个失手掉了下来,笑声才收住。王子服上前扶她,乘机悄悄掐了一下她的手腕,婴宁又笑起来,倚着树笑得迈不开步,许久才停住。王子服待她笑停,才从袖中掏出梅花枝给她看。婴宁接过来,说:"都枯萎了。为什么还留着它呢?"王子服说:"这是元宵节妹子留下的,所以保存至今。"婴宁说:"保存着它是什么用意?"王子服说:"用它表示爱恋不相忘啊。自从元宵节相遇,我凝聚成想,相思得病,原以为性命不保,化为鬼物,没想到今天能够与妹妹相见,希望可怜可怜我。"婴宁说:"这太不算个事了。自家的近亲有什么舍不得的呢?等兄长走时,就叫个老仆人,把园中的花,摘它一大捆,

婴宁

一三三

给你背着送去。"王子服说："妹子是个呆子吗？"婴宁问："为什么说是个呆子呢？"王子服说："我不是爱花，是爱拈花的人啊。"婴宁说："亲戚的情分，爱还用说吗？"王子服说："我所说的爱，并非亲戚之间的爱，而是夫妻之间的那种爱。"婴宁说："这有什么不同吗？"王子服说："夜里要同床共枕呀。"婴宁低着头思考了很长时间，说："我不习惯和生人睡觉。"话没说完，丫环不声不响地来到，王子服惶恐不安地离去了。

少时，会母所。母问："何往？"女答以园中共话。媪曰："饭熟已久，有何长言，周遮乃尔①？"女曰："大哥欲我共寝。"言未已，生大窘，急目瞪之，女微笑而止。幸媪不闻，犹絮絮究诘，生急以他词掩之。因小语责女，女曰："适此语不应说耶？"生曰："此背人语。"女曰："背他人，岂得背老母？且寝处亦常事，何讳之？"生恨其痴，无术可以悟之。食方竟，家中人捉双卫来寻生②。

【注释】

① 周遮乃尔：这样絮叨啰唆。周遮，言语烦琐。

② 捉双卫：牵着两头驴子。捉，牵。卫，驴的别称。宋罗愿《尔雅翼》："驴一名卫。或曰：晋卫玠好乘之，故以为名。"

【译文】

一会儿，王子服与婴宁在老太婆的屋里又见面了。老太婆问婴宁："你们到哪里去了？"婴宁回答说和王子服在庭园里一起聊天。老太婆又说："饭早就熟了，有什么没完没了的话，说这么长时间啊？"婴宁说："大哥要跟我一块儿睡觉。"话没有说完，王子服尴尬极了，急忙用眼睛瞪她，婴宁微微一笑不再说下去。幸好老太婆耳聋没听清，依然絮絮叨叨盘问不止，王子服忙用别的话遮掩过去。王子服小声责怪婴宁，婴宁说："难道刚才的话不应该说吗？"王子服说："这是背人的话。"婴宁说："背别人，怎么能背老母啊？再说睡觉也是常事，有什么不好说的？"王子服恨她呆傻，可也没有方法让她明白。刚吃完饭，王子服家中有人牵了两头毛驴找他来了。

先是，母待生久不归，始疑，村中搜觅几遍，竟无踪兆。因往询吴。吴忆曩言①，因教于西南山村行觅。凡历数村，始至于此。生出门，适相值，便入告媪，且请偕女同归。媪喜曰："我有志②，匪伊朝夕③。但残躯不能远涉，得甥携妹子去，识认阿姨，大好！"呼婴宁，宁笑至。媪曰："有何喜，笑辄不辍？若不笑，当为全人。"因怒之以目。乃曰："大哥欲同汝去，可便装束。"又饷家人酒食，始送之出曰："姨家田产丰裕，能养冗人④。到彼且勿归，小学诗礼⑤，亦好事翁姑。即烦阿姨，为汝择一良匹。"二人遂发。至山坳，回顾，犹依稀见媪倚门北望也。

【注释】

①曩（nǎng）言：从前的话，即吴生诓骗王子服的话。

②志：此处是想法的意思。

③匪伊朝夕：不止一日。匪，同"非"。伊，句中
　语词。

④冗人：闲人。

⑤小学诗礼：稍微学一下诗书礼节。小，稍，略。

【译文】

　　原来，王母见王子服久久没回来，心中开始疑虑，在村中找了个遍，竟然毫无踪影。后来又去吴生那里打听。吴生想起从前说过的话，所以教人到西南山村去寻找。寻找的人经过了好几个村子，才到达这里。王子服出门，正好碰上来的人，于是进去禀报老太婆，还请求带着婴宁一起回去。老太婆高兴地说："我有这个想法也不是一天半天的了。只是我身老体迈不能走远路，外甥能够带着妹子回家去，认识一下姨妈，太好了！"说罢就叫婴宁，婴宁笑着来了。老太婆说："有什么喜事，笑个没完没了？如果把这个爱笑的毛病去掉，就是个十全十美的人了。"说着生气地看着她。接着说："大哥打算带你一同回去，现在就去收拾收拾吧。"老太婆又招待王家来人吃了酒菜饭食，然后把他们送到大门口，叮嘱婴宁说："你姨妈家田产丰裕，养得起个把闲人。到了那里不必急着回来，学点儿诗书礼仪，将来也好侍候公婆。顺便麻烦你姨妈，给你找个好丈夫。"王子服和婴宁起程上路。走到山坳，回头看望，还仿佛能见到老太婆仍然靠着门向北方眺望着。

抵家，母睹姝丽，惊问为谁，生以姨女对。母曰："前吴郎与儿言者，诈也。我未有姊，何以得甥？"问女，女曰："我非母出。父为秦氏，没时，儿在襁中，不能记忆。"母曰："我一姊适秦氏，良确，然姐谢已久^①，那得复存？"因审诘面庞、志赘^②，一一符合。又疑曰："是矣。然亡已多年，何得复存？"疑虑间，吴生至，女避入室。吴询得故，惘然久之，忽曰："此女名婴宁耶？"生然之，吴亟称怪事。问所自知，吴曰："秦家姑去世后，姑丈鳏居^③，祟于狐，病瘵死。狐生女，名婴宁，绷卧床上，家人皆见之。姑丈殁，狐犹时来，后求天师符黏壁间^④，狐遂携女去。将勿此耶？"彼此疑参^⑤。但闻室中吃吃^⑥，皆婴宁笑声。母曰："此女亦太憨生^⑦。"吴请面之。母入室，女犹浓笑不顾。母促令出，始极力忍笑，又面壁移时，方出。才一展拜，翻然遽入，放声大笑。满室妇女，为之粲然。

【注释】

①姐（cú）谢：死亡。
②面庞：相貌。志赘：指身体上的特征或标记。志，通"痣"。赘，赘疣，俗称"瘊子"。
③鳏（guān）居：无妻独居。
④天师符：张天师的神符。天师，道教指东汉张道陵及其后裔。
⑤疑参：疑惑参详。

⑥吃吃：笑声。

⑦憨（hān）生：娇痴。憨，傻。生，语助词。

【译文】

到了家，王母发现有个非常漂亮的姑娘，惊问是谁，王子服说是姨家的女儿。母亲说："从前吴郎对你说的话，那是骗你的。我没有姐姐，哪里来的外甥女呀？"又询问婴宁，婴宁说："我不是这个母亲生的。我的父亲姓秦，他死时，我还在襁褓中，记不得了。"王母说："我有一个姐姐嫁给秦家，这是确实的，不过，她早就死了，怎么会还在呢？"于是细细询问婴宁母亲的面庞及其皮肤痣疣，都一一符合姐姐的特点。又疑心地说："也是的。不过死了很多年了，怎么能还活着呢？"正在疑虑中，吴生来了，婴宁躲进内室。吴生询问了事情经过，也怅惘迷惑不解。突然他问道："这个姑娘叫婴宁吗？"王子服答应是，吴生连称怪事。王子服问吴生是怎么知道的，吴生便说："秦家姑姑去世后，姑父一人在家独居，被狐狸精所迷，全身消瘦病死。狐狸生了个女儿叫婴宁，用襁褓包着放在床上，家里人都看见了。姑夫死后，狐狸还常来，后来请来张天师的符贴在墙壁上，狐狸才带着婴宁离开。莫非就是她了吧？"大家都拿不准地议论着这件事情。只听见内室里婴宁"吃吃"地笑个不停。王母说："这个丫头也太憨了。"吴生希望见见婴宁。王母便进入内室，婴宁仍旧不管不顾地憨笑着。王母催她出去见客，这才极力忍住笑，又面对着墙壁镇静了好一会儿才出来。她出来后，冲吴生刚行完礼，便转身跑回去，放声大笑起来。引逗得满屋子的女人忍不住也笑起来。

吴请往觇其异①，就便执柯②。寻至村所，庐舍全无，山花零落而已。吴忆姑葬处，仿佛不远，然坟垅湮没③，莫可辨识，诧叹而返。母疑其为鬼，入告吴言，女略无骇意。又吊其无家④，亦殊无悲意，孜孜憨笑而已⑤。众莫之测。母令与少女同寝止。昧爽即来省问⑥，操女红精巧绝伦⑦。但善笑，禁之亦不可止，然笑处嫣然，狂而不损其媚，人皆乐之，邻女少妇，争承迎之。

【注释】

①觇（chān）：看，侦伺。

②就便执柯：顺便做媒。执柯，做媒。语出《诗·风·伐柯》。

③垅：坟。湮（yīn）没：埋没。

④吊：怜悯。

⑤孜孜（zī）：不停地。

⑥昧爽：黎明。省（xǐng）问：问候，问安。

⑦女红（gōng）：旧时指妇女所作的纺织、刺绣、缝纫等事。红，通"工"。

【译文】

吴生提出自己前往婴宁家看个究竟，顺便替王子服说媒。找到山村那个地方，一间屋舍也没有看见，只见遍地凋零的山花。吴生想起姑姑埋葬的地方仿佛就在附近，只是坟头荒没，无法子辨认，只好诧异感叹而回。王母听说后，怀疑婴宁是鬼，便把吴生的话告诉婴宁，婴宁一点儿也不害怕。王母哀怜她孤苦无依，婴宁却也毫无伤感的心情，只是一刻也不停地傻笑。大家都捉摸不透。王母叫婴宁和小女儿一同生活起居。婴宁很懂事，每天早早地来给王母请安；做起针线活来，精巧绝伦，无人能比。可就是喜欢笑，禁止也禁止不住，不过嬉笑的时候风姿嫣然，即使大笑也不失其妩媚，大家都很喜爱她，邻里的妇女姑娘也都争着同她要好交往。

母择吉将为合卺^①，而终恐为鬼物。窃于日中窥之，形影殊无少异^②。至日，使华妆行新妇礼，女笑极不能俯仰，遂罢。生以其憨痴，恐漏泄房中隐事，而女殊密秘，不肯道一语。每值母忧怒，女至，一笑即解。奴婢小过，恐遭鞭楚，辄求诣母共话，罪婢投见，恒得免。而爱花成癖，物色遍戚党^③，窃典金钗，购佳种，数月，阶砌藩溷^④，无非花者。

【注释】

① 择吉：选择吉日良辰。合卺（jǐn）：古代婚礼中的一种仪式。剖一瓠为两瓢，新婚夫妇各执一瓢，斟酒以饮。后多以"合卺"代指成婚。《礼记·昏义》："合卺而酳。"孔颖达疏："以一瓠分为二瓢谓之卺，婿之与妇各执一片以酳。"酳（yìn），用酒漱口。

② 窃于日中窥之，形影殊无少异：按照民间传说，鬼不能见太阳，在日光下也没有影子，因而王母以此检验婴宁是否为鬼物。

③戚党：亲戚朋友。
④阶砌藩溷（hùn）：形容院子里的所有地方。阶砌，台阶。藩，篱笆。溷，粪坑。

【译文】
　　王母准备选择个吉日良辰让二人拜堂成婚，但总怕婴宁是个鬼物。后来在太阳底下，偷偷察看婴宁的身影，她的身形影子与常人没有一点儿不同才彻底放心。到了拜堂那天，让婴宁盛装打扮行新娘礼，婴宁笑得不可开交，婚礼无法规范进行只好作罢。王子服由于婴宁生性又憨又傻，担心她向外人泄漏男女房中的私情，没想到婴宁却严守房中隐秘，从来不向别人说一句。每逢王母忧愁生气时，只要婴宁来了，一笑就能化解。奴婢使女犯了小过错，怕遭到鞭打，就央求婴宁先去王母那里说话，然后犯错的奴婢再去投见，往往就可以免去责罚。只是婴宁爱花成癖，凡是亲戚朋友家有好花，她都搜集个遍，有时连金钗首饰也暗里当出去，用来购买好品种，几个月后，院里所有地方，台阶两旁、茅厕周围，没有地方没有花的。

　　庭后有木香一架①，故邻西家②。女每攀登其上，摘供簪玩③。母时遇见，辄诃之，女卒不改。一日，西人子见之④，凝注倾倒。女不避而笑。西人子谓女意已属，心益荡。女指墙底笑而下，西人子谓示约处，大悦。及昏而往，女果在焉。就而淫之，则阴如锥刺，痛彻于心，大号而踣⑤。细视，非女，则一枯木卧墙边，所接乃水淋窍也。邻父闻声，急奔研问，呻而不言。妻来，始以实告。爇火烛窍，见中有巨蝎，如小蟹然，翁碎木捉杀之，负子至家，半夜寻卒。邻人讼生，讦发婴宁妖异⑥。邑宰素仰生才，稔知其笃行士⑦，谓邻翁讼诬，将杖责之。生为乞免，逐释而出。母谓女曰："憨狂尔尔，早知过喜而伏忧也。邑令神明，幸不牵累，设鹘突官宰⑧，必逮妇女质公堂，我儿何颜见戚里？"女正色，矢不复笑⑨。母曰："人罔不笑，但须有时。"而女由是竟不复笑，虽故逗，亦终不笑，然竟日未尝有戚容。

【注释】

①木香：多年生草本菊科植物，是云木香和川木香的合称，根茎可入药。

②邻：紧挨着。西家：西边住的邻居。

③簪玩：妇女折花，有时插戴在发髻之上，有时插养于瓶中赏玩，因合称。

④西人子：西边邻居家的儿子。

⑤踣（bó）：跌倒。

⑥讦（jié）：揭发，举报。

⑦笃行士：品行忠厚的读书人。

⑧鹘（hú）突：糊涂。

⑨矢：发誓。

【译文】

庭院的后面有一架木香花，一直紧挨着西边邻居家的院墙。婴宁经常爬到木香花架子上，摘些花插在头上或放在屋里把玩。王母看到时，经常责怪她，她始终不听。一天，西邻家的儿子看到了正在花架子上摘花的婴宁，被她的姿容所迷，死死地盯着看。婴宁没有回避还照样笑。西邻家的儿子误以为婴宁有意，更加心驰意迷。婴宁手指着墙根，一边笑，一边爬下来，西邻家的儿子以为那是告诉他约会的地方，非常高兴。盼到黄昏，西邻家的儿子前去墙根，果然婴宁在那里。西邻家的儿子便过去奸淫婴宁，没想到生殖器像被锥子刺了一样，疼彻心肺，大叫倒地。仔细一看，根本不是婴宁，而是一根枯木横在墙根边，生殖器所接触到的是一个被雨水泡烂了的窟窿。西邻家的父亲听到叫声，急忙跑过来询问，西邻家的儿子只是呻吟着不说话。妻子来了，才如实说了事情经过。点上灯火照亮窟窿，只见其中有一个大蝎子，像小螃蟹一般大，西邻家的父亲劈开了木头，打死了蝎子，背着儿子回到家，半夜儿子就死了。西邻家把王子服告了，揭发婴宁妖异作怪。县官平时很钦佩王子服的才学，熟知他是个行为正派的书生，判定西邻家的父亲是诬告，准备杖打处罚。王子服替邻居乞求免打，县官这才把邻居老头解了绑，赶了出去。事后，王母对婴宁说："憨傻成这个样子，早就知道过度的喜乐会隐藏着忧患。幸亏县官明察，这才没有被牵累，如果遇上个糊涂的长官，必定会把你抓到公堂上对质，那时我儿还有什么脸面再见亲戚朋友？"婴宁严肃起来，发誓从今以后决不再笑。王母说："人哪有不笑的，只不过应该有时有节啊。"但从此以后婴宁竟然真的不再笑了，即使是有人逗她也不再笑。不过，也从见不到她有悲伤的面容。

　　一夕，对生零涕。异之。女哽咽曰："曩以相从日浅，言之恐致骇怪。今日察姑及郎，皆过爱无有异心，直告或无妨乎？妾本狐产。母临去，以妾托鬼母，相依十馀年，始有今日。妾又无兄弟，所恃者惟君。老母岑寂山阿①，无人怜而合厝之②，九泉辄为悼恨。君倘不惜烦费，使地下人消此怨恫③，庶养女者不忍溺弃。"生诺之，然虑坟冢迷于荒草，女但言无虑。刻日，夫妻舆榇而往④。女于荒烟错楚中⑤，指示墓处，果得妪尸，肤革犹存。女抚哭哀痛。舁归⑥，寻秦氏墓合葬焉。是夜，生梦妪来称谢，寤而述之。女曰："妾夜见之，嘱勿惊郎君耳。"生恨不邀留。女曰："彼鬼也，生人多，阳气胜，何能久居？"生问小荣，曰："是亦狐，最黠，狐母留以视妾，每摄饵相哺⑦，故德之，常不去心。昨问母，云已嫁之。"由是岁值寒食⑧，夫妻登秦墓，拜扫无缺。女逾年生一子，在怀抱中，不畏生人，见人辄笑，亦大有母风云。

【注释】

① 岑寂山阿：在山阿居住很孤寂。晋陶渊明《挽歌》："死去何所道，托体同山阿。"岑寂，寂寞。山阿，山中曲坳处。

② 合厝（cuò）：合葬。厝，安葬。

③怨恫：悲伤痛苦。

④舆櫬（chèn）：以车载棺。櫬，棺材。

⑤错楚：丛杂的树木。

⑥舁（yú）：抬。

⑦摄饵：摄取食物。哺：喂养。

⑧寒食：阴历清明节前两天为寒食。古时在这一天不举火，据说是为了纪念春秋时晋人介子推的焚死绵山。习惯每年寒食到清明期间为扫墓的日子。

【译文】

一天晚上，婴宁对着王子服哭起来。王子服很诧异。婴宁哽咽着说："以前，因为在一起的日子不长，说了恐怕招致你们害怕惊怪。现在发现婆婆和你对我都特别疼爱，没有外心，所以说实话或许没有什么妨碍吧？我本是狐狸生的。母亲临走的时候，把我托付给鬼母，我们相依生活了十多年，才有今日。我没有兄弟，所依靠的只有你了。老母亲在荒山里独自孤寂吃苦，没有人想到给她迁坟合葬，她在九泉之下每每想到便非常痛苦。如果你不怕麻烦和花钱，使老母亲消除这个悲伤痛苦，或许可以使生养女儿的人不再忍心把女儿溺死和抛弃。"王子服答应了婴宁的要求，只是顾虑荒山野岭中难以找到坟冢，婴宁说用不着顾虑。选定了日子，夫妻二人用车拉着棺木前往。婴宁在漫山遍野的荒草树丛中，指点出坟墓方位，一挖，果然找到了老太婆的尸体，而尸体还挺完好。婴宁抚尸痛哭起来。后来把老太婆的尸体抬回，又找到秦家的坟地，一起合葬了。这天夜里，王子服梦见老太婆前来道谢，醒来后便告诉了婴宁。婴宁说："我夜里也见到了她，还嘱咐她不要惊吓了你。"王子服很遗憾没有请她留下，婴宁说："她是鬼啊，这里生人多，阳气盛，她怎么能久留？"王子服又问起小荣，婴宁说："她也是狐狸，最机灵了。狐母把她留下照顾我，经常弄吃的东西喂我，所以我心里总是念念不忘她的好处。昨天问鬼母，说小荣已经嫁人了。"从这以后，每逢寒食，王子服夫妻俩都要登临秦家坟地，拜祭扫墓从不间断。过了一年，婴宁生下一个儿子，这孩子在娘的怀抱中就不怕生人，见人就笑，很有母亲的风度秉性。

异史氏曰：观其孜孜憨笑，似全无心肝者；而墙下恶作剧，其黠孰甚焉？至凄恋鬼母，反笑为哭，我婴宁殆隐于笑者矣①。窃闻山中有草，名"笑矣乎"，嗅之，则笑不可止。房中植此一种，则合欢、忘忧并无颜色矣②。若解语花③，正嫌其作态耳④。

【注释】

①隐于笑：用笑来隐藏自己。隐，潜藏。

②合欢：花名。俗称"夜合花"、"马缨花"、"马绒花"。落叶乔木。忘忧：忘忧草，"萱草"的别名，多年生草本植物。

③解语花：五代王仁裕《开元天宝遗事·解语花》：唐明皇与杨贵妃去太液池赏花，左右极赞池花之美，而"帝指贵妃示于左右曰：'争如我解语花？'"后

因以"解语花"比喻善于迎合人意的美女。

④作态：装模作样，指矫饰而有失自然。

【译文】

　　异史氏说：看婴宁那"吃吃"憨笑的样子，好像是个没心没肺的；然而从她在墙下使出的恶作剧来看，她的狡猾机智谁比得上呢？至于温柔多情地怀恋鬼母，不再狂笑而哭起来，我的婴宁大概是在笑容中隐居的吧。我听说山中有一种草，叫"笑矣乎"，闻到它，就会笑个不停。如果家里种上这么一株草，那么，所谓的合欢和忘忧就都失去了光彩。至于解语花，我就很讨厌它扭捏的装模作样。

聂小倩

　　《聂小倩》大概是《聊斋志异》中被当代多媒体改编得最多的篇目，同时也是添加当代元素最多的篇目。中国年轻的读者可能看过《聂小倩》原作的不多，但没看过《倩女幽魂》电影的很少。

　　与《聊斋志异》一般的人鬼相恋的篇目不同，女鬼聂小倩的人格前后有很大的变化。一开始，她不是以温柔多情的面目出现，而是被夜叉驱使的靠色相害人的施害者，在宁采臣的感召下，她改过自新，恢复了善良纯朴的本性，被宁采臣和婆婆接纳，这使她的性格相当丰富。宁采臣也不同于一般的多情狂生，而是"廉隅自重"，每对人言："生平无二色。"这一性格色彩很符合当代婚恋对于男性的要求。宁采臣与聂小倩的关系不是一见即倾心的才子佳人模式，表现出性格、命运、义气等诸多丰富的内蕴。尤其是在聂小倩和宁采臣的浪漫奇异关系中还出现了信义刚直、武艺高强的侠客燕生的形象。靠着他，宁采臣和聂小倩躲过了夜叉的谋害，也躲过了后来夜叉的追杀。燕生的出现，使得全篇的氛围不再是单纯的缠绵悱恻，而是充满侠肝义胆，或者说，在浪漫婉转的爱情中有着阳刚之气，在情色的氛围里掺杂着侠义武打的元素，大概这就是《聂小倩》被当代多媒体改编者所看重的原因吧。

宁采臣，浙人^①，性慷爽，廉隅自重^②。每对人言："生平无二色^③。"适赴金华^④，至北郭，解装兰若^⑤。寺中殿塔壮丽，然蓬蒿没人^⑥，似绝行踪。东西僧舍，双扉虚掩，惟南一小舍，扃键如新^⑦。又顾殿东隅，修竹拱把^⑧，阶下有巨池，野藕已花。意甚乐其幽杳^⑨。会学使按临^⑩，城舍价昂，思便留止，遂散步以待僧归。

【注释】

①浙人：浙江人。

②廉隅：棱角，喻品行端方。《礼记·儒行》："近文章，砥厉廉隅。"

③无二色：只有一个女人，无外遇。色，女色。

④金华：府名。清代府治在今浙江金华，位于浙江中部。

⑤兰若：梵语"阿兰若"的省称，指寺院。

⑥没（mò）：遮蔽，淹没。

⑦扃（jiōng）键：指门闩、门环之类。

⑧拱把：两手合围那样大小。《孟子·告子》："拱把之桐梓，人苟欲生之，皆知所以养之者。"赵岐云："拱，合两手也；把，以一手把之也，此言树之尚小。"

⑨幽杳（yǎo）：清幽寂静。

⑩学使：督学使者，即提督学政，简称"学政"，为明清时代中央政府派驻各省督察学政的长官。按临：各省学使在三年任期内，按期巡行所辖各府考试生员。

【译文】

　　宁采臣是浙江人，性格慷慨爽直，洁身自好，为人有棱角。常对人说："平生除了妻子外，没有第二个女人。"有一次，他到金华县去，走到北城郊外，遇见一座寺庙，于是解下行李，打算在庙里歇息。这座寺庙的殿堂和宝塔都很壮丽，只是里面却长满了一人多高的蓬蒿，似乎很久没人来过了。东西两厢的僧舍，一个个门扉虚掩着，只有南侧的一间小屋，门锁好像是新换的。再看看大殿的东边角落，只见修长的翠竹足有两手合围那么粗，台阶下有个大水池，池中的野莲已经开花。宁采臣很喜欢这里幽静的环境。当时正赶上学使到金华巡视，城里的客房租金上涨，他便打算留宿在这里，于是一边散步一边等待僧人回来。

　　日暮，有士人来，启南扉。宁趋为礼①，且告以意。士人曰："此间无房主，仆亦侨居。能甘荒落，旦晚惠教，幸甚。"宁喜，藉藁代床②，支板作几，为久客计。是夜，月明高洁，清光似水，二人促膝殿廊③，各展姓字④。士人自言："燕姓，字赤霞。"宁疑为赴试诸生，而听其音声，殊不类浙。诘之，自言"秦人"⑤。语甚朴诚。既而相对词竭，遂拱别归寝。

【注释】

　①趋为礼：快步向前致意行礼。趋，快走。这是古代与人相见表示敬意的举动。

②藁（gǎo）：稻、麦等的秆。

③促膝：对坐而膝相接近。多形容亲切交谈或密谈。

④姓字：犹言姓名。字，表字，正名以外的别名。

⑤秦：古秦国之地，春秋时奄有今陕西之地，故习称陕西为"秦"。

【译文】

到了傍晚，有一个读书人走来，开了南屋的门。宁采臣连忙赶过去施礼，并告诉了自己打算留宿的想法。读书人说："这地方没有房东，我也是经过此地暂住的。你不在意这里荒凉，早晚能得到你的指教，当然很好了。"宁采臣很高兴，便铺上干草秸当作床，支起木板当作桌子，打算在这里住上一些日子。这天夜里，明月高照，月色皎洁如水，二人在佛殿廊庑下促膝谈心，各自通名报姓。读书人自我介绍说："我姓燕，字赤霞。"宁采臣猜想他是个赶考的秀才，但听说话的声音，又很不像浙江人。于是便问他家乡何处，读书人士说自己是"陕西一带的人"。谈起话来很是朴诚。过了一会儿，彼此也没什么可说的了，便拱手告别，各自回房睡觉。

宁以新居，久不成寐。闻舍北喁喁①，如有家口，起伏北壁石窗下，微窥之。见短墙外一小院落，有妇可四十馀，又一媪衣黯绯②，插蓬沓③，鲐背龙钟④，偶语月下⑤。妇曰："小倩何久不来？"媪云："殆好至矣⑥。"妇曰："将无向姥姥有怨言否？"曰："不闻，但意似蹙蹙⑦。"妇曰："婢子不宜好相识⑧！"言未已，有一十七八女子来，仿佛艳绝。媪笑曰："背地不言人。我两个正谈道小妖婢，悄来无迹响，幸不訾着短处⑨。"又曰："小娘子端好是画中人，遮莫老身是男子⑩，也被摄魂去。"女曰："姥姥不相誉，更阿谁道好？"妇人女子又不知何言。宁意其邻人眷口⑪，寝不复听。又许时，始寂无声。

【注释】

①喁喁（yú）：小声说话。

②衣黦绯（yèfēi）：穿件退了色的红衣。衣，穿。黦，变色，退色。绯，红色。

③插蓬沓：簪插着大银栉。蓬沓，古代越地妇女的头饰。宋苏轼《於潜令刁同年野翁亭》诗自注："於潜妇女皆插大银栉，长尺许，谓之蓬沓。"於潜，旧县名。其地在今浙江杭州的西边。

④鲐（tái）背：代称老人。龙钟：行动不便，形容老态。

⑤偶语：相对私语，交谈。

⑥殆好：差不多，就要。

⑦蹙蹙（cù）：忧愁，不舒畅。

⑧好相识：善待。

⑨訾（zǐ）：非议，说坏话。

⑩遮莫：假如。

⑪眷口：犹眷属，家属。

【译文】

宁采臣由于不适应新的居住环境，很长时间睡不着觉。

忽然间他听到房屋的北边有小声嘀咕的声音，似乎有人家居住，便起来趴在北边墙壁的石窗下窥视。看见短墙外有一个小院，有个四十多岁的妇女，还有一个老太太，穿着褪了色的红色衣服，头上插着大银梳子，弯腰驼背的，正和那个妇女在月下说话。妇女说："小倩这么久了怎么还没来？"老太太说："大概快来了吧。"妇女说："是不是向姥姥您发过怨言呢？"老太太说："没听见什么，不过样子不太高兴。"妇女说："这丫头不值得好生待她！"话未完，有一个十七八岁的姑娘走来，长得好像漂亮极了。老太太笑着说："俗话背地里不议论人。我们俩正念叨，你这小妖精就悄无声息地来了，幸好没有说你的坏话。"又接着说："小娘子真是个画中的美人，假使我是个男人，也会被你勾了魂去。"姑娘说："姥姥要不夸我几句，还有谁会说我好呢？"后来妇女和姑娘还说了几句，听不清说的什么。宁采臣估计这几个人都是邻居人家的女眷，也就回去睡觉，不再听什么。又过了一会儿，这才没有了说话声。

　　方将睡去，觉有人至寝所。急起审顾，则北院女子也。惊问之，女笑曰："月夜不寐，愿修燕好①。"宁正容曰："卿防物议②，我畏人言。略一失足，廉耻道丧。"女云："夜无知者。"宁又咄之。女逡巡若复有词，宁叱："速去！不然，当呼南舍生知。"女惧，乃退。至户外复返，以黄金一铤置褥上③。宁掇掷庭墀④，曰："非义之物，污吾囊橐！"女惭，出，拾金自言曰："此汉当是铁石。"

【注释】

①修燕好：结为夫妇。燕好，亲好。这里指男欢女爱。

②物议：大众的议论。多指非议。《南史·谢几卿传》："不屑物议。"

③锭（dìng）：量词。用于金银及墨。

④庭墀（chí）：屋前台阶。墀，台阶。

【译文】

宁采臣刚要睡着，觉得有人进了屋里。急忙起身审视，原来是北院里的姑娘。惊问来意，那个姑娘笑着说："月夜睡不着觉，想同你亲热欢好。"宁采臣板着脸严肃地说："你应防备别人非议，我也害怕别人说闲话。稍微一旦失足，就会丧尽廉耻。"姑娘说："夜里没人知道。"宁采臣又赶她走。她徘徊着还想说些什么，宁采臣大声训斥说："快走！不然的话，我就喊南屋的人来啦。"姑娘畏惧，这才退下。刚走出门又返回来，拿出一锭黄金放在褥子上。宁采臣抓起黄金扔到屋外台阶上，说道："不义之财，别弄脏了我的囊袋！"姑娘羞惭地走出屋，拾起黄金，自言自语说："这个汉子真是铁石一般。"

诘旦①，有兰溪生携一仆来候试，寓于东厢，至夜暴亡。足心有小孔，如锥刺者，细细有血出。俱莫知故。经宿，仆一死②，症亦如之。向晚，燕生归，宁质之③，燕以为魅。宁素抗直④，颇不在意。

①诘旦：平明，清明。

②仆一死：三会本《校》："疑作仆亦死。"

③质：询问。

④抗直：刚直。

【译文】

第二天早晨，发现有个从兰溪来的书生，带着一个仆人来参加考试，住在东厢房，没想到夜里突然暴死。只见他脚心有一个小窟窿眼儿，好像锥子刺的一样，细细地有血渗出。谁也不知道什么缘故。过了一宿，他的仆人也死了，症状也像他一样。傍晚时，燕赤霞回来了，宁采臣便去询问他，燕赤霞认为是鬼魅闹事。宁采臣素来刚直爽朗，没有十分在意。

宵分①，女子复至，谓宁曰："妾阅人多矣，未有刚肠如君者。君诚圣贤，妾不敢欺。小倩，姓聂氏，十八夭殂②，葬寺侧，辄被妖物威胁，历役贱务，腆颜向人，实非所乐。今寺中无可杀者，恐当以夜叉来③。"宁骇求计。女曰："与燕生同室可免。"问："何不惑燕生？"曰："彼奇人也，不敢近。"问："迷人若何？"曰："狎昵我者，隐以锥刺其足，彼即茫若迷，因摄血以供妖饮。又或以金，非金也，乃罗刹鬼骨④，留之能截取人心肝。二者，凡以投时好耳。"宁感谢。问戒备之期，答以明宵。临别泣曰："妾堕玄海⑤，求岸不得。郎君义气干云⑥，必能拔生救苦。倘肯囊妾朽骨，归葬安宅⑦，不啻再造⑧。"宁毅然诺之。因问葬处，曰："但记取白杨之上，有乌巢者是也。"言已出门，纷然而灭。

【注释】

①宵分：夜半。

②夭殂（cú）：未成年而死。夭，夭折。民间风俗夭折无墓。

③夜叉：梵语音译。义为凶暴丑恶。佛经中的一种恶鬼。

④罗刹：梵语音译。佛教故事中食人血肉的恶鬼。唐慧琳《一切经音义》："罗刹此云恶鬼，食人血肉，或飞空或地行，捷疾可畏也。"

⑤玄海：佛家语。指苦海。

⑥义气干云：义薄云天。干云，冲天。

⑦安宅：安定的居处。《诗·小雅·鸿雁》："虽则劬劳，其究安宅。"这里指安静的葬地，即墓穴。

⑧不啻（chì）再造：无异于再生。不啻，不只，何止。再造，重生。

【译文】

半夜，那个姑娘又来了，对宁采臣说："我见过的人多了，没有一个像你这样刚强正直的。你实在是个圣贤啊，我不敢欺骗你。我叫小倩，姓聂，十八岁时夭折，埋葬在寺庙旁边，经常被妖精威胁，做这些下贱的事情，这种不顾羞耻的事，实在不是心甘情愿的。现在寺庙中没有能杀的人了，恐怕妖精会派夜叉来。"宁采臣害怕，向她求教办法。小倩说："与燕生同室就可以免除灾难。"宁采臣问："你为什么不迷惑燕生呢？"小倩说："他是个奇人，不敢接近。"又问："怎么迷惑人呢？"小倩说："与我亲昵的人，我就暗中用锥子扎他的脚心，那时他就会昏迷不醒，借此摄取他的血供给妖精喝。或者用金子引诱他，其实那不是真金，而是罗刹鬼的骨头，如果谁留下这金子，谁的心肝就能被摘走。这两种办法，都是用来投其所好的。"宁采臣感谢小倩。并问戒备的时间，小倩讲就在明天晚上。临别时，小倩哭着说："我坠入了地狱之海，找不到求生之岸。郎君义气冲天，一定能够将我救出苦海。如果肯于把我的朽骨包起来，安葬在妥当的地方，不亚于再生父母。"宁采臣毅然答应下来。于是问埋葬的地方，小倩说："只要记住有乌鸦筑巢的那棵白杨树下就是了。"说罢出门，倏然间不见了。

明日，恐燕他出，早诣邀致。辰后具酒馔，留意察燕。既约同宿，辞以性癖耽寂①。宁不听，强携卧具来。燕不得已，移榻从之。嘱曰："仆知足下丈夫，倾风良切②。要有微衷③，难以遽白。幸勿翻窥箧襆，违之，两俱不利。"宁谨受教。

【注释】
①耽寂：极爱静寂。耽，耽于。
②倾风良切：很仰慕。倾风，仰慕，倾倒。
③微衷：心意的谦辞。

【译文】

第二天，宁采臣怕燕赤霞外出，早早就过去约他来居住的屋子一聚。九点钟之后，宁采臣准备好酒菜，请燕赤霞一块儿喝酒，注意观察着燕赤霞。之后，宁采臣约请燕赤霞一起同宿，燕赤霞婉言自己性情孤僻拒绝。宁采臣不听，硬是把行李搬了过来。燕赤霞迫不得已，也只好把床搬过来一起住了。燕赤霞嘱咐宁采臣说："我知道你是个大丈夫，很是倾慕你的风度。不过我有些心里话，一时不便说明。请你千万不要翻弄察看箱匣包袱里的东西，违背的话，对你我都没有好处。"宁采臣恭谨地答应了。

　　既而各寝。燕以箱箧置窗上，就枕移时，齁如雷吼。宁不能寐。近一更许，窗外隐隐有人影。俄而近窗来窥，目光睒闪①。宁惧，方欲呼燕，忽有物裂箧而出，耀若匹练②，触折窗上石棂，欻然一射③，即遽敛入，宛如电灭。燕觉而起，宁伪睡以觇之。燕捧箧检征④，取一物，对月嗅视，白光晶莹，长可二寸，径韭叶许⑤。已而数重包固，仍置破箧中，自语曰："何物老魅，直尔大胆，致坏箧子。"遂复卧。宁大奇之，因起问之，且以所见告。燕曰："既相知爱，何敢深隐？我，剑客也。若非石棂，妖当立毙，虽然，亦伤。"问："所缄何物⑥？"曰："剑也。适嗅之，有妖气。"宁欲观之，慨出相示，荧荧然一小剑也。于是益厚重燕。

【注释】

①睒（shǎn）闪：闪烁。

②匹练：成匹的白绢。练，白绢或把生丝、布帛类煮
　熟使之变白。

③欻（xū）然：忽然。

④征：迹象。

⑤径韭叶许：像韭菜叶那么宽。径，宽。

⑥缄：封藏。

【译文】

　　不久，各自睡觉。燕赤霞把自己的行李放在窗台上，
躺下睡觉不大工夫就鼾声如雷。宁采臣却睡不着觉。快到
一更天时，窗外隐隐约约有个人影。不一会儿，走近窗前
来窥探，目光忽闪忽闪的。宁采臣害怕，正想要呼叫燕赤
霞，突然间有个东西冲破行李箱篋飞了出去，光耀如同一
匹银白色绸缎，碰触到窗户上的石棂子，只见"嗖"的一
射，马上又收回来，宛如电闪那样快。燕赤霞觉察起身，
宁采臣假装睡觉暗中观察。只见燕赤霞捧起箱篋查看，他
从箱篋中取出一件东西，对着月光一边嗅闻一边看，只见
那东西晶莹闪亮，有二寸长，宽如韭叶。查看过后，燕赤
霞又把它层层包起来，仍然放回已经破了的小箱篋内，自
言自语说："什么样的老鬼魅，如此大胆，居然把我的小箱
篋弄坏了。"而后继续躺下。宁采臣非常惊奇，便起来询问
这是怎么回事，还把自己所见到的情况告诉了燕赤霞。燕
赤霞说："我们既然彼此相好，我怎敢深藏不说呢？我，是
个剑客。如果不是石窗棂，妖精早就死了，即便如此，它

也受了伤。"宁采臣问："包的是什么东西？"燕赤霞说："是剑。刚才闻了闻它，有妖气。"宁采臣想看看，燕赤霞很痛快地拿出来给他看，只见是一把荧荧发光的小剑。于是宁采臣对燕赤霞更加敬重了。

明日，视窗外，有血迹。遂出寺北，见荒坟累累，果有白杨，乌巢其颠①。迨营谋既就②，趣装欲归。燕生设祖帐③，情义殷渥④。以破革囊赠宁，曰："此剑袋也，宝藏可远魑魅。"宁欲从授其术。曰："如君信义刚直，可以为此。然君犹富贵中人，非此道中人也。"宁乃托有妹葬此，发掘女骨，敛以衣衾，赁舟而归。

【注释】

①颠：顶。

②迨（dài）：等到。

③祖帐：为出行者饯别所设的帐幕，引申为饯行送别。祖，祭名。出行以前祭祀路神。

④殷渥：恳切深厚。

【译文】

第二天，宁采臣看到窗外有血迹。他向寺庙的北边走去，只见遍地无主的坟堆，其中一座坟堆果然长着一棵白杨，杨树梢上有个乌鸦窝。宁采臣等一切安排妥当之后，准备收拾行装返回。燕赤霞设酒饯行，情义很是深厚。他拿出一个破了的皮袋子送给宁采臣，说："这是个剑袋，珍藏好，可以让你远避鬼魅邪魔。"宁采臣打算跟他学剑术。他说："像你这样讲信义，刚正爽直，是可以学习的。不过，你还属于富贵中人，不属于这道中的人。"宁采臣托词有个妹子埋在这里，挖出尸骨，用衣被包收敛好，便租只小船返回去了。

　　宁斋临野，因营坟葬诸斋外，祭而祝曰："怜卿孤魂，葬近蜗居①，歌哭相闻，庶不见陵于雄鬼②。一瓯浆水饮，殊不清旨，幸不为嫌。"祝毕而返。后有人呼曰："缓待同行！"回顾，则小倩也。欢喜谢曰："君信义，十死不足以报。请从归，拜识姑嫜③，媵御无悔④。"审谛之，肌映流霞，足翘细笋，白昼端相，娇艳尤绝。遂与俱至斋中。嘱坐少待，先入白母，母愕然。时宁妻久病，母戒勿言，恐所骇惊。言次，女已翩然入，拜伏地下。宁曰："此小倩也。"母惊顾不遑。女谓母曰："儿飘然一身，远父母兄弟。蒙公子露覆⑤，泽被发肤⑥，愿执箕帚⑦，以报高义。"母见其绰约可爱⑧，始敢与言，曰："小娘子惠顾吾儿，老身喜不可已。但生平止此儿，用承桃绪⑨，不敢令有鬼偶。"女曰："儿实无二心。泉下人既不见信于老母，请以兄事，依高堂⑩，奉晨昏⑪，如何？"母怜其诚，允之。即欲拜嫂，母辞以疾，乃止。女即入厨下，代母尸饔⑫，入房穿榻，似熟居者。

【注释】

①蜗居：对自己居所的谦辞。

②雄鬼：雄强力暴之鬼。

③姑嫜（zhāng）：丈夫的母亲和父亲，俗称"公婆"。

④媵（yìng）御：以婢妾对待。媵，泛指婢妾。

⑤露覆：亦作"覆露"。喻润恩泽，《国语·晋语》："是先主覆露子也。"

⑥泽被发肤：恩义施于我身。被，覆盖。发肤，指全身。《孝经》："身体发肤，受之父母。"

⑦执箕帚：担任洒扫工作。往往用作承担妻子责任的谦辞。箕，用柳条、竹篾、铁皮、塑料做的扬去糠麸或清理垃圾的器具。帚，扫帚。

⑧绰（chuò）约：温柔秀美。

⑨承祧（tiāo）绪：传宗接代。祧绪，祖宗馀绪。祧，承继先代。

⑩依高堂：依偎在母亲身边。高堂，母亲。

⑪奉晨昏：指对父母的侍奉。《礼记·曲礼》："冬温而夏凊，昏定而晨省。"

⑫尸饔（yōng）：料理饮食。《诗·小雅·祈父》："胡转予于恤，有母之尸饔。"尸，主持。饔，熟食。

【译文】

宁采臣的书房面临旷野，于是把坟墓安置在书房的外面，埋葬后，宁采臣祭奠说："可怜你魂孤魄单，把你埋葬在我的斗室之旁，你的歌声和哭泣我都能听到，大概可以免除雄鬼的欺凌。这一碗汤水请你喝了吧，很不醇美，希望不要嫌弃。"宁采臣祝祷完便往回走。忽然听到后面有人叫道："慢点儿，等我一块儿走！"回头一看，原来是小倩。小倩欢喜地感谢说："你真讲信义，我就是为你死去十次也不能报答你的恩情。请求带我去拜见父母大人，就是当婢妾丫环也不后悔。"宁采臣仔细打量小倩，只见她肌肤白里透红，艳若彩霞，小脚秀雅如同细笋；白天端详着相貌，比之夜里更显得娇艳无比。于是和小倩一同进入家宅。宁采臣嘱咐她坐着等一会儿，自己先去禀报母亲，母亲听后十分惊讶。当时宁采臣的妻子长久生病卧床，母亲告诫儿子不要声张，唯恐惊吓她。正说着，小倩已经翩翩进来，跪倒在地上。宁采臣说："这就是小倩。"母亲吃惊地看着小倩，不知怎么好。小倩对母亲说："孩儿飘零孤单，远离父母兄弟。承蒙公子使我暴露的骸骨得以覆盖，恩泽施于体肤，情愿侍候公子，以报答大恩大德。"母亲见她长得苗条可爱，这才敢跟她讲话，说道："小娘子愿意照顾我的儿子，老身喜欢得不得了。但是我这一辈子只有这一个儿子，靠他继承祖宗香火，不敢叫他娶个鬼妻。"小倩说："孩儿实在是没有歹意。已死之人既然得不到老母的信任，请以兄妹相称，跟着母亲过，早晚侍候您老人家，这样好吗？"母亲可怜她一片诚心，就答应了她。小倩当时就想去拜见嫂子，母亲推辞说她有病不宜相见，这才停止。小倩立即进了厨房，替母亲料理饭菜，在房间中走来走去，好像一直住在这里的人一样熟悉。

日暮，母畏惧之，辞使归寝，不为设床褥。女窥知母意，即竟去。过斋欲入，却退，徘徊户外，似有所惧。生呼之，女曰："室有剑气畏人。向道途之不奉见者，良以此故。"宁悟为革囊，取悬他室，女乃入，就烛下坐。移时，殊不一语。久之，问："夜读否？妾少诵《楞严经》①，今强半遗忘。浼求一卷②，夜暇，就兄正之。"宁诺。又坐，默然，二更向尽，不言去。宁促之。愀然曰③："异域孤魂，殊怯荒墓。"宁曰："斋中别无床寝，且兄妹亦宜远嫌。"女起，容颦蹙而欲啼，足俇儴而懒步④，从容出门，涉阶而没。宁窃怜之，欲留宿别榻，又惧母嗔。女朝旦朝母，捧匜沃盥⑤，下堂操作，无不曲承母志。黄昏告退，辄过斋头，就烛诵经。觉宁将寝，始惨然去。

【注释】

①《楞（léng）严经》：佛经名。全称为《大佛顶如来密因修证了义诸菩萨万行首楞严经》。

②浼（měi）求：请求。

③愀（qiǎo）然：神色忧愁貌。

④俇儴（kuāngráng）：步履维艰的样子。

⑤捧匜（yí）沃盥：侍奉盥洗。匜，古盥器，用以盛水。沃盥，浇洗。

【译文】

傍晚临近，母亲有点儿害怕小倩，不给她设置床铺，让她回去睡觉。小倩心知母亲的心意，于是立即离开。她走到书斋时，想进去，又退了回来，在门外徘徊不定，好像怕什么东西。宁采臣招呼她，她说："室内有使人害怕的剑气。前些时候在途中之所以没有拜见你，也是这个原故。"宁采臣恍然想到是皮袋子的缘故，便拿下来挂在别的屋里，小倩这才进来，靠近烛光坐下。过了好长时间，小倩没有说一句话。又过了好久，小倩问道："你夜里读书吗？我小时候念过《楞严经》，现在大半都忘了。请求你借我一卷，夜里闲暇时，好请兄长指正。"宁采臣答应了。小倩又是坐着，默默无语，二更看看也要过去了，还是不说走。宁采臣催她离开。她愀然神伤地说："他乡的孤魂，很怕那荒凉的墓穴啊。"宁采臣说："屋里没有别的床铺，况且兄妹之间也应避嫌。"小倩站起，双眉紧蹙，嘴角咧着想哭，举起脚又不愿意走，走走停停，最后挨到了门口，下了台阶就不见了。宁采臣暗中可怜她，想留下她另住一张床，却又担心母亲不高兴。早晨起来，小倩先去问候母亲，端上洗脸水，伺候洗盥梳头；然后就出去操持家务，没有一件事不让母亲顺心顺意。黄昏时告退，就来到书斋，在烛光下念经。感觉到宁采臣准备要入睡了，这才伤感地离去。

先是，宁妻病废①，母劬不可堪②，自得女，逸甚，心德之。日渐稔，亲爱如己出，竟忘其为鬼，不忍晚令去，留与同卧起。女初来未尝食饮，半年渐啜稀饍③。母子皆溺爱之，讳言其鬼，人亦不之辨也。无何，宁妻亡。母阴有纳女意，然恐于子不利。女微窥之，乘间告母曰："居年馀，当知儿肝鬲④。为不欲祸行人，故从郎君来。区区无他意⑤，止以公子光明磊落，为天人所钦瞩⑥。实欲依赞三数年⑦，借博封诰⑧，以光泉壤。"母亦知无恶，但惧不能延宗嗣。女曰："子女惟天所授。郎君注福籍⑨，有亢宗子三⑩，不以鬼妻而遂夺也。"母信之，与子议。宁喜，因列筵告戚党。或请觐新妇⑪，女慨然华妆出，一堂尽眙⑫，反不疑其鬼，疑为仙。由是五党诸内眷⑬，咸执贽以贺，争拜识之。女善画兰梅，辄以尺幅酬答，得者藏什袭以为荣⑭。

【注释】

①病废：生病不能干家务。

②劬（qú）：勤苦。

③啜稀饎（yǐ）：喝稀粥。稀饎，粥汤。

④肝鬲：这里指心意，内心想法。鬲，通"膈"，横膈膜。

⑤区区：自称的谦辞。

⑥钦瞩：钦敬瞩目。

⑦依赞：依傍，倚靠。

⑧封诰：明清制度，皇帝封赠臣下及其祖先、妻子的爵位名号因爵位官阶的高低而有诰命、敕封之区别，统称"封诰"。这里指因丈夫得官，妻子受封。

⑨注福籍：意谓命中注定有福。注，载入。福籍，传说中记载人间福禄的簿籍。

⑩亢宗子：旧时称人子能扩展宗族地位者为亢宗之子。

兀宗，庇护宗族，光宗耀祖。

⑪觌（dí）：见。

⑫眙（chì）：瞪目直视，形容惊诧。

⑬五党：即为"五宗"，指五服内的亲族。或为三党之误，即父党、母党、妻党。

⑭什袭：珍藏。《太平御览·阙子》曰："宋之愚人得燕石于梧台之东，归西藏之以为大宝。周客闻而观焉。主人端冕玄服以发宝，华匮十重，缇巾十袭。客见之，卢胡而笑曰：'此燕石也，与瓦甓不异。'主人大怒，藏之愈固。"

【译文】

原先，宁采臣的妻子病倒不能干家务，母亲操劳过度，难以承受；自从得到小倩帮助，变得安逸得很，因此打心里感谢她。日子渐长，愈加熟悉，甚至把小倩当成了亲闺女一样亲近，以至于竟然忘记她是个鬼；到了晚上，也不忍让她离开，便留她一起住。小倩初来时候从来不吃不喝，半年后渐渐地喝些稀粥了。母子二人都很溺爱小倩，从来讳言她是鬼，别人也就更不辨别了。不久，宁采臣的妻子病故了。母亲私下有娶小倩做儿媳妇的心思，但是又担心对儿子没好处。小倩略微察觉了母亲的心思，找机会告诉母亲说："我在这里住了一年多了，应当知道孩儿心眼好坏。我就是因为不想再祸害别人，所以才跟郎君来这里。我对郎君没有别的意思，只因为公子光明磊落，连天人都钦佩他。说实话，我只想依附辅助公子三五年，借此博得个封诰，也使在泉壤中的我光耀一番。"母亲也知道小倩没有恶意，只是担心影响传宗接代。小倩说："子女都是上天授给的。郎君命中有福报，将会生三个光宗耀祖的儿子，不会因为娶了鬼妻而丧失。"母亲相信小倩的话，便与儿子商议。宁采臣很高兴，于是摆设酒宴，告知亲戚朋友。有人提出请新娘子出来看看，小倩爽快地穿着华丽的衣服出现，满屋子的人都惊呆了，不但不疑心是鬼，反而认为是天仙下凡。于是，远近亲戚的内眷都带着礼品祝贺，都争先恐后拜会相识。小倩擅长画兰花梅花，常常把画的条幅送给亲戚表示答谢，得到画幅的人都珍藏起来以为荣耀。

一日，俛颈窗前，怊怅若失①，忽问："革囊何在？"曰："以卿畏之，故缄置他所。"曰："妾受生气已久，当不复畏，宜取挂床头。"宁诘其意，曰："三日来，心怔忡无停息②，意金华妖物，恨妾远遁，恐旦晚寻及也。"宁果携革囊来。女反复审视，曰："此剑仙将盛人头者也。敝败至此，不知杀人几何许！妾今日视之，肌犹粟慄③。"乃悬之。次日，又命移悬户上。夜对烛坐，约宁勿寝。欻有一物，如飞鸟堕，女惊匿夹幕间④。宁视之，物如夜叉状，电目血舌，睒闪攫拿而前，至门却步。逡巡久之，渐近革囊，以爪摘取，似将抓裂。囊忽格然一响，大可合簀⑤，恍惚有鬼物，突出半身，揪夜叉入，声遂寂然，囊亦顿缩如故。宁骇诧。女亦出，大喜曰："无恙矣！"共视囊中，清水数斗而已。

【注释】

① 怊（chāo）怅若失：忧伤焦虑的样子。战国时期宋
  玉《高唐赋》："悠悠忽忽，怊怅自失。"

② 怔忡：心悸，恐惧不安。

③ 粟栗：因恐惧起了鸡皮疙瘩。粟，皮肤上起粟粒样
  的疙瘩。

④ 夹幕：帷幕。

⑤ 大可合篑（kuì）：约有两个竹筐合起来那么大。篑，
  盛土的竹器。

【译文】

　　一天，小倩坐在窗前低着头，心神不宁，忽然问宁采
臣："皮袋子在哪？"宁采臣说："因为你怕它的缘故，把
它包起来放到别的地方去了。"小倩说："我接受人的生气
很久了，应该不会再畏惧它，最好取来挂在床头上。"宁
采臣询问用意何在，小倩说："这三天以来，我心里一直怔
忡不安，想必金华那个妖精痛恨我远远地逃走，恐怕早晚
会寻找到这里。"宁采臣便把皮袋子拿来。小倩反复察看，
说道："这是剑仙用来盛人头的皮袋子呀。破旧到这个样
子，不知杀了多少人！我现在看见它，身上还起鸡皮疙瘩
呢。"于是把皮口袋悬在床头上了。第二天，小倩又叫把皮
口袋挂在门上。夜晚，小倩与宁采臣对烛而坐，提醒宁采
臣不要睡觉。忽然，有个东西像飞鸟一样坠落下来，小倩
吓得藏在帷帐后面。宁采臣一瞧，这东西长得像夜叉的模
样，两眼闪闪如电光，舌头血红血红，张牙舞爪地奔过来，
到了门前，退了几步。徘徊了好久时间，渐渐接近皮口袋，

伸出爪子去摘取，好像要把皮口袋撕碎。皮口袋忽然间
"咯噔"一响，变得像对接的竹筐一般大，恍惚之间好像有
个鬼物从里面探出半身，一下子把夜叉揪了进去，然后声
音顿然寂灭，皮口袋也立刻缩回了原来的样子。宁采臣又
惊又怕。小倩从帷帐里走出来，非常高兴地说："好了，没
有事了！"宁采臣和小倩一起观看皮口袋，只见里面有几
斗清水而已。

后数年，宁果登进士。女举一男。纳妾后，又
各生一男。皆仕进有声①。

【注释】
①有声：有政声，为官声誉很好。
【译文】
后来又过了几年，宁采臣果然考上了进士。小倩生下
了一个男孩。等宁采臣娶了妾之后，妾与小倩又各生了一
个男孩。这三个儿子长大后都做了官，声誉挺好。

侠女

王渔洋在读完《侠女》篇后惊叹说："神龙见首不见尾，此侠女其犹龙乎？"从侠女来无影，去无踪，也不知姓名而言，王渔洋大概说得不错。

侠女具有平常女子所不具有的性情。她"秀曼都雅，世罕其匹"。小说写她"冷语冰人"，"举止生硬，毫不可干"。顾生和母亲照顾她的母亲，她"亦略不置齿颊"，"受之，亦不申谢"。顾生母亲将她的性情概括为"艳如桃李，而冷如霜雪"，可谓极其准确。但是另一方面，她女红干练，体贴入微，"见母作衣履，便代缝纫，出入堂中，操作如妇"。尤其是当顾生的母亲"适痁生隐处，宵旦号咷。女时就榻省视，为之洗创敷药，日三四作。母意甚不自安，而女不厌其秽"。

在侠女的身上，无论是言还是行，仿佛生下来只是为了两件事：替父亲报仇，为母亲报恩。一旦完成，便"我大事已了，请从此别！"

就侠女武艺高强，手刃仇人而言，并不足为奇，是中国文言小说的传统题材。真正惊世骇俗的是，侠女为了报答顾生照顾她的老母，鉴于顾生贫不能婚没有子嗣，便与顾生发生性行为，生下一个男孩，同时明确地说："能为君生之，不能为君育之。"侠女的行为堂堂正正，但无论是从未婚而育，还是从否定"以身相许"的观念传统上，在封建社会都非常人所能为并与往昔的所谓"侠女"不同。

蒋瑞藻《小说考证》引《阙名笔记》认为侠女是影射吕留良孙女刺杀雍正的故事，但不足信。

顾生，金陵人。博于材艺，而家綦贫。又以母老，不忍离膝下，惟日为人书画，受贽以自给①。行年二十有五，伉俪犹虚②。对户旧有空第，一老妪及少女，税居其中。以其家无男子，故未问其谁何。

【注释】

①贽（zhì）：与尊长初次见面的见面礼。此处指润笔。

②伉俪（kànglì）：配偶。此指妻子。伉，相当。俪，并也。

【译文】

顾生是南京人。多才多艺，家里很穷。因为母亲年老，不忍离开母亲外出谋生，只好天天给人写字画画，赚点儿钱维持生计。已经二十五岁了，还没能娶上媳妇。对面屋原本是一座空宅子，后来有一老太太带着一个少女租住在里面。因为都是女眷，所以顾生没有打听是什么人。

一日，偶自外入，见女郎自母房中出，年约十八九，秀曼都雅①，世罕其匹②，见生不甚避，而意凛如也③。生入问母，母曰："是对户女郎，就吾乞刀尺④。适言其家亦止一母。此女不似贫家产，问其何为不字，则以母老为辞。明日当往拜其母，便风以意，倘所望不奢，儿可代养其母。"明日造其室，其母一聋媪耳。视其室，并无隔宿粮。问所业，则仰女十指⑤。徐以同食之谋试之，媪意似纳，而转商其女，女默然，意殊不乐。母乃归，详其状而疑之曰："女子得非嫌吾贫乎？为人不言亦不笑，艳如桃李，而冷如霜雪，奇人也！"母子猜叹而罢。

【译文】

　　一天，顾生偶然从外面回来，看见女郎从母亲的屋里走出，大约有十八九岁的样子，长得秀丽文雅，世上少有，看见顾生没怎么回避，表情却很是严肃冷峻。顾生进了屋，问母亲，母亲说："是对门的女郎，到我这里借剪刀尺子。刚才说家里也只有一个母亲同住。这个女郎不像是个穷人家的女儿，问她为什么还没有出嫁，她说是为了伺候老母。明天我会去拜见她的母亲，顺便探望一下口风，倘若她们的愿望不过分的话，你可以代替她抚养她的老母。"第二天，顾生的母亲造访了少女的家，她的母亲是一个聋老太太。看屋里，并没有多馀的粮食。询问靠什么营生，只是依赖女儿做针线活。顾母慢慢流露出打算两家一起过的意思，老太太似乎是同意，转而跟少女商量，少女沉默不语，好像很不高兴。顾母回到家中，详细讲述了当时的情况，不无猜测地说："女郎莫非嫌咱们穷吗？对人不说也不笑，艳如桃李，而冷若冰霜，真是个奇人啊！"母子俩揣测感叹着，也就作罢了。

一日，生坐斋头，有少年来求画，姿容甚美，意颇儇佻^①。诘所自，以邻村对。嗣后三两日辄一至。稍稍稔熟，渐以嘲谑，生狎抱之，亦不甚拒，遂私焉^②。由此往来昵甚。会女郎过，少年目送之，问为谁，对以邻女。少年曰："艳丽如此，神情一何可畏！"少间，生入内，母曰："适女子来乞米，云不举火者经日矣。此女至孝，贫极可悯，宜少周恤之^③。"生从母言，负斗米款门达母意。女受之，亦不申谢。日尝至生家，见母作衣履，便代缝纫，出入堂中，操作如妇。生益德之。每获馈饵^④，必分给其母，女亦略不置齿颊^⑤。

【注释】

①儇（xuān）佻：轻佻，轻薄浮滑。

②私：发生恋情。指同性恋。

③周恤：周济，抚恤。

④馈饵：赠与，给的好吃的。

⑤略不置齿颊：意谓不怎么说感谢之言。齿颊，犹言口舌、言语。

【译文】

一天，顾生坐在书房门口，有一个少年来买画。长得很漂亮，举止显得却很轻浮。问他从哪里来的，说是邻近村的。此后两三天就来一次。稍微熟悉起来后，渐渐就开起玩笑，顾生亲昵地抱他，他也不怎么拒绝，最后就有了私情。从此往来非常亲密。有一次正赶上少女经过，少年盯着看她走远，便问她是谁，顾生说是邻居的女儿。少年说："长得这样漂亮，可神态严肃得怎么让人害怕呀！"过了一会儿，顾生进屋，母亲说："刚才对门女子来讨米，说是一天多没有烧火做饭了。这个女子非常孝顺，穷得可怜，以后应该多多帮助她们才是。"顾生按照母亲的意思，背着一斗米敲开对面屋传达了母亲的心意。少女接受了米，却也没有说什么感谢的话。不过少女往往一到顾生家，只要看见顾母做针线活，便拿过来代为缝纫；屋里屋外的杂活，也像家里的媳妇一样勤快地干。顾生很感激少女。每当得到一些好吃的，必定要分给对门的母女，而少女不怎么说感谢的话。

　　母适疽生隐处①，宵旦号咷。女时就榻省视，为之洗创敷药，日三四作。母意甚不自安，而女不厌其秽。母曰："唉！安得新妇如儿，而奉老身以死也②！"言讫悲哽。女慰之曰："郎子大孝，胜我寡母孤女什百矣。"母曰："床头蹀躞之役③，岂孝子所能为者？且身已向暮，旦夕犯雾露④，深以祧续为忧耳⑤！"言间，生入。母泣曰："亏娘子良多！汝无忘报德。"生伏拜之。女曰："君敬我母，我勿谢也，君何谢焉？"于是益敬爱之。然其举止生硬，毫不可干⑥。

【注释】

①疽：中医指局部皮肤长的肿胀坚硬而皮色不变的毒疮。《灵枢·痈疽》："热气淳盛，下陷肌肤，筋髓枯，内连五脏，血气竭，当其痈下，筋骨良肉皆无馀，故命曰疽。疽者，上之皮夭以坚，上如牛领之皮。"隐处：指性器官。

②老身：旧时老妇自称。

③床头蹀躞（diéxiè）之役：指床前侍奉其母的杂役。蹀躞，小步走路的样子。

④犯雾露：外感致病。此指罹病而死。《史记·淮南衡山列传》："逢雾露病死。"雾露，指风寒。

⑤桃续：子嗣。

⑥干：干犯，冒犯。

【译文】

正赶上顾生的母亲下身生了疮，疼痛难忍，白天黑夜里哭叫。少女经常到床边看视探望，为她清洗创口敷上药，一天要过来三四次。顾生母亲心里很是过意不去，可是少女一点儿也不嫌脏。顾母感叹道："唉，哪里找像你这样好的媳妇，侍候老身到死呢！"说罢悲痛哽咽。少女安慰她说："您的儿子是个大孝子，比起我们寡母孤女要强上百倍。"顾母说："像床头这些琐琐碎碎的事，哪里是孝子能干的活呢？况且我已经衰老，死是早晚的事，这传宗接代的事，真叫人忧心啊！"说话间，顾生进来。顾母哭着说："我欠姑娘的情太多了！你千万不要忘记报恩报德啊。"顾生伏地向少女跪拜。少女说："你敬我的母亲，我没有谢你，你何必要谢我呢？"于是，顾生更是敬爱少女。但少女的举止很严肃郑重，顾生不敢有丝毫冒犯。

　　一日，女出门，生目注之，女忽回首，嫣然而笑。生喜出意外，趋而从诸其家。挑之，亦不拒，欣然交欢。已，戒生曰："事可一而不可再！"生不应而归。明日，又约之，女厉色不顾而去。日频来，时相遇，并不假以词色①。少游戏之②，则冷语冰人。忽于空处问生："日来少年谁也？"生告之。女曰："彼举止态状，无礼于妾频矣。以君之狎昵③，故置之。请更寄语：再复尔，是不欲生也已！"生至夕，以告少年，且曰："子必慎之，是不可犯！"少年曰："既不可犯，君何犯之？"生白其无。曰："如其无，则猥亵之语，何以达君听哉？"生不能答。少年曰："亦烦寄告：假惺惺勿作态，不然，我将遍播扬。"生甚怒之，情见于色，少年乃去。

【注释】

①假以词色：给以表示友好的话语和脸色。假，给予。

②游戏：这里是调情的意思。

③狎昵：亲密而不庄重。在这里是密友、性伙伴的意思。

【译文】

　　一天，少女出门去，顾生眼巴巴地注视着，少女忽然回过头来，嫣然一笑。顾生喜出望外，连忙紧跟着少女到她家去了。顾生用言语挑逗，少女也不拒绝，两人很愉快地发生了性关系。之后，少女告诫顾生说："事情只能一次而不可以再有！"顾生没有回答就回去了。第二天，顾生再次约少女，少女板着脸根本不搭理就离开了。虽然少女经常过来，有时相遇，却并不给顾生好言语好脸色。顾生稍微开个玩笑，少女说的话冷冰冰的。一天，少女在没人的地方问顾生："经常来串门的那个少年是谁？"顾生告诉了她。少女说："他的行为举止多次非礼过我。因为他跟你亲密的缘故，所以没理他。请转告他说：要是再那样，就是不想活了！"到了晚上，顾生把少女的话告诉了少年，并且说："你一定要小心，她是不能非礼的！"少年说："既然不可非礼，你为何非礼了她？"顾生辩解说没有。少年说："如果真的没有，那些猥亵的话如何传到你的耳里？"顾生不能解释。少年又说："也请你转告她，别假惺惺地装正经，不然的话，我将四处张扬。"顾生很生气，脸色都变了，少年才离开。

　　一夕方独坐，女忽至，笑曰："我与君情缘未断，宁非天数！"生狂喜而抱于怀。欻闻履声籍籍①，两人惊起，则少年推扉入矣。生惊问："子胡为者？"笑曰："我来观贞洁人耳。"顾女曰："今日不怪人耶？"女眉竖颊红，默不一语，急翻上衣，露一革囊，应手而出，则尺许晶莹匕首也。少年见之，骇而却走。追出户外，四顾渺然。女以匕首望空抛掷，戛然有声，灿若长虹，俄一物堕地作响。生急烛之，则一白狐，身首异处矣。大骇。女曰："此君之娈童也②。我固恕之，奈渠定不欲生何！"收刃入囊。生曳令入，曰："适妖物败意，请来宵。"出门径去。

【注释】

①籍籍：形容声响纷乱。

②娈（luán）童：旧时被当作女性玩弄的男童，即年轻的男同性恋者。娈，美好。

【译文】

一天晚上，顾生正一个人独自呆着，少女忽然来到，笑着说："我与你的情缘未断，这莫非天意！"顾生狂喜地把少女搂在怀里。突然间，他们听到走路时发出的鞋声，二人吃惊地站立起来，原来是少年推门进来了。顾生惊问："你来干什么？"少年笑着说："我来看看那个贞洁的姑娘啊。"又冲着少女说："今天不是怪人吗？"少女气得眉毛倒竖，脸颊泛红，一言不发，急忙翻开上衣，露出一个皮袋子，顺手抽出一件东西，原来是一把一尺长的晶莹铮亮的匕首。少年看了，吓得扭头就跑。少女追出门外，四处望去，没有声迹。少女把匕首往空中抛掷，只听"唰"的一声，闪出一道像长虹般的光亮，不一会儿有个东西坠落在地上，发出响声。顾生急忙用灯光去照看，原来是一只白色狐狸，已经身首异处了。顾生非常害怕。少女说："这就是你那个相好的美少年了。我本来饶恕了他，谁想他不想活，我也没有办法！"说着把匕首收进皮袋里。顾生拉着少女要进屋，少女说："刚才被那个妖精扫了兴致，等明天晚上吧。"说完，出门径直走了。

次夕，女果至，遂共绸缪。诘其术，女曰："此非君所知。宜须慎秘，泄恐不为君福。"又订以嫁娶，曰："枕席焉①，提汲焉②，非妇伊何也？业夫妇矣，何必复言嫁娶乎？"生曰："将勿憎吾贫耶？"曰："君固贫，妾富耶？今宵之聚，正以怜君贫耳。"临别嘱曰："苟且之行③，不可以屡。当来，我自来；不当来，相强无益。"后相值，每欲引与私语，女辄走避。然衣绽炊薪，悉为纪理，不啻妇也。

【注释】

①枕席：比喻男女同居。

②提汲：从井中提水。借指操持家务。

③苟且之行：指非婚性行为。

【译文】

第二天晚上，少女果然来了，两人亲亲热热一起欢会。顾生问少女怎么会剑术，少女说："这不是你应该知道的。应当严守秘密，一旦泄漏恐怕对你没有好处。"顾生又提出嫁娶之事，少女说："我已经和你同床共枕了，也为你家提水烧饭了，不是媳妇是什么呀？已经是夫妇了，何必再谈什么婚嫁的事？"顾生说："莫非是嫌我家穷吗？"少女说："你家的确穷，难道我家就富吗？今晚上的欢聚，正是因为可怜你家贫穷啊。"临别时嘱咐说："这种苟合的事，不可以多次发生。应当来，我自然会来；不应当来，勉强也没有用。"以后，顾生碰见她，每当想和她在一起说些知己的话，少女都走开躲避。不过，补衣服、做饭等家务事，她都一一料理，不亚于媳妇。

积数月，其母死，生竭力葬之。女由是独居。生意孤寝可乱，逾垣入，隔窗频呼，迄不应。视其门，则空室扃焉。窃疑女有他约。夜复往，亦如之，遂留佩玉于窗间而去之。越日，相遇于母所。既出，而女尾其后曰："君疑妾耶？人各有心，不可以告人。今欲使君无疑，乌得可？然一事烦急为谋。"问之，曰："妾体孕已八月矣，恐旦晚临盆①。妾身未分明②，能为君生之，不能为君育之。可密告母，觅乳媪，伪为讨螟蛉者③，勿言妾也。"生诺，以告母。母笑曰："异哉此女！聘之不可，而顾私于我儿。"喜从其谋以待之。

【注释】

①临盆：分娩。

②妾身未分明：我的身份尚未明确。此指侠女与顾生没有夫妇的名分。唐杜甫《新婚别》："妾身未分明，何以拜姑嫜。"妾，古代妇女自称的谦辞。

③螟蛉（mínglíng）：养子。《诗·小雅·小宛》："螟蛉有子，蜾蠃负之。教诲尔子，式穀似之。"后因称义子为"螟蛉"。螟蛉是一种飞蛾的幼虫，蜾蠃捕来喂养自己的幼虫，古人错认为蜾蠃以螟蛉为养子。

【译文】

过了几个月，少女的母亲死了，顾生尽力营办丧事。少女从此一人独居。顾生以为少女孤单单一人睡觉容易引诱，便跳墙过去，隔窗多次呼唤她，始终没有回音。仔细看她家的门，空荡荡的上着锁。顾生怀疑少女另有约会，不在家。夜里又去，仍是这样，于是顾生把佩玉放在窗间就走了。过了一天，顾生与少女在母亲的屋里碰到了。顾生出来时，少女跟在后面，说："你怀疑我了吗？每个人都有隐私，不可能告诉别人。如今想让你不怀疑我，怎么可能呢？不过有一件急事需要和你商量。"顾生问她，少女说："我怀孕已有八个月了，恐怕很快要生了。我的身份不清楚，我只能替你生孩子，不能替你抚养孩子。你可以悄悄告诉母亲，让她找个奶妈子，假装讨了个婴儿抱养，不要提起我。"顾生答应，赶快告诉了母亲。母亲笑着说："真奇怪啊，这个姑娘！明媒正娶不答应，可私下里跟我儿子好。"很高兴地按着少女的嘱咐等待着。

又月馀，女数日不至，母疑之，往探其门，萧萧闭寂。叩良久，女始蓬头垢面自内出，启而入之，则复阖之。入其室，则呱呱者在床上矣①。母惊问："诞几时矣？"答云："三日。"捉绷席而视之②，则男也，且丰颐而广额③。喜曰："儿已为老身育孙子，伶仃一身，将焉所托？"女曰："区区隐衷④，不敢掬示老母。俟夜无人，可即抱儿去。"母归与子言，窃共异之。夜往抱子归。

【注释】

①呱呱（gū）者：指婴儿。呱呱，婴儿的哭声。

②捉绷席：指抱起婴儿。捉，抱持。

③丰颐而广额：下巴丰满，上额广阔，指面庞方圆。

④区区隐衷：小小的隐私。区区，不足道的意思。

【译文】

又过了一个多月，少女有几天没有过来，顾母担心有事，便过去看看动静，大门关得紧紧的，没有一点儿动静。老母敲门很长时间，少女才蓬头垢面地从屋里走出来，开了门请顾母进去，又赶紧关上了门。走进内室，顾母看见一个婴儿在床上呱呱哭呢。顾母惊问："生下几天了？"少女回答说："三天。"解开襁褓一看，是个男孩，长得宽额大脸的。顾母高兴地说："你已经为老身生育了孙子，可你伶仃孤苦一个人，将来靠什么生活呢？"少女说："我的心事不敢明告老母。等夜深没人的时候，就把孩子抱过去吧。"顾母回家后，把事情告诉顾生，母子都从心里感到诧异。到了夜里，便把孩子抱回来了。

更数夕，夜将半，女忽款门入，手提革囊，笑曰："我大事已了，请从此别。"急询其故，曰："养母之德，刻刻不去诸怀。向云'可一而不可再'者，以相报不在床笫也①。为君贫不能婚，将为君延一线之续。本期一索而得②，不意信水复来③，遂至破戒而再。今君德既酬，妾志亦遂，无憾矣。"问："囊中何物？"曰："仇人头耳。"检而窥之，须发交而血模糊。骇绝，复致研诘。曰："向不与君言者，以机事不密，惧有宣泄。今事已成，不妨相告：妾浙人，父官司马，陷于仇，彼籍吾家④。妾负老母出，隐姓名，埋头项⑤，已三年矣。所以不即报者，徒以有母在，母去，又一块肉累腹中，因而迟之又久。曩夜出非他，道路门户未稔，恐有讹误耳。"言已，出门，又嘱曰："所生儿，善视之。君福薄无寿，此儿可光门闾⑥。夜深不得惊老母，我去矣！"方凄然欲询所之，女一闪如电，瞥尔间遂不复见⑦。生叹惋木立，若丧魂魄。明以告母，相为叹异而已。

【注释】

①床笫（zǐ）：指男女关系。

②一索而得：一次性交就可以达到怀孕的目的。《易·说卦》："震一索而得男。"索，求索。

③信水：月经。

④籍吾家：抄没我家财产。籍，没收，登记。

⑤埋头项：隐藏不敢露面，即隐姓埋名。

⑥光门闾：光耀门庭。

⑦瞥尔间：转眼间。尔，语末助词。

【译文】

又过了几个晚上，快到半夜时，少女突然敲门进来，手里提着个皮袋子，笑着说："我大事已完成，就此告别。"顾生急问原因，少女说："你供养我母亲的恩德，每时每刻都记在心上。过去我说过'可以有一次而不能有第二次'

的话，是我的报答不在于床上的男女之情。因为你家贫穷不能婚娶，我准备为你生个孩子，传宗接代。本来希望上床一次就能怀孕，没想到月经又来了，结果违背约定有了第二次。如今你家的恩德已经报答，我自己的志愿也已经实现，再没有什么遗憾的了。"顾生问："袋中装的什么东西？"少女说："仇人的头。"打开悄悄一看，只见一颗人头的头发胡子搅在一起，血肉模糊。顾生差点儿吓晕，又追问事情来龙去脉。少女说："过去不肯跟你说的原因，是因为机密的事不能不保密，担心泄露出去。如今大事已经办成，不妨实话相告：我本是浙江人，父亲官居司马，被仇人陷害，全家被查抄。我背负着老母亲逃出来，隐姓埋名，不露身份已经三年了。所以未能马上报仇的原因，只是因为有老母在世；母亲去世后，又因为怀孕在身，因而又拖延很久。那一夜外出不是为了别的事，是因为道路门户不熟悉，怕报仇时出现差错。"说完，就向门外走去，又嘱咐说："我生的儿子，要好好待他。你的福分薄，寿命也不长，但这个孩子可以光大家族。夜深了，不要再惊动老母亲了，我走了！"顾生很难受，正要打听她要去什么地方，少女却一闪如电，转瞬间不见了身影。顾生叹息凄婉地站在那里，如同失了魂魄一般。天亮后，顾生把事情经过告诉了母亲，母子俩只有互相惊叹诧异罢了。

后三年，生果卒。子十八举进士①，犹奉祖母以终老云。

【注释】

①举：这里是考中的意思。

【译文】

三年后，顾生果然去世了。顾生的儿子十八岁中了进士，还能侍奉祖母以送终。

异史氏曰：人必室有侠女，而后可以畜变童也^①。不然，尔爱其艾豭，彼爱尔娄猪矣^②！

【注释】

①畜：畜养。

②尔爱其艾豭（jiā），彼爱尔娄猪矣：你爱他这个公猪，他就爱你的那个母猪了。意指你爱变童，变童就要觊觎你的妻室了。《左传·定公十四年》："野人歌之曰：'既定尔娄猪，盍归吾艾豭？'"杜预注："娄猪，求子猪，以喻南子。艾豭喻宋朝。"南子，卫灵公妃，淫乱，故以喻之。一说谓娄猪为求牡之猪。参阅清王鸣盛《蛾术篇·娄猪》。

【译文】

异史氏说：一个人必须家有侠女，而后才可以养男宠。不然的话，你和他鬼混，他却觊觎你的老婆呢！

莲香

　　狐女莲香和女鬼李氏分别爱上了桑生，为了能够和桑生过上人间的夫妻生活，她们"死者而求其生，生者又求其死"，可谓对桑生一往情深。莲香尤其非常得体地处理了她与桑生以及李氏之间的复杂关系。王渔洋在阅读《莲香》篇后，对莲香格外赞赏，称："贤哉莲娘，巾帼中吾见亦罕，况狐耶！"不过，当代的读者关注并赞美的是她们对于桑生生死不渝的爱情，而往往忽视蒲松龄对于莲香和李氏，尤其是莲香的不妒方面的描述。蒲松龄在"异史氏曰"中说某些人"觍然而生不如狐，泯然而死不如鬼"，实际上是包括了两个方面——既包括她们对于桑生执着的爱情，也包括二女共事一夫的不妒乃至亲如姐妹。

　　《莲香》在《聊斋志异》的鬼狐故事中颇具代表性。展示了狐女和女鬼在与人类发生恋爱上的特点：她们倏忽而来却并不倏忽而去，往往留下子嗣，完成婚姻的归宿。小说中狐女和女鬼有一段对话最可注意。莲香问女鬼："闻鬼物利人死，以死后可常聚，然否？"李氏回答："不然。两鬼相逢，并无乐处，如乐也，泉下少年郎岂少哉？"这为《聊斋志异》中所有女鬼在人间的寻爱进行了解答；莲香说："世有不害人之狐，断无不害人之鬼，以阴气盛也。"这为女鬼的阴柔形象予以了定位。李氏问莲香："狐能死人，何术独否？"莲香回答说："是采补者流，妾非其类。"则为《聊斋志异》中的狐女与人的两种关系类型做了划定。狐鬼与人的恋爱模式虽然都出于蒲松龄的杜撰，却浪漫有趣，是解读《聊斋志异》故事的不二密钥。

　　桑生名晓，字子明，沂州人①。少孤②，馆于红花埠③。桑为人静穆自喜④，日再出⑤，就食东邻，馀时坚坐而已。东邻生偶至，戏曰："君独居不畏鬼狐耶？"笑答曰："丈夫何畏鬼狐⑥？雄来吾有利剑，雌者尚当开门纳之。"邻生归，与友谋，梯妓于垣而过之，弹指叩扉。生窥问其谁，妓自言为鬼，生大惧，齿震震有声。妓逡巡自去。邻生早至生斋，生述所见，且告将归。邻生鼓掌曰："何不开门纳之？"生顿悟其假，遂安居如初。

【注释】

①沂州：古地名。范围在今山东西南和苏北一带。清雍正时升府，下辖莒州、兰山县、郯城县、沂水县、蒙阴县和费县等。治所在今山东临沂。

②孤：失去父亲。《孟子·梁惠王》："幼而无父曰孤。"

③馆：寓舍。此谓寓居。红花埠：在山东临沂郯城南21公里处，沭河西岸。《郯城县志》载："红花埠，县南四十里。"宋乐史《太平寰宇记》："梁天监二年三月土人张高等五百馀人相率开凿此隰引水，溉田二百馀顷，俗名为红花水。"埠得名以此。据此，该村建于南北朝梁天监年间（502—519），时称"红花水埠"，后简化为"红花埠"。

④静穆自喜：沉静平和而自矜。

⑤日再出：每日出去两次。

⑥丈夫：大丈夫，犹言男子汉。

书生桑晓，字子明，沂州人。少年时就没了父母，住在红花埠。桑生为人沉静自负，除了每天两次到东边邻居家吃饭外，其馀时间全在屋里静坐读书。有一天，东邻的书生偶然到桑生住处，开玩笑地说："你一个人住着不怕鬼狐吗？"桑生笑着回答说："大丈夫怕什么鬼狐？雄的来了我有利剑，雌的来了我就开门收留。"东邻的书生回去，与朋友商量，让一个妓女从梯子爬过墙去，然后弹指敲门。桑生从门缝往外察看，问是什么人，妓女回答说是鬼，桑生非常害怕，吓得牙齿相叩，发出"振振"的声音。那个妓女磨蹭一会儿就走了。第二天一大早，东邻的书生来到桑生的书斋，桑生叙述了昨晚的事情，还告诉说想早点儿回家去。东邻的书生拍着巴掌说："干嘛不开门收留啊？"桑生顿时明白昨晚的事是恶作剧，于是安居如初。

积半年，一女子夜来叩斋。生意友人之复戏也，启门延入，则倾国之姝①。惊问所来，曰："妾莲香，西家妓女。"埠上青楼故多②，信之。息烛登床，绸缪甚至。自此三五宿辄一至。

【注释】

①倾国之姝：谓绝色女子。倾国，或作"倾国倾城"，指美女。《汉书·外戚传》载李延年歌："北方有佳人，绝世而独立；一顾倾人城，再顾倾人国。宁不知倾人与倾国，佳人难再得。"姝，美色。

②青楼：指妓馆。南朝梁徐陵《玉台新咏》收录刘邈
《万山见采桑人》："倡妾不胜愁，结束下青楼。"

【译文】

过了半年时光，有一个女子夜里来敲门。桑生以为又是朋友再次戏弄他，便开门请她进来，仔细一看，原来是个倾国倾城的美女。惊问她从哪里来，女子说："我叫莲香，是西街的妓女。"当时红花埠的妓院比较多，桑生也就相信了。于是熄灭了灯，双双上床，亲密极了。自此过三五天就来一次。

一夕，独坐凝思，一女子翩然入。生意其莲，承逆与语①。觌面殊非，年仅十五六，亸袖垂髫②，风流秀曼③，行步之间，若还若往④。大愕，疑为狐。女曰："妾良家女，姓李氏。慕君高雅，幸能垂盼。"生喜。握其手，冷如冰，问："何凉也？"曰："幼质单寒，夜蒙霜露，那得不尔！"既而罗襦衿解，俨然处子。女曰："妾为情缘，葳蕤之质⑤，一朝失守。不嫌鄙陋，愿常侍枕席。房中得无有人否？"生云："无他，止一邻娼，顾不常至。"女曰："当谨避之⑥。妾不与院中人等⑦，君秘勿泄。彼来我往，彼往我来可耳。"鸡鸣欲去，赠绣履一钩⑧，曰："此妾下体所着，弄之足寄思慕。然有人慎勿弄也！"受而视之，翘翘如解结锥，心甚爱悦。越夕无人，便出审玩。女飘然忽至，遂相款昵。自此每出履，则女必应念而至。异而诘之，笑曰："适当其

时耳。"

【注释】

①承逆：迎接。逆，迎。

②髯（duǒ）袖垂髫（tiáo）：双肩瘦削，头发下垂。髯袖，垂袖。此谓肩削。髫，头发下垂。少女未笄不束发，鬓发下垂。

③秀曼：秀美。曼，美。

④若还若往：像是回退，又像前行。言其体态轻盈婀娜。三国魏曹植《洛神赋》："凌波微步，罗袜生尘。动无常则，若危若安。进止难期，若往若还。"

⑤葳蕤（wēiruí）之质：谓娇嫩柔弱的处女之身。葳蕤，草名。南朝梁任昉《述异记》："葳蕤草，一名丽草，又呼为女草，江浙中呼娃草。美女曰娃，故以为名。"

⑥谨：小心。

⑦院中人：妓院中人。

⑧绣履一钩：绣鞋一只。钩，旧时女子裹足，足尖小而弯，鞋形尖端翘起如钩，故称。

【译文】

一天晚上，桑生一个人坐着沉思，忽然有一个女子翩然而入。他以为是莲香，便迎上去说话。一看面孔，并不是莲香，只见女子只有十五六岁，袖口垂着，发髫也垂着，风流曼丽，走起路来轻盈婀娜，若还若往。桑生大惊，疑心她是狐狸精。这个女子说："我是好人家的女儿，姓李。

因为仰慕你风格高雅，盼望得到你的爱怜。"桑生很高兴。握住她的手，感到冷如冰雪，问道："你的手为什么这么凉呢？"李姑娘说："我还年轻，体质单薄，何况又夜里冒着霜露来，哪能不冰冷呢！"后来，李姑娘脱下衣服，俨然是个处女。李姑娘说："我为了情缘，把单薄柔媚的身子全交给了你。你如果不嫌弃我丑陋，我愿一直在枕席边侍候。屋里怕还有别的人吧？"桑生说："没有别人，只有邻居的一个妓女，也不是常来。"李姑娘说："应当谨慎地避开她。我和妓院中的人不一样，你要保守秘密，不要泄露出去。她来我走，她走我来就可以了。"鸡鸣时刻，李姑娘要走，送给桑生一只绣花鞋，说："这是穿在我脚下的，把玩它足可以寄托思慕之情。但是有人时，千万不要摆弄它！"桑生接过来一看，翘翘尖尖的，好像是解结的锥子，心里很是喜欢。过了一天的晚上，屋里没人，桑生便拿出绣鞋欣赏玩弄。李姑娘忽然间飘然来到，于是两人亲昵一番。从此，桑生每当拿出绣鞋时，李姑娘就应念而来。桑生觉得奇怪，询问这是怎么回事，李姑娘笑着说："赶巧了吧。"

一夜，莲来，惊曰："郎何神气萧索①？"生言："不自觉。"莲便告别，相约十日。去后，李来恒无虚夕。问："君情人何久不至？"因以相约告。李笑曰："君视妾何如莲香美？"曰："可称两绝。但莲卿肌肤温和。"李变色曰："君谓双美，对妾云尔。渠必月殿仙人②，妾定不及。"因而不欢。乃屈指计，十日之期已满，嘱勿漏，将窃窥之。次夜，莲香果至，笑语甚洽。及寝，大骇曰："殆矣！十日不见，何益惫损③？保无他遇否？"生询其故，曰："妾以神气验之，脉析析如乱丝④，鬼症也。"次夜，李来，生问："窥莲香何似？"曰："美矣。妾固谓世间无此佳人，果狐也。去，吾尾之，南山而穴居。"生疑其妒，漫应之。

【注释】

①萧索：衰颓。

②月殿仙人：传说中的月中仙女，即嫦娥。旧时诗文常用以喻美丽的女子。

③惫损：疲惫，消瘦。这里是元气大伤之意。

④析析：散乱的样子。

【译文】

一天晚上，莲香来了，惊问："郎君为什么神色衰颓？"桑生说："我没感觉出来。"莲香便告别，约好十天后再来。莲香走后，李姑娘天天夜里来临。还问："你的情人为什么好久不来了呢？"桑生便把相约的事告诉了她。李姑娘笑着问道："你看我与莲香哪个美？"桑生说："可以说两个人都是绝佳美人。不过莲香肌肤比较温和。"李姑娘变了脸色，说道："你说我俩都是美人，不过是当着我的面说罢了。她必定是月宫中的仙女，我肯定不如她。"于是很不高兴。李姑娘屈指一算，十天的期限就要到了，便嘱咐桑生不要走漏消息，准备偷偷看看莲香是什么人。第二天夜里，莲香果然来了，欢声笑语非常亲密。等到睡觉时，莲香大惊，说道："糟了！十天不见，你怎么更加疲惫劳损？你保证没有遇上什么吗？"桑生询问缘故，莲香说："我是从神态上看出来的，你的脉搏细杂像乱丝一样，这是遭遇鬼的症状。"第二天夜里，李姑娘来了，桑生问："你偷看莲香觉得如何？"李姑娘说："确实漂亮。我早说过世间绝没有这样的佳人，果然是个狐狸。她离开时，我尾随她，她住在南山洞穴里。"桑生疑心李姑娘妒忌，漫不经心应答着。

逾夕，戏莲香曰："余固不信，或谓卿狐者。"莲亟问："是谁所云？"笑曰："我自戏卿。"莲曰："狐何异于人？"曰："惑之者病，甚则死，是以可惧。"莲香曰："不然。如君之年，房后三日，精气可复，纵狐何害？设旦旦而伐之①，人有甚于狐者矣。天下病尸瘵鬼②，宁皆狐蛊死耶？虽然，必有议我者。"生力白其无，莲诘益力，生不得已，泄之。莲曰："我固怪君惫也。然何遽至此？得勿非人乎？君勿言，明宵，当如渠之窥妾者。"是夜李至，裁三数语，闻窗外嗽声，急亡去。莲入曰："君殆矣！是真鬼物！昵其美而不速绝，冥路近矣！"生意其妒，默不语。莲曰："固知君不忘情，然不忍视君死。明日，当携药饵，为君以除阴毒。幸病蒂犹浅，十日羌当已。请同榻以视痊可。"次夜，果出刀圭药啖生③。顷刻，洞下三两行④，觉脏腑清虚，精神顿爽。心虽德之⑤，然终不信为鬼。

①旦旦而伐之：本谓天天砍伐树木。《孟子·告子》："亦犹斧斤之于森也，旦旦而伐之，可以为美乎？"此谓天天放纵淫欲。旦旦，日日，每天每天地。伐，砍伐。旧谓淫乐伐性伤身。《吕氏春秋·本生》："靡曼皓齿，郑卫之音，务以自乐，命之曰伐性之斧。"

②病尸瘵（zhài）鬼：中医指所有积劳损削病的统称，也特指因患肺病而死的人。

③刀圭药：一小匙药。刀圭，古时量取药末的用具。章炳麟《新方言·释器》谓刀即"庬"；刀圭，古读如"条耕"，即今之"调羹"。

④洞下三两行：泻了两三次。洞，腹泻。行，次。

⑤德：感恩。

【译文】

过了一夜，莲香来了，桑生戏弄说："我本来不信，可有人说你是个狐狸。"莲香忙问："是谁说的？"桑生笑着说："是我自己跟你开玩笑。"莲香说："狐狸与人有什么区别？"桑生说："受狐狸迷惑就要得病，严重的就要死，所以让人害怕。"莲香说："不对。像你这个年纪，房事后，三天精气就可以恢复，纵然是狐狸又有什么关系？假如夜夜房事不停，人比狐狸严重多了。天下那些得了色痨病而死的人，难道都是狐狸害死的吗？尽管如此，必定有人说我的坏话。"桑生极力表白没有这样的事，莲香追问得更加急迫，桑生迫不得已，也就说了。莲香说："我本来就怀疑你为什么这样疲惫。但是怎么这么快就达到这个地步？莫非不是人吗？你不要泄露出去，明天晚上，我要像她窥视我那样去偷看她。"这天夜里，李姑娘来了，才说了几句话，听到窗外有咳嗽声，便急忙跑了。莲香进来后，说："你危险了！真是个鬼物！你贪恋她美貌而不迅速断绝关系，离死期不远了！"桑生猜想她是妒忌，便沉默不语。莲香说："我本来就想到你不会忘情，但是不忍心眼看着你死。明天我带药物来，替你治疗阴毒。幸好病根还浅，十天就能痊愈。你要同我在一个床上睡觉，我要看着你病好。"第二天夜里，莲香果然带着药来给桑生吃。桑生服药后不一会儿大泻了两三次，觉得脏腑豁亮，精神立刻爽快起来。他心里虽然很感激莲香，但并不相信李姑娘是鬼。

　　莲香夜夜同衾偎生，生欲与合，辄止之。数日后，肤革充盈①。欲别，殷殷嘱绝李，生谬应之②。及闭户挑灯，辄捉履倾想。李忽至，数日隔绝，颇有怨色。生曰："彼连宵为我作巫医③，请勿为怼④，情好在我。"李稍怿⑤。生枕上私语曰："我爱卿甚，乃有谓卿鬼者。"李结舌良久，骂曰："必淫狐之惑君听也！若不绝之，妾不来矣！"遂呜呜饮泣。生百词慰解，乃罢。

【注释】

①肤革充盈：谓身体又结实起来。肤革，皮肤。

②谬应：假装答应。

③巫医：巫师和医师。此指行医治病。

④为怼（duì）：发生怨恨。

⑤怿（yì）：欢喜，高兴。

【译文】

　　莲香夜夜都偎抱着桑生在一个被窝里睡觉，桑生要同她行房事，她都拒绝了。几天后，桑生身子健壮起来。临走，莲香千叮咛万嘱咐，叫桑生断绝与李姑娘往来，桑生敷衍着答应下来。桑生到了闭门点灯的时候，不由得拿起绣鞋思念起李姑娘。李姑娘忽然来临，由于好几天不曾会面，颇有埋怨的神气。桑生说："她连着几夜为我行巫治病，请不要生气，我对你还是倾心不变。"李姑娘这才稍稍消了气。桑生在枕头上悄声细语地说："我非常爱你，可是有人说你是鬼。"李姑娘一听，一时说不出话来，过了好久，才骂道："必定是那个骚狐狸迷惑你的理智！如果你不同她断绝关系，我再也不来了！"于是"呜呜"哭泣起来。桑生百般慰解，这才不哭了。

　　隔宿，莲香至，知李复来，怒曰："君必欲死耶！"生笑曰："卿何相妒之深？"莲益怒曰："君种死根，妾为若除之，不妒者将复何如？"生托词以戏曰："彼云前日之病，为狐祟耳。"莲乃叹曰："诚如君言，君迷不悟，万一不虞①，妾百口何以自解？请从此辞，百日后当视君于卧榻中。"留之不可，怫然径去。

【注释】

①不虞：发生意料之外的事。指死。

【译文】

　　隔天夜里，莲香来了，知道李姑娘又来了，生气地说："你一定要找死吗！"桑生笑着说："你何必妒忌她这样深呢？"莲香更生气了，说："你种下死根，我为你除掉了，不妒忌的人又将是什么样呢？"桑生找个借口开玩笑说："她说前些日子的病是狐狸作祟的结果。"莲香于是叹息着说："实在像你说的，你这样执迷不悟，万一遇上个好歹，我纵有一百张嘴，又如何解释呢？请让我现在就告辞，一百天后我会到你的病床边看你。"桑生留也留不住，莲香甩手走了。

　　由是与李夙夜必偕，约两月馀，觉大困顿①。初犹自宽解，日渐羸瘠②，惟饮饘粥一瓯③。欲归就奉养，尚恋恋不忍遽去。因循数日，沉绵不可复起。邻生见其病瘉，日遣馆僮馈给食饮。生至是疑李，因谓李曰："吾悔不听莲香之言，一至于此！"言讫而瞑。移时复苏，张目四顾，则李已去，自是遂绝。

【注释】

①困顿：艰难窘迫，指劳累到不能支持或生计困难。此处指桑生身体吃不消了。

②羸瘠：病弱瘦削。

③馕（zhān）粥一瓯：喝一碗粥。馕，黏粥。《礼记·檀弓》："粥之食。"疏："厚曰馕，稀曰粥。"瓯，小容器。

【译文】

从此，桑生与李姑娘每夜都在一起，大约过了两个多月，桑生觉得全身困顿疲软。起初还自我宽解，可一天比一天瘦弱，以致到了只能喝下一碗稀粥的地步。打算回家养病，还恋恋不舍，不忍心一下子离开。这样又糊弄了几天，病重得不能下床了。邻居的书生见他病得沉重，每天派书童给他送点儿吃的来。到了这个地步，桑生才怀疑李姑娘，对她说："我后悔当初没听莲香的话，竟然到了这个地步！"说罢就闭上了眼睛。过了一个时辰苏醒过来，桑生张目四望，李姑娘已经离去，从此没有了音信。

生羸卧空斋，思莲香如望岁①。一日，方凝想间，忽有搴帘入者，则莲香也。临榻哂曰②："田舍郎③，我岂妄哉！"生哽咽良久，自言知罪，但求拯救。莲曰："病入膏肓④，实无救法。姑来永诀，以明非妒。"生大悲曰："枕底一物，烦代碎之。"莲搜得履，持就灯前，反复展玩，李女欻入，卒见莲香⑤，返身欲遁。莲以身蔽门，李窘急不知所出。生责数之，李不能答。莲笑曰："妾今始得与阿姨面相质⑥。昔谓郎君旧疾，未必非妾致，今竟何如？"李俛首谢过。莲曰："佳丽如此，乃以爱结仇耶？"李即投地陨泣⑦，乞垂怜救。莲遂扶起，细诘生平。曰：

"妾，李通判女⑧，早夭，瘗于墙外。已死春蚕，遗丝未尽⑨。与郎偕好，妾之愿也，致郎于死，良非素心。"莲曰："闻鬼物利人死，以死后可常聚，然否？"曰："不然。两鬼相逢，并无乐处，如乐也，泉下少年郎岂少哉？"莲曰："痴哉！夜夜为之，人且不堪，而况于鬼？"李问："狐能死人，何术独否？"莲曰："是采补者流，妾非其类。故世有不害人之狐，断无不害人之鬼，以阴气盛也。"

【注释】

①望岁：饥饿而盼望谷熟。《左传·昭公三十年》："闵闵焉如农夫之望岁，惧以待时。"

②哂（shěn）：讥笑。

③田舍郎：农家子弟，乡巴佬。含讥讽之意的戏称。

④病入膏肓（huāng）：谓病情恶化无法可医。古代医学以心尖脂肪为"膏"，心脏与膈膜之间为"肓"。《左传·成公十年》："公梦疾为二竖子，曰：'彼良医也，惧伤我，焉逃之？'其一曰：'居肓之上，膏之下，若我何？'医至，曰：'疾不可为也。在肓之上，膏之下，攻之不可，达之不及，药不至焉，不可为也。'"

⑤卒：后多作"猝"，突然。

⑥面相质：当面对质。质，询问。

⑦投地陨泣：谓伏地哭泣。投地，下拜，拜伏于地。陨泣，落泪。

⑧通判：官名。明清为知府之佐，各府置员不等，分掌粮运、督捕及农田水利等事务。

⑨已死春蚕，遗丝未尽：意谓人虽已死而情丝未断。丝，谐"思"。唐李商隐《无题》："春蚕到死丝方尽，蜡炬成灰泪始干。"

【译文】

桑生瘦骨嶙峋地躺在空荡荡的书房里，思念着莲香如同饥饿的人盼着丰收一样。一天，正当凝想的时候，忽然有人掀起帘子进屋来了，正是莲香。莲香走近病床，嘲笑地说："乡巴佬，我没有胡说吧！"桑生哽咽着很久说不出话来，自己一再承认知道错了，希望莲香救命。莲香说："病入膏肓，实在没有挽救的方法。我只是来向你诀别，以此证明我不是妒忌。"桑生非常悲伤，说道："枕底下有个东西，麻烦你替我毁了它。"莲香翻出绣花鞋，拿到灯前，颠来倒去地把玩，这时李姑娘突然进了屋来，一见莲香在，扭头就想跑。莲香用身子挡住门，李姑娘急得不知从哪里出去。桑生责备李姑娘，李姑娘不能答言。莲香笑着说："我今天有机会和阿姨面对面的对质了。过去我说郎君疾病未必不是因我而得的，如今怎么样？"李姑娘低头认错。莲香说："如此漂亮的人，怎么竟然因为恩爱结成仇敌呢？"李姑娘跪倒在地，痛心地哭着，哀求可怜她，饶恕她。莲香把李姑娘扶起来，细细询问她的生平。李姑娘说："我是李通判的女儿，早早就夭折了，埋在墙外。我就像春天的蚕一样，虽然死了，但是遗留的丝还没有吐尽。与郎相好，这是我的心愿；使郎致死，实在不是我的本意。"莲香问道："听说鬼这东西希望人死，因为人死后就可以经常聚在一起，是不是有这回事？"李姑娘说："不是。两个鬼相聚在一起，并没有乐趣，如果有乐趣，九泉下边的少年郎还少吗？"莲香说："真是痴心啊！夜夜干那事，人尚且不堪承受，何况跟鬼呢？"李姑娘问："狐狸能害死人，你有什么办法不这样呢？"莲香说："能害人的是那种采人阳气以补自己的一类，我不是那类狐狸。所以，世上有不害人的狐狸，断然没有不害人的鬼，因为鬼的阴气太重了。"

生闻其语，始知狐鬼皆真，幸习常见惯，颇不为骇。但念残息如丝，不觉失声大痛。莲顾问："何以处郎君者？"李赧然逊谢。莲笑曰："恐郎强健，醋娘子要食杨梅也。"李敛衽曰①："如有医国手②，使妾得无负郎君，便当埋首地下，敢复觍然于人世耶③！"莲解囊出药，曰："妾早知有今，别后采药三山④，凡三阅月⑤，物料始备，瘵蛊至死⑥，投之无不苏者。然症何由得，仍以何引⑦，不得不转求效力。"问："何需？"曰："樱口中一点香唾耳。我一丸进，烦接口而唾之。"李晕生颐颊，俯首转侧而视其履。莲戏曰："妹所得意惟履耳！"李益惭，俯仰若无所容。莲曰："此平时熟技，今何吝焉？"遂以丸纳生吻，转促逼之，李不得已，唾之。莲曰："再！"又唾之。凡三四唾，丸已下咽，少间，腹殷然如雷鸣。复纳一丸，自乃接唇而布以气。生觉丹田火热⑧，精神焕发。莲曰："愈矣！"李听鸡鸣，彷徨别去。莲以新瘥^⑨，尚须调摄^⑩，就食非计^⑪，因将户外反关，伪示生归，以绝交往，日夜守护之。李亦每夕必至，给奉殷勤，事莲犹姊，莲亦深怜爱之。

【注释】

①敛衽（rèn）：指整理衣襟致敬或行礼。衽，衣襟。

②医国手：本指医术居全国之首的高手，此指能起死回生的神奇手段、本领。

③觍（tiǎn）然：厚颜貌。

④三山：神话传说中的三神山，即方丈、蓬莱、瀛洲。《史记·秦始皇本纪》载："齐人徐福等上书，言海中有三神山，名曰蓬莱、方丈、瀛洲。"

⑤凡三阅月：共历三月。阅，历。

⑥瘵蛊：经久不愈之病。蛊，通"痼"。

⑦引：药引。

⑧丹田：道家称人身脐下三寸处。《云笈七签·黄庭外景经·上部经》："呼吸庐间入丹田。"务成子注："呼吸元气会丹田中。丹田中者，脐下三寸阴阳户，俗人以生子，道人以生身。"

⑨瘥（chài）：病愈。

⑩调摄（shè）：调理保养。

⑪就食非计：到外面吃不是办法。指桑生"就食东邻"。

【译文】

桑生听了她们的对话，这才知道谈鬼说狐的都是真的，幸好同她们接触习以为常了，也就不那么怕了。但是一想到自己仅存一息，活不了多久，不觉失声大哭。莲香看着李姑娘问道："你怎么医治郎君啊？"李姑娘红着脸说自己没有办法。莲香笑着说："恐怕郎君身体强健后，醋娘子要吃杨梅，酸上加酸了。"李姑娘整整衣襟，严肃地说："如果有一高明的医生能治好郎君的病，使我不负郎君，自然应当永远回到地下去，哪敢舰着脸再在人世间抛头露面呢！"莲香解下小口袋，拿出药来说："我早就料到有今天，自分别后到三山去采药，用了三个多月才把药物配齐，即使是身患色痨就要死去的，吃了没有不活的。不过病症因什么得的，仍要以那个东西做引子，这就不得不转而求你出力了。"李姑娘问："需要什么？"莲香说："樱桃口中的一点儿香唾。我把丸药放在他嘴里，麻烦你嘴对嘴吐点儿唾沫。"李姑娘听后，脸上泛出红晕，不好意思地东张西望，然后又低下头看着自己的鞋子。莲香戏弄她说："妹妹最得意的只有绣花鞋吧！"李姑娘更加惭愧，低头不是，抬头不是，好像无地容身。莲香又说："这种活，平时挺熟练的，怎么今天舍不得了？"说着把药丸放进桑生嘴里，转身催促李姑娘去送唾沫，李姑娘迫不得已，把口中唾沫送过去。莲香说："再送一口！"李姑娘又吐唾沫。一共三四口，这时桑生已把丸药吞进肚里，过了一会儿，桑生的肚子里"咕噜咕噜"像雷鸣一般。这时，莲香又放进一丸，自己嘴对嘴送进一口气。桑生只觉得丹田部位火热火热的，顿时精神焕发。莲香说："好了！"李姑娘听到鸡叫声，一步一回头地走了。莲香因为桑生大病初愈，尚须调养，起居饮食都必须严格控制，不能再到东邻去吃饭，因此将大门从外面锁上，假装桑生已经返回家乡，以此断绝任何交往，同时自己日夜守护着。李姑娘也是每天晚上必来，殷勤侍候，对待莲香犹如姐姐一样，莲香也深深疼爱李姑娘。

居三月，生健如初。李遂数夕不至，偶至，一望即去，相对时，亦悒悒不乐。莲常留与共寝，必不肯。生追出，提抱以归，身轻若刍灵①。女不得遁，遂着衣偃卧②，踣其体不盈二尺。莲益怜之，阴使生狎抱之，而撼摇亦不得醒。生睡去，觉而索之，已杳。后十馀日，更不复至。生怀思殊切，恒出履共弄。莲曰："窈娜如此③，妾见犹怜④，何况男子！"生曰："昔日弄履则至，心固疑之，然终不料其鬼。今对履思容，实所怆恻⑤。"因而泣下。

【注释】

① 刍灵：用茅草扎成的人马，为死人送葬之物。《礼记·檀弓》："涂车刍灵，自古有之，明器之道也。"郑玄注："刍灵，束茅为人焉，谓之灵者，神之类。"孙希旦《集解》："涂车刍灵，皆送葬之物也。"

② 偃卧：睡卧。

③ 窈（yǎo）娜：窈窕婀娜，美好的样子。

④ 妾见犹怜：我看见都尚且爱。怜，爱。南朝宋刘义庆《世说新语·贤媛》刘孝标注引南朝宋虞通之

《妒记》："温平蜀，以李势女为妾。南郡主凶妒，不即知之，后知，乃拔刀往李所，因欲斫之。见李在窗梳头，姿貌端丽，徐徐结发，敛手向主，神色闲正，辞甚凄婉。主于是掷刀前抱之，曰：'阿子，我见汝亦怜，何况老奴！'遂善之。"

⑤怆恻：伤心。

【译文】

三个月以后，桑生恢复了健康。李姑娘于是好几天不来一趟，偶然来一次也是看一看就走，相见时也总是闷闷不乐。莲香经常留李姑娘住下，李姑娘必定不肯。有一次，桑生追李姑娘出去，硬是把她抱了回来，她身体轻轻的，就像草人一般。李姑娘逃脱不开，于是穿着衣服侧身躺下，踡着身子，体长不足二尺。莲香更是可怜她，私下让桑生亲昵搂抱她，任凭桑生怎么摇动她，她也不醒。桑生睡过一觉，醒来后再找她，她已经消失了。以后十几天过去了，李姑娘再没有来一趟。桑生思恋迫切，常常拿出绣鞋来摆弄。莲香说："李姑娘这样婀娜幽静，连我都喜爱她，更何况男子汉！"桑生说："从前一摆弄绣鞋她就来到，心里一直有所猜疑，然而终究没有想到她是鬼。如今面对绣鞋，思念她的音容笑貌，实在是令人悲伤。"说着流下泪来。

先是，富室张姓有女字燕儿，年十五，不汗而死。终夜复苏，起顾欲奔。张扃户，不得出。女自言："我通判女魂。感桑郎眷注①，遗舄犹存彼处。我真鬼耳，锢我何益②？"以其言有因，诘其至此之由。女低徊反顾，茫不自解。或有言桑生病归者，女执辨其诬，家人大疑。东邻生闻之，逾垣往窥，见生方与美人对语，掩入逼之，张皇间已失所在。邻生骇诘，生笑曰："向固与君言，雌者则纳之耳。"邻生述燕儿之言，生乃启关，将往侦探，苦无由。

【注释】

①眷注：垂爱关注。

②锢：禁锢，锁。

【译文】

在这之前，有个大户人家姓张，女儿叫燕儿，年仅十五岁，由于生病出不了汗就憋死了。过了一宿，又苏醒过来，起来就要跑。张家锁上门户，她跑不出去。姑娘自己说："我是通判女儿的灵魂。受到桑郎的眷恋，我送给他的鞋还在他那里。我真的是鬼啊，关我有什么用？"张家听她说话另有原因，便追问她到这里来的原由。姑娘低头沉思，左顾右盼，自己也茫茫然，不知是怎么回事。有人说桑生因病回家了，姑娘坚持说这是谎言，张家的人一个个大惑不解。东邻的书生听说后，就翻过院墙去察看，正见桑生和一个美人面对面说话，便趁他们不备闯了进去逼住他们，正紧张中，美人已经不见了踪影。东邻的书生惊骇之中追问事情的真相，桑生笑着说："我不是早说了吗？雌的如果来的话，就留下她。"东邻的书生说起燕儿的事，桑生打开门，马上就想去张家探察一下，只是苦于没有理由。

张母闻生果未归，益奇之，故使佣媪索履，生遂出以授。燕儿得之喜，试着之，鞋小于足者盈寸，大骇。揽镜自照，忽恍然悟己之借躯以生也者，因陈所由，母始信之。女镜面大哭曰①："当日形貌，颇堪自信，每见莲姊，犹增惭怍②。今反若此，人也不如其鬼也！"把履号咷，劝之不解，蒙衾僵卧。食之，亦不食，体肤尽肿。凡七日不食，卒不死，而肿渐消，觉饥不可忍，乃复食。数日，遍体瘙痒，皮尽脱。晨起，睡舄遗堕，索着之，则硕大无朋矣③。因试前履，肥瘦吻合，乃喜。复自镜，则眉目颐颊，宛肖生平④，益喜。盥栉见母⑤，见者尽眙。

【注释】

①镜面：用镜子照脸。

②惭怍（zuò）：羞愧。

③硕大无朋：大得无与伦比。硕，大。朋，伦比。《诗·唐风·椒聊》："椒聊之实，蕃衍盈升。彼其之子，硕大无朋。"

④宛肖生平：宛然与往日容貌一样。肖，像。

⑤盥栉（zhì）：这里是洗浴打扮的意思。盥，洗。栉，梳头。

【译文】

张家的母亲听说桑生果然没有回去，更加奇怪，于是派老妈子去要鞋，桑生拿出绣鞋，便给了老妈子。燕儿得到绣鞋大喜，试着穿穿，绣鞋比脚小了一寸多，很是惊奇。她拿过镜子自照，忽然恍悟到自己是借人家身子而生的，于是向张母陈述来龙去脉，张母这才相信。姑娘对着镜子大哭说："当日的形貌，自己觉得很不错，每每见了莲香姐姐，还是感到自愧不如。如今反而这等样子，当人还不如鬼呢！"她拿着绣鞋号咷大哭，别人劝也劝不住，哭够了便蒙上被子直挺挺躺下不动。给好吃的她也不吃，全身浮肿。七天没吃没喝也没有死，而浮肿渐渐消下去，后来觉得饿极了，这才开始吃东西。几天后，遍体发痒，身体整个脱了一层皮。早晨起来时，睡鞋掉在地上，捡起来一穿，只觉得硕大无比。于是把先前那双绣鞋取来试试，肥瘦正合适，于是很高兴。她再拿起镜子照，这时眉毛眼睛，还有脸庞，宛如过去一模一样，更是喜不自禁。她梳洗打扮后去见母亲，凡是见到的人都惊呆了。

　　莲香闻其异，劝生媒通①，而以贫富悬邈②，不敢遽进。会媪初度③，因从其子婿行④，往为寿。媪睹生名，故使燕儿窥帘认客。生最后至，女骤出，捉袂⑤，欲从与俱归。母诃谯之⑥，始惭而入。生审视宛然，不觉零涕，因拜伏不起。媪扶之，不以为侮。生出，浼女舅执柯⑦。媪议择吉赘生⑧。

【注释】
①媒通：说媒。
②悬邈：犹悬远、悬殊。

③初度：谓初生之时，后因指称"生日"。战国屈原
　　《离骚》："皇览揆余初度兮，肇锡余以嘉名。"

④从其子婿行：跟随着儿子、女婿辈分。

⑤捉袂：抓住袖子。袂，衣袖。

⑥诃谯（qiào）：呵斥，诮让。

⑦浼（měi）女舅执柯：请求女方的舅父做媒人。浼，
　　请托。执柯，谓为人做媒。《诗·豳风·伐柯》："伐
　　柯如何，匪斧不克。取妻如何，匪媒不得。"

⑧择吉赘生：选择好日子把桑生招赘到家。赘，古时
　　男子就女家成婚，谓之"赘婿"。

【译文】

　　莲香听说了这件怪事，便劝桑生找媒人说合，却因为
两家贫富悬殊，没敢马上去办。正赶上张母过生日，桑生
便跟随着张母的儿子女婿们一道去拜寿。张母见到了桑生
的名帖，故意让燕儿在帘子后面偷看，认一认客人。桑生
是最后到的，姑娘飞快跑出来，抓住他的衣襟，想跟他一
起回去。张母申斥了几句，姑娘这才不好意思地走进屋去。
桑生仔细端详，宛然与李氏姑娘是一个人，不觉掉下泪，
于是跪在地上不起来。张母扶起他，没有认为他举动轻浮。
桑生离开后，求姑娘的舅舅做媒人。张母便打算选个好日
子，招桑生入赘。

　　生归告莲香，且商所处。莲怅然良久，便欲别
去，生大骇泣下。莲曰："君行花烛于人家，妾从
而往，亦何形颜？"生谋先与旋里而后迎燕①，莲

乃从之。生以情白张，张闻其有室，怒加诮让。燕儿力白之，乃如所请。至日，生往亲迎，家中备具，颇甚草草，及归，则自门达堂，悉以罽毯贴地②，百千笼烛，灿列如锦。莲香扶新妇入青庐③，搭面既揭，欢若生平。莲陪卺饮，因细诘还魂之异。燕曰："尔日抑郁无聊④，徒以身为异物，自觉形秽。别后愤不归墓，随风漾泊⑤，每见生人则羡之。昼凭草木，夜则信足浮沉。偶至张家，见少女卧床上，近附之，未知遂能活也。"莲闻之，默默若有所思。

【注释】

① 旋里：回归故里。旋，回还。

② 罽（jì）毯：毛毯。罽，一种毛织品。

③ 青庐：青布搭成的帐篷，古代北方举行婚礼之处。唐段成式《酉阳杂俎·礼异》："北朝婚礼，青布幔为屋，在门内外，谓之青庐。"

④ 尔日：近日。尔，通"迩"，近。

⑤ 随风漾泊：随风飘荡、停留。

【译文】

桑生回去告诉莲香，商量如何处理这事。莲香怅然若失了好久，便打算离开桑生到别处去，桑生非常恐惧，哭了起来。莲香说："你到人家花烛夜成婚，我跟着前往，算什么颜面？"桑生便打算先一起回老家，然后再娶燕儿，莲香就同意了。桑生把这件事告诉了张家，张家听说桑生已有家室，生气地责备质问桑生。燕儿极力说明，这才同意了桑生的请求。到了那一天，桑生亲自去迎接新娘，张家家中的器具布置，非常草率简单；但等回到桑家，从大门到堂屋，全都铺上了地毯，成百上千的灯笼灿灿闪烁，犹如花团锦簇。莲香扶新娘进入洞房，揭下头盖，就像老相识一样欢悦。莲香陪着吃了交杯酒，于是细细地询问她还魂的异事。燕儿说："那时抑郁愁闷，只觉得自己身为鬼物，自惭形秽。自那天分别后，气得不愿回到墓穴中去，随风飘荡，见了活生生的人就羡慕不已。白天依附在花草树丛中，夜晚就信步游逛。那天偶然到了张家，见少女躺在床上，便附上她的身体，没想到就活过来了。"莲香听了，默默不语，心中若有所思。

逾两月，莲举一子。产后暴病，日就沉绵，捉燕臂曰："敢以孽种相累，我儿即若儿。"燕泣下，姑慰藉之。为召巫医，辄却之。沉痼弥留①，气如悬丝，生及燕儿皆哭。忽张目曰："勿尔！子乐生，我乐死。如有缘，十年后可复得见。"言讫而卒。启衾将敛，尸化为狐。生不忍异视，厚葬之。子名狐儿，燕抚如己出。每清明，必抱儿哭诸其墓。

【注释】

①沉痼弥留：病久将危。沉痼，积久难治之病。弥留，将死未死之际。《书·顾命》："病日臻，既弥留。"

【译文】

过了两个月，莲香生下一个儿子。产后突然大病，一天比一天衰弱，一天，莲香抓住燕儿的手臂说："我把小东西托付给你，让你受累，我的儿子即是你的儿子啊！"燕儿掉下眼泪来，只好尽力地安慰她。为她找来巫婆医生，她都谢绝。病情愈来愈重，弥留之际，气息犹如悬着的细丝一样危殆，桑生和燕儿都伤心地哭着。忽然间，莲香张开眼睛说："不要这样！你们喜欢生，我乐意死！如果有缘分，十年后可以再相会。"说罢就死了。桑生掀开被子准备收殓，尸体化成了狐狸。桑生不忍以异类看待，隆重地埋葬了狐狸。她的儿子叫狐儿，燕儿抚养他犹如自己亲生的一样。每到清明，必定抱着狐儿到她墓前去哭奠。

　　后生举于乡①，家渐裕，而燕苦不育。狐儿颇慧，然单弱多疾，燕每欲生置媵。一日，婢忽白："门外一妪，携女求售。"燕呼入，卒见，大惊曰："莲姊复出耶！"生视之，真似，亦骇，问："年几何？"答云："十四。""聘金几何？"曰："老身止此一块肉，但俾得所②，妾亦得啖饭处，后日老骨不至委沟壑，足矣。"生优价而留之。燕握女手，入密室，撮其颔而笑曰："汝识我否？"答言："不识。"诘其姓氏，曰："妾韦姓。父徐城卖浆者，死三年矣。"燕屈指停思，莲死恰十有四载。又审视女，仪容态度，无一不神肖者，乃拍其顶而呼曰："莲姊，莲姊！十年相见之约，当不欺吾。"女忽如梦醒，豁然曰："咦！"熟视燕儿。生笑曰："此'似曾相识燕归来'也③。"女泫然曰④："是矣。闻母言，妾生时便能言，以为不祥，犬血饮之，遂昧宿因⑤。今日始如梦寤。娘子其耻于为鬼之李妹耶？"共话前生，悲喜交至。

【注释】

①举于乡：即乡试得中，成为举人。

②俾（bǐ）得所：使得有归宿。俾，使。

③似曾相识燕归来：好像是曾经认识的燕子回来了。语出宋晏殊《浣溪沙》："一曲新词酒一杯，去年天气旧亭台。夕阳西下几时回？无可奈何花落去，似曾相识燕归来，小园香径独徘徊。"

④泫然：流泪的样子。

⑤宿因：佛教所谓前生的因缘。

【译文】

后来，桑生中了举人，家境渐渐富裕起来，而燕儿一直没有生育。狐儿很聪明，可身体单薄多病，于是燕儿经常打算让桑生娶妾。一天，丫鬟忽然报告说："门外有个老太太，带着女儿要卖。"燕儿招呼进来，见到后，不禁大吃一惊，说道："莲香姐姐又出世了！"桑生也去看，真像，不由也是一惊，问："她年纪多大了？"老太太说："十四岁了。"又问："聘金要多少？"老太太说："老身只有这一个女儿，只要让她有个好去处，我也有个吃饭的地方，日后老身不至于被丢弃在沟坑里也就满足了。"桑生用优厚的价格留下了老太太的女儿。燕儿握着女子的手，进了内室，撮着她的下巴，笑着说："你认识我吗？"女子回答说："不认识。"询问她的姓氏，她说："我姓韦。父亲是在徐城卖饮料的，死去三年了。"燕儿屈指算了一下，又沉思了一会儿，莲香死了正好也是十四年。又仔细看了看这个小女子，仪容神态无一处不神似莲香，于是就拍着她的头顶叫道："莲香姐！莲香姐！十年相会的约定，不会是骗我吧。"这个女子恍如大梦初醒，豁然叫道："噢！"然后细细地盯着燕儿看。桑生笑着说："这就是'似曾相识燕归来'。"小女子泪流满面地说："是了。听母亲说，我生下来就会说话，大家认为不祥，让我喝了狗血，于是就把过去的因缘忘记了。今天才好像大梦初醒。娘子就是耻于做鬼的李妹妹吧？"于是共同讲起了上世的生平，悲喜交集。

一日，寒食，燕曰："此每岁妾与郎君哭姊日也。"遂与亲登其墓，荒草离离①，木已拱矣②。女亦太息。燕谓生曰："妾与莲姊两世情好，不忍相离，宜令白骨同穴。"生从其言，启李冢得骸，异归而合葬之。亲朋闻其异，吉服临穴③，不期而会者数百人。

【注释】

①离离：浓密的样子。

②木已拱矣：墓上之树已有两手合抱那么粗了。拱，两手或两臂合围的径围。《左传·僖公三十二年》："中寿，尔墓之木拱矣。"

③吉服临穴：穿着吉庆冠服到墓地参加葬礼。吉服，

礼服。穴，墓穴。

【译文】

一天，寒食节到了，燕儿说："这是每年我与郎君哭姐姐的日子。"于是大家一起登上墓地，这里荒草浓密，树已有两手合抱那么粗了。莲香也叹息了好一阵子。燕儿对桑生说："我与莲香姐姐两世交好，不忍相离，应当让尸骨同穴相伴。"桑生听从了燕儿的话，挖开李姑娘的坟墓，把尸骸取出来，然后与莲香的尸骨合葬在一起。当地的亲朋好友听说这件奇异之事后，都穿着礼服来到墓地观礼，不约而来的有几百人。

余庚戌南游至沂①，阻雨，休于旅舍。有刘生子敬，其中表亲，出同社王子章所撰《桑生传》，约万馀言，得卒读。此其崖略耳②。

【注释】

①庚戌：康熙九年，即 1670 年。是年秋天蒲松龄应孙蕙之聘去江苏宝应县做幕宾。沂：沂州。

②崖略：梗概，大略。语出《庄子·知北游》："夫道窅然难言哉，将为汝言其崖略。"

【译文】

我在康熙九年到南方去旅游，走到沂州地方时，遇雨受阻，住在旅店里休息。有一个叫刘子敬的书生，他的表兄弟拿出同学王子章所写的《桑生传》给我看，约有一万多字，我有幸读了一遍。这里写的不过是概况而已。

异史氏曰：嗟乎！死者而求其生，生者又求其死，天下所难得者，非人身哉？奈何具此身者，往往而置之，遂至觍然而生不如狐①，泯然而死不如鬼②！

【注释】

①觍（tiǎn）然：这里是厚颜无耻的意思。

②泯然：泯灭，消失。

【译文】

异史氏说：唉！死去的盼望新生，而活着的又企求死去，天下最难得的不就是人身吗？为什么具有了这难得人身的人往往置之不顾，以至于厚颜偷生不如一只狐狸，无声无息地消亡不如一个鬼魂呢！

翩翩

这是一篇写有劣迹的青年在落难时遇到仙女得到救助并结婚生子的故事。

仙女所居住的地方并非天上宫阙,而是人间洞府,"门横溪水,石梁驾之"。绿色食品,环保服装,都是仙女翩翩所自制;闺中密友,可以说悄悄话;有男女欢爱,性感魅力,又有儿女绕膝,享受天伦之乐。尤其小说写了翩翩对待失足的罗子浮充满善良和仁爱,在家庭问题上豁达,洒脱,宽厚,独立,让人感到可亲,可近,温馨,脱俗。翩翩扣钗而歌:"我有佳儿,不羡贵官。我有佳妇,不羡绮纨。今夕聚首,皆当喜欢。为君行酒,劝君加餐。"集中表达了仙女的人生价值取向。小说无论在环境上还是人物上都与人间无异,却又高于人世而具有童话色彩。

仙女"取大叶类芭蕉,翦缀作衣","取山叶呼作饼,食之,果饼,又翦作鸡、鱼,烹之皆如真者","持襆掇拾洞口白云,为絮复衣,着之,温暖如襦,且轻松常如新绵"。衣服还可以自我修复,自我毁弃,充分展示了蒲松龄超人的想象力。仙女之间的对话,活泼生动,使人如闻如见,展现了蒲松龄在文言口语化方面的深厚功力。本篇故事不长,但在剪裁上颇为精巧。比如写罗子浮的劣迹是嫖娼轻浮,这就为花城到来后罗子浮的想入非非,"大不端好",预留伏笔。再比如花城在小说中出现两次,均是单身前来,这使得小说线索集中,节省许多笔墨。

罗子浮，邠人①。父母俱早世②，八九岁，依叔大业。业为国子左厢③，富有金缯而无子④，爱子浮若己出。十四岁，为匪人诱去作狭邪游⑤。会有金陵娼，侨寓郡中，生悦而惑之。娼返金陵，生窃从遁去。居娼家半年，床头金尽⑥，大为姊妹行齿冷⑦，然犹未遽绝之。无何，广创溃臭⑧，沾染床席，逐而出。丐于市，市人见辄遥避。自恐死异域，乞食西行。日三四十里，渐至邠界。又念败絮脓秽，无颜入里门，尚趑趄近邑间⑨。

【注释】

①邠（bīn）：唐置邠州，历代因之，治所在今陕西彬县。

②早世：早年去世。

③国子左厢：明清时"国子监祭酒"的别称。明初设国子监于南京，由于朱元璋"车驾时幸"，所以"监官不得中厅而坐，中门而立"，而以国子监的东厢房（即左厢）为祭酒治事、休息之所，故相沿以"左厢"代称"祭酒"。参见《明史》"国子监"、《天府广记》"国学"。

④金缯（zēng）：金帛。指代财富。缯，古代对丝织品的总称。

⑤匪人：品行不端的人。狭邪游：嫖妓一类不正当行为。

⑥床头金尽：钱花光了。唐张籍《行路难》诗："君不见床头黄金尽，壮士无颜色。"

⑦姊妹行（háng）：姊妹们。妓女间的互称。齿冷：

嘲笑。因笑必开口，笑久则齿冷。

⑧广创：即梅毒。因大都由粤广通商口岸传入，因称"广创"。

⑨趑趄（zījū）近邑间：在邻近的县境内，徘徊不前。趑趄，徘徊不进貌。

【译文】

罗子浮是陕西邠州人。父母都早早地去世了，从八九岁时，跟随着叔叔罗大业生活。罗大业是国子监的官员，富有财产而没有子嗣，他珍爱罗子浮像自己的儿子一样。罗子浮在十四岁时，被坏人引诱去寻花问柳。适逢有个从金陵来的妓女侨居邠州，罗子浮喜欢她并深深为之迷惑。妓女返回金陵时，罗子浮也偷偷跟随她离开了家门。在妓女家住了半年，他带的银子全都花光了，开始遭到妓女的嘲笑和摒弃，只不过还没有马上被赶出妓院的大门而已。不久，罗子浮性病发作，下身溃烂，肮脏的脓液沾染床席，终于被妓女扫地出门。罗子浮沦落成乞丐，在街市上乞讨，人们远远地看见他都避之不及。罗子浮担心客死异乡，便一边讨饭，一边西行往家乡走。每天走三四十里路，渐渐走到了邠州的界内。眼见自己这身破烂衣服，一身溃烂的脓疮，罗子浮觉得实在没有脸面回归故里，却也在邠州附近的邻县徘徊不已。

日既暮，欲趋山寺宿。遇一女子，容貌若仙。近问："何适？"生以实告。女曰："我出家人，居有山洞，可以下榻①，颇不畏虎狼。"生喜，从去。入

深山中，见一洞府②。入则门横溪水，石梁驾之③。又数武④，有石室二，光明彻照，无须灯烛。命生解悬鹑⑤，浴于溪流，曰："濯之，创当愈⑥。"又开幛拂褥促寝⑦，曰："请即眠，当为郎作裤⑧。"乃取大叶类芭蕉，裁缀作衣⑨，生卧视之。制无几时，折叠床头，曰："晓取着之。"乃与对榻寝。生浴后，觉创痏无苦⑩。既醒，摸之，则痂厚结矣⑪。诘旦，将兴⑫，心疑蕉叶不可着，取而审视，则绿锦滑绝。少间，具餐。女取山叶呼作饼，食之，果饼。又裁作鸡、鱼，烹之皆如真者。室隅一罂⑬，贮佳酝，辄复取饮。少减，则以溪水灌益之。数日，创痂尽脱，就女求宿。女曰："轻薄儿！甫能安身，便生妄想！"生云："聊以报德。"遂同卧处，大相欢爱。

【注释】

①下榻：谓留客住宿。《后汉书·徐稚传》："（陈）蕃在郡不接宾客，惟徐稚来，特设一榻，去则悬之。"后因称留客住宿为"下榻"。

②洞府：传说中仙人常以山洞为家，故习称仙人或修道者所居为"洞府"。

③石梁：石桥。

④数武：数步。武，半步。泛指脚步。

⑤悬鹑：喻破衣。《荀子·大略》："子夏贫，衣若县鹑。"县，同"悬"。鹑鸟毛斑尾秃，似披敝衣，因以"悬鹑"比喻衣服破烂。

⑥创（chuāng）：疮。

⑦开幛拂褥：打开帐幕，铺好床被。幛，幛幔。

⑧袴：同"裤"。

⑨鬋缀：裁剪，缝纫。缀，连接。

⑩创疡：脓疮。

⑪痂：伤口或疮口结的疤。

⑫兴：起。

⑬隅：角落。罂（yīng）：陶制的大幅小口的容器。

【译文】

　　一天傍晚，罗子浮打算投奔到山里的寺庙中过夜。他遇到一位女子，美貌非凡。近前询问他："你要到哪里去啊？"罗子浮如实告诉了她。女子说："我是出家人，我住的地方有山洞，你可以住下，一点儿也不必害怕虎狼。"罗子浮很高兴，就跟着她走了。走到深山中，看见一个大山洞。进去之后发现洞门前横着一条小溪，上面架着一座小石桥。再往洞里走上几步，有两间石室，室内一片光明，不用点灯举烛。女子让罗子浮脱下破烂的衣裳，到小溪里去洗澡。说："洗一洗，身上的烂疮就会痊愈。"女子又撩开帷帐，铺好被褥，催促他早点儿睡下，说："你赶快睡吧，我要给你做套衣裤。"说着，就取来一片像芭蕉似的大叶子，又剪又缝地做衣服，罗子浮躺在床上看着她做。不一会儿，衣服做好了，女子把衣服叠好放在他的床头，说："明天一早起来就穿上吧。"然后，女子就在他对面的床上睡下了。罗子浮在溪水中洗浴后，身上的溃疮就不再疼痛了。半夜醒来，一摸身上的溃疮，都结了厚厚的一层疮痂。

第二天早晨，罗子浮要起床，疑心床边芭蕉叶做的衣服不能穿，可拿起仔细一看，却是光滑无比的绿色锦缎。过了一会儿，该吃早饭了。女子取了一些山上的树叶来，说是饼，罗子浮一吃，果真是饼。女子又用树叶剪成鸡、鱼的形状，放在锅里烹制，一吃，全跟真的没有两样。石室的角落里有一个大坛子，装满了美酒，女子常常取出来饮用。只要稍稍喝掉一些，女子就往里灌进一些溪水作为补充。住了几天，罗子浮身上的疮痂全都脱落了，他就要求和女子同宿。女子说："你这个轻薄的家伙！刚刚保全了性命安下身来，就开始胡思乱想了！"罗子浮说："我是想报答你的恩德。"于是两个人同床而眠，相亲相爱，十分快乐。

一日，有少妇笑入，曰："翩翩小鬼头快活死！薛姑子好梦①，几时做得？"女迎笑曰："花城娘子，贵趾久弗涉②，今日西南风紧，吹送来也③！小哥子抱得未？"曰："又一小婢子。"女笑曰："花娘子瓦窑哉④！那弗将来⑤？"曰："方鸣之⑥，睡却矣。"于是坐以款饮。又顾生曰："小郎君焚好香也⑦。"生视之，年廿有三四，绰有馀妍⑧，心好之。剥果误落案下，俯假拾果，阴捻翘凤⑨，花城他顾而笑，若不知者。生方悦然神夺⑩，顿觉袍裤无温，自顾所服，悉成秋叶⑪。几骇绝，危坐移时⑫，渐变如故。窃幸二女之弗见也。少顷，酬酢间⑬，又以指搔纤掌，城坦然笑谑，殊不觉知。突突怔忡间⑭，衣已化叶，移时始复变。由是惭颜息虑，不敢妄想。城笑曰："而家小郎子，大不端好！若弗是醋葫芦娘子^⑮，恐跳迹入云霄去^⑯。"女亦哂曰^⑰："薄幸儿^⑱，便直得寒冻杀！"相与鼓掌。花城离席曰："小婢醒，恐啼肠断矣。"女亦起曰："贪引他家男儿，不忆得小江城啼绝矣。"花城既去，惧贻消责^⑲，女卒晤对如平时。

【注释】

①薛姑子好梦：有两种解释。其一，清丁耀亢《续金瓶梅》第三回写观音庵的薛姑子多次"偷人养汉"，是一个不守佛门清规戒律的淫荡尼姑，其主要劣行之一便是与男扮女装的旧相好在准提庵偷情。"薛姑子好梦，几时做得"，即是花城娘子调侃翩翩作为仙人不守清规偷情的话。《续金瓶梅》书成于顺治十七年（1660），蒲松龄有可能看到此书。其二，唐蒋防《霍小玉传》有"苏姑子作好梦也未"的问话，与此情事也略同。因疑"×姑子作好梦"可能是其时的歇后语。姑子，女冠（女道士）的俗称。

②贵趾久弗涉：很久不来了。趾，脚趾。弗，不。涉，涉足。

③今日西南风紧，吹送来也：意谓今日好风作美，送你到意中人身边。三国魏曹植《七哀诗》写思妇云："愿为西南风，长逝入君怀。"后常以"西南风"喻促成男女欢会的机缘或助力，如李商隐诗："安知夜夜意，不起西南风。"（《李肱所遗画松诗》）"斑骓

只系垂杨岸，何处西南待好风。"(《无题》之一）
此为翩翩应对花城戏谑之词。

④瓦窑：烧制砖瓦的窑，用以戏称专生女孩的妇女。
《诗·小雅·斯干》："乃生男子，……载弄之璋。乃
生女子，……载弄之瓦。"瓦，古代纺砖。后习称
生女为"弄瓦"，进而戏称多生或只生女孩的妇女
为瓦窑。清褚人获《坚瓠三集·弄瓦诗》："无锡邹
光大连年生女，俱召翟永龄饮。翟作诗云：'去岁相
招云弄瓦，今年弄瓦又相招。作诗上覆邹光大，令
正原来是瓦窑。'"

⑤那弗将（jiāng）来：何不带来。将，携领。

⑥呜：哄拍幼儿睡眠的声音。此处用作"哄"。

⑦焚好香：犹言烧了高香，意谓交了好运。

⑧绰有馀妍（yán）：形容女子或字画等丰姿秀逸，很
有魅力。妍，美丽。《本事诗·情感》："独倚小桃斜
柯伫立，而意属殊厚，娇姿媚态，绰有馀妍。"

⑨阴捻翘凤：暗暗地摸（花城娘子）翘着的小脚。翘
凤，女子的小脚。

⑩怳（huǎng）然神夺：恍恍忽忽，神不守舍。谓生
邪念。怳，同"恍"，恍忽。

⑪秋叶：枯叶。

⑫危坐：端正地坐着。

⑬酬酢：周旋应酬。

⑭突突怔忡（zhēngchōng）：心悸不安，形容惊惧。
突突，形容心跳剧烈。

⑮醋葫芦娘子：戏谑语。俗称在爱情关系上有嫉妒之
　心为"捻酸吃醋"。醋葫芦，如同今俗语"醋罐子"。
⑯跳迹入云霄：犹言腾云驾雾，意思是荡检逾闲，想
　入非非。
⑰哂（shěn）：微笑，讥笑。
⑱薄幸：薄情，负心。
⑲贻：遗留，遭到。诮责：责备。

【译文】

　　一天，有一位少妇笑着走进来，说："翩翩，你这个小鬼头快活死了！好事是什么时候做成的呀？"翩翩迎了出去，笑着说："是花城娘子来了，你这贵客可是好久没有光临了，今天一定是西南风吹得紧，把你给吹送来了！小相公抱上了没有？"花城娘子说："又是一个小丫头。"翩翩笑着说："花城娘子是瓦窑啊！怎么没有把她抱来呀？"花城娘子说："刚哄了她一会儿，现在正睡着呢。"说着，花城娘子坐下，和翩翩慢慢地饮茶品酒。花城娘子又看着罗子浮说："小郎君，你烧高香了。"罗子浮仔细端详花城娘子，年龄有二十三四岁，风姿绰约，举止动人，罗子浮心里很喜欢。他神不守舍地剥着果皮，不慎把一颗果子掉在了桌子下面，他弯下腰假装拾果子，偷偷地捏了一把花城娘子的脚，花城娘子眼睛瞧着别处说笑着，好像什么都不知道。罗子浮正意乱神迷，忽然觉得身上的衣裤变凉了，看看身上的衣服，全都变成秋天的枯叶了。罗子浮差点儿给吓死过去，赶紧收心坐正，端端正正地坐了一会儿，衣服渐渐变回原来的样子。罗子浮暗中庆幸二位女子没有发

现。又过了一会儿，罗子浮借着劝酒的机会，又用手指轻轻挠了挠花城娘子的小手心，花城娘子谈笑自如，好像完全没有察觉。罗子浮心怦怦乱跳，恍惚之间，猛然发现身上的衣服又变成树叶了，过了好一会儿才又变了回来。罗子浮满面羞惭，从此打消了调戏花城娘子的念头，不敢再有非礼妄想了。花城娘子笑着说："你家这个小郎君可不太老实！如果不是醋葫芦娘子管教，恐怕他要猖狂跳到云端呢。"翩翩也微笑着说："薄情的东西，真该把你冻死！"两个女子都拍着手笑了起来。花城娘子起身离席，告辞说："小丫头快醒了，恐怕她会哭断肠子的。"翩翩也站起来说："光顾着勾引别人家男人，哪里会想到小江城哭死了。"花城走后，罗子浮心里七上八下，生怕翩翩责骂，可翩翩对他仍和平时一样。

居无何，秋老风寒①，霜零木脱②。女乃收落叶，蓄旨御冬③。顾生肃缩④，乃持襆掇拾洞口白云⑤，为絮复衣⑥。着之，温暖如襦⑦，且轻松常如新绵。逾年，生一子，极惠美⑧，日在洞中弄儿为乐。然每念故里，乞与同归。女曰："妾不能从，不然，君自去！"因循二三年⑨，儿渐长，遂与花城订为姻好。生每以叔老为念，女曰："阿叔腊故大高⑩，幸复强健，无劳悬耿⑪。待保儿婚后⑫，去住由君。"女在洞中，辄取叶写书教儿读，儿过目即了⑬。女曰："此儿福相，放教入尘寰⑭，无忧至台阁⑮。"未几，儿年十四。花城亲诣送女，女华妆至，容光照人。夫妻大悦，举家宴集。翩翩扣钗而歌曰⑯："我有佳儿，不羡贵官。我有佳妇，不羡绮纨⑰。今夕聚首，皆当喜欢。为君行酒，劝君加餐⑱。"既而花城去，与儿夫妇对室居。新妇孝，依依膝下，宛如所生。生又言归，女曰："子有俗骨，终非仙品。儿亦富贵中人，可携去，我不误儿生平⑲。"新妇思别其母，花城已至。儿女恋恋，涕各满眶。两母慰之曰："暂去，可复来。"翩翩乃翦叶为驴，令三人跨之以归。大业已老归林下⑳，意侄已死，忽携佳孙美妇归，喜如获宝。入门，各视所衣，悉蕉叶，破之，絮蒸蒸腾去。乃并易之。后生思翩翩，偕儿往探之，则黄叶满径，洞口云迷，零涕而返。

【注释】

①秋老：秋深。

②霜零木脱：霜降叶落。雨露霜雪降落叫"零"。木，树木。宋苏轼《后赤壁赋》："霜露既降，木叶尽脱。"

③蓄旨御冬：蓄存食物，准备过冬。《诗·邶风·谷风》："我有旨蓄，亦以御冬。"传："旨，美。御，御也。"

④萧缩：义同"蹜（sù）缩"，因寒冷而缩身战抖。

⑤襆：包袱。掇拾：捡取，收拾。

⑥复衣：夹袄。

⑦襦：短袄，棉袄。

⑧惠：通"慧"，聪明。

⑨因循：迁延。指仍留洞中。

⑩腊：岁末腊祭逢阴历十二月举行，因以纪年。这里指年岁。

⑪悬耿：耿耿悬念。

⑫保儿：罗子浮与翩翩所生子名。

⑬了：明了，清楚。

⑭尘寰：人世间，世俗社会。

⑮台阁：指宰相、尚书之类的大官。明清称内阁大学士为"阁臣"，称六部尚书、都御史为"台官"。

⑯扣钗：用头钗相敲击，作为节拍。

⑰绮纨（wán）：绮与纨，均丝织品，为富贵之家所常用，故以"绮纨"喻富贵。

⑱加餐：多多进食，保养身体。《古诗十九首》之一："弃捐勿复道，努力加餐饭。"

⑲生平：终身。指一生前途。

⑳老归林下：告老归隐。林下，树林之下。本指幽静之地，引申指归隐之所。

【译文】

过了没多少日子，深秋时节，寒风凛冽，霜气袭人，落叶纷纷。翩翩开始收集一些落叶，积蓄食物，准备过冬。她看到罗子浮冻得发抖，就拿着一个包袱皮掇拾洞口片片白云当作棉花为他做了件夹袄。罗子浮穿在身上，感到暖乎乎的，跟穿上新絮的棉袄一样。过了一年，翩翩生了个儿子，长得极聪明漂亮，罗子浮天天在洞中逗弄儿子，快乐得很。可是常常思念故乡，请翩翩跟他一同回去。翩翩说："我不能跟你一道回去，要不你自个回去吧！"就这样因循又过了二三年，儿子渐渐长大了，就与花城娘子的女儿订了婚。罗子浮常常惦念他年迈的叔叔，翩翩宽慰他说："叔叔虽然年事已高，可是身体还很健壮，不用你挂念。等我们的儿子长大成人，办完婚事以后，去留就随你的便。"翩翩在山洞中，经常在树叶上写字教儿子读书，儿子天赋很高，过目不忘。翩翩说："这个孩子有福相，将来放到人世间，做到中央级的大官恐怕也不是难事。"几年以后，他们的儿子十四岁了。花城娘子亲自把女儿送来完婚，花城的女儿身穿华丽的礼服，光彩照人。罗子浮和翩翩喜欢得不得了，全家人聚在一起大摆喜宴。翩翩敲着金钗唱道："我有好儿郎，不羡做宰相。我有好儿媳，不羡当贵妇。今晚聚一起，大家要欢喜。为君劝进酒，劝君加餐饭。"宴后，花城娘子走了，翩翩夫妇和儿子儿媳对门住着。新媳妇很孝顺，温婉伺候在公婆的膝下，就像亲生女儿一样。罗子浮又提起返回故乡的事，翩翩说："你身有俗骨，终究不是成仙之人。儿子也是富贵中人，可以一起带走，我不想耽误儿子的前程。"新娘子正想和母亲告别，花城娘子已经来了。一对小儿女各自和母亲恋恋不舍，依依惜别，眼泪都装满了眼眶。两位母亲安慰他们说："只是暂且离开，以后可以再回来。"于是翩翩用树叶剪成驴子，让他们三位骑驴上路。这时，罗子浮的叔叔罗大业已经告老还乡，在家闲居，他原以为侄子罗子浮早就死了，忽然看见侄儿带着英俊的孙子和美貌的孙媳回来，高兴得如获至宝。三个人进了门，各自看看身上的衣服，都是芭蕉叶。用手扯破，衣中絮的白云冉冉飘升天空。于是三人都换上世俗服饰。后来罗子浮思念翩翩，带着儿子去深山之中寻找，只见熟悉的小路落满了黄叶，去往洞口的道路弥漫着厚厚的白云，无从辨认，只好流着眼泪返回。

异史氏曰：翩翩、花城，殆仙者耶？餐叶衣云，何其怪也！然帏幄诽谑①，狎寝生雏，亦复何殊于人世？山中十五载，虽无"人民城郭"之异②，而云迷洞口，无迹可寻，睹其景况，真刘、阮返棹时矣③。

【注释】

①帏幄诽谑：指闺房中的言笑游戏。帏幄，房内帐幕。诽谑，戏谑玩笑。诽，当作"俳（pái）"。

②虽无"人民城郭"之异：指虽然没有年代久远的人事变迁那么大。人民城郭，指丁令威学仙的故事。《搜神后记》卷一载："丁令威，本辽东人，学道于灵虚山，后化鹤归辽，集城门华表柱。时有少年举弓欲射之，鹤乃飞，徘徊空中而言曰：'有鸟有鸟丁令威，去家千年今始归，城郭如故人民非，何不学仙——冢累累！'遂高上冲天。"

③真刘、阮返棹时：指汉代刘晨、阮肇天台山遇仙女一事。返棹，驾船返回。据《搜神记》和《幽冥录》记载：汉明帝永平五年（62），剡县刘晨、阮肇共入天台山取谷皮，迷不得返。经十三日，粮食乏尽，

饥馁殆死。遥望山上，有一桃树，大有子实；而绝岩邃涧，永无登路。攀援藤葛，乃得至上。各啖数枚，而饥止体充。复下山，持杯取水，欲盥漱。见芜菁叶从山腹流出，甚鲜新，复一杯流出，有胡麻饭掺，相谓曰："此知去人径不远。"便共没水，逆流二三里，得度山，出一大溪，溪边有二女子，姿质妙绝，见二人持杯出，便笑曰："刘、阮二郎，捉向所失流杯来。"晨、肇既不识之，缘二女便呼其姓，如似有旧，乃相见忻喜。问："来何晚邪？"因邀还家。其家铜瓦屋。南壁及东壁下各有一大床，皆施绛罗帐，帐角悬铃，金银交错，床头各有十侍婢，敕云："刘、阮二郎，经涉山岨，向虽得琼实，犹尚虚弊，可速作食。"食胡麻饭、山羊脯、牛肉，甚甘美。食毕行酒，有一群女来，各持五三桃子，笑而言："贺汝婿来。"酒酣作乐，刘、阮欣怖交并。至暮，令各就一帐宿，女往就之，言声清婉，令人忘忧。至十日后欲求还去，女云："君已来是，宿福所牵，何复欲还邪？"遂停半年。气候草木是春时，百鸟啼鸣，更怀悲思，求归甚苦。女曰："罪牵君，当可如何？"遂呼前来女子，有三四十人，集会奏乐，共送刘、阮，指示还路。既出，亲旧零落，邑屋改异，无复相识。问讯得七世孙，传闻上世入山，迷不得归。至晋太元八年（383），忽复去，不知何所。

【译文】

异史氏说：翩翩、花城娘子难道是仙人吗？吃的是树叶、穿的是白云，多么奇怪啊！然而，闺房中开玩笑戏谑、男女间的情爱生儿育女，又和人世间有什么不同呢？罗子浮在山中生活十五年，虽然没有经历"城郭如故人民非"的时事变迁，可当他重返寻找翩翩时，那里却是白云缥缈，迷失洞口，旧迹难寻了，这种景况，真和东汉时刘晨、阮肇重访仙女的情形差不多了。

罗刹海市

本篇在故事上有三个地点：罗刹国、龙宫、人世。故事的重点在罗刹国，艺术表现中有创意、令人耳目一新、具有强烈讽刺意味的地方也是在罗刹国。

罗刹国虽然早在《文献通考》就有所记载，但蒲松龄所赋予的"我国所重，不在文章，而在形貌"，形貌则颠倒妍媸，变乱黑白，越是狰狞怪异，越以为美，越显荣富贵，"位渐卑，丑亦渐杀"，则是蒲松龄在科举制度下怀才不遇，指桑骂槐的产物。马骥在罗刹国的遭遇含有寓言的性质，写得丰富生动，恣肆浪漫。像罗刹国"黑石为墙，色如墨"的怪异，丞相"双耳皆背生，鼻三孔，睫毛覆目如帘"的丑陋，夸张、荒诞，具有奇诡的想象力，后来的《镜花缘》显然受到了它的影响。马骥刚入罗刹国时对此大惑不解，进而"反以此欺国人"，"以煤涂面作张飞"，令人忍俊不禁，富于喜剧色彩，写得细腻曲折，引人入胜。马骥在龙宫里才华得到了认可，所写的《海市赋》被龙王称"先生雄才，有光水国"，"驰传诸海"，被封为驸马都尉。马骥的奇遇，抒发了蒲松龄对有朝一日才华能得到发现和肯定的渴望与期盼。马骥与龙女的悲欢离合显而易见受到唐传奇的影响，也写得曲尽人情。其中龙女用骈文形式写给马骥的信，缠绵真挚，显示了蒲松龄在骈体文方面的深厚功力。

《罗刹海市》对于后代影响很大，稿本无名氏评称"《罗刹海市》最为第一，逼似唐人小说矣"；道光二十年（1840），观剧道人将《罗刹海市》改编为《极乐世界》，为中国第一部京剧剧本。

马骥，字龙媒，贾人子。美丰姿，少倜傥，喜歌舞，辄从梨园子弟①，以锦帕缠头，美如好女，因复有"俊人"之号。十四岁，入郡庠②，即知名。父衰老，罢贾而居，谓生曰："数卷书，饥不可煮，寒不可衣。吾儿可仍继父贾。"马由是稍稍权子母③。

【注释】

①梨园子弟：戏曲艺人。《新唐书·礼乐志》谓唐玄宗曾选乐工及宫女数百人，亲授乐曲于梨园。后因称演戏的场所为"梨园"，称戏曲艺人为"梨园子弟"。

②入郡庠：考中秀才。郡庠，科举时代称"府学"。庠，古代的学校。

③权子母：指经商。权，权衡。子母，原指货币的大小、轻重。《国语·周语》："古者，天灾降戾，于是乎量资币，权轻重，以振救民。民患轻，则为之作重币以行之，于是乎有母权子而行，民皆得焉。若不堪重，则多作轻而行之，亦不废重，于是乎有子权母而行，小大利之。"谓国家铸钱，以重币为母，轻币为子，权其轻重而使行，有利于民。后遂称以资本经营或借贷生息为"权子母"。

【译文】

　　马骥字龙媒，是商人的儿子。长得风度翩翩，仪态优雅，从小风流倜傥，喜爱歌舞，经常跟着戏曲艺人一起演戏，如果用锦帕包着头，就像美女一样好看，因此又有"俊人"的雅号。十四岁时，马骥在郡中考取了秀才，很有名气。父亲年老体衰，停了生意在家闲居，他对马骥说："几卷图书，饿了不能当饭吃，冷了不能当衣穿。我儿还是接替为父经商吧。"马骥从此便渐渐做起买卖来。

从人浮海^①，为飓风引去^②，数昼夜，至一都会^③。其人皆奇丑，见马至，以为妖，群哗而走。马初见其状，大惧，迨知国人之骇己也，遂反以此欺国人。遇饮食者，则奔而往，人惊遁，则啜其馀^④。

【注释】

①浮海：泛海，航海。此指到海外经商。

②飓风：狂风。

③都会：城市，都市。

④啜：饮，食。

【译文】

马骥跟别人到海外经商，船被狂风吹走，漂流了几天几夜，来到一座都市。那里的人都丑得出奇，看见马骥来了，认为是妖怪，连喊带叫，纷纷逃离。马骥刚看到这种情景，大为恐惧，及至知道这是该国人害怕自己时，反而借此来欺负该国人了。遇到吃东西的人，马骥就跑上前去，人们惊慌逃跑，马骥便吃剩下的食物。

久之，入山村。其间形貌亦有似人者，然褴褛如丐。马息树下，村人不敢前，但遥望之。久之，觉马非噬人者^①，始稍稍近就之。马笑与语，其言虽异，亦半可解。马遂自陈所自②。村人喜，遍告邻里，客非能搏噬者③。然奇丑者望望即去，终不敢前。其来者，口鼻位置，尚皆与中国同，共罗浆酒奉马。马问其相骇之故，答曰："尝闻祖父言：西去二万六千里，有中国，其人民形象率诡异④。但耳食之⑤，今始信。"问其何贫，曰："我国所重，不在文章，而在形貌。其美之极者，为上卿⑥；次任民社⑦；下焉者，亦邀贵人宠⑧，故得鼎烹以养妻子⑨。若我辈初生时，父母皆以为不祥，往往置弃之，其不忍遽弃者，皆为宗嗣耳。"问："此名何国？"曰："大罗刹国⑩。都城在北去三十里。"马请导往一观。于是鸡鸣而兴⑪，引与俱去。

【注释】

①噬（shì）：吞，咬。

②自陈所自：自己陈述来历。所自，从哪里来。

③搏噬：搏击吞噬。

④率：全，都。诡异：怪异。

⑤耳食：指得不到真相，轻信传闻。《史记·六国年表序》："学者牵于所闻，见秦在帝位日浅，不察终始，举而笑之，不敢道。此与以耳食无异。"《索隐》："言俗以浅识，举而笑秦，此犹耳食，不能知味也。"

⑥上卿：周官制，最尊贵的诸侯臣称"上卿"。《公羊传·襄公十一年》："古者上卿、下卿，上士、下

士。"这里指中央官吏。

⑦任民社：古称直接管理百姓的地方官为"职任民社"。民社，人民和社稷。

⑧邀：获取。

⑨鼎烹：美食，贵人所享。此指贵人所赐的鼎烹之馀，残羹冷炙。鼎，古代炊器，三足两耳。

⑩罗刹：梵语音译，意思是恶鬼。这里作为国名。《文献通考·四裔考》："罗刹国，在婆利之东。其人极陋，朱发黑身，兽牙鹰爪。时与林邑人作市，辄以夜，昼日则掩其面。隋炀帝大业三年，遣使常骏等使赤土，至罗刹。"

⑪兴：起。

【译文】

过了一段时间，马骥进入一座山村。那里的人也有面貌像人的，可是衣衫褴褛像乞丐。马骥在树下休息，村人不敢上前，只是在远处看他。时间长了，村人觉得马骥不会吃人，才渐渐凑上前来。马骥笑着和他们谈话，语言虽然不同，也仍能半知半解。于是马骥讲述自己的来历。村人大喜，遍告邻里说，来客并不捉人吃。不过，奇丑的人看一看就走，终究不敢近前。那些来跟前的人，五官位置都和中国人相同，他们一起摆下酒食来请马骥。马骥问他们怕自己的原因，回答说："曾听祖父说，离此往西二万六千里，有一个中国，当地人长的样子大都非常怪异。但只是听说，今天才相信这是真的。"马骥问他们为什么穷，回答说："我国所看重的，不是文章，而是体貌。那些体貌最漂亮的当中央最尊贵的官，次一点儿的当地方官，再差一点儿的也可以赢得贵人的宠爱，能有美食来养活妻子儿女。像我们这些人刚生下来就被父母看作不祥之物，往往被抛弃了，那些不忍心抛弃的，其实都只为了传宗接代。"马骥问这国家叫什么名字，回答说："叫大罗刹国。都城在此地往北三十里处。"马骥请求引领他前去观光。于是鸡叫起身，村人带领马骥一同前往。

天明，始达都。都以黑石为墙，色如墨。楼阁近百尺，然少瓦，覆以红石。拾其残块磨甲上，无异丹砂。时值朝退，朝中有冠盖出，村人指曰："此相国也①。"视之，双耳皆背生，鼻三孔，睫毛覆目如帘。又数骑出，曰："此大夫也②。"以次各指其官职，率狰狞怪异，然位渐卑③，丑亦渐杀④。

【注释】

①相国：宰相。

②大夫：古诸侯国中，国君之下有卿、大夫、士三级。这里指位次于相国的高级官员。

③位渐卑：官位渐渐降下来。卑，下。

④杀：削降，减等。

【译文】

天色大亮后，他们才抵达都城。都城用黑石砌成城墙，颜色如墨。楼阁高近百尺，但屋顶很少用瓦，而是用红石覆盖。拣块红石在指甲上一磨，和丹砂没有两样。当时正值宫中退朝，朝廷中驶出一辆伞盖华美的车子，村人指点说："这是宰相。"马骥一看，宰相的双耳都长反了，有三个鼻孔，长长的睫毛盖着眼睛，像帘子一样。接着又有几人骑马出宫，村人说："这是大夫。"并依次指明他们的官职，都长得狰狞怪异，然而随着职位逐渐降低，相应地也不那么丑了。

无何，马归，街衢人望见之，噪奔跌蹶①，如逢怪物。村人百口解说②，市人始敢遥立。既归，国中无大小，咸知村有异人，于是搢绅大夫，争欲一广见闻，遂令村人要马③。然每至一家，阍人辄阖户，丈夫女子窃窃自门隙中窥语，终一日，无敢延见者。村人曰："此间一执戟郎④，曾为先王出使异国，所阅人多，或不以子为惧。"造郎门，郎果喜，揖为上宾⑤。视其貌，如八九十岁人，目睛突出，须卷如猬⑥。曰："仆少奉王命，出使最多，独未尝至中华。今一百二十馀岁，又得睹上国人物，此不可不上闻于天子。然臣卧林下，十馀年不践朝阶，早旦，为君一行。"乃具饮馔，修主客礼。酒数行，出女乐十馀人，更番歌舞。貌类如夜叉，皆以白锦缠头，拖朱衣及地。扮唱不知何词，腔拍恢诡⑦。主人顾而乐之，问："中国亦有此乐乎？"曰："有。"主人请拟其声，遂击桌为度一曲⑧。主人喜曰："异哉！声如凤鸣龙啸，得未曾闻。"翼日，趋朝，荐诸国王。王忻然下诏。有二三大臣，言其怪状，恐惊圣体，王乃止。即出告马，深为扼腕⑨。

【注释】

①躐：踩踏。

②百口解说：极力解说。百，多。

③要：同"邀"。

④执戟郎：秦汉时的宫廷侍卫官。因值勤时手持戟，
故名。

⑤揖：拱手为礼。这里是尊奉的意思。

⑥须卷（quán）如猬：胡须弯曲像刺猬。卷，弯曲。

⑦腔拍恢诡：腔调和节奏都很特别。恢诡，离奇。

⑧度：这里是演奏或唱一曲的意思。

⑨扼腕：紧握己腕，表示惋惜。

【译文】

不一会儿，马骥他们往回走，街上的人望见马骥，都
连喊带叫，跌跌撞撞地践踏，像遇到怪物一样。村里人千
方百计解释，街上的人才敢站在远处观望。马骥回村后，
国中无论大人小孩，都知道村里来了个奇怪的人，于是士
绅官宦争着要开开眼界，便让村人邀请马骥前去做客。然
而马骥每到一家，看门人便关上大门，男人女人都从门缝
中偷偷地边看边议论，整整一天，没有一人敢接见马骥。
村人说："这里有一位侍卫官，曾被先王派往外国担任使节，
见过的人多了，或许不会怕你。"马骥登门拜访侍卫官，侍
卫官果然很高兴，把马骥奉为贵宾。看侍卫官的长相，像
个八九十岁的人，眼睛凸出，胡须卷曲浓密得像刺猬。侍

卫官说："早年我奉国王之命，承担到外国担任使节的机会最多，唯独不曾到过中国。现在我已一百二十多岁，又得以见到贵国人物，这不能不上报天子。不过，我退隐山林，十馀年没踏上朝廷的台阶了。明天早晨，我为你走一遭。"说罢摆上酒饭，尽主人待客之礼。酒过数巡，侍卫官叫出十几个歌姬舞女，轮番表演歌舞。这些人长得像夜叉似的，都用白锦缠头，长长的红衣拖在地上。也不知道扮演唱的是什么歌词，唱腔节奏很离奇古怪。侍卫官看得高兴起来，问马骥："中国也有这些音乐舞蹈吗？"马骥说："有。"侍卫官请马骥模拟着唱一唱，马骥便敲着桌子唱了一支曲子。主人高兴地说："真奇妙啊！歌声如同凤鸣龙啸，从来没听过。"第二天，侍卫官前往朝廷，把马骥推荐给国王。国王欣然准备下诏接见。却有两三个大臣说马骥长得古怪，恐怕使圣体受惊，国王停止下诏。侍卫官出宫告知马骥，深表惋惜。

居久之，与主人饮而醉，把剑起舞，以煤涂面作张飞。主人以为美，曰："请客以张飞见宰相，宰相必乐用之，厚禄不难致。"马曰："嘻！游戏犹可，何能易面目图荣显①？"主人固强之，马乃诺。主人设筵，邀当路者饮②，令马绘面以待。未几，客至，呼马出见客。客讶曰："异哉！何前媸而今妍也！"遂与共饮，甚欢。马婆娑歌弋阳曲③，一座无不倾倒④。明日，交章荐马⑤。王喜，召以旌节⑥。既见，问中国治安之道⑦，马委曲上陈⑧，大蒙嘉叹，赐宴离宫^⑨。酒酣，王曰："闻卿善雅乐^⑩，可使寡人得而闻之乎？"马即起舞，亦效白锦缠头，作靡靡之音^⑪。王大悦，即日拜下大夫^⑫。时与私宴^⑬，恩宠殊异。

【注释】

①易面目图荣显：改换面貌来谋取荣华显贵。易，改变。

②当路者：有权势的人。

③婆娑：形容舞姿。此指起舞。弋阳曲：即弋阳腔。简称"弋腔"，是宋元南戏流传至江西弋阳后，与当地方言、民间音乐结合，并吸收北曲演变而成。它至迟在元代后期已经出现。明清两代，弋阳腔在南北各地繁衍发展，成为活跃于民间的主要声腔之一。清李调元《剧话》说："弋腔始弋阳，即今'高腔'。"故弋阳腔又通称"高腔"。在蒲松龄的时代，弋阳腔在北方颇为流行。清杨静亭《都门纪略·词场序》称："我朝开国伊始，都人尽尚高腔。延及乾隆年，六大名班，九门轮转，称极盛矣。"

④倾倒：佩服。

⑤交章：纷纷上奏章。

⑥召以旌节：派人持旌节去召见他以示隆重。古礼，君有所命，召唤大夫用旌、旐。旌节，以竹为竿，上缀以旄牛尾和五彩鸟羽，古代出使者持之，以为凭证。

⑦治安之道：治国安邦的法则。

⑧委曲：原原本本地。

⑨离宫：别宫。古时帝王于正式宫殿之外，别筑宫室，供随时游处，称"离宫"。

⑩雅乐：高雅的音乐。

⑪靡靡之音：淫靡的乐曲。本指俗腔，而罗刹国好之，视为雅乐。

⑫拜：授官。下大夫：古官名。周王室及诸侯各国，卿以下有大夫，大夫分上、中、下三等。

⑬时与私宴：经常参加皇帝的家宴。与，参与。

【译文】

过了一段时间，马骥与侍卫官喝醉了酒，便舞起剑来，马骥把煤涂在脸上扮作张飞。侍卫官认为这样很美，说："请你就以张飞的面目去见宰相，宰相一定愿意任用你，丰厚的俸禄不难得到啦。"马骥说："咳！当作游戏还行，怎能换一张脸去求取荣耀显达呢？"侍卫官坚持要他这么做，马骥答应下来。于是侍卫官设宴，邀请权豪势要喝酒，让马骥画好脸等待。不一会儿，当权的势要来到，侍卫官招呼马骥出来见客。客人惊讶地说："奇怪啊！怎么先前那么丑陋，现在变漂亮啦！"便与马骥一起喝酒，喝得非常高兴。马骥婆娑起舞，唱起了弋阳腔的流行歌曲，满座的客人无不为之倾倒。第二天，执政要员们纷纷上奏章推荐马骥。国王大喜，派使者手持旌节隆重地去召见马骥。见面后，国王向马骥询问中国的治邦安国之道，马骥详尽地叙述，得到国王热烈地嘉许赞叹，便在另外的宫殿设宴款待马骥。酒兴正浓时，国王说："听说你善于表演高雅乐舞，可以让我见识一下吗？"马骥立刻即兴起舞，也学着这里歌姬舞女的样子以白锦缠头，唱了一些靡靡之音。国王非常高兴，当天就任命马骥为下大夫。马骥时常参加国王的私宴，受到的恩宠极不寻常。

久而官僚百执事①，颇觉其面目之假，所至，辄见人耳语，不甚与款洽②。马至是孤立，惘然不自安③，遂上疏乞休致④，不许，又告休沐⑤，乃给三月假。于是乘传载金宝⑥，复归山村。村人膝行以迎。马以金资分给旧所与交好者，欢声雷动。村人曰："吾侪小人受大夫赐，明日赴海市，当求珍玩，用报大夫。"问："海市何地？"曰："海中市，四海鲛人⑦，集货珠宝，四方十二国，均来贸易。中多神人游戏，云霞障天，波涛间作。贵人自重，不敢犯险阻，皆以金帛付我辈，代购异珍。今其期不远矣。"问所自知，曰："每见海上朱鸟来往，七日即市。"马问行期，欲同游瞩，村人劝使自贵，马曰："我顾沧海客⑧，何畏风涛？"

【注释】
①百执事：犹言百官。《书·盘庚》："邦伯师长，百执事之人，尚皆隐哉。"执事，指各部门专职人员。
②款洽：亲密，亲切。
③惘（xiàn）然：不安貌。
④乞休致：请求退休家居。清制，自陈衰老而批准休

致的，称"自请休致"；非自己所请，谕旨令其休
致的，称"勒令休致"。

⑤休沐：休息沐浴。指短期休假。汉制，吏五日一休
沐，唐代十日一休沐。

⑥乘传（zhuàn）：乘驿站的传车。传，传车，古代驿
站的公用车辆。马骥休沐，得用传乘，可见深得国
王恩宠。

⑦鲛人：神话传说，谓南海有鲛人，鱼尾人身，善纺
织，所织薄纱叫"鲛绡"；鲛人常哭泣，其泪则凝
为珠。晋干宝《搜神记》卷十二："南海之外，有鲛
人，水居如鱼，不废织绩，其眼泣则能出珠。"此
说《博物志》《述异记》并载之而文小异。

⑧沧海客：指航海者。

【译文】

时间长了，朝中百官对于马骥假扮的面目颇有察觉，
马骥走到哪里，总是看见人们交头接耳地议论，与他的关
系都比较疏远。由此，马骥感到孤立，惴惴不安，便上疏
请求辞官退休，国王没有答应；又要求短期休假，国王便
给他三个月的假。于是马骥乘坐着驿车，载着黄金和珠宝，
重新回到山村。村人都跪着迎接他。马骥把钱财分给往日
与自己交好的人，村人欢声雷动。村人说："我们这些小民
受了大夫的赏赐，明天我们去赶海市，应能找到些珍宝玩
物来报答大夫。"马骥问："海市在什么地方？"回答说：
"那是海中的集市，四海的鲛人聚集在那里出售珍宝，四方
十二国都到那里贸易。许多神人也游戏其间，云霞遮天蔽

日，有时波涛大作。有钱有势的人看重自己的性命，不敢经受艰难困苦，都把钱财交给我们，让我们去代买奇珍异宝。现在离赶海市的日子已经不远了。"马骥问他们怎么知道哪天有海市，回答说："每当看见海上有朱鸟飞来飞去，七天后便有海市。"马骥问出发的日期，想与村人一起去游观海市，村人劝马骥看重自己的身份，不要亲往，马骥说："我本就是漂洋过海的客商，还怕风浪吗？"

未几，果有踵门寄赀者，遂与装赀入船。船容数十人，平底高栏。十人摇橹，激水如箭。凡三日，遥见水云幌漾之中①，楼阁层叠，贸迁之舟②，纷集如蚁。少时，抵城下，视墙上砖皆长与人等，敌楼高接云汉③。维舟而入④，见市上所陈，奇珍异宝，光明射眼，多人世所无。一少年乘骏马来，市人尽奔避，云是"东洋三世子"⑤。世子过，目生曰："此非异域人。"即有前马者来诘乡籍⑥。生揖道左，具展邦族⑦。世子喜曰："既蒙辱临，缘分不浅！"于是授生骑，请与连辔⑧。乃出西城。

【注释】
①幌漾：犹荡漾。
②贸迁：贸易。
③敌楼：城墙上御敌的城楼，又叫"谯楼"。云汉：天河。这里指高空。
④维：系。

⑤世子：帝王或诸侯的嫡妻所生之子。

⑥前马者：在马前开路的人。

⑦具展：一一陈述。邦族：籍贯与姓氏。

⑧连辔：并排骑马。

【译文】

不久，果然有登门交钱托购珍宝的，马骥便与村人把钱财装上船。船能够容下几十人，平平的船底，高高的栏杆。十个人摇橹，激起水浪，船行如箭。大约走了三天，远远看见水云荡漾的海中，楼阁层层叠叠，往来贸易的船密如蚁集。不一会儿，他们抵达城下，只见城墙上的砖与人一样高，城上的谯楼高耸云天。他们系船停泊，登岸入城，只见集市上陈列的奇珍异宝光彩耀眼，大多是人间没有的。这时，一个少年骑着骏马过来，市上的人纷纷避让，说此人是"东洋三世子"。世子经过时，看着马骥说："这不是异邦之人。"当即有为世子开道的人来询问马骥的来历。马骥在路边行礼，把自己的籍贯姓氏一一陈述。世子高兴地说："既然承蒙光临，缘分不浅！"于是给马骥一匹马，请他与自己并肩同行。他们出了西城门。

方至岛岸，所骑嘶跃入水，生大骇失声。则见海水中分，屹如壁立。俄睹宫殿，玳瑁为梁①，鲂鳞作瓦②，四壁晶明，鉴影炫目。下马揖入。仰见龙君在上，世子启奏："臣游市廛，得中华贤士，引见大王。"生前拜舞③。龙君乃言："先生文学士，必能衙官屈、宋④。欲烦椽笔赋海市⑤，幸无吝珠玉⑥。"生稽首受命。授以水精之砚⑦，龙鬣之毫⑧，纸光似雪，墨气如兰。生立成千馀言，献殿上。龙君击节曰⑨："先生雄才，有光水国多矣！"遂集诸龙族，宴集采霞宫。酒炙数行，龙君执爵而向客曰："寡人所怜女，未有良匹，愿累先生。先生倘有意乎？"生离席愧荷⑩，唯唯而已。龙君顾左右语。无何，宫人数辈，扶女郎出。佩环声动，鼓吹暴作，拜竟睨之⑪，实仙人也。女拜已而去。少时，酒罢，双鬟挑画灯⑫，导生入副宫⑬，女浓妆坐伺。珊瑚之床，饰以八宝⑭，帐外流苏⑮，缀明珠如斗大，衾褥皆香耎。天方曙，则雏女妖鬟，奔入满侧。生起，趋出朝谢。拜为驸马都尉⑯，以其赋驰传诸海。诸海龙君，皆专员来贺，争折简招驸马饮。生衣绣裳，驾青虬⑰，呵殿而出⑱。武士数十骑，皆雕弧⑲，荷白棓⑳，晃耀填拥。马上弹筝，车中奏玉㉑。三日间，遍历诸海。由是"龙媒"之名，噪于四海。

【注释】

① 玳瑁（dàimào）为梁：以玳瑁为饰的屋梁。玳瑁，龟类动物，背甲光亮，可作装饰。

② 鲂：属鲤形目，鲂属。俗称"三角鳊"、"乌鳊"、"平胸鳊"。生活在淡水里，个头较大，肉质肥美，很早就是食用鱼。《诗·陈风·衡门》："岂其食鱼，必河之鲂。"

③拜舞：跪拜舞蹈。古代朝拜礼仪。

④衙官屈、宋：意思是超过屈原、宋玉。《续世说》谓杜审言曾自夸："吾之文章合得屈、宋作衙官，吾之书迹合得王羲之北面。"衙官，唐代刺史的属官。以屈原、宋玉为其衙官，是说作品超越屈原和宋玉。屈原、宋玉，都是中国春秋时期的大辞赋家。

⑤椽笔：如椽之笔，比喻能写文章的大手笔。赋海市：写一篇描写海市的赋。赋，文体名。这里指作赋。

⑥珠玉：比喻美好的文章。

⑦水精：即水晶。

⑧龙鬣（liè）之毫：用龙的鬣毛制成的笔。鬣，脖颈上的毛。

⑨击节：抚手或拍板以调节乐曲，表示激赏。这里指赞赏。

⑩离席：离座站起，表示恭敬。愧荷：以自愧的心情表示感激。

⑪睨（nì）：斜视。

⑫双鬟：指年幼的丫环。古时幼女结双鬟。

⑬副宫：旁宫。

⑭八宝：指金银、珍珠、玛瑙等各种珠宝。

⑮流苏：用彩丝或鸟羽做成的垂缨。

⑯驸马都尉：官名。汉武帝时置，掌副车之马，秩二千石，多以宗室及外戚诸公子孙担任。魏晋以后，帝婿例加驸马都尉称号，简称"驸马"，皆非实职。

⑰驾青虬（qiú）：驾驭青虬拉的车子。《离骚》："驷玉
虬以乘鹥兮，溘埃风余上征。"王逸注："有角曰龙，
无角曰虬。"

⑱呵殿：古时贵官出行的威仪。呵，在前喝道。殿，
在后随从。

⑲雕弧：雕有纹彩的弓。

⑳白棓（bàng）：大棍，大杖。棓，通"棒"。

㉑玉：指玉笛之类的管乐。

【译文】

刚来到海岛的岸边，马骥所骑的马就嘶叫着跳进水中，
马骥惊叫失声。只见海水向两边分开，如同屹立的高墙。
不久看见一座宫殿，以玳瑁装饰着屋梁，以鲂鱼的鳞铺成
屋瓦，四壁亮晶晶的，光可鉴人，令人目眩。马骥下马拱
手行礼而入，抬头看见龙王高高在上，世子启奏说："臣在
集市闲逛，遇到一位中国的贤士，特领来晋见大王。"马
骥上前拜舞行礼。龙王说："马先生是才学之士，文章一定
能超过屈原与宋玉。我想有劳马先生挥动如椽大笔，写一
篇《海市赋》，万望不吝倾珠泻玉的妙笔。"马骥伏地叩头，
接受命令。于是给马骥拿来水晶砚、龙鬣笔，纸张光洁似
雪，墨气芳香如兰。马骥迅即写下一千馀言的赋作献到殿
上。龙王看了拍手称赞说："马先生才能出众，为水国增光
不少！"便召集各支龙族，在采霞宫举行宴会。酒过数巡，
龙王向马骥举杯说："寡人有个心爱的女儿，还没有如意的
对象，希望能嫁给先生。先生或许还有意吧？"马骥离开
坐席，又感激，又不安地应承下来。龙王对身边的人说了

些什么，不一会儿，便有几个宫女把龙女扶了出来。此时，佩环"叮咚"作响，乐曲骤然奏起，拜礼结束后，马骥偷偷一看，龙女真是一位漂亮的仙女。龙女拜完后，起身离去。不多时，酒宴结束，头结双鬟的婢女打着彩绘的宫灯，领马骥走进旁边的宫殿，龙女已经浓妆艳抹，坐在那里等待马骥的到来。只见珊瑚床上装饰着金银、珍珠、玛瑙等多种珠宝，帷帐外的垂缨缀着斗大的明珠，被褥芳香轻软。天刚刚亮，妖艳年少的众多婢女便跑来侍候，站满身旁。马骥起床后，赶忙快步上朝拜谢。马骥被封为驸马都尉，那篇赋被传送到其他大海。众多海龙王都派专人前来祝贺，争先恐后地送请柬请驸马赴宴。马骥穿着锦绣的衣裳，骑着无角的青龙，每逢从宫殿出来，前面有人喝道，后面有人簇拥。数十名骑马的武士一律身佩雕弓，肩扛白杖，光彩闪耀，填塞道路。马上有人弹筝，车中有人吹笛。用了三天时间，游遍了众多海域。从此"龙媒"的名声远播四海。

宫中有玉树一株：围可合抱；本莹澈①，如白琉璃；中有心，淡黄色，稍细于臂；叶类碧玉，厚一钱许，细碎有浓阴。常与女啸咏其下。花开满树，状类蘑菇②，每一瓣落，铿然作响，拾视之，如赤瑙雕镂③，光明可爱。时有异鸟来鸣，毛金碧色，尾长于身，声等哀玉④，恻人肺腑。生每闻辄念乡土，因谓女曰："亡出三年，恩慈间阻⑤，每一念及，涕膺汗背⑥。卿能从我归乎？"女曰："仙尘路隔⑦，不能相依。妾亦不忍以鱼水之爱⑧，夺膝下之欢⑨。容徐谋之。"生闻之，泣不自禁。女亦叹曰："此势之不能两全者也！"

【注释】

①本：树干。

②薝蔔（zhānpú）：栀子花。

③赤瑙：红色玛瑙。

④声等哀玉：声音如同玉制乐器所奏的凄清曲调。

⑤恩慈间阻：指与父母隔离。父母慈爱有恩，故以"恩慈"代称。

⑥涕膺汗背：泪下沾胸，汗流浃背，形容悲伤与惶恐。

⑦仙尘：仙境与尘世。

⑧鱼水之爱：指夫妻之爱。

⑨膝下之欢：指父母与子女之情。

【译文】

龙宫中有一棵玉树：粗得可以合抱；树干像白琉璃一样晶莹透明；中间有淡黄色的树心，稍微比胳膊细些；树叶类似碧玉，约有一枚铜钱那么厚，细碎的叶片垂下浓密的树荫。马骥经常和龙女在树下歌唱吟诗。树上开满栀子花，每一花瓣落下，都发出清脆的金玉之声，拾起花瓣一看，就好像雕镂的红玛瑙，光亮可爱。时常还有奇异的鸟叫着飞来，长着金碧色的羽毛，尾巴比身子长，发出的叫声如同哀怨的碎玉，动人肺腑。马骥每当听到这种鸟的叫声，就会想念故乡，于是对龙女说："我外出三年，与父母阻隔，每当想到这里，就泪洒衣襟，汗流浃背。你能跟我回家去吗？"龙女说："仙凡道路阻隔，我不能依从于你。可也不忍心因夫妻之爱，剥夺你与父母的天伦之乐。容我慢慢想个办法。"马骥听了，不禁流下了眼泪。龙女也叹息说："这就是俗话说的不能两全其美了！"

明日，生自外归。龙君曰："闻都尉有故土之思，诘旦趣装①，可乎？"生谢曰："逆旅孤臣，过蒙优宠，衔报之诚②，结于肺肝。容暂归省，当图复聚耳。"入暮，女置酒话别。生订后会，女曰："情缘尽矣。"生大悲。女曰："归养双亲，见君之孝。人生聚散，百年犹旦暮耳，何用作儿女哀泣？此后妾为君贞③，君为妾义④，两地同心，即伉俪也，何必旦夕相守，乃谓之偕老乎？若渝此盟，婚姻不吉。倘虑中馈乏人⑤，纳婢可耳⑥。更有一事相嘱：自奉裳衣⑦，似有佳朕⑧，烦君命名。"生曰："其女耶，可名龙宫；男耶，可名福海。"女乞一物为信⑨，生在罗刹国所得赤玉莲花一对，出以授女。女曰："三年后四月八日，君当泛舟南岛，还君体胤⑩。"女以鱼革为囊，实以珠宝，授生曰："珍藏之，数世吃着不尽也。"天微明，王设祖帐⑪，馈遗甚丰。生拜别出宫，女乘白羊车，送诸海涘⑫。生上岸下马，女致声珍重，回车便去，少顷便远。海水复合，不可复见，生乃归。

【注释】

①诘旦：平明，清晨。趣装：速整行装。

②衔报之诚：感恩图报的心情。衔报，指衔环报恩。
《后汉书·杨震传》注引《续齐谐记》：东汉杨宝救
了一只黄雀，夜间梦见一个黄衣童子赠送四枚白环
相报，谓当使其子孙洁白，位登三公。后杨宝子孙
四世，果都显贵。

③贞：旧时代妻子不改嫁叫"贞"。

④义：旧时代丈夫因妻守贞，己亦不重婚另娶叫
"义"。

⑤中馈乏人：无人主持家务。中馈，指家中供膳诸事。
《易·家人》："无攸遂，在中馈。"孔颖达疏："妇人
之道……其所职，主在于家中馈食供祭而已。"古代
妇女在家料理饮食、祭品等事务，叫做"主中馈"。

⑥纳婢：以婢女为妾。封建时代纳妾不算娶妻，这样
仍然算作对前妻"守义"。

⑦自奉裳衣：意为自结婚以来。奉裳衣，指妻子侍奉
丈夫衣着。古时上曰衣，下曰裳。《诗·齐风·东方
未明》："东方未明，颠倒衣裳。"

⑧佳朕：佳兆。指怀孕。朕，征兆。

⑨信：信物，凭证。

⑩体胤：亲生儿女。胤，后嗣。

⑪设祖帐：意为设宴饯别。古时出行，为行者祭奠路
神，祝福饯别，叫"祖祭"。祖祭时设置的帷帐叫
"祖帐"。

⑫海涘（sì）：海边。涘，岸，水边。

【译文】

第二天，马骥外出归来。龙王说："听说你怀念家乡了，明天早晨就迅速整装启程行吗？"马骥感谢说："作为旅居在外的孤臣，承蒙过分的疼爱，给予优待恩宠，衔环报恩的心愿一直埋在肺腑之中。请允许我暂时回家探亲，我一定想办法再来相聚。"傍晚，龙女摆下酒宴话别。马骥要订下日后团聚的日期，龙女说："情缘已经没有啦。"马骥非常悲伤。龙女说："你打算回家奉养父母，体现了你的孝心。人生的聚合离散，一辈子就像一早一晚那样平常，干吗要像小儿女一样伤心哭泣呢？从此以后，我为你守贞，你为我守义，两地同心，就是夫妻，何必一定要朝夕厮守，才算是白头偕老呢？倘若谁违背了今天的盟誓，婚姻一定不幸。假如担心无人料理家务，可以纳一个婢女做妾。还有一事要叮咛：自从结婚以来，我好像有了身孕，请你现在就为孩子起个名字。"马骥说："若是女孩，可叫龙宫；若是男孩，可叫福海。"龙女要马骥留下一件东西作为信物，马骥拿出在罗刹国得到的一对红玉莲花，交给龙女。龙女说："三年后的四月八日，你可乘船到南岛来，那时我把孩子还给你。"便拿出一个鱼皮袋子，装满珠宝，交给马骥说："珍藏起来，几代人吃穿也用不完。"天刚微微发亮，龙王摆下饯行的酒宴，送给马骥许多礼物。马骥施礼告别，乘马出了龙宫，龙女坐着白羊车，把马骥送到海边。马骥登上海岸，下了马，龙女说了一句"望多珍重"，回车便走，一会儿就远去了。海水重新合拢，看不见龙女了，马骥才向家乡走去。

自浮海去，咸谓其已死，及至家，家人无不诧异。幸翁媪无恙，独妻已他适。乃悟龙女"守义"之言，盖已先知也。父欲为生再婚，生不可，纳婢焉。谨志三年之期，泛舟岛中，见两儿坐浮水面，拍流嬉笑，不动亦不沉。近引之，儿哑然捉生臂①，跃入怀中。其一大啼，似嗔生之不援己者，亦引上之。细审之，一男一女，貌皆婉秀。额上花冠缀玉，则赤莲在焉。背有锦囊，拆视，得书云："翁姑计各无恙。忽忽三年，红尘永隔；盈盈一水②，青鸟难通③。结想为梦，引领成劳④；茫茫蓝蔚，有恨如何也！顾念奔月姮娥⑤，且虚桂府⑥；投梭织女⑦，犹怅银河⑧。我何人斯，而能永好！兴思及此，辄复破涕为笑。别后两月，竟得孪生。今已咿啾怀抱⑨，颇解笑言；觅枣抓梨，不母可活⑩。敬以还君。所贻赤玉莲花，饰冠作信。膝头抱儿时，犹妾在左右也。闻君克践旧盟⑪，意愿斯慰⑫。妾此生不二，之死靡他⑬。奁中珍物，不蓄兰膏⑭；镜里新妆，久辞粉黛。君似征人⑮，妾作荡妇⑯，即置而不御⑰，亦何得谓非琴瑟哉⑱？独计翁姑亦既抱孙，曾未一觌新妇⑲，揆之情理⑳，亦属缺然㉑。岁后阿姑窀穸㉒，当往临穴㉓，一尽妇职。过此以往，则龙宫无恙，不少把握之期㉔；福海长生，或有往还之路。伏惟珍重㉕，不尽欲言。"生反复省书揽涕㉖。两儿抱颈曰："归休乎！"生益恸，抚之曰："儿知家在何许？"儿㕙啼，呕哑言归。生望海水茫茫，极天无际，雾鬟人渺㉗，烟波路穷㉘。抱儿返棹，怅然遂归。

【注释】

①哑然：发出笑声的样子，哑，笑声。

②盈盈：水清浅的样子。《古诗十九首》："盈盈一水间，脉脉不得语。"

③青鸟：借指使者。《汉武故事》：七月七日，日正中，汉武帝见青鸟从西方来。东方朔说，西王母即将到来。不久，果然到来，后因以"青鸟"称传信的使者。

④引领：伸长脖子，形容殷切盼望。领，脖颈。

⑤姮娥：即嫦娥，也做"恒娥"。传说是后羿的妻子，因偷吃不死药，飞升月宫。《淮南子·览冥训》："羿请不死之药于西王母，恒娥窃之奔月宫。"

⑥桂府：月宫。相传月宫有桂树，高五百丈，后因称月宫为"桂府"。唐段成式《酉阳杂俎》："月中有桂……高五百丈。"

⑦织女：神话人物，为天帝孙女，长年织造云锦，嫁与河西牛郎以后，织造中断，天帝怒，责令她与牛郎分离，只准每年七夕渡河与牛郎相会。故事初见于《古诗十九首》。

⑧怅：恨。银河：天河。

⑨啁啾（zhōujiū）：小鸟鸣声。这里形容幼儿学话的

声音。

⑩不母可活：离开母亲也可以生活了。指断奶。

⑪克践旧盟：能够履行旧时的盟誓。指守义不娶。克，能。

⑫意愿斯慰：意愿得到慰藉。斯，助词。犹是。用于宾语提前的倒装句。

⑬之死靡他：到老死也无他心。指誓不改嫁。《诗·鄘风·柏舟》："之死矢靡它。"他，同"它"。

⑭兰膏：一种润发香油。

⑮征人：远行的人。

⑯荡妇：荡子妇，出游不归者的妻子。《古诗十九首》："昔为倡家女，今为荡子妇。荡子行不归，空床难独守。"

⑰置而不御：保持夫妻名义，而两地远隔。御，用。

⑱琴瑟：喻夫妇。《诗·周南·关雎》："窈窕淑女，琴瑟友之。"以琴瑟谐和喻夫妇恩爱。

⑲觌（dí）：见。

⑳揆：揣测，揆度。

㉑缺然：缺憾，不足。

㉒窀穸（zhūnxī）：墓穴。这里指下葬。

㉓临穴：亲临墓穴，参加葬礼。

㉔则"龙宫"无恙，不少把握之期：此句意即将来还会有在龙宫相见的机会。龙宫，这里是用女儿名字的谐音。下面"'福海'长生，或有往还之路"意思相同，换用儿子名字的谐音。把握，携手、握手。指见面。

㉕伏惟：恭敬地希望。惟，希望。

㉖揽涕：挥泪。

㉗雾鬟人渺：意谓已看不到龙女。雾鬟，借指想望中的龙女。唐李朝威《柳毅传》记柳毅眼中的龙女："牧羊于野，风鬟雨鬓，所不忍睹。"渺，渺茫。

㉘烟波路穷：烟波之上，茫茫无路。烟波，指烟雾苍茫的水面。穷，尽。

【译文】

自从马骥离家出海经商，大家都以为他已经死了，等马骥回到家，家人无不感到诧异。幸好父母还健在，只是妻子已经改嫁。马骥这才明白龙女说要他"守义"的话，是已经预知今日之事。父亲打算让马骥再婚，马骥没同意，只是收了个婢女做妾。马骥牢记三年的期限，届时乘船来到南岛，看见两个小孩坐在水面上漂浮着，拍水嬉笑，位置不移动也不下沉。马骥近前去拉孩子，一个孩子咿咿呀呀地笑着，握着胳膊，跃到他的怀里。另一个孩子大声哭起来，似乎在埋怨马骥没有拉自己，马骥也把这个孩子抱在怀里。仔细一看，一男孩一女孩，长得都很秀美。孩子们头戴花帽，花帽上缀着美玉，其中便有那红玉莲花。孩子的背上有个锦囊，打开一看，有一封信，上面写道："想来公婆都安康无恙。匆匆三年过去，仙凡殊途永远相隔；盈盈一水，却音信难通。对你思念，只能郁结到梦中，时时引领远望，实在辛苦异常；蔚蓝的茫茫大海，满腔遗憾又当如何呢！想起奔月的嫦娥还在月宫孤身独处，投梭的织女仍在惆怅地面对天河。我是什么样的人，能指望与你永远相爱！一想到这里，我也就破涕为笑，释然想开了。分别两个月后，竟生了一对双胞胎。他们现在已经能在母亲怀里咿呀学语，粗解人意；会找枣吃，能抓梨吃，离开母亲也能生活了。所以我把他们郑重地还给你。赠送的红玉莲花，我把它缀在花帽子上作为信记。你把孩子抱在膝头时，就像我也在你身边一样。听说你能履行往日的盟誓，我心里很高兴。我为君守贞，至死也决无二心。梳妆盒中珍藏的物品，不再有兰香袭人的脂膏；镜里照见新近的装扮，也久已不施粉黛。你是远行的游子，我是孤守空房的妻子，即使不能亲近，两地分隔，却怎能说不是美满夫妻？只是我想，虽然公婆已经抱上孙子孙女，却不曾与儿媳见面，按情理推断，也算缺憾。一年后婆婆去世，我会亲临墓穴送葬，以尽儿媳的职责。从此之后，女儿龙宫平安无事，不缺乏见面的日子；儿子福海长生不老，或许还有往来的途径。请多加珍重，说不尽的心里话就此打住。"马骥反复看信，不停地抹眼泪。两个孩子抱着马骥的脖子说："回家呀！"马骥更加悲恸，抚摸着孩子说："你们知道家在哪里吗？"两个孩子大哭起来，咿咿呀呀地只喊回家。马骥望着茫茫大海，水天辽阔，飘渺无际，而美丽的龙女在哪里呢，眼前只是如烟的波涛，并无道路可以寻觅。便抱着孩子登船返航，怅然回到家里。

　　生知母寿不永①，周身物悉为预具②，墓中植松楸百馀③。逾岁，媪果亡。灵舆至殡宫④，有女子缞绖临穴⑤。众方惊顾，忽而风激雷轰，继以急雨，转瞬间已失所在。松柏新植多枯，至是皆活。福海稍长，辄思其母，忽自投入海，数日始还。龙宫以女子不得往，时掩户泣。一日，昼暝，龙女忽入，止之曰："儿自成家，哭泣何为？"乃赐八尺珊瑚一树、龙脑香一帖、明珠百颗、八宝嵌金合一双⑥，为作嫁资。生闻之，突入，执手啜泣。俄顷，疾雷破屋，女已无矣。

【注释】

①不永：不长。

②周身物：指死者的服饰、棺椁等物。

③槚（jiǎ）：楸树。木材质地细密。可供建筑、造船等用。

④灵舆：灵车。殡宫：停放灵柩的墓穴。

⑤缞绖（cuī dié）：封建丧礼规定的子女所穿的孝服。缞，披在胸前的麻布。绖，系在额部和腰上的麻带。

⑥龙脑香：由龙脑树所提炼的香料，即冰片。一帖：一包。

【译文】

马骥知道母亲活不长了，就把全身装殓的衣服都提前预备齐全，在墓地种了一百多棵松树和槚树。过了一年，母亲果然去世。当灵车来到墓穴时，发现有一个女子披麻戴孝站在墓前。大家正在惊讶地打量，忽然狂风骤起，雷声轰鸣，接着下起暴雨，转眼之间女子已不知所在。新种的松柏、槚树原先有许多枯死的，至此全都活了。儿子福海渐渐长大，常常想念母亲，有一次忽然自己跳到海里，几天后才回来。龙宫因为是女孩，不能前往，时常关上房门流泪。有一天，白天骤然变暗，龙女忽然走进门来，劝龙宫说："你自己也要成家的，干嘛哭哭啼啼呢？"便给她一株八尺高的珊瑚树、一包龙脑香、一百颗明珠、一对八宝嵌金盒作为嫁妆。马骥听见龙女的声音，突然闯进屋里，拉着龙女的手哽咽哭泣。不一会儿，一声惊雷破屋而入，龙女已经没有踪迹。

异史氏曰：花面逢迎①，世情如鬼②。嗜痂之癖，举世一辙③。"小惭小好，大惭大好"④，若公然带须眉以游都市⑤，其不骇而走者，盖几希矣。彼陵阳痴子，将抱连城玉向何处哭也⑥？呜呼！显荣富贵，当于蜃楼海市中求之耳⑦！

【注释】

①花面：涂脂抹粉打扮。这里指装扮一副假面孔。逢迎：讨好。

②世情如鬼：世俗人情却如鬼蜮伎俩。

③嗜痂之癖，举世一辙：谓怪僻的嗜好，到处都一样。《南史·刘穆之传》谓刘穆之之孙刘邕："性嗜食疮痂，以为味似鳆鱼。尝诣孟灵休。灵休先患灸疮，痂落在床，邕取食之。灵休大惊，痂未落者，悉褫取饴邕。"后因称乖僻的嗜好为"嗜痂"。举，全。一辙，一样。

④小惭小好，大惭大好：屈意取悦觉得惭愧，别人反而觉得不错；自己羞愧得要命，别人却鼓掌叫好。语出唐韩愈《与冯宿论文书》："时时应事作俗下文字，下笔令人惭，及示人，则人以为好矣。小惭者亦蒙谓之小好，大惭者即必以为大好矣。"惭，指曲意取悦别人，违背自己的本心。

⑤公然带须眉：意谓保持男子汉的本色立身行事，耻于媚俗诡世。须眉，胡须、眉毛，代指男子。

⑥彼陵阳痴子，将抱连城玉向何处哭也：意谓真正才德之士，不被赏识，将无处倾诉他的委曲和悲痛。陵阳痴子，指春秋时楚人卞和，曾受封陵阳侯。《韩非子·和氏》载卞和在楚山发现一块璞玉，献给楚厉王和楚武王，都被视为石头。卞和被诬欺诳，先后被刖双脚。楚文王即位，卞和抱璞哭于荆山之下。楚文王使人问之。卞和曰："吾非悲刖也。悲夫宝玉而题之以石，贞士而名之以诳，此吾所以悲也。"楚文王使人剖璞，果得宝玉，称为"和氏璧"。连城玉，价值连城的宝玉，指和氏璧，也称连城璧。《史记·廉颇蔺相如列传》："赵惠文王时，得楚和氏璧。秦昭王闻之，使人遗赵王书，愿以十五城请易璧。"后因形容极其珍贵者为"连城璧"。

⑦蜃（shèn）楼海市：喻虚幻世界。蜃，蛟类。旧说蜃能吐气为楼台，称为"蜃楼"，也称"海市"。实为一种因光线折射作用而出现的虚影，多现于海上或沙漠。

【译文】

异史氏说：只能以虚假的面孔应酬生存，世俗人情简直与鬼域伎俩没有什么两样。爱吃疮痂那种奇怪的癖好，天下到处都是一个样的。"小惭小好，大惭大好"，如果明目张胆以堂堂正正的男子形象去都市游玩，人们不被吓跑的恐怕很少了。那被封为陵阳侯的痴人卞和将抱着价值连城的璧玉到哪里去痛哭呢？唉！只能到蜃楼海市中去找荣华富贵了！

促织

　　这是一篇政治色彩相当浓厚的小说，揭示了在威权时代，"天子偶用一物"给百姓带来的家破人亡的痛苦，给各级官僚带来"仙及鸡犬"的闹剧。笔锋还顺带对于当时"报里长"的积弊，科举考试的腐败进行了讽刺。

　　清代王渔洋对于故事发生在明朝"宣德间"提出异议，说："宣德治世，宣宗令主，其台阁大臣又三杨、蹇、夏诸老先生也，顾以草虫纤物，殃民至此耶？惜哉！抑传闻异辞耶？"评论家但明伦正确地予以批驳，认为"但论其事，不必求其时代可也"。实际上，在民主时代，总统也好，总理也好，"偶用一物"可以带来时髦新潮，但不会成为考核官僚政绩的内容，因为百姓会用选票评论官员的升迁任用。但在威权的时代里，官僚政绩考核的标准和结果都掌握在上面，"上台喜，便是好官"，为了"上台喜"，什么稀奇古怪的事情都可以发生，一只小小的蟋蟀演出无数悲喜剧便不足为奇了。

　　小说写得极其曲折生动，尤其是蟋蟀的形状，捕捉蟋蟀的过程，蟋蟀的争斗，栩栩如生，扣人心弦。《聊斋志异》评论家王金范赞扬说"状小物瑰异如此，是《考工记》之苗裔"。

宣德间，宫中尚促织之戏①，岁征民间②。此物故非西产③，有华阴令欲媚上官④，以一头进⑤，试使斗而才，因责常供。令以责之里正⑥。市中游侠儿得佳者笼养之⑦，昂其直⑧，居为奇货⑨。里胥猾黠⑩，假此科敛丁口⑪，每责一头，辄倾数家之产。

【注释】

①宣德间，宫中尚促织之戏：明沈德符《万历野获编》云："我朝宣宗最娴此戏，曾密诏苏州知府况钟进千个，一时语云：'促织瞿瞿叫，宣德皇帝要。'此语至今犹传。""苏州卫中武弁（旧时低级武职）闻尚有以捕蟋蟀比首虏（斩下俘虏的首级）功得世职（世代承袭的官职）者。"又，明吕毖《明朝小史》记："宣宗酷爱促织之戏，遣使取之江南，价贵至数十金。枫桥一粮长，以郡督遣，觅得一最良者，用所乘骏马易之。妻谓骏马所易，必有异，窃视之，跃出为鸡啄食。惧，自缢死。夫复伤其妻，亦自经焉。"本篇应该是根据相关传闻创作的。宣德，明宣宗朱瞻基的年号。促织，即蟋蟀。《埤雅》谓"谓其声如急织也"，故称"促织"。中国北方俗名"蛐蛐"。尚，喜爱，讲究。

②征：征收，勒令交纳。

③西：西部地区。这里指陕西。

④华阴：县名。位于关中平原东部，今陕西华阴。媚：献媚，讨好。

⑤进：进奉。

⑥里正：古时有"里正"，明代称"里长"。明代役法规定，各地以邻近的一百一十户为一"里"，从中推丁多粮多的十户，轮流充当里长，故又称"富户役"。里长负责催征粮税及分派徭役。后来赋役日渐繁苛，富户贿赂官府，避免承当，而使中、下户担任。

⑦游侠儿：古称抑强扶弱、具有侠义精神的人为"游侠"。三国魏曹植《白马篇》："借问谁家子？幽并游侠儿。"这里指游手好闲、不务正业的青年。

⑧昂其直：抬高价格。

⑨居为奇货：囤积起来当成珍贵的财货。居，居积，囤积。

⑩里胥：乡里中的公差。胥，官府中的小吏。猾黠：狡猾奸诈。

⑪科敛丁口：按人口摊派费用。科敛，摊派，征收。丁口，泛指人口。男子称"丁"，女子称"口"。

【译文】

　　明朝宣德年间，皇宫中盛行斗蟋蟀的游戏，每年都向民间征收蟋蟀。这东西本来不是陕西的特产，有位华阴县令想讨好上司，便进献了一头蟋蟀，让它试斗了一回，还真厉害，所以朝廷便责成华阴县年年进贡蟋蟀。县令又把差事责成给里正。街市上的游手好闲之徒捉到好的蟋蟀便养在竹笼里，抬高价格，当作稀有的东西待价而沽。乡里的差役狡猾奸诈，借此名目按丁口加以摊派，每指定交一头蟋蟀，就能使好几家破产。

邑有成名者，操童子业^①，久不售^②。为人迂讷^③，遂为猾胥报充里正役^④，百计营谋不能脱，不终岁，薄产累尽。会征促织，成不敢敛户口，而又无所赔偿，忧闷欲死。妻曰："死何裨益^⑤？不如自行搜觅，冀有万一之得。"成然之。早出暮归，提竹筒铜丝笼，于败堵丛草处，探石发穴，靡计不施，迄无济。即捕得三两头，又劣弱不中于款^⑥。宰严限追比^⑦，旬馀，杖至百，两股间脓血流离，并虫亦不能行捉矣。转侧床头，惟思自尽。

【注释】

①操童子业：意谓读书欲考秀才。操，从事。童子业，指"童生"。科举时代凡没有考中秀才的人统称"童生"。

②不售：志愿未遂。指没有考中。售，达到，实现。

③迂讷：迂阔而拙于言辞。

④猾胥：即上文中"里胥猾黠"，狡猾的里胥。报充里正：蒲松龄《循良政要》："报里长：此役原以慧黠老成，能办公事者充之。近岁里长辄托言退役，而择报里中富厚庸懦者以吓诈之。"

⑤裨益：补益。

⑥不中（zhòng）于款：不合规格。中，符合。款，款式，规格。

⑦严限追比：严定期限，按期查验催逼。旧时地方官府规定限期要求差役或百姓完成任务或交纳赋欠，并按期查验完成情况。逾期不能完成则施杖责。查验有一定期限，每误一期责打一次，叫"追比"。

【译文】

　　县里有一个叫成名的，是个童生，多年没考中秀才。他为人迂腐，拙于辞令，于是被狡诈的差役上报让他来承担里正的差事，他想尽办法都没推掉这个差事，不到一年，不多的家产都赔光了。这次正赶上征收蟋蟀，成名不敢按户摊派，而自己又无法赔偿，心中愁闷，简直想死。妻子说："死有什么用？不如自己去找找看，也许还有一线希望。"成名认为言之有理。早出晚归，提着竹筒和铜丝笼子，在败壁残垣、杂草丛生的地方，翻石头，挖洞穴，无计不施，始终一无所获。即使捉到三两头，也是劣等弱小，不合规格的家伙。县令定了严格的期限催促追逼，在十多天里，他挨了上百板子，两股间脓血直淌，连蟋蟀也捉不成了。成名在床上辗转反侧，唯一的念头就是自杀。

　　时村中来一驼背巫，能以神卜。成妻具赀诣问，见红女白婆①，填塞门户。入其舍，则密室垂帘，帘外设香几。问者爇香于鼎②，再拜。巫从傍望空代祝，唇吻翕辟③，不知何词，各各竦立以听。少间，帘内掷一纸出，即道人意中事，无毫发爽④。成妻纳钱案上，焚拜如前人。食顷，帘动，片纸抛落。拾视之，非字而画：中绘殿阁，类兰若⑤；后小山下，怪石乱卧，针针丛棘，青麻头伏焉⑥；旁一蟆⑦，若将跳舞⑧。展玩不可晓⑨，然睹促织，隐中胸怀。折藏之，归以示成。

【注释】

①红女白婆：红妆少女和白发老妇。指各种女人。

②爇（ruò）香：烧香。鼎：三足香炉。

③翕（xī）辟：一合一开。

④无毫发爽：没有丝毫差错。爽，差错。

⑤兰若：梵文"阿兰若"的音译，即佛寺。

⑥青麻头：一种上等品种蟋蟀的名称。《帝京景物略》谓"凡促织，青为上，黄次之，赤次之，黑又次之，白为下"。后文"蝴蝶"、"螳螂"、"油利挞"、"青丝额"等都是蟋蟀品种名。

⑦蟆：虾蟆。

⑧跳舞：跳跃。

⑨展玩：展视玩味。玩，玩味，思索。

【译文】

当时村里来了一个驼背的巫婆，能通过神灵预卜凶吉。成名的妻子准备好钱财前去讨教，只见红妆少女和白发老妇挤满了门口。进到屋里，一间密室挂着布帘，布帘前面摆着香案。讨教者在香炉里点上香，拜两拜。巫婆在旁边朝天祷告，嘴里念念有词，却不知说的什么，每个人都恭敬地站着静听。没多久，帘子后面扔出一张纸，写的便是人们要问的事，丝毫不差。成名的妻子把钱放在案头，也像前面的人一样烧香行礼。过了一顿饭的工夫，帘子掀动，一张纸抛落在地。捡起来一看，不是字而是张画：中间画着殿堂楼阁，类似寺庙的样子；后面小山下，有着各种各样的怪石，丛生的荆棘刺儿尖尖，下面伏着一头青麻头蟋蟀；旁边有一只蛤蟆，像要跳起来似的。她反复玩味，莫明其妙，不过画上有蟋蟀，却也隐隐切中心事。于是她把画折好收了起来，拿回家给成名看。

成反复自念，得无教我猎虫所耶？细瞻景状，与村东大佛阁真逼似。乃强起扶杖，执图诣寺后。有古陵蔚起^①，循陵而走，见蹲石鳞鳞^②，俨然类画。遂于蒿莱中，侧听徐行，似寻针芥^③。而心目耳力俱穷，绝无踪响。冥搜未已^④，一癞头蟆猝然跃去^⑤。成益愕，急逐趁之^⑥。蟆入草间，蹑迹披求^⑦，见有虫伏棘根。遽扑之，入石穴中。掭以尖草^⑧，不出，以筒水灌之，始出。状极俊健。逐而得之，审视，巨身修尾，青项金翅。大喜，笼归。举家庆贺，虽连城拱璧不啻也^⑨。土于盆而养之^⑩，蟹白栗黄^⑪，备极护爱，留待限期，以塞官责^⑫。

【注释】

①古陵蔚起：古墓隆起。蔚起，此指古墓又多又高。

②蹲石鳞鳞：乱石蹲踞，密集得像鱼鳞。鳞鳞，密集排列的样子。

③针芥：针和芥子，喻非常细小的东西。

④冥搜：到处搜索。冥，幽远。

⑤癞头蟆：癞蛤蟆。猝然：突然。

⑥逐趁：追赶。

⑦蹑迹披求：拨开丛草，跟踪寻求。蹑，追随。披，分开。

⑧撺（tiàn）：轻轻拨动。

⑨虽连城拱璧不啻（chì）也：即使是价值连城的大璧玉，也比不上它。《史记·廉颇蔺相如列传》：战国时，赵国得和氏璧，秦国愿以十五城交换。故称和氏璧为"连城璧"，谓其价值连城。拱璧，大璧。《左传·襄公二十八年》："与我其拱璧。"疏："拱谓合两手也。此璧两手拱抱之，故为大璧。"不啻，不止。

⑩土于盆而养之：《帝京景物略》谓都人繁殖蟋蟀，"其法土于盆而养之，虫生子土中"。此指用装有泥土的盆蓄养促织。

⑪蟹白栗黄：蟹肉和栗实。指喂养蟋蟀的饲料都很精细奢侈。

⑫塞：搪塞。

【译文】

　　成名心里反复琢磨，莫非是指点我捉蟋蟀的地点吗？细看景点物象，与村东的大佛阁简直像极了。于是强撑起身子，挂着拐杖，拿着图画，来到村东寺院的后面。那里古墓高高隆起，沿着墓地前行，只见乱石蹲伏，密集得像鱼鳞，俨然与图画一模一样。于是他在野草中侧耳细听，缓步徐行，就像找一根针，找一个芥子那样仔细。然而，心力、目力、耳力完全用尽，却一只蟋蟀的影子也没看到。成名仍然不放弃寻找，忽然，一只癞蛤蟆猛然一跃而去。他愈加惊愕，急忙追赶过去。这时癞蛤蟆钻进草丛，他紧盯着癞蛤蟆的踪迹，扒开杂草寻找，看见一头蟋蟀趴伏在荆棘根上。他连忙去扑，蟋蟀钻进了石缝。他用尖细的草去拨蟋蟀，蟋蟀不肯出来，用竹筒往里灌水，蟋蟀才蹦了出来。蟋蟀的外观很好，非常矫健。他追上去捉住了蟋蟀，仔细一看，只见蟋蟀大身子，长尾巴，青色的颈项，金黄的翅膀。成名高兴极了，把蟋蟀放到笼子里拿回家。全家都为此庆贺，简直比得到价值连城的璧玉还要高兴。成名把蟋蟀放在盆里喂养，给它垫上土，让它吃白白的蟹肉，黄黄的栗实，爱护备至，就准备限期一到，拿它应付官差。

　　成有子九岁，窥父不在，窃发盆，虫跃掷径出，迅不可捉。及扑入手，已股落腹裂，斯须就毙①。儿惧，啼告母。母闻之，面色灰死，大骂曰："业根②！死期至矣！而翁归③，自与汝覆算耳④！"儿涕而出。未几成归，闻妻言，如被冰雪。怒索儿，儿渺然不知所往。既得其尸于井，因而化怒为悲，抢呼欲绝⑤。夫妻向隅⑥，茅舍无烟，相对默然，不复聊赖⑦。日将暮，取儿藁葬⑧。近抚之，气息惙然⑨，喜置榻上⑩，半夜复苏⑪，夫妻心稍慰。但蟋蟀笼虚，顾之则气断声吞，亦不敢复究儿。自昏达曙，目不交睫。

【注释】

①斯须：一会儿，形容时间短暂。

②业根：犹言孽种。业，佛教名词。指过去所作所为。业有善有恶，此指恶业。

③而翁：你父亲。而，你，你的。

④覆算：算账，核对。

⑤抢（qiāng）呼：即呼天抢地。头碰地，口喊天，形容悲痛已极。抢，碰，撞。

⑥向隅：比喻失意悲伤。《说苑·贵德》："今有满堂饮酒者，有一人独索然向隅而泣，则一堂之人皆不乐矣。"隅，角落。

⑦不复聊赖：不再有所指望。聊赖，依赖。指生活或感情上的凭借。

⑧藁（gǎo）葬：草草埋葬。藁，草席，草荐。

⑨惙（chuò）然：形容呼吸微弱。

⑩寘：同"置"。

⑪甦（sū）：复活，苏醒。

【译文】

成名有个九岁的儿子，趁父亲不在，偷偷把盆打开，蟋蟀一下子跃跳出盆，快得来不及去捉。等扑到手里时，蟋蟀已经掉了大腿，破了肚子，不一会儿就死了。儿子心中害怕，哭着告诉了母亲。母亲一听，吓得面如死灰，大骂道："孽障啊！你的死期到了！你爹回来，自然会跟你算账！"儿子流着眼泪离开家。不久，成名回到家里，听妻子一说，浑身像浇了冰雪。他怒气冲冲地去找儿子，儿子却渺然无踪影，不知去了哪里。后来，他在井中找到了儿子的尸体，于是恼怒化为悲伤，呼天抢地，几乎晕死过去。成名夫妻俩悲伤极了，无心做饭，面对面地沉默不语，不再有所指望了。天快黑时，成名打算把儿子草草埋葬了事。近前一摸孩子，还有微弱的气息，便高兴地把儿子放到床上，半夜里，儿子苏醒过来，夫妻二人心里稍稍感到宽慰。但是一看到蟋蟀笼还空着，无法交差，成名就纠结郁闷，默不作声，但也不敢再去追究儿子。从黄昏到天亮，他始终没合眼。

东曦既驾①，僵卧长愁。忽闻门外虫鸣，惊起觇视②，虫宛然尚在。喜而捕之。一鸣辄跃去，行且速。覆之以掌，虚若无物，手裁举，则又超忽而跃③。急趁之，折过墙隅，迷其所往。徘徊四顾，见虫伏壁上。审谛之，短小，黑赤色，顿非前物。成以其小，劣之④，惟彷徨瞻顾，寻所逐者。壁上小虫，忽跃落衿袖间⑤。视之，形若土狗⑥，梅花翅，方首长胫⑦，意似良，喜而收之。将献公堂，惴惴恐不当意，思试之斗以觇之。

【注释】

①东曦（xī）既驾：东方的太阳已经升起来。曦，阳光。驾，指羲和为太阳赶车。《初学记》引《淮南子·天文训》："爰止羲和，爰息六螭。"许慎注："日乘车，驾以六龙，羲和御之。"

②觇（chān）视：窥视，探看。

③超忽：轻飘飘，远远地。

④劣之：以之为劣，看不上。

⑤衿：衣襟。

⑥土狗：别名"蝼蛄"、"拉拉蛄"，属直翅目，蝼蛄科昆虫。

⑦胫：小腿，从膝盖到脚跟的腿部。

【译文】

东方太阳已经升起，成名还呆呆地躺在床上发愁。忽然，他听见门外有蟋蟀在叫，心中一惊，连忙起身察看，原先那头蟋蟀好像还在那里。他高兴地去捉，蟋蟀叫了一声就跳走了，跑得还很快。他用手掌捂住蟋蟀，掌中仿佛空无一物，可是刚把手抬起来，蟋蟀便又飘忽跳走。他急忙追赶，刚转过墙角，就不知去向了。成名徘徊不前，四处张望，发现蟋蟀伏在墙壁上。仔细一看，这个蟋蟀形体短小，黑中带红，根本不是原先那头蟋蟀。他嫌这头蟋蟀太小，没看上眼，便走来走去，东张西望，找刚才要捉的那头蟋蟀。这时伏在墙壁上的小蟋蟀，忽然跳落在他的襟袖之间。一看，这蟋蟀体形像蝼蛄，梅花翅膀，方头长腿，觉得似乎还挺好，便高兴地捉到笼里。成名准备把蟋蟀献给官府，可又惴惴不安，唯恐上面看不上，便想试斗一回，看看如何。

村中少年好事者，驯养一虫，自名"蟹壳青"，日与子弟角，无不胜。欲居之以为利，而高其直，亦无售者①。径造庐访成，视成所蓄，掩口胡卢而笑②。因出己虫，纳比笼中。成视之，庞然修伟，自增惭怍，不敢与较。少年固强之。顾念蓄劣物终无所用，不如拼博一笑，因合纳斗盆。小虫伏不动，蠢若木鸡③。少年又大笑。试以猪鬣毛，撩拨虫须，仍不动。少年又笑。屡撩之，虫暴怒，直奔，遂相腾击，振奋作声。俄见小虫跃起，张尾伸须，直龁敌领④。少年大骇，解令休止。虫翘然矜鸣⑤，似报主知。成大喜。方共瞻玩，一鸡瞥来⑥，径进以啄。成骇立愕呼。幸啄不中，虫跃去尺有咫⑦，鸡健进，逐逼之，虫已在爪下矣。成仓猝莫知所救，顿足失色。旋见鸡伸颈摆扑，临视，则虫集冠上，力叮不释。成益惊喜，掇置笼中。

【注释】

①售：这里作"买"讲。

②掩口胡卢而笑：笑不可忍，自掩其口。胡卢，也作"卢胡"，强自忍笑的样子。

③蠢：呆蠢。木鸡：木雕的鸡，喻呆板无生气。《庄子·达生》篇记载，古时善斗鸡的，要求把鸡训练得不虚骄，不恃气，安闲镇定，"望之似木鸡"，才能战胜敌鸡。

④龁（hé）：咬。领：脖子。

⑤翘然：谓两翅振起。矜鸣：骄傲地鸣叫。

⑥瞥来：突然而来。瞥，眼光一掠，形容迅疾。

⑦咫：古代长度单位，周制八寸，合今制市尺六寸二分二厘。

【译文】

正巧村中有个爱玩好胜的少年，驯养了一只蟋蟀，取名叫"蟹壳青"，每天与其他年轻人斗蟋蟀，从来都不会失败。他想靠这头蟋蟀发财，却由于要价太高，没卖出去。他径自登门去找成名，看了成名养的小蟋蟀，捂着嘴哑然失笑。他随即拿出自己的蟋蟀，放到斗蟋蟀用的笼子里。成名一看，少年养的蟋蟀形体魁伟，既长又大，自己倍感惭愧，不敢较量。那少年硬要比试。成名心想，反正养一头不中用的蟋蟀终究也没有意义，不如拼一拼，以博一笑，便把小蟋蟀也放进了斗蟋蟀的盆子里。小蟋蟀伏着不动，呆若木鸡。少年看了又哈哈大笑起来。他用猪鬃试着撩拨小蟋蟀的须子，小蟋蟀仍然不动。少年又笑了起来。多次用猪鬃撩拨，小蟋蟀被激得大怒，直奔向前，两个蟋蟀腾跃搏击，振翅长鸣。一会儿，只见小蟋蟀纵身跃起，张尾伸须，径直去咬蟹壳青的颈部。少年大吃一惊，忙把双方分开，停止角斗。这时，只见小蟋蟀张开两翅，骄傲地鸣叫起来，好像在向主人报捷。成名大喜。两人正在观赏，一只鸡突然跑来，上前便啄。成名吓得站起来大声喊叫。幸亏公鸡没有啄中，小蟋蟀一下子跳出一尺多远，那只鸡健步向前，紧紧追逼，眼看小蟋蟀已落在鸡爪之下了。成名仓促间不知如何去救，脸色大变，急得直跺脚。转眼看见公鸡伸长脖子直扑棱，近前一看，原来小蟋蟀落在鸡冠上，用力咬着不放。成名愈加惊喜，便捉住蟋蟀，放进笼中。

　　翼日进宰，宰见其小，怒诃成。成述其异，宰不信。试与他虫斗，虫尽靡^①，又试之鸡，果如成言。乃赏成，献诸抚军^②。抚军大悦，以金笼进上，细疏其能^③。既入宫中，举天下所贡蝴蝶、螳螂、油利挞、青丝额……一切异状，遍试之，无出其右者^④。每闻琴瑟之声，则应节而舞，益奇之。上大嘉悦，诏赐抚臣名马衣缎。抚军不忘所自，无何，宰以"卓异"闻^⑤。宰悦，免成役^⑥，又嘱学使，俾入邑庠^⑦。后岁馀，成子精神复旧，自言身化促织，轻捷善斗，今始苏耳。抚军亦厚赉成。不数岁，田百顷，楼阁万椽^⑧，牛羊蹄躈各千计^⑨，一出门，裘马过世家焉^⑩。

【注释】

①靡：披靡，被打败。

②抚军：明清时巡抚的别称。

③细疏其能：在表章上详细陈述蟋蟀的本领。疏，向皇帝分门别类陈述政事的奏章。

④无出其右者：没有能超过的。右，上，古时以右为上。

⑤以"卓异"闻：因为考绩"卓异"上报。明清时每三年对官员举行一次考绩，外官的考绩叫"大计"，由州、县官上至府、道、司，层层考察属员，再汇送督、抚作最后考核，然后报呈吏部。"大计"最好的考语为"卓异"，意思是才能卓越优异。闻，上报。

⑥免成役：指免去成名担任里正的差役。

⑦俾（bǐ）：使。入邑庠：入县学，即取得生员资格。

⑧万椽（chuán）：犹言万间。椽，这里是间的意思。

⑨牛羊蹄躈（qiào）各千计：意思是牛羊各二百头。躈，肛门。牛羊每头四蹄一躈，合以"千计"，则为二百头。

⑩裘马过世家：豪华超过世族大家。裘马，衣裘策马。指豪华生活。

【译文】

第二天，成名把小蟋蟀献给县令，县令见蟋蟀很小，便恼怒地把成名训斥了一顿。成名讲了小蟋蟀的奇异不凡，县令不相信。试着拿它与其他蟋蟀斗，其他蟋蟀都输了，又试着拿它与公鸡斗，果然与成名说的一样。于是县令奖赏成名，把小蟋蟀献给巡抚。巡抚非常高兴，又把小蟋蟀盛在金丝笼子里献给皇上，并上表仔细地说明小蟋蟀的本领。小蟋蟀进宫后，尽管拿出各地进献的蝴蝶、螳螂、油利挞、青丝额……所有的奇异名贵的蟋蟀与它斗，没有比它厉害的。而且每当听到琴瑟的声音，小蟋蟀还能按节拍跳舞，更令人珍奇。皇上非常高兴，下诏赐给巡抚名马和锦缎。巡抚也没有忘记这些荣耀赏赐是怎么来的，没多久，县令在考核中被评为"政绩优异"上报。县令自然也很高兴，便免去了成名的差役，还嘱托学使，让成名进了县学。过了一年多，成名的儿子精神复原，自己说身体化作蟋蟀，轻健敏捷，善于角斗，至今才苏醒过来。巡抚也重赏成名。没几年工夫，成家拥有良田百顷，楼阁万间，牛羊各二百头；外出时，穿轻裘，骑肥马，比世家大族还排场。

异史氏曰：天子偶用一物，未必不过此已忘，而奉行者即为定例。加以官贪吏虐，民日贴妇卖儿^①，更无休止。故天子一跬步^②，皆关民命，不可忽也。独是成氏子以蠹贫^③，以促织富，裘马扬扬。当其为里正、受扑责时，岂意其至此哉！天将以酬长厚者^④，遂使抚臣、令尹，并受促织恩荫^⑤。闻之：一人飞升，仙及鸡犬^⑥，信夫！

【注释】

①贴妇卖儿：典妻鬻子。贴，典质。

②跬（kuǐ）步：指一举一动。跬，半步，举一足。举两足叫"步"。

③蠹（dù）：蛀虫。这里指里胥。

④长（zhǎng）厚者：忠厚老实的人。

⑤恩荫：封建时代，子孙因父、祖的功劳而得到朝廷恩赐的功名或官爵，叫作"恩荫"。

⑥一人飞升，仙及鸡犬：这里讽刺抚军、县令因促织受宠得益。《列仙传》载汉淮南王刘安学道，服仙药飞升，"馀药器存庭中，鸡犬舐之皆飞升"。

【译文】

异史氏说：天子偶然用过一件东西，未必不是过后就忘了，而奉行的官员便将进献的物品著为定例。加上官吏贪婪暴虐，百姓为此每天都要典妻卖子，再无终止之日。所以天子的一举一动，都关系到百姓的死活，决不可疏忽。唯独成名因蠹吏敲诈而贫穷，因进献蟋蟀而富有，轻裘肥马，得意扬扬。当他担任里正，遭受责打的时候，哪能想到会有今天呢！上天打算让宽厚老实的人得到报偿，于是连带使巡抚、县令都受到蟋蟀的庇佑。曾有人说：一人得道升天，连他家的鸡犬也会成仙，的确如此！

小谢

　　《聊斋志异》有不少二女共嫁一夫的故事，现代人不太理解，但在中国的封建社会却司空见惯，为婚姻制度所允许，士大夫传为美谈，即蒲松龄也颇为艳羡。所以他在"异史氏曰"中称："绝世佳人，求一而难之，何遽得两哉！"《聊斋志异》写二女共嫁一夫的故事，《莲香》是一鬼一狐，《陈云栖》是两个女道士，《连城》是两个大家闺秀，《小谢》则是两个女鬼。与众不同的是，小谢和秋容不是一前一后相继出现，而是同时出现在陶生的面前。

　　在《聊斋志异》所有的女鬼形象中，小谢和秋容最为阳光、活泼、聪慧、调皮，最具有青春气息。在早期与陶生相处的过程中，小谢和秋容如活泼的学生，如烂漫的小朋友。她们面对长者，天真无邪，跳脱可爱，虽然也有嫉妒争强好胜之心，但孩子气十足。这些情节中大概融入了蒲松龄长期做塾师对于教学生涯的感受经历，写得意趣盎然。中期相处过程则融入了社会元素，将感情生活纳入广阔的社会环境中。无论是陶生陷入文字狱，秋容被城隍庙的黑判逼婚，还是小谢的弟弟三郎无端被杖，寥寥几笔，却揭露深刻，鞭辟入里。后期写小谢和秋容借尸还魂，二女共嫁一夫，虽然有些落入俗套，却两样写法，错落变化，出色生新，读之不厌。

渭南姜部郎第^①，多鬼魅，常惑人，因徙去。留苍头门之而死^②，数易皆死，遂废之。里有陶生望三者，夙倜傥，好狎妓，酒阑辄去之^③。友人故使妓奔就之，亦笑内不拒，而实终夜无所沾染^④。尝宿部郎家，有婢夜奔^⑤，生坚拒不乱，部郎以是契重之^⑥。

【注释】

①渭南：县名。在陕西东部，今为渭南市。部郎：旧时中央六部的郎中、员外郎等官员的统称。

②苍头：仆人。门：看门。

③酒阑：谓酒筵将尽。阑，将尽，将完。

④沾染：多指不正当的行为。

⑤奔：古时称女子私就男子为"奔"。

⑥契重：器重。

【译文】

陕西渭南县姜部郎的住宅，多有鬼魅，经常迷惑人，因此搬家离开。他曾留下仆人看门，仆人却死了，换了几个看门人，也都死了，于是宅院就废弃了。乡里有个书生，名叫陶望三，素来倜傥风流，喜欢让妓女陪酒，酒喝得尽兴时却叫妓女离去。友人故意让妓女去勾引他，他也笑着接纳不拒，而实际整夜与妓女无所沾染。他曾经寄宿在姜部郎家，有个丫环夜里来找他，陶生坚决拒绝，不肯乱搞，姜部郎由此很器重他。

家綦贫，又有"鼓盆之戚"①，茆屋数椽②，溽暑不堪其热③，因请部郎假废第。部郎以其凶，故却之。生因作《续无鬼论》献部郎④，且曰："鬼何能为！"部郎以其请之坚，诺之。

【注释】

①鼓盆之戚：指丧妻。《庄子·至乐》："庄子妻死，惠子吊之，庄子则方箕踞鼓盆而歌。"后因以"鼓盆之戚"指丧妻之痛。

②茆屋数椽：数间草房。茆，同"茅"。椽，装在屋顶以支持檩子的木条。借以用来代替房屋的间数。

③溽暑：指盛夏气候潮湿闷热。

④《续无鬼论》：晋人阮瞻曾作《无鬼论》，所以陶生以其所作称《续无鬼论》。

【译文】

陶生家境很贫穷，妻子又死了，几间茅屋，在湿热的暑天热得受不了，就向姜部郎求借废宅。姜部郎因为废宅是凶宅，回绝了他。陶生就作了一篇《续无鬼论》献给姜部郎，并且说："鬼能把我怎么样！"姜侍郎因他坚决要借，就答应了。

生往除厅事①。薄暮，置书其中，返取他物，则书已亡。怪之，仰卧榻上，静息以伺其变。食顷，闻步履声，睨之，见二女自房中出，所亡书，送还案上。一约二十，一可十七八，并皆姝丽。逡巡立榻下②，相视而笑。生寂不动。长者翘一足踹生腹，少者掩口匿笑。生觉心摇摇若不自持，即急肃然端念③，卒不顾。女近以左手将髭，右手轻批颐颊，作小响，少者益笑。生骤起，叱曰："鬼物敢尔！"二女骇奔而散。生恐夜为所苦，欲移归，又耻其言不掩④，乃挑灯读。暗中鬼影憧憧，略不顾瞻。夜将半，烛而寝。始交睫，觉人以细物穿鼻，奇痒，大嚏，但闻暗处隐隐作笑声。生不语，假寐以俟之。俄见少女以纸条拈细股，鹤行鹭伏而至⑤。生暴起诃之，飘窜而去。既寝，又穿其耳。终夜不堪其扰，鸡既鸣，乃寂无声，生始酣眠。终日无所睹闻，日既下，恍惚出现。生遂夜炊，将以达旦。长者渐曲肱几上⑥，观生读，既而掩生卷。生怒捉之，即已飘散。少间，又抚之。生以手按卷读，少者潜于脑后，交两手掩生目，瞥然去，远立以哂。生指骂曰："小鬼头！捉得便都杀却！"女子即又不惧。因戏之曰："房中纵送⑦，我都不解，缠我无益。"二女微笑，转身向灶，析薪溲米⑧，为生执爨⑨。生顾而奖曰："两卿此为，不胜憨跳耶⑩？"俄顷，粥熟，争以匕、箸、陶碗置几上⑪。生曰："感卿服役，何以报德？"女笑云："饭中溲合砒、鸩矣⑫。"生曰："与卿夙无嫌怨，何至以此相加。"啜已，复盛，争为奔走。生乐之，习以为常。

【注释】

①除：扫除。厅事：也作"听事"。本为官府听事办公的地方，后来私宅的厅房也称厅事。

②逡巡：有所顾虑而徘徊。

③端念：端正意念。指不为邪念所动。

④其言不掩：意谓自己《续无鬼论》之说，有失检点。掩，通"检"，检束。

⑤鹤行鹭伏：像鹤和鹭鸶那样屈身轻步，悄悄行动。

⑥曲肱几上：弯曲着胳臂，伏在几案上。肱，臂。

⑦房中纵送：性行为的隐喻。房中，指房中术，古代对于性行为和性知识的统称。

⑧析薪：劈柴。溲（sōu）米：淘米。

⑨爨（cuàn）：烧火做饭。

⑩憨跳：憨痴跳腾，谓其调皮闹腾。

⑪匕：饭匙。

⑫溲合：调和，掺杂。砒、鸩（zhèn）：均毒药。砒，砒霜。鸩，用有毒的鸟羽浸成的毒酒。

【译文】

陶生去姜部郎的废宅打扫了厅房。傍晚，他把书放在房中，回家再去取其他东西，回来时书却不见了。他感到奇怪，就仰卧在床榻上，平心静气地观察事情的变化。约过了一顿饭的工夫，听到了脚步声，斜眼一看，有两个女孩从房中走出，丢失的书已送还到桌案上。一个约二十岁，一个十七八岁，都很美丽。她们犹犹豫豫地来到床边，相视而笑。陶生静静地躺着一动不动。年长的那个女孩翘起一只脚踹陶生的肚子，年少的那个捂着嘴偷偷地笑。陶生顿觉心神摇荡，好像难以把持心神，赶紧严肃地端正了念头，始终不予理睬。年长的女孩又到近前用左手捋陶生的髭须，用右手轻轻地拍打他的面颊，发出轻微的声响，年少的笑得越发厉害。陶生猛然起身，叱骂道："鬼东西！敢无礼！"两个女孩吓得奔逃而散。陶生担心夜里被两个女孩折腾，想搬回家去，又为自己说了大话却不能实行而感到羞耻，于是挑灯夜读。黑暗中鬼影晃来晃去，陶生看也不看。将近半夜了，他点着蜡烛睡下。刚一合眼，就感觉有人用很细的东西插进鼻孔，痒得厉害，不禁打了个大喷嚏，只听黑暗处隐隐传来笑声。陶生不言语，假装睡着了等着她们。一会儿，见那个年少的女孩用纸条捻成细绳，像鹤和鹭鸶那样屈身轻步，悄悄来到跟前。陶生突然跳起来呵斥她，她飘然逃窜而去。陶生刚睡下，女孩又来捅他耳朵。陶生被她们骚扰得整夜难以入眠，雄鸡报晓，悄然沉寂，陶生才酣然入睡。整个白天一无所见，可太阳偏西之后，两个女孩又恍恍惚惚出现了。陶生就连夜做饭，打算干脆熬个通宵。年长的女孩渐渐地弯着胳臂伏在几案上，看着陶生读书，接着用手掩住陶生的书。陶生发怒去捉她，她马上飘然散去。一会儿又过来捂住书。陶生用手按着书读，年少的女孩就悄悄跑到他身后，两手交叉蒙住他的眼睛，转瞬又离开，远远地站着微笑。陶生指着她们骂道："小鬼头！让我捉住，便都杀了！"女孩们不惧怕。于是陶生戏弄她们说："男女的那些事，我都不懂，纠缠我没用。"两个女孩微微一笑，转身奔向灶间，劈柴淘米，为陶生烧火做饭。陶生看着她们夸奖说："你们干这个，不比瞎闹好吗？"一会儿，粥煮熟了，她俩争着把饭匙、筷子、饭碗摆放在几案上。陶生说："你们为我帮忙，令人感动，我怎么报答你们的善意呢？"女孩笑着说："饭中掺进砒霜和毒酒了。"陶生说："我和你们素来没有怨仇，何至于加害到这一步。"喝完粥，两个女孩又给他盛上，争相为他跑腿。陶生很感到快乐，渐渐习以为常。

日渐稔①，接坐倾语，审其姓名。长者云："妾秋容，乔氏；彼阮家小谢也。"又研问所由来。小谢笑曰："痴郎！尚不敢一呈身，谁要汝问门第，作嫁娶耶？"生正容曰："相对丽质，宁独无情？但阴冥之气，中人必死。不乐与居者，行可耳；乐与居者，安可耳。如不见爱，何必玷两佳人？如果见爱，何必死一狂生？"二女相顾动容，自此不甚虐弄之②，然时而探手于怀，捋袴于地，亦置不为怪。

【注释】

①稔：熟悉。

②虐弄：恶作剧。

【译文】

日长混熟了，陶生和她们坐在一起说着心里话，陶生问两女孩的姓名。年长的女孩说："我叫秋容，姓乔；她是阮家的小谢。"又追问她们的来历。小谢笑着说："傻郎君！还不敢露出你的身子，谁要你问我们出身门第，难道要娶我们不成？”陶生一本正经地说：“面对两位佳丽，难道我不动情吗？只是沾染了阴间的气息必死无疑。你们不乐意与我在一块儿住，可以走开；乐意与我住在一块儿，安心住好了。如果不被你们爱，我何必玷污两位佳人？如果被你们爱，又何必让一个狂生去死呢？”两个女孩互相看了一眼，深受感动，自此以后不再过分戏谑捉弄陶生，然而时常把手伸到陶生怀里，把他的裤子褪到地上，陶生也都坦然置之。

一日，录书未卒业而出①，返则小谢伏案头，操管代录②。见生，掷笔睨笑。近视之，虽劣不成书③，而行列疏整④。生赞曰：“卿雅人也！苟乐此，仆教卿为之。”乃拥诸怀，把腕而教之画。秋容自外入，色乍变，意似妒。小谢笑曰：“童时尝从父学书，久不作，遂如梦寐。”秋容不语。生喻其意，伪为不觉者，遂抱而授以笔，曰：“我视卿能此否？”作数字而起，曰：“秋娘大好笔力！”秋容乃喜。生于是折两纸为范⑤，俾共临摹。生另一灯读，窃喜其各有所事，不相侵扰。做毕⑥，祗立几前⑦，听生月旦⑧。秋容素不解读⑨，涂鸦不可辨认⑩，花判已⑪，自顾不如小谢，有惭色。生奖慰之，颜始霁⑫。

【注释】
①卒业：完成。

②操管：执笔。

③成书：成字。

④行列疏整：指抄写得横竖成行，疏落而齐整。直称"行"，横称"列"。

⑤范：规范，榜样。此指供描摹的仿影。

⑥傲：临摹。

⑦祇（zhī）立：敬立。

⑧月旦：品评。原指对于人物的评论，这里指评判书写的好坏。

⑨解读：指识字。

⑩涂鸦：比喻文字稚劣。唐卢仝《示添丁》："忽来案上翻墨汁，涂抹诗书如老鸦。"

⑪花判：本指旧时官吏对案件所作的骈体判词，此指对所写字迹的评阅意见。

⑫颜始霁：脸色方始喜悦。霁，天晴。此处形容脸色开朗喜悦。

【译文】

一天，陶生抄书未完就出去了，回来看到小谢伏在案头，拿着笔替他在抄。见到陶生，小谢扔下笔不好意思笑着。陶生近前一看，字虽然写得极不像样，但横竖成行，疏落而齐整。陶生称赞说："你是个雅人呀！只要你喜欢抄写，我教你来写。"就把小谢抱在怀里，把着手腕教她笔画。秋容从外面进来，一见马上变了脸色，似乎很妒忌。小谢笑着说："儿时曾跟父亲学写字，很久不写了，就像做梦一样。"秋容不言语。陶生明白秋容的心思，假装什么也不知道，就抱起她，递给她一支笔说："让我看看你会不会写字？"秋容写了几个字站起来，陶生说："秋容的书法很好啊！"秋容这才高兴起来。陶生于是将两张纸折成方格写上范字，让两个女孩一起临摹。陶生则在另一盏灯下读书，暗自高兴她们各自有事可做，不会再来搅扰。两个女孩临摹完毕，恭敬地站立在几案前，听候陶生评判。秋容从小不识字，涂得乌七八糟不可辨认，评判完毕，自知不如小谢，感到惭愧。陶生对她夸奖劝慰一番，脸色才开朗了。

二女由此师事生，坐为抓背，卧为按股，不惟不敢侮，争媚之。逾月，小谢书居然端好，生偶赞之，秋容大惭，粉黛淫淫^①，泪痕如线。生百端慰解之^②，乃已。因教之读，颖悟非常，指示一过，无再问者。与生竞读，常至终夜。小谢又引其弟三郎来，拜生门下。年十五六，姿容秀美，以金如意一钩为贽^③。生令与秋容执一经^④，满堂咿唔，生于此设鬼帐焉^⑤。部郎闻之喜，以时给其薪水。积数月，秋容与三郎皆能诗，时相酬唱。小谢阴嘱勿教秋容，生诺之；秋容阴嘱勿教小谢，生亦诺之。一日，生将赴试，二女涕泪持别。三郎曰："此行可以托疾免。不然，恐履不吉^⑥。"生以告疾为辱，遂行。

【注释】

①粉黛淫淫：脸上搽的粉和眉上涂的黛，随着泪水流下。黛，古时女子描眉用的青黑色颜料。淫淫，水

流貌。

②百端：多种多样，千方百计。

③贽（zhì）：晋见的礼物。

④执一经：学习一种经书。执，持。

⑤设鬼帐：犹言教鬼学生。设帐，教授生徒。《后汉书·马融传》：“（融）常坐高堂，施绛纱帐，前授生徒，后列女乐，弟子以次相传，鲜有入其室者。”

⑥恐履不吉：恐蹈凶险。履，践。

【译文】

　　两个女孩从此以陶生为师，坐着时给他搔背，躺下时为他捶腿，不但不敢再侮慢，还争相讨他欢心。过了一个月，小谢的字居然写得端正好看，陶生偶尔赞扬她。秋容听了大为惭愧，脸上的粉黛和着眼泪而下，泪痕如线不断。陶生百般宽慰劝解，这才好了。陶生于是教她们读书，她们聪明异常，指点一遍，不会再问第二遍。她们和陶生比赛着读书，经常一读一个通宵。小谢又将她的弟弟三郎引见来，拜陶生为老师。三郎十五六岁，容貌秀美，以一钩金如意作为拜师之礼。陶生令他和秋容共同学习一种经书，于是满堂响起“咿咿呀呀”的读书声，就好像陶生在这里开办了一所鬼学校。姜部郎听说后很高兴，按时给陶生送来柴米。过了几个月，秋容与三郎都能作诗了，时常互相以诗问答来往。小谢背地里嘱咐陶生不要教秋容，陶生答应了；秋容背地里嘱咐陶生不要教小谢，陶生也答应了。一天，陶生准备要去赶考，两个女孩流泪送他上路。三郎说：“这次应考可以推托生病不去。不然的话，恐怕遭遇到凶险。"陶生认为托病不去是耻辱，于是出发了。

    先是，生好以诗词讥切时事，获罪于邑贵介^①，日思中伤之。阴赂学使，诬以行简^②，淹禁狱中。资斧绝^③，乞食于囚人，自分已无生理。忽一人飘忽而入，则秋容也。以馈具馈生，相向悲咽，曰："三郎虑君不吉，今果不谬。三郎与姜同来，赴院申理矣^④。"数语而出，人不之睹。越日，部院出^⑤，三郎遮道声屈^⑥，收之。秋容入狱报生，返身往侦之，三日不返。生愁饿无聊，度一日如年岁。忽小谢至，怆惋欲绝^⑦，言："秋容归，经由城隍祠，被西廊黑判强摄去，逼充御媵^⑧。秋容不屈，今亦幽囚。妾驰百里，奔波颇殆，至北郭，被老棘刺吾足心^⑨，痛彻骨髓，恐不能再至矣。"因示之足，血殷凌波焉^⑩。出金三两，跛踦而没^⑪。部院勘三郎，素非瓜葛，无端代控，将杖之，扑地遂灭，异之。览其状，情词悲恻。提生面鞫，问："三郎何人？"生伪为不知。部院悟其冤，释之。

【注释】

① 贵介：尊贵的人。
② 诬以行简：对其品行加以诬陷诋毁。《钦定大清会典事例》谓康熙初年，礼部题准，"生员如果犯事情重，地方官先报学政，俟黜革后治以应得之罪"。行简，行为简慢。

③资斧：指旅费、盘缠。

④院：指巡抚衙门。

⑤部院：指巡抚。清代各省巡抚多带兵部侍郎及都察院副都御史衔，因称巡抚为"部院"。

⑥遮道：拦路。声屈：喊冤。

⑦怆恨：悲伤怨恨。

⑧御媵（yìng）：侍妾。

⑨棘：酸枣树，枝上有刺。泛指有刺草木。

⑩血殷（yān）凌波：流血染红了鞋袜。殷，红黑色。这里是染红的意思。凌波，本指女子步履轻盈，这里指女子鞋袜。

⑪跛踦：行走不稳的样子。汉焦赣《易林·泰之复》："跛踦相随，日暮牛罢，陵迟后旅，失利亡雌。"

【译文】

此前，陶生喜欢写诗词讥讽时政，得罪了当地显贵，整天想着伤害陶生。当地显贵暗地里贿赂学政，诬蔑陶生行为简慢，就把陶生送进了监狱。陶生的盘缠用光了，就向囚犯们讨吃的，料想自己已经活不了了。忽然有个人飘然自外而入，原来是秋容。秋容带来酒食给陶生吃，二人相对悲伤呜咽，秋容说："三郎忧虑你出行不吉利，现在果然如此。三郎和我一块儿前来，到巡抚衙门为你申冤去了。"秋容说了几句就离开，谁也看不见她。过了一天，巡抚出行，三郎拦路喊冤，就被带走了。秋容入狱报告了陶生，返身前去探听消息，三天没有回来。陶生忧愁饥饿，百无聊赖，度日如年。忽然小谢来了，悲伤怨恨得要死，说："秋容回来，经过城隍庙，被庙里西廊上的黑判官抢了去，逼她为妾。秋容不肯屈服，现在也被关了起来。我跑了百里多路，奔波得太疲乏了，走到城北，被老荆棘刺伤了脚心，痛彻骨髓，恐怕不能再来了。"于是抬起脚让陶生看，只见鲜血染红了鞋袜。小谢拿出三两银子给陶生，就一瘸一拐地走了。巡抚审问三郎，说他向来与陶生非亲非故，无缘无故代人告状，要打他的板子，三郎扑倒在地就消失了，巡抚感到奇怪。看他的状词，写得言词悲伤感人。于是巡抚就提出陶生当面审问，问："三郎是你什么人？"陶生假装不知。巡抚由此领悟到陶生是冤枉的，就把他放了。

既归，竟夕无一人。更阑，小谢始至，惨然曰："三郎在部院，被廨神押赴冥司①，冥王以三郎义，令托生富贵家。秋容久锢，妾以状投城隍，又被按阁②，不得入，且复奈何？"生忿曰："黑老魅何敢如此！明日仆其像，践踏为泥，数城隍而责之；案下吏暴横如此，渠在醉梦中耶！"悲愤相对，不觉四漏将残。秋容飘然忽至，两人惊喜，急问。秋容泣下曰："今为郎万苦矣！判日以刀杖相逼，今夕忽放妾归，曰：'我无他，原以爱故，既不愿，固亦不曾污玷。烦告陶秋曹③，勿见谴责。'"生闻少欢，欲与同寝，曰："今日愿为卿死。"二女戚然曰："向受开导，颇知义理，何忍以爱君者杀君乎？"执不可，然偎颈倾头，情均伉俪。二女以遭难故，妒念全消。

【注释】

①廨神：保护官衙的神。廨，官署。

②按阁：搁置，压下。阁，同"搁"。

③秋曹：对刑部官员的尊称。古以刑部为秋官，故称其部员为"秋曹"。这里称陶生为秋曹，是预示陶生将来当任职刑部。

【译文】

陶生回到部郎故宅，整个晚上不见一人。直到深夜，小谢才到，凄惨地说："三郎在巡抚衙门，被管衙门的神给押到阴曹地府，阎王爷因为三郎仗义，让他托生富贵人家了。秋容被关了很久，我写了状子想投给城隍老爷，又被压下，不能上达，该怎么办呢？"陶生忿恨地说："老黑鬼怎敢这样！明天推倒他的像，践踏成泥土，列举罪状责问城隍老爷；下属如此横暴，他难道在醉梦中不成！"两人悲愤相对，不知不觉四更将尽。秋容飘飘然忽然来到，两人惊喜，急忙询问。秋容流着泪说："这回我为你受尽苦了！判官每天里用刀杖逼迫我，今晚忽然放我回家，说：'我没有别的，原本是因为爱你，既然你不愿意，本来也没有玷污你。麻烦你转告陶秋曹陶官人，不要谴责我。'"陶生听了稍微高兴，想与秋容、小谢同寝，说："今天我愿意为你们而死。"两个女孩悲伤地说："先前受到你的开导，才懂得一些道理，怎么忍心因为爱你而杀死你呢？"执意不允，然而三人交颈贴脸，情同夫妻。两个女孩由于遭受磨难的缘故，妒忌之心全消失了。

会一道士途遇生，顾谓："身有鬼气。"生以其言异，具告之。道士曰："此鬼大好，不拟负他。"因书二符付生，曰："归授两鬼，任其福命：如闻门外有哭女者，吞符急出，先到者可活。"生拜受，归嘱二女。后月馀，果闻有哭女者。二女争奔而去，小谢忙急，忘吞其符。见有丧舆过，秋容直出，入棺而没。小谢不得入，痛哭而返。生出视，则富室郝氏殡其女①。共见一女子入棺而去，方共惊疑，俄闻棺中有声，息肩发验，女已顿苏。因暂寄生斋外，罗守之。忽开目问陶生，郝氏研诘之，答云："我非汝女也。"遂以情告。郝未深信，欲舁归。女不从，径入生斋，偃卧不起，郝乃识婿而去。生就视之，面庞虽异，而光艳不减秋容，喜惬过望。殷叙平生，忽闻呜呜鬼泣，则小谢哭于暗陬②。心甚怜之，即移灯往，宽譬哀情。而衿袖淋浪③，痛不可解，近晓始去。天明，郝以婢媪赍送香奁，居然翁婿矣。暮入帷房，则小谢又哭。如此六七夜，夫妇俱为惨动，不能成合卺之礼④。

【注释】

①殡：埋葬。

②暗陬（zōu）：黑暗角落。陬，角落。

③衿袖淋浪：衣襟衣袖均被泪水沾湿。淋浪，水湿的样子。

④合卺（jǐn）之礼：婚礼。指新郎、新娘在结婚当天

的新房内共饮交杯酒（合欢酒）。

【译文】

　　赶巧有个道士在道上与陶生相遇，看着他说："你身有鬼气。"陶生因为他的话不寻常，就对道士说了全部实情。道士说："这两个鬼非常好，你不要辜负了她们。"于是道士画了两道符交给陶生，说："回去交给两个鬼，听凭她们的福分和命运：如果听到外面有哭女儿的，便吞下符赶快跑出来，先跑到的就可以活。"陶生拜谢后收下符，回去把道士的话嘱咐了两个女孩。一个多月之后，果然听到门外有人哭女儿。两个女孩争相奔出，小谢太着急了，忘了吞符。见到灵车过来，秋容直奔而出，进了棺材就隐没不见了。小谢进不去，痛哭着回来了。陶生出门看视，是大户人家郝氏给女儿出殡。众人看见一个女子进入棺材，正在惊疑间，一会儿听见棺材中传出声音，放下棺材，打开验看，女儿已经复活了。于是把她暂时寄放在陶生的房子外面，家人围着看守她。忽然女孩睁开眼睛打听陶生，郝氏追问她，女孩回答说："我不是你女儿。"并以实情相告。郝氏不太相信，想把她抬回家。女儿不肯，径直奔入陶生房中，直挺挺躺在床上不起来，郝氏于是认了女婿走了。陶生近前看这女孩，面庞虽然不同，但光彩照人不在秋容之下，大喜过望。两人情意深厚地叙述往事，忽然听见"呜呜"地有鬼在哭，原来是小谢躲在角落里哭泣。陶生非常可怜她，就拿着蜡烛走过去，宽慰开导她的伤痛。但小谢哭得衣襟袖子透湿，痛苦不可排解，天快亮时才离去。天亮了，郝氏派丫环、老妈子送来嫁妆，居然成了翁婿。

傍晚陶生和秋容进入洞房，又听到小谢在哭。一连六七个夜晚如此，夫妻俩都被小谢惨切的哭声所动，不能完成夫妻之礼。

　　生忧思无策。秋容曰："道士，仙人也。再往求，倘得怜救。"生然之。迹道士所在，叩伏自陈。道士力言无术。生哀不已。道士笑曰："痴生好缠人！合与有缘，请竭吾术。"乃从生来，索静室，掩扉坐，戒勿相问。凡十馀日，不饮不食。潜窥之，瞑若睡。一日晨兴，有少女褰帘入，明眸皓齿，光艳照人。微笑曰："跋履终夜，惫极矣。被汝纠缠不了，奔驰百里外，始得一好庐舍^①，道人载与俱来矣。待见其人，便相交付耳。"敛昏，小谢至，女遽起迎抱之，翕然合为一体，仆地而僵。道士自室中出，拱手径去。拜而送之，及返，则女已苏。扶置床上，气体渐舒，但把足呻言趾股酸痛，数日始能起。

【注释】

①庐舍：房屋。这里指灵魂所依附的躯体。

【译文】

　　陶生忧心忡忡想不出办法。秋容说："道士是个神仙。你再去求他，或许会得到怜悯援救。"陶生认为说得对。他找到道士的住处，磕头叙述实情。道士极力说自己回生无术。陶生哀求不止。道士笑道："这个书呆子真缠人！也该当有缘分，用尽我的法术。"就跟着陶生来了，他要了一间安静的居室，关上门坐下，告诫陶生不得来打扰。共有十多天，不吃不喝。悄悄过来看道士，只见他闭着眼睛像睡觉。一天早晨起来，有个少女掀帘进来，明亮的眼睛，雪白的牙齿，美丽的容颜，光照一室。微笑着说："奔走了一整夜，疲惫极了。被你纠缠不过，奔驰到百里之外，才找到一副好躯壳，道人载着她一块儿来了。等我见了那个人，就交付给她。"天黑后，小谢来了，少女马上起身迎上前去抱住她，两人一下合为一体，仆倒在地，直挺挺地躺着。道士由室内出来，拱拱手径直走了。陶生拜谢送他，等到返回，女孩已经苏醒。把她扶到床上，气息渐渐匀畅，肢体也渐渐柔软，只是抱着脚呻吟，说脚趾和大腿酸痛，几天之后才能起床。

后生应试得通籍①。有蔡子经者，与同谱②，以事过生，留数日。小谢自邻舍归，蔡望见之，疾趋相蹑③。小谢侧身敛避，心窃怒其轻薄。蔡告生曰："一事深骇物听④，可相告否？"诘之，答曰："三年前，少妹夭殒，经两夜而失其尸，至今疑念。适见夫人，何相似之深也？"生笑曰："山荆陋劣，何足以方君妹⑤？然既系同谱，义即至切，何妨一献妻孥⑥。"乃入内，使小谢衣殉装出⑦。蔡大惊曰："真吾妹也！"因而泣下。生乃具述本末。蔡喜曰："妹子未死，吾将速归，用慰严慈⑧！"遂去。过数日，举家皆至，后往来如郝焉。

【注释】

①通籍：指仕宦新进。封建时代新进仕宦，通其名籍
　　于朝，故曰"通籍"。

②同谱：同榜，指科举考试中同届录取的人。

③蹑：尾随。

④物听：众人的言论。《晋书·王敦传》："天下荒弊，
　　人心易动；物听一移，将致疑惑。"物，众人。

⑤方：比拟。

⑥一献妻孥：使妻、子出来相见。旧时，朋友情谊亲
　　密，才能出妻见子。

⑦殉装：殉葬的衣服。

⑧严慈：父母。

【译文】

　　后来陶生应试得官。有个叫蔡子京的人与陶生是同榜，他因为有事过访陶生，在陶生家住了几天。小谢从邻居家回来，蔡子京望见她，急忙跑去跟上她。小谢侧身躲避，心中暗自恼恨他举止轻薄。蔡子京告诉陶生说："有件事太让人吃惊，能告诉你吗？"陶生问是什么事，回答说："三年前，我的小妹不幸早亡，死后过了两夜尸首失踪，至今我还在疑惑惦念。刚才见到尊夫人，她怎么那么像我的小妹呢？"陶生笑着说："我妻子很丑，怎么会比得上令妹？不过既然我们同榜，情义就至为密切，不妨让您见见我的妻子。"陶生就到内室，让小谢穿上当日装殓的衣服出来。蔡子京一见大惊地说："真是我妹妹呀！"说着就哭了起来。陶生就把事情的始末说了一遍。蔡子京高兴地说："妹妹没

死，我要赶快回家，把这件事告慰父母！"随即离去。过了几天，蔡子京一家人全来了，后来两家往来同郝家一样。

异史氏曰：绝世佳人，求一而难之，何遽得两哉？事千古而一见，惟不私奔女者能遘之也①。道士其仙耶？何术之神也？苟有其术，丑鬼可交耳。

【注释】

①遘：相遇，遇见。

【译文】

异史氏说：绝代佳人，求得一位已是难得，怎么会一下子得到两位呢？这种事千年才只能一见，只有不和私奔之女苟合的人才能遇到。道士是神仙吗？为何他的法术那么神奇呢？如果真有那样的法术，丑鬼也可以结交了。

狼三则

本篇集中了三则有关屠夫和狼的有趣故事。第一则是狼由于贪吃挂在树上勾着的肉被活活吊死在树上。第二则写两只狼在人的面前耍小聪明，意图采用前后夹击的办法，被屠夫识破，分别杀死。第三则写狼用爪子探入屋里，被屠夫用吹猪的手段杀死。三则故事中狼死得离离奇奇，甚至带有黑色幽默的味道，而莫不与屠夫的职业特点有关。

除去本篇的三则故事外，《聊斋志异》以狼为主题的故事还有《地震》附则、《于江》、《黎氏》、《牧竖》、《梦狼》、《车夫》、《毛大福》等，在动物故事中的数量仅次于狐狸，可见当日在丘陵地带的淄川县，狼的数量之多，在人们日常生活中影响之大。可惜随着城市的发展，狼的生存环境日趋恶化，往日狼的风光不再了。

　　有屠人货肉归，日已暮。歘一狼来①，瞰担中肉②，似甚涎垂③，步亦步④，尾行数里。屠惧，示之以刃，则稍却；既走，又从之。屠无计，默念狼所欲者肉，不如姑悬诸树而蚤取之⑤。遂钩肉，翘足挂树间，示以空空，狼乃止。屠即径归。昧爽往取肉⑥，遥望树上悬巨物，似人缢死状，大骇。逡巡近之，则死狼也。仰首审视，见口中含肉，肉钩刺狼腭，如鱼吞饵。时狼革价昂，直十馀金，屠小裕焉。缘木求鱼⑦，狼则罹之⑧，亦可笑已！

【注释】

①歘（xū）：忽然。

②瞰（kàn）：窥看，俯视。

③涎垂：即垂涎。

④步亦步：屠行狼亦行，尾随不舍。

⑤蚤：通"早"。

⑥昧爽：犹黎明，天将亮未亮时。

⑦缘木求鱼：爬到树上捉鱼，比喻与目的相反的错误行为。《孟子·梁惠王》："以若所为，求若所欲，犹缘木而求鱼也。"

⑧罹（lí）：遭遇。

【译文】

　　有一个屠夫卖肉后挑着担子回家，天色已晚。忽然一只狼跑来，看到了担子里的肉，馋得好像口水流了很长，跟在屠夫的后面，屠夫走，它也走，尾随了好几里。屠夫害怕了，拿出刀子吓唬狼，狼就稍微退缩；屠夫转身再走，狼又跟着他。屠夫无计可施，心想狼所要吃的无非是肉，不如把肉姑且悬挂在树上，一早再来取。于是就用钩子钩上肉，翘起脚挂到树上，把空担子给狼看了，狼这才停止尾随，屠夫就径直回家了。第二天一早，屠夫去取肉，远远望见树上挂着一个很大的东西，好像是人吊死的样子，吓了一大跳。他犹犹豫豫走到近前一看，原来是只死狼。抬头仔细一看，只见狼的嘴里叼着肉，肉钩子刺穿了狼的腭骨，如同鱼吞食鱼饵。当时狼皮价格昂贵，值十多两银子，屠夫发了笔小财。"缘木求鱼"，这样的事让狼遇上了，也很可笑啊！

一屠晚归，担中肉尽，止有剩骨①。途中两狼，缀行甚远②。屠惧，投以骨。一狼得骨止，一狼仍从；复投之，后狼止而前狼又至。骨已尽，而两狼之并驱如故。屠大窘，恐前后受其敌③。顾野有麦场，场主积薪其中，苫蔽成丘④。屠乃奔倚其下，弛担持刀⑤。狼不敢前，眈眈相向⑥。少时，一狼径去；其一犬坐于前⑦，久之，目似瞑，意暇甚⑧。屠暴起⑨，以刀劈狼首，又数刀毙之。方欲行，转视积薪后，一狼洞其中⑩，意将隧入以攻其后也⑪。身已半入，止露尻尾⑫。屠自后断其股，亦毙之。乃悟前狼假寐，盖以诱敌。狼亦黠矣⑬！而顷刻两毙，禽兽之变诈几何哉⑭，止增笑耳⑮！

【注释】

①止：只。

②缀行：尾随而行。

③敌：攻击。

④苫（shàn）蔽成丘：谓柴草苫盖成堆，如同小山。苫，本指用稻草、谷秸等编制的覆盖物，俗称"草苫子"，此处意为苫盖。

⑤弛：放下。

⑥眈眈相向：相对瞪目而视。

⑦犬坐：像狗似的蹲坐。

⑧意暇甚：意态十分悠闲。

⑨暴起：突然跃起。

⑩洞：打洞。

⑪隧入：打洞进去。隧，地道。

⑫尻（kāo）尾：臀部和尾巴。

⑬黠（xiá）：狡猾。

⑭变诈：权变，狡诈。几何：若干，多少。

⑮增笑：增加笑料。

【译文】

有一个屠夫晚上归来，担子中的肉都卖光了，只剩下骨头。途中遇到两只狼，远远地尾随着他很长时间。屠夫很害怕，扔出一块骨头。前边的狼得到骨头停下来，后边的狼仍尾随着；屠夫又扔出一块骨头，后边的狼停住了，而先前那只狼又跟了上来。骨头都扔完了，两只狼像先前一样并排跟着他。屠夫非常窘迫，担心前后受到狼的攻击。

他看到田野里有个麦场，场主在场上堆放着许多柴草，苫盖得像座小山一样。屠夫就赶忙奔过去倚靠在柴火垛下面，放下担子握着刀。狼不敢上前，屠夫和狼瞪着眼睛相持。一会儿，一只狼径自离去；另一只像狗一样蹲在前面，时间长了，狼眼睛似乎闭上了，神态十分悠闲。屠夫猛然跃起，用刀砍狼头，连砍数刀，把狼杀死了。正要走，回头看到柴垛的后面，一只狼已经打通了柴垛，意图通过洞从后面攻击屠夫。狼的身子已经钻进去一半，只有屁股和尾巴还在外面。屠夫从后面砍断它的腿，把这只狼也杀死了。这时他才明白前面那只狼假装睡觉，是在迷惑自己。狼也狡猾呀！然而顷刻之间，两只狼都被杀死了，禽兽的狡诈伎俩算得了什么呢，只给人增加笑料而已！

　　一屠暮行，为狼所逼。道傍有夜耕者所遗行室①，奔入伏焉。狼自苫中探爪入，屠急捉之，令不可去。顾无计可以死之，惟有小刀不盈寸，遂割破爪下皮，以吹豕之法吹之。极力吹移时，觉狼不甚动，方缚以带。出视，则狼胀如牛，股直不能屈，口张不得合，遂负之以归。非屠乌能作此谋也②！

【注释】
　①行室：北方俗称"窝棚"。农田中供暂时歇息的简易房子，多用草苫、谷秸或树枝搭成。
　②乌：同"何"。

狼三则

二九九

【译文】

一个屠夫夜行，被狼追逼。道旁有一间夜耕者留下的窝棚，屠夫就奔进去藏了起来。狼从棚子的草苫中探进爪子，屠夫迅疾抓住爪子，不让它缩回去。想到没有办法杀死狼，身边只有一把不到一寸长的小刀，就用刀割破狼爪下面的皮，用吹猪的办法往狼体内吹气。他拼命吹了好长时间，发觉狼不怎么动弹了，才用带子把狼爪子捆上。走出窝棚一看，狼的身体胀得像头牛，腿直得不能打弯，嘴张着合不上，于是屠夫就背着狼回家了。若不是屠夫，怎么会想出这样的主意！

三事皆出于屠，则屠人之残①，杀狼亦可用也。

【注释】

①残：残忍。

【译文】

这三个故事都出自屠夫，可见屠夫的残忍，杀狼也可以派上用场。

小翠

　　这篇写的是狐狸报恩的故事。由于王御史幼年时曾经无意中保护过避雷劫的狐狸，狐狸便把女儿小翠嫁给王御史的傻儿子。小翠不仅以恶作剧的方式巧妙地让王御史避免了政敌的陷害，去除了隐患，而且治好了王御史儿子的傻病，帮助王家延续了子嗣。

　　按照惯常的报恩故事，从正面入手，小说很容易流入平庸。本篇以常人意想不到的恶作剧展开情节，写小翠与王御史的傻儿子一起胡闹，踢踘鞠，演戏剧，假扮大官在居住的里巷招摇，后来竟然穿上皇帝的"衮衣旒冕"戏弄政敌，虽然出人意料，却歪打正着，有惊无险，具有强烈的喜剧效果。本篇的调笑戏谑虽然出于故事的需要，也从另一个方面展示了蒲松龄的丰富的戏剧想象力和一贯的诙谐健朗的性情。小说中小翠和王元丰闺房的嬉戏有些过分，却贴近生活，极其生动。尤其小翠和王元丰踢踘鞠误中王御史脸的一段，写王御史怒，"投之以石"，"以告夫人"。夫人"呼女诟骂。女倚几弄带，不惧，亦不言。夫人无奈之，因杖其子。元丰大号，女始色变，屈膝乞宥。夫人怒顿解，释杖去。女笑拉公子入室，代扑衣上尘，拭眼泪，摩挲杖痕，饵以枣栗，公子乃收涕以忻"。将各种家庭关系写得细致入微，合理入情。小说最后写王御史由于小翠失手打碎玉瓶，"交口呵骂"，致使小翠离去，虽然可以看做是情节故事的需要，却也反映了人世间的某些现象，所以蒲松龄在"异史氏曰"中感慨地说："一狐也，以无心之德，而犹思所报，而身受再造之福者，顾失声于破甄，何其鄙哉！"

王太常①，越人②。总角时③，昼卧榻上，忽阴晦，巨霆暴作④，一物大于猫，来伏身下，展转不离。移时晴霁，物即径出。视之，非猫，始怖，隔房呼兄。兄闻喜曰："弟必大贵，此狐来避雷霆劫也！"后果少年登进士，以县令入为侍御⑤。生一子名元丰，绝痴，十六岁不能知牝牡⑥，因而乡党无与为婚。王忧之。适有妇人率少女登门，自请为妇。视其女，嫣然展笑，真仙品也。喜问姓名，自言虞氏，女小翠，年二八矣。与议聘金，曰："是从我糠覈不得饱⑦，一旦置身广厦，役婢仆，厌膏粱⑧，彼意适，我愿慰矣，岂卖菜也而索直乎！"夫人大悦，优厚之。妇即命女拜王及夫人，嘱曰："此尔翁姑⑨，奉侍宜谨。我大忙，且去，三数日当复来。"王命仆马送之，妇言："里巷不远，无烦多事。"遂出门去。小翠殊不悲恋，便即奁中翻取花样⑩。夫人亦爱乐之。

【注释】

①太常：官名。汉为九卿之一，掌管宫廷祭祀礼乐文化教育等事，历代太常职掌基本与汉代相同。

②越：指长江和钱塘江（浙江）之间的近海地区。古越国建都于会稽（今浙江绍兴），春秋末年越国灭吴，向北扩展，疆域有江苏南部、江西东部、浙江北部等地区。

③总角：童年，未成年。古代未成年人将头发分作

左右两半，在头顶各扎成一个结，形如两个羊角，故称。

④巨霆：迅雷。

⑤入为侍御：调入朝廷为御史。清代称御史为"侍御"。

⑥牝（pìn）牡：雌雄。鸟兽雌性叫"牝"，雄性叫"牡"。

⑦糠覈（hé）：粗粝的饭食。糠，稻、麦、谷子等的子实所脱落的壳或皮。覈，米麦舂馀的粗屑。

⑧厌：饱食。膏粱：肥脂与细粮，指美食。

⑨翁姑：公婆。

⑩奁（lián）：闺中盛放什物的箱匣。

【译文】

太常寺的王侍御是越地人。小的时候，有一天白天躺在床上，忽然天气阴沉，巨大的雷声猛然响起来，一个比猫大一些的动物，跑来趴在他的身下，总也不离开他的身体。过了一会儿天晴了，这个动物才出来。他一看，不是猫，这才感到害怕，隔着房间呼喊他哥哥。哥哥听了此事高兴地说："弟弟将来必定能当大官，这是狐狸来躲避雷击的劫难啊！"后来王侍御果然很年轻就考中了进士，又从县令升为侍御。王侍御生了个儿子，取名元丰，特别傻，十六岁了还不辨雌雄，因而没有人家愿意和他家结亲。王侍御很发愁。碰巧有个妇人领着一位少女来到王家，主动请求和他家结亲。王御史看了看少女，少女嫣然一笑，真像仙女一样。便高兴地询问妇人姓氏，妇人自言姓虞，女儿小翠，十六岁了。王侍御和她商量要多少聘金，虞氏说："这孩子跟着我吃糠都吃不饱，来到您家，一旦住上高楼大

厦,使唤奴婢仆人,吃上细粮肥肉,她满意了,我就放心
了,难道能像卖菜那样讲价钱吗!"王侍御的夫人也很高
兴,热情地招待她们。虞氏就让女儿给王侍御和夫人叩头
行礼,嘱咐说:"这是你的公公、婆婆,要小心侍奉。我太
忙了,先回去,过三五天再来。"王侍御命仆人备马送她,
虞氏说:"家离这里不远,不必麻烦了。"于是出门走了。
女儿小翠一点儿也不悲伤留恋,就在梳妆匣中翻取绣花样
子。王夫人也挺喜欢她。

数日,妇不至。以居里问女,女亦憨然不能言
其道路。遂治别院,使夫妇成礼。诸戚闻拾得贫家
儿作新妇,共笑姗之。见女,皆惊,群议始息。女
又甚慧,能窥翁姑喜怒。王公夫妇,宠惜过于常
情,然惕惕焉惟恐其憎子痴①,而女殊欢笑,不为
嫌。第善谑②,刺布作圆③,蹴蹋为笑④。着小皮
靴,蹴去数十步,绐公子奔拾之,公子及婢恒流汗
相属。一日,王偶过,圆訇然来⑤,直中面目。女
与婢俱敛迹去⑥,公子犹踊跃奔逐之。王怒,投之
以石,始伏而啼。王以告夫人,夫人往责女,女俛
首微笑,以手刓床。既退,憨跳如故,以脂粉涂公
子作花面如鬼。夫人见之,怒甚,呼女诟骂。女倚
几弄带,不惧,亦不言。夫人无奈之,因杖其子⑦。
元丰大号,女始色变,屈膝乞宥⑧。夫人怒顿解,
释杖去。女笑拉公子入室,代扑衣上尘,拭眼泪,
摩挲杖痕,饵以枣栗,公子乃收涕以忻⑨。女阖庭

户，复装公子作霸王⑩，作沙漠人⑪，已乃艳服，束细腰，婆娑作帐下舞⑫，或髻插雉尾，拨琵琶⑬，丁丁缕缕然⑭，喧笑一室，日以为常。王公以子痴，不忍过责妇，即微闻焉，亦若置之。

【注释】

①惕惕：担心，忧虑。

②第：但，只。善谑（xuè）：善于戏耍玩笑。

③刺布作圆：缝布作球。刺，缝制。圆，球。

④蹋蹴（cù）：亦作"踏鞠"、"蹋踘"。宋程大昌《演繁露·鞠》："古今物制固多不同，以其类而求之于古，即《霍去病传》谓为穿城踏鞠者，其几于气毬也矣。其文曰：'去病贵不省事，在塞外，卒乏粮，或不能自振，而去病尚穿城踏鞠也。'师古曰：'鞠以皮为之，实之以毛，踏鞠而戏也。'"蹴，踢。

⑤訇（hōng）然：形容踢球的声音。

⑥敛迹：隐藏，藏身。

⑦杖：棒打。

⑧乞宥：求饶。宥，原谅。

⑨忻（xīn）：欣喜。

⑩作霸王：指扮演秦末西楚霸王项羽。

⑪作沙漠人：指扮演发兵索取昭君的匈奴呼韩邪单于。

⑫婆娑作帐下舞：指扮演虞姬。婆娑，盘旋舞动的样子。

⑬髻插雉尾，拨琵琶：指扮演王昭君出塞和亲的故事。

⑭丁丁（zhēng）：形容声音响亮。缕缕：形容声细而
连续。

【译文】

过了几天，小翠妈妈没有来。问起家在哪里，小翠也
傻乎乎地说不清道路。于是收拾了另外一所宅院，为小两
口举行婚礼。亲戚们听说他家拣了个穷人家的女儿做媳妇，
都笑话他们。但见到小翠，都很惊叹，闲话都平息了。小
翠很聪明，能觉察公婆的喜怒。王侍御夫妇宠爱儿媳超过
了常情，然而心中还是惴惴不安，唯恐小翠嫌弃傻儿子，
而小翠每天都乐呵呵的，一点儿也不嫌弃。只是小翠喜欢
戏耍玩笑，她用布缝制了一个球，踢球逗元丰笑。她穿着
小皮靴，把球踢出去几十步远，哄元丰跑过去捡，累得元
丰和丫鬟们轮流大汗淋漓。一天，王侍御偶然经过，一个
圆乎乎的东西突然飞起来，正打在他的脸上。小翠和丫鬟
们都吓得躲走了，只有元丰还蹦跳着去追这个布球。王侍
御大怒，捡起石块向儿子投去，这时元丰才趴在地上哭起
来。王侍御把这事告诉了夫人，夫人去责备小翠，小翠只
是低着头微笑，用手指抠着床。夫人走后，小翠依然憨态
如旧，蹦蹦跳跳，她把脂粉涂在元丰的脸上，涂成了花鬼
脸。夫人看见了，生气极了，把小翠喊来大骂。小翠靠在
桌边玩弄着衣服上的带子，不害怕，也不言语。夫人无可
奈何，只好拿起棍子打元丰。元丰大哭，小翠这才吓得变
了脸色，跪在地上求饶。夫人怒气顿消，扔下棍子走了。
小翠笑着拉起元丰，进屋替他拍去衣服上的尘土，擦干眼
泪，按揉棍子打痛的地方，拿枣和栗子给他吃，元丰这才

不再涕哭露出了笑容。小翠关上院门，又把公子打扮成霸王，打扮成呼韩邪单于，而自己则穿上艳丽的服装，一会儿把腰束得细细的，在帐下翩翩起舞，扮虞姬；一会儿在发髻上插上野鸡尾，扮王昭君弹着琵琶，"叮叮咚咚"地响，引起满屋欢声笑语，天天如此。王侍御因为儿子呆痴不忍过分责备儿媳，即使听说了这些事，也不再过问。

　　同巷有王给谏者①，相隔十馀户，然素不相能②。时值三年大计吏③，忌公握河南道篆④，思中伤之⑤。公知其谋，忧虑无所为计。一夕，早寝，女冠带，饰冢宰状⑥，翦素丝作浓髭⑦，又以青衣饰两婢为虞候⑧，窃跨厩马而出⑨，戏云："将谒王先生。"驰至给谏之门，即又鞭挝从人，大言曰："我谒侍御王，宁谒给谏王耶！"回辔而归⑩。比至家门，门者误以为真，奔白王公。公急起承迎，方知为子妇之戏。怒甚，谓夫人曰："人方蹈我之瑕⑪，反以闺阁之丑登门而告之，余祸不远矣！"夫人怒，奔女室，诟让之⑫。女惟憨笑，并不一置词。挞之，不忍；出之⑬，则无家。夫妻懊怨，终夜不寝。时冢宰某公赫甚，其仪采服从，与女伪装无少殊别，王给谏亦误为真。屡侦公门，中夜而客未出，疑冢宰与公有阴谋。次日早朝，见而问曰："夜相公至君家耶？"公疑其相讥，惭颜唯唯⑭，不甚响答。给谏愈疑，谋遂寝⑮，由此益交欢公。公探知其情，窃喜，而阴嘱夫人，劝女改行，女笑应之。

【注释】

①给谏：官名。唐宋时给事中及谏议大夫的合称。清代用作六科给事中的别称。

②素不相能：向来不相容。

③三年大计吏：明清时，每三年对官吏举行一次考绩。对外官的考绩称"大计"，对京官的考绩称"京察"。

④握河南道篆：做河南道监察御史。明代都察院下设十三道监察御史，给予印篆，分区负责考察该地区刑名吏治情况。《明史·职官志》谓"都察院衙门分属河南道，独专诸内外考察"。故王给谏嫉妒而欲中伤王侍御史。篆，官印。

⑤中伤：诬陷或恶意造谣毁坏别人的名誉。

⑥冢宰：官名。即太宰。西周置，位次三公，为六卿之首。《书》："冢宰掌邦治，统百官，均四海。"明代以内阁大学士为相，中叶后多兼吏部尚书，故也称吏部尚书为冢宰。

⑦素丝：白色生丝。浓髭（zī）：密集的胡须。

⑧虞候：此处指侍卫、随员。

⑨厩马：指家中的马匹。厩，马棚。

⑩回辔：回马。

⑪蹈我之瑕：寻找我的过错。

⑫诟让：责骂。让，责备。

⑬出：休弃。

⑭唯唯：恭敬地应答声。

⑮寝：停止，中止。

　　和王侍御同巷住着的一位王给谏，相隔着十几户远，但两家人向来不和。这时正当朝廷三年一次考核官吏，王给谏忌妒王侍御掌管河南道的监察大权，想算计他。王侍御得知王给谏的阴谋，心中很发愁，却想不出对付的办法。一天晚上，王侍御睡得很早，小翠穿上官服，打扮成首相的样子，剪了一些白丝粘在下巴上装成浓密胡须，又让两个丫鬟穿上黑色衣服打扮成随从，偷偷骑上马厩里的马外出，开玩笑说："我要去拜访王大人。"小翠骑马跑到王给谏门口，就用鞭子抽打两个随从，大声说："我要拜访的是侍御王大人，哪里是拜访王给谏大人呀！"调转马头就回来了。到了家门口，守门人误以为真是首相来了，赶快跑去报告王侍御。王侍御急忙从床上起来出门迎接，一看方知原来是儿媳妇在闹着玩。气坏了，对夫人说："人家正在找我的毛病，现在反而把家中的丑事登门去告诉人家，我的祸事不远了！"夫人也特别生气，跑到儿媳屋里，把小翠大骂一通。小翠只是憨笑，一句话也不分辩。夫人想打她吧，又不忍心；休了吧，她又没有家。王侍御夫妇二人懊恼抱怨，一夜也没有睡着。当时，那位首相正在显赫之时，他的仪容、服饰、随从，和小翠伪装的没什么分别，王给谏也误以为真是首相来访。多次派人到王侍御门前探听，直到半夜也没见客人出来，便怀疑冢宰和王侍御在暗中商量什么事情。第二天早晨上朝，见到王侍御就问："昨夜首相到您府上来了吗？"王侍御以为他是故意讽刺，不好意思地应答了两声，声音也不大。王给谏更产生了疑问，就打消了中伤王侍御的念头，从此还主动和王侍御拉关系套近乎。王侍御史知道了真情，暗暗高兴，私下嘱咐夫人，劝儿媳改一改以往的行为，小翠笑着答应了。

逾岁，首相免^①，适有以私函致公者，误投给谏。给谏大喜，先托善公者往假万金，公拒之。给谏自诣公所。公觅巾袍^②，并不可得。给谏伺候久，怒公慢，愤将行。忽见公子衮衣旒冕^③，有女子自门内推之以出，大骇。已而笑抚之，脱其服冕而去。公急出，则客去远。闻其故，惊颜如土，大哭曰："此祸水也^④！指日赤吾族矣^⑤！"与夫人操杖往，女已知之，阖扉任其诟厉。公怒，斧其门。女在内含笑而告之曰："翁无烦怒！有新妇在，刀锯斧钺，妇自受之，必不令贻害双亲。翁若此，是欲杀妇以灭口耶？"公乃止。给谏归，果抗疏揭王不轨^⑥，衮冕作据。上惊验之，其旒冕乃梁秸心所制，袍则败布黄袱也。上怒其诬。又召元丰至，见其憨状可掬，笑曰："此可以作天子耶？"乃下之法司^⑦。给谏又讼公家有妖人，法司严诘臧获^⑧，并言无他，惟颠妇痴儿，日事戏笑，邻里亦无异词。案乃定，以给谏充云南军^⑨。王由是奇女。又以母久不至，意其非人，使夫人探诘之，女但笑不言。再复穷问，则掩口曰："儿玉皇女，母不知耶？"

【注释】

①首相：指上文所说的冢宰。

②巾袍：冠服，礼服。

③衮（gǔn）衣旒（liú）冕：此指穿戴帝王冠服。衮衣，皇帝所穿的衮龙袍。旒冕，前后悬垂玉串的皇冠。

④祸水：制造祸害灾难的女性。汉伶玄《飞燕外传》载，汉成帝宠赵飞燕的妹妹合德，披香博士淖方成唾曰："此祸水也，灭火必矣。"照五行家的说法，汉朝得火德而兴，因而说赵合德祸害汉室，如同水之灭火。后因称败坏国家的女性为"祸水"。

⑤指日：不日，为期不远。赤吾族：全家族被杀。

⑥抗疏：上疏直陈。不轨：越出常轨，不守法度。《左传·隐公五年》："不轨不物，谓之乱政。"

⑦下之法司：把王给谏交付法司审理。明清时代，以刑部、都察院、大理寺为三法司，负责审理重大案件。

⑧臧获：奴婢。《荀子·王霸》："如是，则虽臧获不肯与天子易势业。"注："臧获，奴婢也。《方言》谓荆淮海岱之间，骂奴曰臧，骂婢为获。……或曰，取货谓之臧，擒得谓获。皆谓有罪为奴婢者。"

⑨充云南军：充军到云南。充军，宋元创设，明正式入律，开始主要是出于卫所兵制充实军士的需要，后来成为重刑苦役制度，罚犯人到边远地区从事强迫性的屯种或充实军伍，是轻于死刑、重于流刑的一种刑罚，类似现在的劳改，作为死刑代用刑"刑莫惨于此"。

【译文】

过了一年，首相被免了官，他有一封私人信件要交给王侍御，却被误送给了王给谏。王给谏高兴万分，先托一位和王侍御关系好的人到王侍御家中要借一万两银子，王侍御拒绝了。王给谏亲自来到王侍御家。王侍御找帽子、衣服，准备穿着去迎接，可是东找西找找不着。王给谏等候时间长了，见王侍御不出来迎接，很生气，正要转身回去。忽然看到元丰穿着龙袍，戴着皇冠，被一个女子从门内推了出来，他吓了一跳。一看是元丰，便假笑着安慰抚摸，脱下元丰的龙袍、皇冠拿走了。王侍御急忙出来，但客人已经走远了。听到刚才发生的事，吓得面如土色，大哭着说："这是祸水啊！我们全家都要被杀头的日子不远了啊！"便和夫人一起拿棍子到儿子这边来，小翠已知他们要来，关上屋门任凭他们怒骂。王侍御气极了，拿来斧头砍他们屋门。小翠在屋内含笑对公婆说："公公不要烦恼发怒！有儿媳在，刀锯斧砍，由儿媳自来承当，决不会连累双亲。公公这样做，是想杀死儿媳来灭口吗？"王御史这才住了手。王给谏回家后，果然向皇帝上了奏章，揭发王御史图谋不轨，并说有龙袍、皇冠为证。皇帝吃了一惊，一查验，皇冠原来是高粱秆做的，龙袍是一个破黄布包袱皮。皇帝对王给谏的诬告非常生气，又宣召元丰上殿，一看他傻乎乎的样子，笑着说："这个样子还能当天子吗？"就把王给谏交给法司去审问。王给谏又告发王侍御家中有妖人，法司严厉讯问王侍御家的仆人丫鬟，都说没有其事，只有一个疯媳妇和一个傻儿子，成天嬉笑玩耍，邻居也没说出其他情况。案子审定了，王给谏被判充军云南。王侍御从此感到小翠不是一般的女子，又因她的母亲一直没来，猜想她不是人类，让夫人去盘问小翠，小翠只是笑，不说一句话。再一追问，小翠就捂着嘴说："孩儿是玉皇大帝的女儿，婆婆不知道吗？"

　　无何，公擢京卿①。五十馀，每患无孙。女居三年，夜夜与公子异寝，似未尝有所私。夫人舁榻去，嘱公子与妇同寝。过数日，公子告母曰："借榻去，悍不还！小翠夜夜以足股加腹上，喘气不得，又惯搯人股里。"婢妪无不粲然②。夫人呵拍令去。一日，女浴于室，公子见之，欲与偕。女笑止之，谕使姑待。既出，乃更泻热汤于瓮，解其袍裤，与婢扶入之。公子觉蒸闷，大呼欲出。女不听，以衾蒙之。少时无声，启视，已绝③。女坦笑不惊④，曳置床上，拭体干洁，加复被焉。夫人闻之，哭而入，骂曰："狂婢何杀吾儿！"女辗然曰⑤："如此痴儿，不如勿有。"夫人益恚⑥，以首触女，婢辈争曳劝之。方纷嘱间，一婢告曰："公子呻矣！"辍涕抚之，则气息休休⑦，而大汗浸淫⑧，沾浃裀褥⑨。食顷，汗已，忽开目四顾，遍视家人，似不相识，曰："我今回忆往昔，都如梦寐，何也？"夫人以其言语不痴，大异之。携参其父，屡试之，果不痴。大喜，如获异宝。至晚，还榻故处，更设衾枕以觇之。公子入室，尽遣婢去。早窥之，则榻虚设。自此痴颠皆不复作，而琴瑟静好，如形影焉⑩。

【注释】

①擢（zhuó）：提升。京卿：清代对三品或四品京官的尊称，或称"京堂"。这里指从侍御擢升为太常寺卿。

②粲（càn）然：大笑。

③绝：气绝。

④坦：坦然，无负担。

⑤鞬（chǎn）然：笑的样子。

⑥恚（huì）：发怒，生气。

⑦休休：喘粗气。

⑧浸淫：渗渍。

⑨沾浃：湿透。

⑩如形影焉：如影随形，亲密相伴。

【译文】

不久，王侍御升为太常寺卿。五十多岁了，时常为没有孙子发愁。小翠来王家三年了，夜夜和元丰分开睡，好像没有发生过关系。夫人让人抬走了元丰的床，嘱咐元丰和小翠同睡。过了几天，元丰告诉母亲说："借走床，怎么还不还？小翠夜夜把腿放在我的肚子上，压得我喘不上气来，还老掐我的大腿。"丫鬟仆妇听了无不大笑。夫人哄着拍打着才离开。一天，小翠在卧室洗澡，元丰见了，要和她一起洗。小翠笑着制止他，让他先等一会儿。小翠洗完后，又在洗澡的瓮里添了热水，把元丰的衣服裤子脱掉，同丫鬟一起把元丰扶入瓮里。元丰觉得又闷又热，大声叫着要出来。小翠不让，用被子把瓮蒙上。不一会儿，没声音了，打开一看，元丰已经没气了。小翠坦然地笑着，一点儿也不惊慌，把元丰拽到床上，擦干身上的水，用两床被子盖上。夫人听说这事，哭着进来，骂道："疯丫头为什么杀我的儿子？"小翠微微笑着说："这样的傻儿子，不如没有。"夫人更恼火了，用头去撞小翠，丫鬟们又劝又拉。正在纷纷攘攘，一个丫鬟告诉说："公子哼哼了。"夫人停止哭泣，抚摸儿子，只见他气喘吁吁，大汗淋漓，沾湿了被褥。过了一顿饭工夫，汗止了，忽然睁开眼环顾四周，把家中人都看了一遍，好像不认识似的，说："我现在回忆以往的事，都好像做梦一样，这是怎么回事呀？"夫人看他说的不再像傻话，特别惊异。领着他去拜见父亲，多次试验，果然不傻了。全家大喜，如获至宝一般。到了晚上，夫人把床又放回原来的地方，还放好被褥枕头来观察他。元丰进了内室以后，把丫鬟们都打发走了。早晨一看，那张床空在那儿，如同虚设。从此以后，儿子媳妇的疯病傻病全没有了，小两口感情特别好，形影不离。

　　年馀，公为给谏之党奏劾免官，小有罣误^①。旧有广西中丞所赠玉瓶^②，价累千金，将出以赂当路。女爱而把玩之，失手堕碎，惭而自投。公夫妇方以免官不快，闻之，怒，交口呵骂。女奋而出，谓公子曰："我在汝家，所保全者不止一瓶，何遂不少存面目？实与君言：我非人也。以母遭雷霆之劫，深受而翁庇翼，又以我两人有五年夙分，故以我来报曩恩、了夙愿耳。身受唾骂，擢发不足以数，所以不即行者，五年之爱未盈，今何可以暂止乎！"盛气而出，追之已杳。公爽然自失③，而悔无及矣。公子入室，睹其剩粉遗钩④，恸哭欲死，寝食不甘，日就羸悴⑤。公大忧，急为胶续以解之⑥，而公子不乐。惟求良工画翠小像，日夜浇祷其下⑦，几二年。

【注释】

①罣（guà）误：因过失或被别人牵连而受到处分或损害。

②中丞：巡抚的别称。明清时，巡抚兼带副都御史衔，相当于前代的御史中丞，故称。

③爽然：茫然。自失：内心空虚。

④钩：鞋。

⑤羸（léi）悴：瘦弱憔悴。

⑥胶续：指续娶。旧时以琴瑟比喻夫妇和美，因此俗谓丧妻为"断弦"，再娶曰"续弦"。

⑦浇祷：酹酒祭祷。

【译文】

过了一年多，元丰的父亲因被王给谏的同党弹劾免了官，犯了一些小过失。家中原有广西中丞赠送的一只玉瓶，价值千金，准备拿出来送给当权的大官。小翠很喜爱这只玉瓶，捧在手中欣赏，失手掉在地上摔碎了，愧疚地告诉了公婆。元丰的父母正因为丢了官心中不快，听说后大怒，交口斥责辱骂。小翠气得一扭头跑出来了，对元丰说："我在你家，保全你家不止一个玉瓶，为什么就不给我多少留点儿面子？实话对你说吧：我不是人类。因为母亲遭到雷击的劫难时，得到你父亲的庇护，又因为我们两人有五年的缘分，所以我来你家报答以前的恩情，了却我们的夙愿。我受到的斥骂，比头发还要多，我所以不离你而去，是因为五年的恩爱还未期满，现在我怎能再呆下去呢！"小翠赌气出门，元丰去追，已不见踪影。元丰的父亲得知后心中若有所失，后悔也来不及了。元丰回到屋内，看到小翠用过的粉，穿过的鞋，痛哭欲死，寝不能眠，食不甘味，一天比一天消瘦。元丰的父亲非常忧虑，急忙想为儿子续娶一房妻室，以缓解元丰的烦恼，但元丰不乐意，只请技艺高超的画家画了一幅小翠的像，日夜在像前酹酒祷告，这样的生活持续了近二年。

偶以故自他里归。明月已皎，村外有公家亭园，骑马墙外过，闻笑语声。停辔，使厮卒捉鞚[1]，登鞍一望，则二女郎游戏其中，云月昏蒙，不甚可辨。但闻一翠衣者曰："婢子当逐出门！"一红衣者曰："汝在吾家园亭，反逐阿谁？"翠衣人曰："婢子不羞！不能作妇，被人驱遣，犹冒认物产也？"红衣者曰："索胜老大婢无主顾者[2]！"听其音，酷类小翠，疾呼之。翠衣人去曰："姑不与若争，汝汉子来矣。"既而红衣人来，果小翠。喜极。女令登垣，承接而下之，曰："二年不见，骨瘦一把矣！"公子握手泣下，具道相思。女言："妾亦知之，但无颜复见家人。今与大姊游戏，又相邂逅，足知前因不可逃也。"请与同归，不可；请止园中，许之。公子遣仆奔白夫人。夫人惊起，驾肩舆而往，启钥入亭，女即趋下迎拜。夫人捉臂流涕，力白前过，几不自容。曰："若不少记榛梗③，请偕归，慰我迟暮④。"女峻辞不可⑤。夫人虑野亭荒寂，谋以多人服役。女曰："我诸人悉不愿见，惟前两婢朝夕相从，不能无眷注耳，外惟一老仆应门，馀都无所复须。"夫人悉如其言。托公子养疴园中⑥，日供食用而已。

【注释】

①厩卒：马夫。捉：抓住。鞚（kòng）：有嚼口的马笼头。

②索胜：总还胜过。

③榛梗：原意指草木丛生，此处喻琐事引起的隔阂、前嫌。

④迟暮：晚年。迟，晚。

⑤峻辞不可：严词拒绝。

⑥疴（kē）：病。

【译文】

一天，元丰偶然从别处回来。这时明月已经升起，村外有王家的一座亭园，元丰骑马从墙外路过，听到里面有笑语声。他勒住马，让跟随的仆人拉住缰绳，站在马鞍上向里张望，只见两位女子在里边游戏。因月亮被云彩遮住，看不太清楚。只听穿绿衣服的女子说："应该把你这丫头赶出门去！"一个红衣女子说："你在我家的亭园里，反而撵谁啊？"绿衣女子说："丫头不知害羞！没有当好媳妇，被人赶了出来，还要冒认是自家的产业吗？"红衣女子又说："反正比你老大个丫头还找不到婆家的强！"元丰听说话的声音非常像小翠，急忙呼叫。绿衣人一边离去一边说："姑且不和你争了，你的汉子来了。"说着红衣女子来了，果然是小翠，元丰高兴极了。小翠让他登上墙头，然后扶着把他接下来，说："两年不见，你瘦成一把骨头了。"元丰拉着小翠的手不由流下泪来，详述了相思之情。小翠说："我也知道，但我无颜见家中的人。今天与大姐玩耍，又和你相遇，足见我们的缘分是逃不掉的。"元丰请求小翠一起回家，小翠不答应；请求在园中住下，小翠同意了。元丰让仆人赶快跑回去报告夫人。夫人吃惊地从床上爬起来，坐上轿子就赶到花园，开锁进入园中，小翠赶快跑过来迎接，下拜行礼。夫人抓住她的胳膊，流着泪说以前都是自己的过错，几乎无地自容。夫人说："如果你不太记恨原来的嫌隙，请和我一起回去，对我的晚年也是个安慰。"小翠坚决不回去。夫人考虑村外的亭园荒野冷清，想多派几个人来服侍。小翠说："别的人我都不愿见，只有以前在我身边的两个丫鬟朝夕服侍我，我不能不眷顾她们，另外只需要一个老仆人看看门，其他的都不需要了。"夫人全照小翠的话做了。对外只称元丰在园中养病，每天供给一些吃用的东西而已。

　　女每劝公子别婚，公子不从。后年馀，女眉目音声，渐与曩异，出像质之①，迥若两人。大怪之。女曰："视妾今日，何如畴昔美？"公子曰："今日美则美，然较昔则似不如。"女曰："意妾老矣！"公子曰："二十馀岁，何得速老。"女笑而焚图，救之已烬。一日，谓公子曰："昔在家时，阿翁谓妾抵死不作茧②。今亲老君孤，妾实不能产，恐误君宗嗣。请娶妇于家，旦晚侍奉翁姑，君往来于两间，亦无所不便。"公子然之，纳币于锺太史之家③。吉期将近，女为新人制衣履，赍送母所。及新人入门，则言貌举止，与小翠无毫发之异，大奇之。往至园亭，则女亦不知所在。问婢，婢出红巾曰："娘子暂归宁，留此贻公子。"展巾，则结玉玦一枚④，心知其不返，遂携婢俱归。虽顷刻不忘小翠，幸而对新人如觌旧好焉⑤。始悟锺氏之姻，女预知之，故先化其貌，以慰他日之思云。

【注释】

① 质：对照质证。

② 抵死：到老死，终究。不作茧：以蚕不作茧喻妇女不育。

③ 太史：古史官。明清时，因修史之事归于翰林院，因称翰林为太史。

④ 玉玦：玉饰，形为环而有缺口。古时常用以赠人表示决绝。《荀子·大略》："绝人以玦，反绝以环。"

⑤ 觌（dí）：见。

　　小翠常常劝元丰另娶，元丰不同意。过了一年多，小翠的声音容貌渐渐变得和原来不一样了，拿出从前的画像一对比，简直判若两人。元丰很奇怪。小翠说："看看现在的我，比得上以前漂亮吗？"元丰说："现在还是很漂亮，不过比以前好像不如。"小翠说："你是觉得我老了！"元丰说："二十多岁，怎么会老得那么快。"小翠笑着烧毁了画像，元丰抢救已经晚了。一天，小翠对元丰说："从前在家里的时候，阿爹说我至死也不能生儿育女。现在公婆已经年岁已高，只你一个儿子，我确实不能生育，恐怕耽误你家传宗接代。请你在家娶个媳妇，早晚侍奉公婆，你可以在我和她那里两边往来，也没什么不便。"元丰觉得小翠讲得有道理，就和锺太史的女儿定了亲。婚期将近，小翠为新媳妇做新衣新鞋，让人送到婆婆那里。等新娘子过了门，相貌言谈举止，都和小翠分毫不差，元丰非常惊奇。到亭园去看，小翠已经不知去向。问丫鬟，丫鬟拿出一块红手帕说："夫人暂时回娘家去了，留下这个给公子。"展开手帕一看，里面有玉玦一块，元丰知道小翠不会回来了，于是带着丫鬟回到家中。虽然一刻也不能忘记小翠，幸好看着新媳妇就如同看到小翠一样，这才明白和锺家结亲，小翠预先知道，所以先改变成锺家姑娘的容貌，以此来慰藉以后的思念之情。

　　异史氏曰：一狐也，以无心之德，而犹思所报，而身受再造之福者[①]，顾失声于破甑[②]，何其鄙哉！月缺重圆③，从容而去，始知仙人之情，亦更深于流俗也！

【注释】

①再造：再生。

②失声于破甑（zèng）：东汉孟敏荷甑而行，甑堕地破裂，孟敏不顾而去，认为"甑已破矣，视之何益"。见《后汉书·郭泰传》。这里反用其意，批评王御史因小事忘大德，竟然因已碎的玉瓶，诟骂对王家有再造之恩的小翠。失声，不自禁地出声。甑，古代炊器。

③月缺重圆：指小翠负气离开王家，后在亭园又与元丰重新团圆。

【译文】

异氏史说：一个狐狸，对于王家无意之中施于的恩德，还想着报答；而王家受到小翠再生再造的恩德，却因为打破一个花瓶而失声痛骂，品格何等低下啊！和公子分手又破镜重圆，找好替身从容离去，由此可知仙人的情义比世俗之人更加深厚！

司文郎

　　本篇大概是《聊斋志异》中对科举不公正现象讽刺性最强的作品，揭露了明清时代八股取士制度的荒谬。瞎眼和尚嗅文评骘的情节，设想奇特，浪漫夸张，以幽默的方式发泄了作者长期没有考取功名的愤懑。登州宋姓少年劝慰王平子说："凡吾辈读书人，不当尤人，但当克己。不尤人则德益弘，能克己则学益进。当前踬落，固是数之不偶，平心而论，文亦未便登峰，其由此砥砺，天下自有不盲之人。"后来登州宋姓少年被阴间任命为梓潼府司文郎，代替了使文运颠倒的署篆聋僮，又反映了作者在屡经挫折之后，对于科举考试仍然充满孜孜不倦的希望和追求。

　　小说对三个少年读书人虽然着墨不多，但塑造得栩栩如生，性格各异。其中南北文人通与不通的争论，真实地反映了明清时代读书人之间的成见，而蔗糖做水饺的情节穿插其中，生动，有趣，前后呼应，使小说萦绕着灵动之气。

　　平阳王平子①，赴试北闱②，赁居报国寺③。寺中有馀杭生先在④，王以比屋居⑤，投刺焉，生不之答⑥。朝夕遇之，多无状⑦。王怒其狂悖⑧，交往遂绝。一日，有少年游寺中，白服裙帽，望之傀然⑨。近与接谈，言语谐妙，心爱敬之。展问邦族⑩，云："登州宋姓⑪。"因命苍头设座，相对嚬谈⑫。馀杭生适过，共起逊坐⑬。生居然上座，更不扲挹⑭。卒然问宋⑮："尔亦入闱者耶？"答曰："非也。驽骀之才⑯，无志腾骧久矣⑰。"又问："何省？"宋告之。生曰："竟不进取，足知高明。山左、右并无一字通者⑱。"宋曰："北人固少通者，而不通者未必是小生；南人固多通者，然通者亦未必是足下⑲。"言已鼓掌，王和之⑳，因而哄堂。生惭忿，轩眉攘腕而大言曰㉑："敢当前命题，一校文艺乎㉒？"宋他顾而哂曰："有何不敢！"便趋寓所，出经授王㉓。王随手一翻，指曰："'阙党童子将命㉔。'"生起，求笔札。宋曳之曰："口占可也㉕。我破已成㉖：'于宾客往来之地，而见一无所知之人焉。'"王捧腹大笑。生怒曰："全不能文，徒事嫚骂，何以为人！"王力为排难㉗，请另命佳题。又翻曰："'殷有三仁焉㉘。'"宋立应曰："三子者不同道㉙，其趋一也㉚。夫一者何也？曰：仁也。君子亦仁而已矣，何必同？"生遂不作，起曰："其为人也小有才。"遂去。

【注释】

①平阳：明代府名。清因之，治所在今山西临汾。

②北闱：在京城举行的乡试。

③报国寺：位于北京。始建于辽代，明成化年间重修。

④馀杭：旧县名。地处浙江北部，明清时属杭州府，现为杭州馀杭。

⑤比屋居：邻屋而居。比，比邻，并列。

⑥答：指回访、回拜。

⑦无状：无礼，行为不检点。

⑧狂悖（bèi）：狂妄傲慢。

⑨傀（guī）然：高大的样子。

⑩邦族：阀阅，出身。

⑪登州：明代府名。治所在今山东蓬莱。

⑫噱（jué）谈：谈笑。噱，大笑。

⑬逊坐：让坐。

⑭㧑（huī）挹：谦让。

⑮卒（cù）然：突然，冒然。

⑯驽骀（tái）：劣马，比喻才能平庸。

⑰腾骧（xiāng）：高昂超卓，比喻凌云之志。

⑱山左、右：指山东和山西，并代指北方。山，指太行山。山东在太行山的左边，故称"山左"。山西在太行山之右，故称"山右"。无一字通者：没有通晓文墨的人。通，通达，明白。

⑲足下：旧时同辈间相称的敬辞。

⑳和（hè）：相合，附和。

㉑轩眉攘腕：扬眉捋袖，激怒的样子。轩，高扬。攘腕，捋袖伸腕。攘，捋。

㉒校：抗衡，较量。文艺：指八股文。八股文也称"时文"、"制艺"。

㉓经：指四书、五经等儒家经书。明清时代八股文题目必须从经书中选取。

㉔阙党童子将命：出自《论语·宪问》："阙党童子将命。或问之曰：'益者与？'子曰：'吾见其居于位也，见其与先生并行也。非求益者也，欲速成者也。'"阙党，即阙里，孔子居处。将命，奉命奔走。孔子说这个童子不是求上进而是一个想走捷径的人，宋生借题发挥，以之奚落馀杭生。

㉕口占：不打草稿，口头叙说出来。

㉖破：破题。八股文规定，开头要用两句话说破题目要义，称"破题"。"于宾客往来之地，而见一无所知之人焉"二句即是破题，既解释"阙党童子将命"的题义，同时也语义双关地嘲骂了馀杭生。

㉗排难：调解纠纷。

㉘殷有三仁焉：出自《论语·微子》："微子去之，箕子为之奴，比干谏而死。孔子曰：'殷有三仁焉。'"

㉙不同道：指微子、箕子、比干这三个人在对待纣王暴政的处理方式上不同。

㉚其趋一也：其目的和价值取向是一致的。

【译文】

山西平阳府的王平子到京城参加乡试，租住在报国寺内。寺中先住着一位馀杭县来的书生，王生因为与馀杭生是邻居，就递了张名片去拜访，馀杭生不加理睬。早晚相遇时，也很不礼貌。王生很生气他的狂悖无理，就不再与他来往。有一天，有位青年到寺中游览，身着白衣白帽，看去身材高大，器宇轩昂。走近和他交谈，言语诙谐巧妙，王生很喜爱敬重他。询问他的姓氏家族，他说："登州人，姓宋。"王生让仆人设座，二人相对谈笑。这时馀杭生正巧走过来，王、宋二人起身让座。馀杭生径直坐在上位，没有一点儿谦让的表示。冒然问宋生："你也是来应考的吗？"宋生回答说："不是。我这种平庸之人，早就不想飞黄腾达了。"馀杭生又问："你是哪省的。"宋生告诉了他。馀杭生说："你不打算进取，足见还有自知之明。山东、山西两省没有一个通文墨的。"宋生说："北方人'通'的固然不多，但不通的人未必是我；南方人'通'的固然不少，但通的也未必是您。"说完就鼓掌，王生也一起鼓起掌来，二人哄堂大笑。馀杭生又羞又恼，横眉怒目，伸胳膊，挽袖子，瞪着眼大声说道："你敢和我当面命题，比比谁的文章写得好吗？"宋生不屑一顾地笑一笑说："有什么不敢！"说完就跑回住所，取来经书交给王生。王生随手一翻，指着说："'阙党童子将命。'就这句。"馀杭生站起来，要找纸笔。宋生拉住他说："咱们口述就行。我文章的'破题'已想好了：'于宾客往来之地，而见一无所知之人焉。'"王生听了捧腹大笑。馀杭生大怒说："你全然不会作文，只是谩骂，算个什么人！"王生竭力为他们调解，说再选一个好题。又翻出："'殷有三仁焉。'"宋生立刻应声说："三子者不同道，其趋一也。夫一者何也？曰：仁也。君子亦仁而已矣，何必同。"馀杭生听了之后便不再作了，站起来说："你这个人还有点儿小才。"说完走了。

　　王以此益重宋，邀入寓室，款言移晷^①，尽出所作质宋^②。宋流览绝疾，逾刻已尽百首，曰："君亦沉深于此道者，然命笔时，无求必得之念，而尚有冀幸得之心，即此，已落下乘^③。"遂取阅过者一一诠说^④。王大悦，师事之。使庖人以蔗糖作水角^⑤，宋啖而甘之，曰："生平未解此味，烦异日更一作也。"由此相得甚欢。宋三五日辄一至，王必为之设水角焉。馀杭生时一遇之，虽不甚倾谈，而傲睨之气顿减^⑥。一日，以窗艺示宋^⑦，宋见诸友圈赞已浓^⑧，目一过，推置案头，不作一语。生疑其未阅，复请之，答已览竟。生又疑其不解，宋曰："有何难解？但不佳耳！"生曰："一览丹黄^⑨，何知不佳？"宋便诵其文，如夙读者，且诵且訾^⑩。生蹜踖汗流^⑪，不言而去。移时，宋去，生入，坚请王作，王拒之。生强搜得，见文多圈点，笑曰："此大似水角子！"王故朴讷^⑫，靦然而已^⑬。次日，宋至，王具以告。宋怒曰："我谓'南人不复反矣'^⑭，伧楚何敢乃尔^⑮！尔当有以报之！"王力陈轻薄之戒以劝之。宋深感佩。

【注释】

①款言：亲切谈心。移晷（guǐ）：日影移动，指时间很长。晷，日影。

②质：质疑问难，请教。

③下乘：下等，下品。

④诠说：解释说明。

⑤水角：水饺。

⑥傲睨（nì）：傲慢斜视，骄傲。

⑦窗艺：平时的八股文习作。

⑧圈赞：圈点。旧时评点文章时认为好的地方往往用画圈表示赞赏。

⑨一览丹黄：仅仅看了一下别人的圈赞。丹黄，旧时批校书籍，用朱笔书写，遇误字用雌黄涂抹，因以丹黄代称对文章的批评。

⑩訾（zǐ）：指责，批评。

⑪踧踖（jíjú）：局促不安。

⑫朴讷：忠厚老实，不善言辞。

⑬觍（tiǎn）然：羞愧的样子。

⑭南人不复反矣：据《三国志·蜀书·诸葛亮传》裴松之注引《汉晋春秋》，三国时候，蜀相诸葛亮南征孟获，七擒七纵，最后孟获心悦诚服，向诸葛亮表示："公天威也，南人不复反矣！"宋生引用此话，言原以为"南人"馀杭生已经降服。

⑮伧楚：北方人对南方人的蔑称。《北史·王宪传附王昕传》："伪赏宾郎之味，好咏轻薄之篇，自谓模拟

伧楚，曲尽风制。推此为长，馀何足取。"馀杭旧
为楚地。

【译文】

王生因此更加敬重宋生，请他来自己的住处，亲密交
谈了很长时间，拿出自己的全部文章向宋生求教。宋生浏
览得很快，不一会儿就看完了近百篇，说："你是一个对文
章刻苦钻研过的人，但下笔的时候，虽然没有一定要考中
的念头，但还有希冀侥幸考中的心理，因为这个，文章已
经落入了下等。"于是拿着已看过的文章为王生一篇篇指点
讲解。王生非常高兴，像对待老师那样对待宋生。让厨子
做了蔗糖馅的水饺给他吃，宋生觉得很好吃，说："平生没
吃过这种味道的东西，请你过几天再给我做一次。"从此二
人相处的更加亲密融洽。宋生隔三差五来看望王生，王生
必定用蔗糖馅水饺招待他。馀杭生有时也会遇见宋生，虽
然不怎么深谈，但他的狂傲还是有所消减。有一天，馀杭
生把自己的文章拿给宋生看。宋生见文章上满都是馀杭生
朋友们的圈点、批赞，看了一眼，便把文章推到桌边，一
句话不说。馀杭生怀疑他根本没看，就再次请他看一看，
宋生说已看完了。馀杭生又怀疑他没有读懂，宋生说："有
什么难懂的？只不过写得不好罢了。"馀杭生说："只浏览
了一下圈点，怎么就知道文章不好？"宋生就背诵馀杭生
的文章，好像早就读过一样，一边背诵，一边挑毛病。馀
杭生难堪得坐立不安，浑身流汗，一句话不说就走了。过
了一会儿，宋生走了，馀杭生又进屋来，非要看王生的文
章，王生不让他看。馀杭生硬给搜出来，看到文章有很多

圈点，讥笑说："这圈圈点点的非常像糖馅饺子！"王生本来不善言谈，这时只觉得尴尬羞惭而已。第二天，宋生来了，王生把这事都告诉了他。宋生气愤地说："我还以为他心悦诚服了呢，没想到这个南蛮子竟敢如此！你要好好报复他一下！"王生竭力表述戒轻薄、重厚道的待人之道，劝诫宋生。宋生对王生的忠厚深为敬佩。

既而场后^①，以文示宋，宋颇相许。偶与涉历殿阁，见一瞽僧坐廊下^②，设药卖医。宋讶曰："此奇人也！最能知文，不可不一请教。"因命归寓取文。遇馀杭生，遂与俱来。王呼师而参之，僧疑其问医者，便诘症候^③，王具白请教之意。僧笑曰："是谁多口？无目何以论文？"王请以耳代目，僧曰："三作两千馀言，谁耐久听！不如焚之，我视以鼻可也。"王从之。每焚一作，僧嗅而颔之曰："君初法大家^④，虽未逼真，亦近似矣。我适受之以脾。"问："可中否？"曰："亦中得。"馀杭生未深信，先以古大家文烧试之，僧再嗅曰："妙哉！此文我心受之矣，非归、胡何解办此^⑤！"生大骇，始焚己作，僧曰："适领一艺，未窥全豹^⑥，何忽另易一人来也？"生托言："朋友之作，止彼一首，此乃小生作也。"僧嗅其馀灰，咳逆数声，曰："勿再投矣！格格而不能下^⑦，强受之以鬲^⑧，再焚，则作恶矣。"生惭而退。

【注释】

①场后：闱后，考试完毕。场，考场。

②瞽（gǔ）僧：瞎眼僧人。瞽，失明的人，盲人。

③症候：病状。

④法：师法，仿效。

⑤归、胡：指明代归有光、胡友信。归有光，字熙甫，又字开甫，别号震川，又号项脊生。江苏昆山人。嘉靖十九年（1540）举人。60岁方成进士，历长兴知县、顺德通判、南京太仆寺丞，留掌内阁制敕房，与修《世宗实录》，卒于南京。后人称赞其散文为"明文第一"，著有《震川集》、《三吴水利录》等。胡友信，字成之，号思泉。德清县文昌里人。以孝闻。家廉四壁，发愤读书，广览古集，研究理宗，为文必呕心洞胆。明隆庆二年（1568）进士。归、胡为明嘉靖、隆庆间精于八股文之大家。见《明史·文苑传》。

⑥未窥全豹：未看见全部。《晋书·王献之传》："管中窥豹，时见一斑。"

⑦格格：格格不入。格，阻遏。

⑧鬲（gé）：通"膈"，胸腔和腹腔间的隔膜。

【译文】

考试结束之后，王生把文章拿给宋生看，宋生很是称赞。二人偶然在寺内殿阁间散步，看见一位盲僧坐在廊檐下看病卖药。宋生惊讶地说："这是位奇人呀！最善于评定文章，不能不向他请教一下。"就让王生回屋去取文章。正巧遇到馀杭生，也就一起来了。王生喊了声"禅师"，行了参见礼，盲僧以为他是求医的，便问他有什么症候，王生就说了请教文章的事。盲僧笑着说："是谁多嘴多舌？我看不见怎么能评论文章？"王生请以耳代目，盲僧说："三篇文章二千多字，谁有耐性听那么长时间！不如把文章烧成灰，我用鼻子来嗅一下就知道了。"王生听从了。每烧一篇文章，盲僧边嗅边点头说："你初学大家的手笔，虽然还不够逼真，也近似了。我正好用脾脏来接受它。"问他："能考中吗？"盲僧说："也能中。"馀杭生不太相信盲僧的话，先用古代大家的文章烧来试验，盲僧嗅了又嗅说："好啊！这篇文章我用心接受了，这样的文章不是归有光、胡友信这样的大家，谁能写得出来！"馀杭生大为惊讶，这才烧自己的文章，盲僧说："刚才只领教了一篇文章，还没能欣赏全部，为何忽然又换了另一个人的文章？"馀杭生撒谎说："那篇是朋友的文章，只有这一篇，这个才是我的文章。"盲僧嗅了嗅馀杭生文章的灰，呛得咳嗽了好几声，说："不要再烧了！我实在难以接受，勉强只能够到达横膈膜那里，再烧，就要呕吐了。"馀杭生惭愧地走了。

数日榜放，生竟领荐[1]，王下第[2]。宋与王走告僧，僧叹曰："仆虽盲于目，而不盲于鼻，帘中人并鼻盲矣[3]。"俄馀杭生至，意气发舒[4]，曰："盲和尚，汝亦啖人水角耶？今竟何如？"僧曰："我所论者文耳，不谋与君论命。君试寻诸试官之文，各取一首焚之，我便知孰为尔师。"生与王并搜之，止得八九人。生曰："如有舛错，以何为罚？"僧愤曰："剜我盲瞳去！"生焚之，每一首，都言非是，至第六篇，忽向壁大呕，下气如雷。众皆粲然。僧拭目向生曰："此真汝师也！初不知而骤嗅之，刺于鼻，棘于腹，膀胱所不能容，直自下部出矣！"生大怒，去，曰："明日自见，勿悔！勿悔！"越二三日，竟不至，视之，已移去矣。乃知即某门生也。

【注释】

①领荐：领乡荐。指中举。

②下第：落榜。科举时代指殿试或乡试没考中。

③帘中人：清代举行乡试时，贡院办公分内帘、外帘，外帘管事务，内帘管阅卷。"帘中人"指阅卷官员。

④发舒：焕发，舒展，指意气发扬，志得意满。

【译文】

　　过了几天发榜，馀杭生竟然考中，而王生却落榜了。宋生和王生跑去告诉盲僧，盲僧叹息说："我虽然眼睛瞎了，但鼻子并不瞎，考官们连眼睛带鼻子都瞎了啊！"一会儿馀杭生来了，得意洋洋，说："瞎和尚，你也吃了别人家的糖馅饺子了吧？现在怎么样？"盲僧说："我所评论的是文章，不是和你讨论命运。你去把各位主考官的文章找来，各取一篇焚烧，我就能知道录取你的老师是哪一位。"馀杭生和王生一起去搜集，只找到八九个人的。馀杭生说："你要是找错了，如何处罚？"盲僧气愤地说："把我的瞎眼珠剜去！"馀杭生开始焚烧，每烧一篇，盲僧都说不是，烧到第六篇，盲僧忽然对着墙大声呕吐，屁响如雷。众人都笑了。盲僧擦擦眼睛对馀杭生说："这真是你的恩师了！开始不知道而骤然去嗅，先是刺激鼻子，后是刺激肠胃，膀胱也容纳不了，一直从下部出来了！"馀杭生大怒而去，边走边说："明天自然见分晓，别后悔！别后悔！"过了两三天，竟没有来，一看，已搬走了。因此知道馀杭生就是写那篇呛鼻子文章的人的门徒。

宋慰王曰："凡吾辈读书人，不当尤人①，但当克己②。不尤人则德益弘③，能克己则学益进。当前踬落④，固是数之不偶⑤，平心而论，文亦未便登峰，其由此砥砺，天下自有不盲之人。"王肃然起敬。又闻次年再行乡试，遂不归，止而受教。宋曰："都中薪桂米珠⑥，勿忧资斧。舍后有窖镪⑦，可以发用。"即示之处。王谢曰："昔窦、范贫而能廉⑧，今某幸能自给，敢自污乎？"王一日醉眠，仆及庖人窃发之。王忽觉，闻舍后有声，窃出，则金堆地上。情见事露，并相慴伏。方诃责间，见有金爵⑨，类多镌款⑩，审视，皆大父字讳⑪。盖王祖曾为南部郎⑫，入都寓此，暴病而卒，金其所遗也。王乃喜，秤得金八百馀两。明日告宋，且示之爵，欲与瓜分，固辞乃已。以百金往赠瞽僧，僧已去。积数月，敦习益苦⑬。及试，宋曰："此战不捷，始真是命矣！"

【注释】

①尤人：怨恨别人。《论语·宪问》："不怨天，不尤人，下学而上达，知我者其天乎！"尤，怨恨。

②克己：严格要求自己。《论语·颜渊》："克己复礼为仁，一日克己复礼，天下归仁焉，为仁由己，而由人乎哉！"

③弘：发扬光大。

④踧（cù）落：失意。

⑤数之不偶：命运不佳。数，命运。不偶，没有遇合，引申为命运不好。宋苏轼《京师哭任遵圣》诗："哀哉命不偶，每以才得谤。"

⑥薪桂米珠：柴价贵如桂，米价贵如珠，比喻生活费用昂贵。《战国策·楚策》："楚国之食贵于玉，薪贵于桂，谒者难得见如鬼，王难得见如天帝。"

⑦窖镪（qiǎng）：窖埋在地下的钱财。窖，把东西埋在地洞或坑里。镪，成串的钱。后多指白银。

⑧窦、范贫而能廉：窦，窦仪，渔阳人。宋初为工部尚书，为官清介自重。贫困时，有金精戏弄他，但他不为所动。范，范仲淹，宋朝吴县人。少孤，读书长白醴泉寺，贫而食粥，"见窖金不发。及为西帅，乃与僧出金缮寺"。廉，廉洁自守。

⑨爵：酒器。

⑩镌（juān）款：镌刻的款识。镌，凿。款，款识，题款。

⑪大父：祖父。字讳：名字。旧时对尊长不直称其名，

谓之"避讳",因也以讳指所避讳的名字。

⑫南部郎：明初建都南京，明成祖朱棣迁都北京，而在南京仍保留六部官制，"南部郎"即指南京的郎中、员外郎一类的部属官员。

⑬敦习：勤勉学习。敦，诚恳，勤勉。

【译文】

宋生安慰王生说："我们这些读书人，不应当抱怨别人，而应当严格要求自己。不抱怨别人道德会更高尚，能严格要求自己学业会更进步。眼前的挫折，固然是命运不好，但平心而论，你的文章也没有达到顶峰，从此以后更加努力钻研，天下自有不盲的人。"王生听了肃然起敬。又听说明年还要举行乡试，于是不回家，留在京城继续跟着宋生学习。宋生说："京城的柴米价钱昂贵，你不要发愁没有钱用。你住的房后有一窖银子，可以挖出来用。"随即指示了埋银子的地方。王生辞谢说："从前窦仪、范仲淹虽然贫穷，但很廉洁，现在我还能自给，怎敢做这种玷污自己的事呢？"有一天，王生喝醉酒睡着了，仆人和厨子偷偷把银子挖了出来。王生忽然醒来，听房后有声音，悄悄出去一看，银子堆在地上。仆人、厨子见事情败露，害怕地跪伏在那里。王生正在斥责他们的时候，看到那些金酒杯上似乎都刻着字，拿来仔细一看，刻的都是他祖父的名字。原来他的祖父曾在南京六部任职，进京时住在报国寺，得暴病死了，这些金银就是他留下来的。王生因而大喜，称了称有八百多两。第二天告诉了宋生，并把金酒杯拿给宋生看，要和他平分，宋生坚决不要。王生想赠给盲僧一百两银子，盲僧已经走了。此后的几个月里，王生学习更加刻苦。临考试时，宋生对他说："这次再考不中，可真就是命定的了！"

俄以犯规被黜。王尚无言，宋大哭，不能止，王反慰解之。宋曰："仆为造物所忌，困顿至于终身，今又累及良友。其命也夫！其命也夫！"王曰："万事固有数在。如先生乃无志进取，非命也。"宋拭泪曰："久欲有言，恐相惊怪：某非生人，乃飘泊之游魂也。少负才名，不得志于场屋①。佯狂至都②，冀得知我者，传诸著作。甲申之年③，竟罹于难④，岁岁飘蓬⑤。幸相知爱，故极力为'他山'之攻⑥，生平未酬之愿，实欲借良朋一快之耳！今文字之厄若此⑦，谁复能漠然哉⑧！"王亦感泣，问："何淹滞？"曰："去年上帝有命，委宣圣及阎罗王核查劫鬼⑨，上者备诸曹任用⑩，馀者即俾转轮⑪。贱名已录，所未投到者，欲一见飞黄之快耳⑫！今请别矣。"王问："所考何职？"曰："梓潼府中缺一司文郎⑬，暂令聋僮署篆⑭，文运所以颠倒。万一幸得此秩⑮，当使圣教昌明。"

【注释】

①场屋：科举考试的考场。

②佯（yáng）狂：假装为病狂。佯，假装。狂，纵情任性。

③甲申之年：崇祯十七年（1644），是年明亡。

④罹（lí）：遭。

⑤飘蓬：随风飘荡的蓬草，比喻游荡无定所。

⑥极力为"他山"之攻：意谓借朋友之身完成己志，即"生平未酬之愿，实欲借良朋一快之"。《诗·小雅·鹤鸣》："它山之石，可以攻玉。"意思是说它山的石头可以用作琢磨玉器的砺石。攻，磨砺。

⑦厄：灾难。

⑧漠然：无动于衷。

⑨宣圣：指孔子。封建时代曾给孔子"至圣文宣王"之类的封号。劫鬼：遭遇劫难而死的鬼魂。

⑩诸曹：古代分科办事的官署或部门。

⑪转轮：佛教用语。即所谓"轮回转生"，谓众生在生死世界轮回循环。这里指投胎转世。

⑫飞黄：传说中的神马。此谓飞黄腾达。以神马飞驰，喻科举得志。

⑬梓潼府：梓潼帝君之府。梓潼帝君为道教所尊奉的主管功名禄位之神。传说姓张，名亚子或恶子，晋人。宋元道士称玉皇大帝命他掌文昌府和人间禄位，称"文曲星"或"文昌帝君"。司文郎：官名。唐置，司文局之佐郎。此指主管文运之郎官。

⑭聋僮：据明王逵《蠡海录》记载，梓潼文昌帝君有二从者，一名天聋，一名地哑。这里的"聋僮"，兼有昏聩不明的寓意。署篆：代掌官印。

⑮秩：俸禄，官位。

【译文】

　　不久，王生因为违犯考场规定被取消了考试资格。王生自己还没说什么，宋生却伤心地大哭不止，王生反过来安慰他。宋生说："我遭到造物主的嫌忌，一辈子倒霉，现在又连累了好朋友。这难道是命吗！这难道是命吗！"王生说："世间的万事万物固然都有定数。可先生您无意于进取，则和命运无关。"宋生擦了擦泪说："很早就想对你说，恐怕你受到惊吓：我不是活人，乃是一个飘泊不定的游魂。年轻时很有才名，但科场上不得志。因此假装疯狂，来到京城，希望能找到知音，青史留名，传诸后世。没想到甲申年竟死于战乱，游魂年年飘荡不定。幸亏得到你的理解和友情，所以极力帮助你提高学业，想把平生没有实现的愿望，在好友的身上实现，这也是人生的快慰啊！没想到文章命运不好落到这步田地，让我怎么能无动于衷呢！"王生听了也感动地流下泪来，问道："为什么还滞留在这里呢？"宋生说："去年天帝下令，委托宣圣王孔子和阎罗王一起核查阴间遭劫难的鬼魂，上等的准备在阴间的各衙门任用，其馀的让他们转世投生。我的名字已在衙门任用的名册中，之所以没去报到，是想看到你金榜题名时的快乐啊！现在就告别吧。"王生问："你准备考取什么职务？"宋生说："梓潼府中缺一名司文郎，暂时让一个耳聋的仆役代理，所以搞得文运颠倒。万一我有幸得到这个职务，我一定要将孔门事业光明昌盛起来。"

　　明日，忻忻而至，曰："愿遂矣！宣圣命作《性

道论》，视之色喜，谓可司文。阎罗稽簿①，欲以
'口孽'见弃②，宣圣争之，乃得就。某伏谢已，又
呼近案下，嘱云：'今以怜才，拔充清要③，宜洗心
供职，勿蹈前愆④。'此可知冥中重德行更甚于文
学也。君必修行未至，但积善勿懈可耳！"王曰：
"果尔，馀杭其德行何在？"曰："不知。要冥司赏
罚，皆无少爽⑤。即前日瞽僧，亦一鬼也，是前朝
名家。以生前抛弃字纸过多，罚作瞽。彼自欲医
人疾苦，以赎前愆，故托游廛肆耳⑥。"王命置酒，
宋曰："无须，终岁之扰，尽此一刻，再为我设水
角足矣。"王悲怆不食，坐令自啖。顷刻，已过三
盛⑦。捧腹曰："此餐可饱三日，吾以志君德耳。向
所食，都在舍后，已成菌矣。藏作药饵，可益儿
慧。"王问后会，曰："既有官责，当引嫌也。"又
问："梓潼祠中，一相醻祝⑧，可能达否？"曰："此
都无益。九天甚远，但洁身力行，自有地司牒报⑨，
则某必与知之。"言已，作别而没。

【注释】

①稽簿：稽查簿籍。稽，查核。

②口孽：佛教用语。也称"口业"。此指言语的恶业，
即言论过失。

③清要：地位显贵、职司重要，但政务不繁的官职。
宋赵昇《朝野类要·清要》："职慢位显谓之清，职
紧位显谓之要；兼此二者，谓之清要。"

④勿蹈前愆（qiān）：不要重复以前的错误。蹈，踏。愆，失误。

⑤爽：差错。

⑥廛（chán）肆：市肆，泛指街市。

⑦三盛（chéng）：犹言三碗或三盘。盛，杯盘之类的盛器。

⑧酹祝：祭酒祝祷。

⑨牒报：行文通报。宋李纲《与吕安老提刑书》："已遣使臣赍牓抚之，并牒报诸司，更烦审处。"

【译文】

第二天，宋生高兴地来了，说："我的愿望达到了！宣圣王让我作一篇《性道论》，他看后高兴，认为可以当司文郎。阎王查案卷，本想以"我言语刻薄"的理由不让我当，宣圣王为我争取，我才得到这个职位。我拜谢完毕，宣圣王又把我喊到桌前，嘱咐说：'今天因为爱惜才干，才选拔你担任这个清高显要的职务，你一定要改过自新勤勉职守，不要重犯以前的过失。'以此可知，在阴间重德行更甚于重文才啊。你没有考中，必定是德行的修养还不够，只要努力不懈地积德向善一定就行！"王生说："如果真像你说的那样，馀杭生的德行在哪儿呀？"宋生说："这个我也不知道。但阴间的赏罚，绝不会出任何差错。就说前些时日见到的盲僧，也是个鬼，是前朝的文章名家。因为前生抛弃的字纸太多，罚他做个瞎子。他愿用医术解救人们的痛苦，以赎生前的罪孽，所以才借故在街市上游逛。"王生让人备酒，宋生说："不必了，整年以来都打扰你，现在只剩这最后一点儿时间，再为我做点儿糖水饺就心满意足了。"做好后，王生悲伤地吃不下，让宋生坐下自己吃。顷刻之间，吃了三碗。宋生捧着肚子说："这一顿饭可以饱三天了，我是以此来纪念你的友情的。以前吃的那些，都在屋后面，已经变成蘑菇了。收藏起来作药用，可以增加小孩的聪明。"王生问什么时候还能见面，宋生说："既然我官职在身，就要避嫌了。"王生又问："我到梓潼庙里去祭祷，你能够知道吗？"宋生说："这样做没有用处。上天虽离你很远，可只要洁身自好，身体力行，自有阴间的有关部门传递信息，那样我也必然会知道。"说完，告别后就不见了。

王视舍后，果生紫菌，采而藏之。旁有新土坟起，则水角宛然在焉。王归，弥自刻厉^①。一夜，梦宋舆盖而至，曰："君向以小忿，误杀一婢，削去禄籍，今笃行已折除矣^②。然命薄不足任仕进也。"是年，捷于乡。明年，春闱又捷，遂不复仕。生二子，其一绝钝，啖以菌，遂大慧。后以故诣金陵，遇馀杭生于旅次，极道契阔^③，深自降抑^④，然鬓毛斑矣。

【注释】

①弥自刻厉：更加刻苦自励。弥，更，甚。

②笃行：行为淳厚，纯正踏实。《礼记·儒行》："儒有博学而不穷，笃行而不倦。"折除：减损，免除。

③道契阔：久别重逢，互诉离情。契阔，久别的情怀。

《诗·邶风·击鼓》:"死生契阔,与子成说。执子之
手,与子偕老。"

④降抑:卑恭,谦虚。

【译文】

王生到房后看视,果然长着紫色的蘑菇,就采下来收
藏。旁边还有新的土堆,挖开一看,刚才的糖水饺都在里
面。王生回去以后,更加刻苦地修德学习。一天夜里,王
生梦见宋生坐着官轿来了,说:"你过去因为一件小事生气,
误杀了一个丫鬟,所以被削去官禄,如今你一心向善,已
将功折罪了。但因为命薄,还是不能进入仕途。"这一年,
王生在乡试中告捷。第二年春天又考中了进士,但没有去
做官。王生有两个儿子,有一个很笨,给他吃了宋生留下
的蘑菇,立即变得聪慧。后来王生因事到南京去,在旅途
中遇到馀杭生,馀杭生热情地向他问候,十分谦逊,但是
两鬓已经斑白。

异史氏曰:馀杭生公然自诩①,意其为文,未
必尽无可观,而骄诈之意态颜色,遂使人顷刻不可
复忍。天人之厌弃已久,故鬼神皆玩弄之。脱能增
修厥德②,则帘内之"刺鼻棘心"者③,遇之正易,
何所遭之仅也④?

【注释】

①自诩:自夸,自吹。
②脱能:假设。厥:其,他的。

③"刺鼻棘心"者：即前文瞽僧所说写"刺于鼻，棘于腹，膀胱所不能容，直自下部出"文章的试官。

④何所遭之仅也：为什么遭遇只一次呢。仅，只。

【译文】

异史氏说：馀杭生明目张胆地大肆吹嘘，猜想他的文章，也未必没有可观之处，但他那骄横傲慢的神态表情，让人一刻也容忍不了。上天和有道德的人厌弃他已经很久了，所以鬼神也都耍弄他。假如他能进一步修养加强他的德行，那么遇到那些写"刺鼻棘心"类文章的考官，就太容易了，怎么只中了个举人呢？

席方平

　　《聊斋志异》中有许多揭露封建社会吏治黑暗的篇章，这些篇章有两个共同特点：其一，表现了蒲松龄对封建社会整个司法机构的清醒认识；其二，这些篇章中的主人公不仅是受害者，同时又是与贪官污吏进行坚决斗争，并取得最后胜利的英雄，是命运的强者，是复仇的硬汉。

　　《席方平》虽然叙述的是阴间发生的事，却是在影射人世间的黑暗。城隍、郡司、冥王指代了人世间大大小小的官吏，而事件的起因则是势豪地主勾结官府欺压百姓的曲折反映。

　　《席方平》在揭露封建社会吏治黑暗方面是相当深刻的。它从狱吏、差役，到城隍、郡司，直到冥王，把封建社会整个司法系统进行了解剖，描绘了一幅封建社会整个司法系统的"百丑图"。它虽属于公案性质的小说，但重点却不是在案情的扑朔迷离、曲折复杂上，而是在主人公如何为昭雪冤案同贪官污吏进行不屈不挠的斗争上。为了替父亲申冤，人世幽冥的间隔挡不住他，官府的迫害吓不倒他，残酷的刑罚摧不垮他，千金贿赂，期颐之寿也都哄骗不了他。就是"生为婴儿"也念念不忘复仇，最后"三日遂殇，魂摇摇不忘灌口"。他，确实像作者所评论的那样："忠孝志定，万劫不移。"

　　就席方平同封建司法黑暗所进行的不屈不挠的斗争而言，就他"大怨未报，寸心不死"的坚持精神而言，就他威武不能屈、富贵不能淫的英雄气概而言，席方平的形象体现了中华民族富于斗争精神的民族性，对于封建社会中受压迫、受凌辱的人民有着多方面的启迪，具有强烈的教育意义。

席方平，东安人①。其父名廉，性戆拙②。因与里中富室羊姓有隙③，羊先死，数年，廉病垂危，谓人曰："羊某今贿嘱冥使搒我矣④。"俄而身赤肿，号呼遂死。席惨怛不食⑤，曰："我父朴讷⑥，今见陵于强鬼⑦。我将赴地下，代伸冤气耳。"自此不复言，时坐时立，状类痴，盖魂已离舍矣⑧。

【注释】

①东安：府县名。或指顺天府东安，今河北安次，或指山东沂水。

②戆（zhuàng）拙：刚直朴拙，没有利害顾忌。

③隙：嫌隙，仇恨。

④冥使：阴间差役。搒：搒掠，拷打。

⑤惨怛（dá）：忧伤，痛悼。《汉书·元帝纪》："岁比灾害，民有菜色，惨怛于心。"

⑥朴讷（nè）：老实，不善辞令。朴，质木无文。讷，语言迟钝。

⑦陵：欺辱。

⑧舍：指躯体。

【译文】

席方平是东安人。他的父亲名叫席廉，生性刚直诚实。因与街坊上姓羊的富户人家有仇冤，姓羊的先死了，过了几年，席廉病重，临终前对家人说："羊某现在买通了阴间的差役拷打我呢。"不久就浑身红肿，大声惨叫着死去了。席方平悲痛得吃不下饭，说："我父亲是个不善言词的老实人，现如今被强横的鬼欺凌。我要到阴曹地府，替我父亲去申冤。"从此不再说话，时而坐着，时而站着，像是痴呆的样子，原来他的灵魂已经出窍了。

　　席觉初出门，莫知所往，但见路有行人，便问城邑。少选①，入城。其父已收狱中。至狱门，遥见父卧檐下，似甚狼狈。举目见子，潸然涕流，便谓："狱吏悉受赇嘱②，日夜搒掠，胫股摧残甚矣③！"席怒，大骂狱吏："父如有罪，自有王章④，岂汝等死魅所能操耶！"遂出，抽笔为词⑤。值城隍早衙⑥，喊冤以投。羊惧，内外贿通，始出质理⑦。城隍以所告无据，颇不直席⑧。席忿气无所复伸，冥行百馀里，至郡，以官役私状，告之郡司⑨。迟之半月⑩，始得质理。郡司扑席⑪，仍批城隍覆案⑫。席至邑，备受械梏⑬，惨冤不能自舒⑭。城隍恐其再讼，遣役押送归家。

【注释】

①少选：一会儿。《吕氏春秋·音初》："少选，发而视之。"

②赇（qiú）嘱：同"贿嘱"。赇，贿赂。

③胫：小腿。股：大腿。

④王章：王法。

⑤抽笔为词：提笔撰写讼状。词，指讼词。

⑥城隍：民间传说中的守护城池的主神。这里指县邑

城隍。早衙：旧时官府的主官，每天上下午坐堂两次，处理政务或案件，叫作"坐衙"；早衙，指上午坐堂问事。

⑦质理：对质理论，即打官司。

⑧不直席：认为席方平投诉无理。

⑨郡司：府的长官。

⑩迟：拖，延迟。

⑪扑：拷打。

⑫覆案：重审。

⑬械梏：古代拘住犯人手足的刑具。

⑭不能自舒：谓冤屈无处可伸。舒，伸。

【译文】

　　席方平刚出家门的时候，不知道上哪儿能找到父亲，只要在路上看见行人，就询问县城在什么地方。不多久，进了城。他的父亲已经被关在狱中。他来到监牢门口，远远看见父亲躺在屋檐下，好像疲惫不堪。席廉抬眼看见儿子，忍不住流出眼泪，对他说："狱吏都被买通了，没日没夜地拷打我，两腿已经被摧残得很厉害了！"席方平大怒，大骂那些狱吏："父亲如果有罪，自然有王法，哪里能容你们这些死鬼任意操纵！"于是他离开监狱，拿出笔来写了份状子。正赶上城隍早上升堂，席方平便口喊冤枉，将状子投进去。羊姓富室得知后很害怕，便里里外外贿赂打点个遍，才出来和他对质。城隍认为席方平的控告没有证据，不认为席方平有理。席方平的一腔怨气无处发泄，连夜走了一百多里黑路，到了郡城，把城隍及差役的种种劣迹，报告给郡司。拖了半个月，状子才得到审理。郡司将席方平打了一顿板子，仍旧将案子交回城隍复审。席方平被押到县衙，受尽了各种刑罚，悲惨的冤情得不到申诉。城隍担心他再上诉，就派差役将他押送回家。

　　役至门辞去。席不肯入，遁赴冥府，诉郡邑之酷贪。冥王立拘质对①。二官密遣腹心②，与席关说③，许以千金，席不听。过数日，逆旅主人告曰④："君负气已甚，官府求和而执不从⑤。今闻于王前各有函进⑥，恐事殆矣。"席以道路之口⑦，犹未深信。俄有皂衣人唤入。升堂，见冥王有怒色，不容置词⑧，命笞二十。席厉声问："小人何罪？"冥王漠若不闻。席受笞，喊曰："受笞允当⑨，谁教我无钱耶！"冥王益怒，命置火床。两鬼捽席下⑩，见东墀有铁床，炽火其下，床面通赤。鬼脱席衣，掬置其上，反复揉捺之。痛极，骨肉焦黑，苦不得死。约一时许，鬼曰："可矣。"遂扶起，促使下床着衣，犹幸跛而能行。复至堂上，冥王问："敢再讼乎？"席曰："大冤未伸，寸心不死，若言不讼，是欺王也。必讼！"又问："讼何词？"席曰："身所受者，皆言之耳。"冥王又怒，命以锯解其体。二鬼拉去，见立木，高八九尺许，有木板二，仰置其下，上下凝血模糊。方将就缚，忽堂上大呼"席某"，二鬼即复押回。冥王又问："尚敢讼否？"答云："必讼！"冥王命捉去速解。既下，鬼乃以二板夹席，缚木上。锯方下，觉顶脑渐辟，痛不可禁，顾亦忍而不号。闻鬼曰："壮哉此汉！"锯隆隆然寻至胸下。又闻一鬼云："此人大孝无辜，锯令稍偏，勿损其心。"遂觉锯锋曲折而下，其痛倍苦。俄顷，半身辟矣。板解，两身俱仆。鬼上堂大声以报。堂上传呼，令合身来见。二鬼即推令复合，曳使行。席觉锯缝一道，痛欲复裂，半步而踣。一鬼于腰间出丝带一条授之，曰："赠此以报汝孝。"受而束之，一身顿健，殊无少苦。遂升堂而伏。冥王复问如前，席恐再罹酷毒，便答："不讼矣。"冥王立命送还阳界。

【注释】

①冥王：民间传说中的阎王。

②腹心：心腹，贴身的亲信。

③关说：通关节，说人情。《史记·佞幸列传序》："公卿皆因关说。"《索隐》："关，通也，谓公卿因之而通其词说。"

④逆旅：客舍，旅店。

⑤执：固执。

⑥函进：送贿赂。函，匣，盒子。

⑦道路之口：道路上的传闻。

⑧置词：说话，申辩。

⑨允当：公允、恰当。这里是反语。

⑩捽（zuó）：揪，捉。

【译文】

　　差役押送到门口就离去了。席方平不肯回家，偷偷地跑到阎王府去，控诉郡司、城隍的残酷贪婪。阎王立刻将郡司、城隍拘来对质。郡司和城隍秘密派遣心腹去和席方平说情，许愿给他千两金子，席方平不予理会。过了几天，旅店的主人对他说："您赌气得太过分了，连官府讲和都坚决不答应。我听说他们在阎王面前都送了成箱的礼物，恐怕这事危险了。"席方平把他的话当作流言，并不是很相信。不多会儿，有个穿着黑衣的差役来传他过堂。他一上堂，只见阎王脸露怒色，不容他分辩，就命令打他二十大板。席方平大声问道："小人有什么罪。"阎王面无表情好像没有听见。席方平挨着板子，喊道："这板子应该打，谁叫我没有钱呢！"阎王更加恼怒，命人摆上火床。两个小鬼将席方平揪下，只见东边台阶上放了一张铁床，下面点着火，床面上被烧得通红。小鬼脱掉席方平的衣服，将他按到床上，反复地揉捺。席方平痛彻心肺，骨头皮肉都给烤得焦黑了，恨不能一下子死掉。约摸过了一个时辰，小鬼说："可以了。"就把他扶起来，催他下床穿上衣服，幸好还能一跛一跛地走路。席方平又被带到堂上，阎王问道："还敢再告状吗？"席方平说："这么大的冤枉不能昭雪，我的心不甘，如果说不告了，那是欺骗您。我一定要告！"阎王又问："你要告什么？"席方平说："我亲身经历的事情，都要说出来。"阎王又发怒，命令用锯子把他的身体锯开。两个小鬼把他拉出去，看见一根八九尺高的木柱竖着，下面有两块木板仰面放着，上下都是血迹模糊。小鬼们刚要将他捆起来，忽然堂上高喊"席方平"，两个小鬼把他重新押回去。阎王又问他："你还敢告状吗？"他回答说："我一定要告！"阎王命令将他捉下去立刻锯开。等下了殿堂，小鬼就用两块木板将席方平夹住，将他捆在木柱上。锯子才拉下来，席方平就觉得脑壳渐渐锯开了，痛得实在忍不住，但是他也硬忍住不喊出声来。只听小鬼说："刚强啊这个汉子！"锯子"呼隆呼隆"地不久就锯到了胸口。又听一个小鬼说："这个人很孝顺，又没有罪，锯得稍微偏一点儿，不要弄坏了他的心。"于是觉得锯锋曲折着往下走，更感到痛苦不堪。过了一会儿，人被锯成了两半。解开板子，两半身子都倒在地上。小鬼上堂大声报告。堂上传下话来，叫将席方平的身子合起来拉上堂去相见。两个小鬼就把他的身子推起来合上，拖着他往上走。席方平觉得从上到下一条锯缝，疼得像要重新裂开，刚走了半步就摔倒了。一个小鬼从腰间拿出一条丝带递给他说："送给你这条丝带，以表彰你的孝心。"席方平接过带子往腰上一系，全身顿时觉得很舒服刚健，一点儿也不痛苦了。他走上堂去，趴倒在地。阎王又用刚才的话问他，席方平担心再遭毒手，便答道："不告了。"阎王马上下令将他送还人间。

　　隶率出北门，指示归途，返身遂去。席念阴曹之暗昧尤甚于阳间，奈无路可达帝听。世传灌口二郎为帝勋戚①，其神聪明正直，诉之当有灵异。窃喜两隶已去，遂转身南向。奔驰间，有二人追至，曰："王疑汝不归，今果然矣。"摔回复见冥王。窃意冥王益怒，祸必更惨。而王殊无厉容②，谓席曰：
"汝志诚孝。但汝父冤，我已为若雪之矣。今已往
生富贵家，何用汝鸣呼为③？今送汝归，予以千金
之产、期颐之寿④，于愿足乎？"乃注籍中，嵌以
巨印，使亲视之。席谢而下。鬼与俱出，至途，驱
而骂曰："奸猾贼！频频翻覆，使人奔波欲死！再
犯，当捉入大磨中，细细研之！"席张目叱曰："鬼
子胡为者！我性耐刀锯，不耐挞楚。请反见王，王
如令我自归，亦复何劳相送。"乃返奔。二鬼惧，
温语劝回。席故蹇缓⑤，行数步，辄憩路侧。鬼含
怒不敢复言。

【注释】

① 灌口二郎：神名。即传说中的二郎神杨戬。灌口，
今四川灌县。宋朱熹《朱子语录》谓"蜀中灌口二
郎庙，当时是李冰，因开离堆有功，立庙。今来现
许多灵怪，乃是他第二儿子"。据此，《西游记》、
《封神演义》称"二郎神"为"杨戬"，疑从李冰次
子故事演变而来。为帝勋戚：传说杨戬是玉帝的外
甥。勋戚，有功于王业的亲戚。

② 厉容：指发怒的面容。

③ 何用汝鸣呼为：哪里用得着你去喊冤。

④ 期（jī）颐之寿：百岁的寿数。《礼记·曲礼》："百年
曰期颐。"

⑤ 蹇（jiǎn）缓：行路艰难迟缓。

【译文】

　　差役们带着席方平出了北门，给他指点回去的道路，然后转身离去了。席方平想，阴曹地府比人间的官府还要黑暗，只是没有办法让玉皇大帝知道这些。世人传说灌口的二郎神是玉皇大帝有功的亲戚，为神聪明正直，上他那儿去告状，应当会有特别的效果。他暗自高兴押解的两个差役已经离去了，便转身向南走。正匆匆地赶路，有两个差役追了上来，说："大王原本就怀疑你不会回去，如今果然不错。"便将他抓回去见阎王。席方平暗想这次阎王会更加发怒，受到的祸害一定会更惨。不料，阎王一点儿怒容也没有，对他说："你确实很孝顺。但是你父亲的冤屈，我已经替他昭雪了。如今已经到富贵人家投胎了，哪里还要你到处鸣冤呢？现在送你回家，赐给你千金的家产、百岁的寿命，能满足你的愿望吗？"说完，便写在生死簿上，盖上了大印，让他亲自过目。席方平道谢以后，下了堂。小鬼跟他一起出门，一到路上，便赶他往前走，骂道："你这个奸猾的贼！频频地生出事端，害得我们跟着奔波，累得要死！如果再犯，我们就把你捉进大磨子里，细细地磨你！"席方平圆瞪双眼呵斥道："你们这些小鬼想干什么！我天生喜欢刀砍锯扯，不耐烦打板子。咱们一块儿回去见阎王，他如果让我自己回家，又何必烦劳你们送我。"说完，就往回跑。那两个小鬼害怕了，就好言好语劝他回去。席方平故意装作腿脚不便，走得很慢，走几步，就停在路边休息。两个小鬼心中发火，但不敢再说什么了。

约半日，至一村，一门半辟①，鬼引与共坐，席便据门阈②。二鬼乘其不备，推入门中。惊定自视，身已生为婴儿。愤啼不乳，三日遂殇③。魂摇摇不忘灌口，约奔数十里，忽见羽葆来④，幡戟横路⑤。越道避之，因犯卤簿⑥，为前马所执⑦，絷送车前。仰见车中一少年，丰仪瑰玮⑧。问席："何人？"席冤愤正无所出，且意是必巨官，或当能作威福⑨，因缅诉毒痛⑩。车中人命释其缚，使随车行。俄至一处，官府十馀员，迎谒道左，车中人各有问讯。已而指席谓一官曰："此下方人，正欲往愬⑪，宜即为之剖决。"席询之从者，始知车中即上帝殿下九王，所嘱即二郎也。席视二郎，修躯多髯⑫，不类世间所传。

【注释】

①辟：开。

②门阈（yù）：门槛。

③殇（shāng）：夭折。

④羽葆：以鸟羽为饰的仪仗。《礼记·杂记》："匠人执羽葆御柩。"疏："羽葆者，以鸟羽注于柄头，如盖。"

⑤幡戟：长幡、棨戟等仪仗。幡，长幅下垂的旌旗。戟，即后文所说的"棨戟"，附有套衣的木戟，用作仪仗。横路：遮路。

⑥卤簿：古时帝王或贵官出行时的仪仗队。《封氏闻见记》卷五："舆驾行幸，羽仪导从谓之卤簿，自秦汉

以来始有其名。……按字书:'卤,大盾也。'……卤以甲为之,所以扦敌,……甲盾有先后部伍之次,著之簿籍,天子出入,则案次导从,故谓之卤簿耳。"

⑦前马:仪仗队的前驱。《国语·越语》谓勾践"亲为夫差前马"。注:"前马,前驱,在马前也。"

⑧丰仪瑰玮:丰姿仪态奇伟不凡。

⑨作威福:指有权专行赏罚。《书·洪范》:"惟辟作福,惟辟作威。"

⑩缅诉:追诉。

⑪愬(sù):诉冤,告发。

⑫修躯多髯(rán):身材高大,胡须很多。修,长。髯,络腮胡。

【译文】

席方平走了大约半天,到了一个村庄。有一家门半开着,小鬼拉他一块儿坐下,他就坐在门槛上。小鬼乘他不防备,把他推到门里去了。惊魂刚定,一看,自己已经变成了一个婴儿。他生气地放声啼哭,不吃奶,三天之后便死掉了。席方平的灵魂飘飘摇摇,念念不忘要去灌口,约摸跑了有几十里路,忽然看到一队以鸟羽为饰的仪仗过来,旗子和长戟遮满了道路。他穿过道路想避开车队,于是冲犯了仪仗队,被前导的马队抓住,捆绑着送到车子前面。席方平抬头,看见车子里坐着一个少年,仪表堂堂,很是魁伟。那人问席方平:"你是什么人?"席方平满腔的冤屈愤怒正无处发泄,而且猜测他一定是个能够行使权力,予人祸福的大官，便详细地控诉了自己所遭受的苦难。车里的青年人命令给他松绑，让他跟在车的后面走。不一会儿，来到一个地方，路边上有十几个官员前来迎接，那青年跟他们一一打招呼。然后，他指着席方平对一个官员说："这个是下方的人，正要到你那儿去告状，应该马上替他明断是非。"席方平向侍从询问，才知道车子里面坐的是玉皇大帝的皇子九王爷，他嘱咐的官员就是二郎神。席方平看那二郎神，身躯修长，长着络腮胡子，并不像世间传说的那样。

　　九王既去，席从二郎至一官廨，则其父与羊姓并衙隶俱在。少顷，槛车中有囚人出①，则冥王及郡司、城隍也。当堂对勘②，席所言皆不妄。三官战栗，状若伏鼠。二郎援笔立判。顷之，传下判语，令案中人共视之。判云：

【注释】

①槛（jiàn）车：囚车。

②对勘：对质审讯。勘，审问。

【译文】

　　九王爷离开后，席方平跟着二郎神来到一处衙门，只见他父亲和羊姓富室，以及那些阴曹地府的差役都在。过了一会儿，从囚车里又走出来几个人，却是阎王以及郡司、城隍。经过当堂的对质，席方平所说的都不假。那三个官员吓得战战兢兢，像是趴在地上的老鼠。二郎神提起笔，马上作了判决。没多久，堂上传下判词，命令涉及此案的人一同来看，判决如下：

> 勘得冥王者①：职膺王爵②，身受帝恩。自应贞洁以率臣僚，不当贪墨以速官谤③。而乃繁缨榮戟④，徒夸品秩之尊⑤；羊很狼贪⑥，竟玷人臣之节。斧敲斫⑦，斫入木，妇子之皮骨皆空；鲸吞鱼⑧，鱼食虾，蝼蚁之微生可悯。当掬西江之水，为尔涮肠⑨；即烧东壁之床⑩，请君入瓮⑪。

【注释】

①勘得：经过查实。旧时判决书前套语。

②膺（yīng）：承当，担任。

③贪墨：同"贪冒"，谓贪以败官。《说文通训定声》："墨，又借为冒，《左》昭十四年传，贪以败官为墨。按，犯而取也！注，不洁之称，失之。"以速官谤：《左传·庄公二十二年》："敢辱高位，以速官谤。"速，招致。官谤，居官不称职而受到责难。

④繁（pán）缨：古时天子、诸侯的马饰。语出《左传·成公二年》。繁，马腹带。缨，马颈饰。榮戟：有缯衣或涂漆的木戟，用为仪仗。唐制，三品以上官员，得门列榮戟。

⑤品秩：官阶品级。

⑥羊很狼贪：比喻冥王的凶狠与贪婪。语出《史记·项羽本纪》："因下令军中曰：猛如虎，很如羊，

贪如狼，彊不可使者皆斩之。"很，同"狼"。

⑦斫（zhuó）：砍削。

⑧鲸：鲸鲵，喻凶恶之人。《左传·宣公十二年》："古者明王伐不敬，取其鲸鲵而封之，以为大戮。"杜预注："鲸鲵，大鱼名，以喻不义之人，吞食小国。"

⑨湔（jiān）：清洗。

⑩东壁之床：指上文"东墀有铁床"而言，即火床。

⑪请君入瓮：比喻以其人之道还治其人之身。《新唐书·周兴传》载，武则天时，酷吏周兴犯罪，武后命来俊臣审理。来俊臣与周兴推事对食，问兴曰："囚多不承，当为何法？"兴曰："此甚易耳！取大瓮，以炭四周炙之，令囚入中，何事不承？"俊臣即索瓮，起谓兴曰："有内状推老兄，请兄入此瓮。"兴叩头伏罪。

【译文】

查得阎王：担任地府的王之爵位，身受玉皇大帝的恩赐。本应该廉洁奉公，以为官僚们的表率，不应当贪赃枉法，招致非议。却耀武扬威，徒然夸耀官爵的尊贵；狠毒贪妄，竟然玷辱人臣的操守。斧砍刀削，搜算入骨，弱小百姓的皮骨都被榨尽了；像鲸吞鱼，鱼吃虾一样，恃强凌弱，百姓的生命像蝼蚁一样可怜。应当引来西江的水，为你洗肠子；即刻烧红东墙的铁床，请你尝尝作法自毙的滋味。

城隍、郡司：为小民父母之官①，司上帝

牛羊之牧②。虽则职居下列③，而尽瘁者不辞折腰④；即或势逼大僚，而有志者亦应强项⑤。乃上下其鹰鸷之手⑥，既罔念夫民贫；且飞扬其狙狯之奸⑦，更不嫌乎鬼瘦。惟受赃而枉法，真人面而兽心⑧！是宜剔髓伐毛⑨，暂罚冥死；所当脱皮换革，仍令胎生。

【注释】

①父母之官：封建时代称地方官为"父母官"。

②司上帝牛羊之牧：负责代替天帝管理百姓之事。《左传·襄公十四年》："天生民而立之君，使司牧之。"牛羊，比喻被统治的百姓。

③职居下列：官位低微。

④尽瘁：竭尽心力，不辞劳瘁。《诗·小雅·北山》："或尽瘁事国。"不辞折腰：指委屈奉公。晋人陶渊明为彭泽令，叹曰："吾不能为五斗米折腰，拳拳事乡里小人。"（《晋书·隐逸传》）。此化用其意，谓应该屈身奉公。

⑤强项：不低头，喻刚直不阿。据《后汉书·董宣传》载，东汉董宣为洛阳令，杀湖阳公主恶奴，光武帝大怒，令小黄门挟持董宣向公主叩头谢罪。董宣两手据地，终不肯俯首。光武帝称之为"强项令"。

⑥上下其鹰鸷（zhì）之手：意谓枉法作弊，颠倒是非。《左传·襄公二十六年》载，春秋时，楚国攻郑，穿封戌生俘郑国守将皇颉，而王子围与之争功，请伯

州犁裁处。伯州犁叫俘虏本人作证，但却有意偏袒王子围。伯州犁审问皇颉时"上其手"（高举其手）向他暗示王子围地位尊贵；"下其手"（下垂其手）向他暗示穿封戌地位低微。皇颉会意，竟承认自己是被王子围所俘。伯州犁就这样上下其手，使贱者之功被贵者所占。鹰和鸷，都是猛禽，比喻凶狠。

⑦飞扬：意谓任意施展。狙狯（jūkuài）：亦作"狙侩"，狡猾奸诈。

⑧人面而兽心：外貌像人，内心如兽。《晋书·孔严传》："降附之徒，皆人面兽心，贪而无亲，难以义感。"

⑨剔髓伐毛：犹言脱胎换骨，使之改恶从善。《太平广记》卷六引《洞冥记》："三千岁一反骨洗髓，三千岁一刻骨伐毛。"此处指致死的酷刑。

【译文】

城隍、郡司：身为百姓的父母官，奉上帝的命令来管理民众。虽然官职低微，但是鞠躬尽瘁的人不推辞辛劳；即使有时被上司的势力逼迫，但是有志气的人也应该守志不屈。而你们则上下勾结，像凶恶的鹰鸷，不顾念百姓的贫困；又飞扬跋扈，狡诈奸猾，连瘦弱的饿鬼也不放过。只会贪赃枉法，真是人面兽心！应该将你们剔骨髓，刮毛发，暂且处以阴间的死刑；剥去人皮，换上兽皮，转世投胎成畜牲。

隶役者：既在鬼曹，便非人类。只宜公门修行①，庶还落蓐之身②；何得苦海生波③，益造弥

天之孽④？飞扬跋扈⑤，狗脸生六月之霜⑥；隳
突叫号⑦，虎威断九衢之路⑧。肆淫威于冥界⑨，
咸知狱吏为尊⑩；助酷虐于昏官，共以屠伯是
惧⑪。当于法场之内⑫，剁其四肢；更向汤镬之
中⑬，捞其筋骨。

【注释】

①公门修行：在衙门内洁身向善。公门，衙门。修行，
　修身行善。指不枉法害民。蒲松龄有《公门修行录
　赘言》，见《蒲松龄集》。
②落蓐之身：指人身。落蓐，指人的降生。蓐，产蓐。
③苦海：佛家语。谓人间烦恼，苦深如海。
④弥天之孽：天大的罪孽。弥，满，广大。
⑤飞扬跋扈：骄横放纵，目中无人。
⑥狗脸：指隶役的面孔。生六月之霜：谓狗脸布满杀
　气，将使无辜受冤。据《初学记》卷二引《淮南子》
　载，战国时，邹衍事燕惠王，被人陷害下狱。邹衍
　在狱中仰天而哭，时正炎夏，忽然降霜。
⑦隳（huī）突：冲撞毁坏。叫号：大喊大叫。唐柳宗
　元《捕蛇者说》："悍吏之来吾乡，叫嚣乎东西，隳
　突乎南北，哗然而骇者，虽鸡狗不得宁焉。"
⑧九衢：指四通八达的道路。衢，大路。
⑨肆：滥施。淫威：无节制的威权。
⑩狱吏为尊：指狱吏的厉害。《史记·绛侯周勃世家》
　载，绛侯周勃被人诬陷，囚于狱，"勃恐，不知置

辞。吏稍侵辱之"。出狱后，周勃感慨地说："吾尝将百万军，然安知狱吏之贵乎！"

⑪屠伯：刽子手。《汉书·严延年传》载，严延年为河南太守，酷刑滥杀，每"冬月传属县囚会论府上，流血数里，河南号曰屠伯"。伯，长也。

⑫法场：刑场。

⑬汤镬（huò）：汤锅，古代烹囚的刑具。

【译文】

差役：既然在地狱当差，就不是人类。只应该在衙门里做善事，或许还能再生为人；怎么可以在苦海中兴风作浪，更犯下弥天大罪？恃强横暴，目无法纪，狗脸上好像蒙上了霜；横冲直撞，疯狂号叫，像猛虎一样堵住了大道。在阴间大发淫威呈凶狂，人们都知道狱吏的尊贵；助长昏官的残酷暴虐，大家都像怕屠伯一样害怕昏官。应当在法场之上，剁掉你们的四肢，更扔到大锅里熬煮，捞出你们的筋骨。

羊某：富而不仁①，狡而多诈。金光盖地，因使阎摩殿上，尽是阴霾②；铜臭熏天，遂教枉死城中，全无日月③。馀腥犹能役鬼④，大力直可通神⑤。宜籍羊氏之家⑥，以赏席生之孝。即押赴东岳施行⑦。

【注释】

①富而不仁：有钱却心狠手毒，没有一点儿仁慈的心

肠。《孟子·滕文公》："为富不仁矣，为仁不富矣。"

②"金光"三句：意谓贿赂公行，致使官府昏暗不明，公理不彰。金光，喻金钱的魔力。阎摩殿，阎王殿。阴霾，昏暗的浊雾。

③"铜臭"三句：依仗金钱，遂使阴间世界暗无天日。铜臭，《释常谈·铜臭》："将钱买官，谓之铜臭。"枉死城，指地狱。

④馀腥：钱的馀臭。指小钱。

⑤大力：指巨额金钱的威力。《太平广记》卷二百四十三引《幽闲鼓吹》载，唐代张延曾欲平冤狱，"召狱吏严诫之，且曰：'此狱已久，旬日须了。'明旦视事，案上有一小帖子曰：'钱三万贯，乞不问此狱。'公大怒，更拒之。明日，复见一帖子来曰：'钱五万贯。'公益怒，令两日须毕。明旦，案上复见帖子曰：'钱十万贯。'公遂止不问。弟子承间侦之。公曰：'钱至十万贯，通神矣，无不可回之事。吾恐及祸，不得不受也。'"

⑥籍：抄家，没收。

⑦东岳：泰山。民间传说认为东岳泰山之神总管天地人间的生死祸福并施行赏罚。

【译文】

　　羊某：为富不仁，狡猾多诈。闪光的金钱笼罩整个地府，使得阎罗殿上尽是雾霾；铜臭熏天，使得枉死城中，照不到一点儿日月的光华。残馀的铜臭还能驱使小鬼，力大简直可以通神。应该查抄没收羊氏的家产，用之奖赏孝顺的席方平。以上罪犯马上押赴东岳大帝那里施行刑罚。

又谓席廉："念汝子孝义，汝性良懦，可再赐阳寿三纪①。"因使两人送之归里。

【注释】

①纪：古代以十二年为一纪。三纪，三十六年。

【译文】

二郎神又对席廉说："考虑到你儿子孝顺，有义气，你的性格善良而懦弱，再赐给你人间三十六年的寿命。"随后派两个人送他们父子回家。

席乃抄其判词，途中父子共读之。既至家，席先苏，令家人启棺视父，僵尸犹冰，俟之终日①，渐温而活。及索抄词，则已无矣。自此，家日益丰，三年间，良沃遍野。而羊氏子孙微矣②，楼阁田产，尽为席有。里人或有买其田者，夜梦神人叱之曰："此席家物，汝乌得有之！"初未深信，既而种作，则终年升斗无所获，于是复鬻归席③。席父九十馀岁而卒。

【译文】

席方平于是抄下判决书，归途中父子俩共同诵读。到了家，席方平首先苏醒过来，让家人打开父亲的棺材来看，僵冷的尸体还像冰一样，等了整整一天，身体渐渐温暖，复活过来了。等再找那份判决书，却已经没有了。从此以后，席家日益富裕起来，三年之间，遍地良田。而羊家的子孙却衰败了，楼房田产都被席家拥有。乡里的人有的想买羊家的田产，夜里梦见神人呵斥道："这是席家的东西，你怎么能够拥有！"开始，有的人并不很相信，等到耕种一年下来颗粒无收，只好又卖给席方平家。席方平的父亲活到九十多岁才去世。

异史氏曰：人人言净土①，而不知生死隔世，意念都迷，且不知其所以来，又乌知其所以去？而况死而又死，生而复生者乎？忠孝志定，万劫不移，异哉席生，何其伟也！

【注释】

①净土：佛教认为西天佛土清净自然，是"极乐世界"，因称为"净土"。

【译文】

异史氏说：人人都说西方有极乐世界，却不知道生和死是两个世界，意识知觉都模糊了，况且不知道从什么地方来，又怎么知道到什么地方去？何况还死而又死，生而又生呢？但忠诚孝顺的志向一旦确定了，就永远清醒不会改变，特异的席方平，是多么的伟大啊！

胭脂

　　本篇虽为公案小说，但不像前代文言公案小说那样情节单纯，人物简单，仅只围绕一个诉讼案件的始末叙述故事，而是把诉讼案件放在一个繁复的生活背景下，具有一种网状的多线结构，交织着胭脂与鄂秋隼的爱情，宿介与王氏的私情，毛大对王氏的性骚扰与入胭脂家情急杀人的多种线索。其中胭脂对于鄂秋隼的痴情、温柔、误解、痛惜，王氏的佻脱卖弄，毛大的猥缩惶急，吴南岱的方正自负，施愚山的谨慎沉思，都给人留下了深刻印象。由于案发的因素复杂，受害人隐瞒了部分线索，案情愈加显得扑朔迷离。审案的过程一波三折，前后经历了三个审案的官吏。出现误判，不是传统的贪赃枉法，昏庸腐败，而的确是案情复杂暗昧，"要非审思研察，不能得也"，正因为此，施愚山的折狱之明，用心之苦，更加显豁突出。

　　施愚山是蒲松龄十九岁以县府道三第一考中秀才时的山东学道。曾在蒲松龄的试卷上批"观书如月，运笔如风"的话。蒲箬在《柳泉公行述》中说："十九岁弁冕童科，大为文宗师施愚山先生之称赏。"由于施愚山对于蒲松龄有知遇之恩，所以在本篇的叙述上蒲松龄增加了施愚山珍爱人才的色彩，在"异史氏曰"中也充满感念的知己之情。

东昌卜氏^①，业牛医者^②，有女小字胭脂，才姿惠丽。父宝爱之，欲占凤于清门^③，而世族鄙其寒贱，不屑缔盟^④，以故及笄未字^⑤。对户龚姓之妻王氏，佻脱善谑^⑥，女闺中谈友也^⑦。一日，送至门，见一少年过，白服裙帽，丰采甚都^⑧。女意似动，秋波萦转之^⑨。少年俯其首，趋而去。去既远，女犹凝眺^⑩。王窥其意，戏之曰："以娘子才貌，得配若人，庶可无恨。"女晕红上颊，脉脉不作一语^⑪。王问："识得此郎否？"答云："不识。"王曰："此南巷鄂秀才秋隼，故孝廉之子。妾向与同里，故识之。世间男子，无其温婉。今衣素，以妻服未阕也^⑫。娘子如有意，当寄语使委冰焉^⑬。"女无言，王笑而去。

【注释】

①东昌：府名。府治在今山东聊城。

②业：从事。牛医：给牛看病，兽医。

③占凤：择婿。《左传·庄公二十二年》载，春秋时，齐国懿仲想把女儿嫁给陈敬仲，占卦时，占得"凤凰于飞，和鸣锵锵"等吉语，后因以"占凤"喻择婿。清门：指不操贱业的清白人家。

④缔盟：指缔结婚约。

⑤及笄（jī）未字：到了婚龄没有嫁出去。及笄，成人。字，女子许嫁。

⑥佻脱：轻佻。善谑：善于开玩笑。

⑦谈友：聊天的朋友。

⑧都：美。

⑨秋波萦转：犹言上下打量。萦，缠绕。

⑩凝眺：注目远望。

⑪脉脉（mò）：含情不语。

⑫妻服未阕（què）：为死去的妻服丧尚未满期。服，按丧礼规定所穿的服饰。阕，完了。丧服期满称"服阕"。

⑬冰：媒人。

【译文】

东昌府有个姓卞的，是一个给牛治病的兽医，他有一个女儿，小名叫做胭脂，聪慧美丽。父亲很是珍爱，想把她许配给有门第的人家，而名家世族却嫌他家出身低贱，不屑于结这门亲，所以胭脂到了出嫁的年龄，却仍没有婆家。卞家对门龚姓的妻子王氏，生性轻佻，喜欢开玩笑，是胭脂闺房中一块儿聊天的伙伴。有一天，胭脂送王氏到门口，见一个少年从门前走过，身穿白色衣服，头戴白帽，丰采动人。胭脂一见好像动了心，一双水汪汪的大眼睛盯着那少年上下打量。少年低下头，急忙走了过去。已经走得很远了，胭脂还在凝神眺望。王氏看出了她的心思，开玩笑地说："凭姑娘的才华美貌，能配上这样的人才不觉得遗憾。"胭脂一片红云飞上脸颊，羞怯怯地一句话不说。王氏问："你认识这位少年吗？"胭脂答道："不认识。"王氏告诉她："他是住在南巷的鄂秋隼，是个秀才，他父亲生前是个举人。我从前和他们家是邻居，所以认得他。世上的男子没有比他更温柔体贴的了。现在穿着一身白衣，是因为他老婆死了，丧期还没有结束。姑娘如果真有这份心思，我可以捎个信儿叫他请人来说媒。"胭脂不说话，王氏笑着离去了。

　　数日无耗①，心疑王氏未暇即往，又疑宦裔不肯俯拾②。邑邑徘徊③，萦念颇苦，渐废饮食，寝疾惙顿④。王氏适来省视⑤，研诘病因。答言："自亦不知。但尔日别后，即觉忽忽不快，延命假息⑥，朝暮人也⑦。"王小语曰："我家男子，负贩未归，尚无人致声鄂郎。芳体违和⑧，非为此否？"女赪颜良久⑨。王戏之曰："果为此者，病已至是，尚何顾忌？先令夜来一聚，彼岂不肯可？"女叹息曰："事至此，已不能羞。但渠不嫌寒贱，即遣媒来，疾当愈；若私约，则断断不可！"王颔之，遂去。

【注释】

①耗：信息。

②宦裔：官宦人家的后代。指鄂秋隼为故孝廉之子。
　俯拾：俯就。指降低身份与之联姻。

③邑邑：忧郁不乐的样子。《史记·淮南衡山列传》：
　"人生一世间，安能邑邑如此！"

④寝疾：卧床生病。惙（chuò）顿：有气无力。惙，
　心忧气短。

⑤省视：看望。

⑥延命假息：苟延残喘。

⑦朝暮人：朝不保夕的人。

⑧芳体：对妇女身体的敬称。违和：不舒服。称他人患病的婉词。

⑨赪（chēng）颜：脸红。

【译文】

几天没有消息，胭脂心中怀疑王氏没空立即前去，又疑心鄂秋隼是官宦人家的后代，不肯俯身低就。于是郁郁寡欢，徘徊不定，萦念于心，颇为凄苦，渐渐地茶饭不思，病倒在床上，有气无力。一天，王氏恰好前来看望，见她这样，便追问她为什么得病。胭脂回答道："我自己也不知道。但自从那天与你分别，就觉得闷闷不乐，现在是苟延残喘，早晚性命不保了。"王氏小声对她说道："我家男人出门做生意，没有回来，所以还没有人传话给鄂秀才。姑娘的身体不适，莫非就是为了这件事？"胭脂红着脸，半天不说话。王氏开玩笑说："要真是为了这件事，你都已经病成这样了，还有什么好顾忌的？先叫他晚上来聚一聚，他怎么会不肯呢？"胭脂叹了口气，说："事已至此，已经不能怕什么害羞了。只要他不嫌弃我家门第低贱，马上派媒人前来，我的病自然会痊愈；如果和他偷偷地约会，那可万万使不得！"王氏点点头，就走了。

王幼时与邻生宿介通，既嫁，宿侦夫他出，辄寻旧好。是夜宿适来，因述女言为笑，戏嘱致意鄂生。宿久知女美，闻之窃喜，幸其机之可乘也。将与妇谋，又恐其妒，乃假无心之词①，问女家闺闼甚悉。次夜，逾垣入，直达女所，以指叩窗。内问："谁何？"答以"鄂生"。女曰："妾所以念君者，为百年，不为一夕。郎果爱妾，但宜速倩冰人，若言私合，不敢从命。"宿姑诺之，苦求一握纤腕为信②。女不忍过拒，力疾启扉。宿遽入，即抱求欢。女无力撑拒，仆地上，气息不续，宿急曳之。女曰："何来恶少，必非鄂郎。果是鄂郎，其人温驯，知妾病由，当相怜恤，何遂狂暴如此！若复尔尔③，便当鸣呼，品行亏损，两无所益！"宿恐假迹败露，不敢复强，但请后会。女以亲迎为期④。宿以为远，又请之。女厌纠缠，约待病愈。宿求信物⑤，女不许，宿捉足解绣履而去。女呼之返，曰："身已许君，复何吝惜？但恐'画虎成狗'⑥，致贻污谤。今亵物已入君手⑦，料不可反。君如负心，但有一死！"宿既出，又投宿王所。既卧，心不忘履，阴揣衣袂⑧，竟已乌有。急起篝灯⑨，振衣冥索⑩。诘之，不应，疑妇藏匿，妇故笑以疑之。宿不能隐，实以情告。言已，遍烛门外，竟不可得，懊恨归寝。窃幸深夜无人，遗落当犹在途也。早起寻之，亦复杳然⑪。

【注释】

①无心之词：漫不经心的话语。

②为信：表示诚信。

③尔尔：这样。

④亲迎：结婚之时。

⑤信物：作为凭信的物件。

⑥画虎成狗：比喻与追求的目标相去甚远。《后汉书·马援传》载，马援告诫兄子严、敦，"效季良（杜季良，以豪侠好义著称）不得，陷为天下轻薄子，所谓画虎不成反类狗者也"。

⑦亵（xiè）物：贴身之物。此指绣履。

⑧阴揣衣袂：暗暗地摸摸衣袖。揣，摸索。袂，衣袖。古时衣袖肥大可以藏物。

⑨篝灯：点灯。

⑩振衣：抖擞衣服。

⑪杳（yǎo）然：指没有踪迹。

【译文】

王氏年轻时和邻居一个叫宿介的秀才有私情，出嫁之后，宿介只要发现她男人不在家，就来重叙旧好。这天夜里，宿介正好来到王氏家，王氏就把胭脂的事当作笑话讲给宿介听，并且开玩笑叮嘱他带信给鄂秋隼。宿介很早就听说胭脂长得漂亮，听王氏说完，心里暗暗高兴，感到有机可乘实在是很幸运。他本想与王氏商议一番，又怕她嫉妒，于是假装说些无心的话，借机打听胭脂家的门径，问得一清二楚。第二天夜里，宿介翻墙进入卞家，一直走到胭脂的闺房，用手指轻叩窗户。只听里面问道："谁呀？"宿介答"是鄂生"。胭脂说："我之所以想念你，是为了百年好合，并不是为了只一夜。你如果真心地爱我，只应该赶紧请媒人来提亲，如果说私下相会，我不敢答应。"宿介假装答应，赖着请求握一握她的手作为信约。胭脂不忍心过分拒绝他，就勉强撑起身开了房门。宿介立刻进了门，就抱住胭脂求欢。胭脂无力阻挡，跌倒在地上，累得上气不接下气，宿介赶紧将她拉起来。胭脂说："你是哪里来的坏青年，肯定不是鄂郎。如果真是鄂郎，他长得温柔文静，知道我是为他才病成这样，怎么会这样的粗暴！要是再这样，我就要叫喊起来，坏了品行，对你我都没有好处！"宿介恐怕自己冒名顶替的行为败露，便不敢再勉强，只是请求下一次再会面的机会。胭脂约定要在结亲的那一天。宿介认为太远，再三请求。胭脂讨厌他纠缠，就只好说等她病好以后。宿介又讨要信物，胭脂不答应，他就将胭脂的脚捉住，脱下一只绣鞋才离开。胭脂把他叫回来，说："我已经以身相许，还有什么舍不得的呢？只怕'画虎成狗'，被人家耻笑。如今这花鞋已经落在你手里，料想也收不回来了。你如果负心，我只有一死！"宿介从卞家出来，又投宿到王氏家。他虽然已经躺下了，可心里还记挂着那只绣鞋，暗地里摸了摸衣袖，绣鞋却不见了。他急忙起身，点了灯笼，抖动衣服，四处寻找。王氏问他找什么，他也不回答，疑心是王氏把绣鞋藏起来了。王氏故意笑笑，让他更加猜疑不定。宿介知道隐瞒不过去，就把实情告诉了她。说完又打着灯笼到门外，找遍了也没有找到，只得懊恨地回到床上睡下。心中暗暗寄希望于半夜无人，即使丢掉了也应该还在路上。第二天一早又去寻找，依然没有找到。

先是，巷中有毛大者，游手无籍①。尝挑王氏不得，知宿与洽，思掩执以胁之。是夜，过其门，推之未扃②，潜入。方至窗外，踏一物，软若絮帛③，拾视，则巾裹女舄④。伏听之，闻宿自述甚悉，喜极，抽身而出。逾数夕，越墙入女家，门户不悉，误诣翁舍。翁窥窗，见男子，察其音迹，知为女来者。心忿怒，操刀直出。毛大骇，反走。方欲攀垣，而卞追已近，急无所逃，反身夺刃。媪起大呼，毛不得脱，因而杀之。女稍痊，闻喧始起。共烛之，翁脑裂不复能言，俄顷已绝。于墙下得绣履，媪视之，胭脂物也。逼女，女哭而实告之，但不忍贻累王氏⑤，言鄂生之自至而已。天明，讼于邑，邑宰拘鄂。鄂为人谨讷⑥，年十九岁，见客羞涩如童子。被执，骇绝，上堂不知置词，惟有战栗。宰益信其情真，横加桎梏⑦。书生不堪痛楚，以是诬服⑧。既解郡，敲扑如邑。生冤气填塞，每欲与女面相质，及相遭，女辄诟詈⑨，遂结舌不能自伸，由是论死。往来覆讯，经数官无异词。

【注释】

①游手无籍：无业游民。籍，名籍。这里是正当职业的意思。

②扃（jiōng）：上门闩，关。

③软：同"软"。

④舄（xì）：鞋。

⑤贻累：连累，拖累。

⑥谨讷：拘谨不善言谈。讷，拙于言辞。

⑦横加桎梏：指滥施刑罚。

⑧诬服：蒙冤被迫服罪。诬，冤屈。

⑨诟詈（lì）：辱骂。

【译文】

在这之前，巷子里有个叫毛大的人，游手好闲，没有固定的职业。曾经想挑逗王氏却没能得手，他知道宿介跟王氏相好，便打算撞上捉奸以此胁迫王氏。这一天的夜里，毛大走过王氏家门前，推门发现没上闩，便悄悄地摸进去。刚到窗外，脚下踩着一件东西，软软的好像是棉布，捡起来一看，是一条汗巾裹着只绣鞋。他伏在窗下听了听，将宿介所说的经过听了个清清楚楚，高兴极了，便抽身离开。过了几夜，毛大翻过墙头，进入到胭脂家，但他不熟悉卞家的门径，误撞到了卞老汉的屋。卞老汉从窗里看见是一个男人，观察他的声音模样，知道是为女儿而来。卞老汉心里恼火，操起一把刀就冲出来。毛大一见，惊恐万分，转身就跑。正要爬上墙头，卞老汉已经追到跟前，毛大慌急得无路可逃，便转身去夺卞老汉手中的刀。这时，卞老汉的妻子也起了床，大声喊叫起来。毛大不得脱身，便杀死了卞老汉。胭脂的病稍有好转，听到院子里的吵闹声才起了床。母女二人点上蜡烛，出来照看，卞老汉的脑壳已被劈裂，说不出话来，很快就气绝身亡了。两人在墙根下找到一只绣鞋，卞老汉的妻子一看，认出是胭脂的。便逼问女儿，胭脂哭着将实情告诉了母亲，只是不忍心连累王氏，便只说鄂秋隼自己前来的。天亮以后，案子告到县里去，县官派人将鄂秋隼抓去。鄂秋隼为人拘谨不善言语，今年十九岁，每逢见了生人还羞怯得像小孩一样。被抓后吓得要死，上了公堂不知说什么是好，只是战战兢兢的。县官看他这个模样，越发相信是他杀了人，便对他重刑相加。这书生忍受不了拷打的痛苦，因此屈打成招。被解送到郡里，又像在县里一样被严刑拷打。鄂秋隼满腔冤愤填塞胸臆，每次都想和胭脂当面对质；可一见了面，胭脂就痛骂不已，他张口结舌，无法为自己辩解，因此，被判了死刑。这样反反复复地被审讯，经过了好几个官员的审问，都没有不同的招供。

后委济南府复案①。时吴公南岱守济南②，一见鄂生，疑不类杀人者，阴使人从容私问之，俾得尽其词。公以是益知鄂生冤。筹思数日，始鞫之。先问胭脂："订约后，有知者否？"答："无之。""遇鄂生时，别有人否？"亦答："无之。"乃唤生上，温语慰之。生自言："曾过其门，但见旧邻妇王氏与一少女出，某即趋避，过此并无一言。"吴公叱女曰："适言侧无他人，何以有邻妇也？"欲刑之。女惧曰："虽有王氏，与彼实无关涉③。"公罢质④，命拘王氏。数日已至，又禁不与女通，立刻出审，便问王："杀人者谁？"王对："不知。"公诈之曰："胭脂供言，杀卜某汝悉知之，胡得隐匿？"妇呼曰："冤哉！淫婢自思男子，我虽有媒合之言，特戏之耳。彼自引奸夫入院，我何知焉！"公细诘之，始述其前后相戏之词。公呼女上，怒曰："汝言彼不知情，今何以自供撮合哉？"女流涕曰："自己不肖，致父惨死，讼结不知何年，又累他人，诚不忍耳。"公问王氏："既戏后，曾语何人？"王供："无之。"公怒曰："夫妻在床，应无不言者，何得云无？"王供："丈夫久客未归。"公曰："虽然，凡戏人者，皆笑人之愚，以炫己之慧⑤，更不向一人言，将谁欺！"命桍十指⑥。妇不得已，实供："曾与宿言。"公于是释鄂拘宿。宿至，自供："不知。"公曰："宿妓者必无良士！"严械之。宿自供："赚女是真。自失履后，未敢复往，杀人实不知情。"公怒曰："逾墙者何所不至！"又械之。宿不任凌籍⑦，遂以自承。招成报上⑧，无不称吴公之神。铁案如山，宿遂延颈以待秋决矣。

【注释】

①复案：再次审察。犹言复审。

②吴公南岱：吴南岱，江南武进人，进士。顺治时任济南知府。见《济南府志》。

③关涉：关联，联系。

④罢质：停止审讯。质，质询。

⑤炫：炫耀，卖弄。

⑥桍十指：指拶指之刑。"拶指"是旧时的一种酷刑，用绳穿五根小木棍，夹犯人手指，用力收绳，作为刑罚。

⑦不任凌籍：不堪折磨。凌籍，凌虐。

⑧招成：招供既成。

【译文】

后来，这个案子交由济南府复审。当时吴南岱公正担任济南太守，他一见鄂秋隼，就疑心他不像个杀人犯，暗中派人慢慢地盘问他，让他把全部真实的话讲出来。吴太守于是更加坚信鄂秋隼是被冤枉的。他认真考虑了几天，才开始审问。吴太守先问胭脂说："你和鄂秀才订约以后，还有知道的人吗？"胭脂答道："没有。""遇到鄂秀才时，还有别人在场吗？"胭脂还是回答说："没有。"吴太守又传鄂秋隼上堂，用好言好语安慰他。鄂秋隼说："我曾有一次经过她家门口，只见旧邻居王氏和一个女子从里边出来，我急忙避开，路过此地并没有说过一句话。"吴太守呵斥胭脂说："刚才你说旁边没有别人，怎么又有一个邻居妇人呢？"说完，就要对胭脂动刑。胭脂一害怕，忙说："虽然王氏在旁边，但跟她实在没有关系。"吴太守马上停止讯问，命令将王氏拘捕到堂。几天后，王氏就被拘到，吴太守又不许她和胭脂见面，防止串通，立刻升堂提审，便问王氏说："谁是杀人凶手？"王氏答道："不知道。"吴太守骗她说："胭脂都已经招供了，杀卞老汉的事情你都知道，你还想隐瞒吗？"王氏大喊道："冤枉啊！那小淫妇自己想男人，我虽然跟她说过要给她做媒，但只不过是开玩笑罢了。她自己勾引奸夫进家，我哪里知道啊！"吴太守仔细盘问，王氏才说出前前后后开玩笑的话。吴太守便叫把胭脂传上来，大怒道："你说她不知情，如今她为什么自己招供说给你撮合的话呢？"胭脂哭着说："我自己不成器，以致使父亲惨死，案子不知道何年何月才能了结，再要连累别人，实在不忍心。"吴太守问王氏："你开玩笑后，曾经跟什么人说过？"王氏供称："没有跟谁说过。"吴太守发怒说："夫妻俩在床上，应该是无所不言的吧，怎么能说没有讲过？"王氏供称："我丈夫长久客居在外，还没回来。"吴太守说："虽说如此，凡是戏弄别人的人，都要笑话别人的愚蠢以卖弄自己的聪明，你说再没有对谁说过，想骗谁啊！"便下令将王氏的十个指头夹起来。王氏没办法，只好如实招供："曾经跟宿介说过。"吴太守便释放了鄂秋隼，派人拘捕宿介。宿介到案后，自称："确实不知道。"吴太守说："夜晚宿妓的人绝不是好人！"便下令大刑伺候。宿介只好招供："到卞家去骗胭脂是实有其事。但自从绣鞋丢失以后就不敢再去了，杀人的事确实不知道。"吴太守怒道："翻越别人墙头的人有什么事干不出来！"又命人动刑。宿介受不了酷刑，只好承认自己杀了人。案子结后呈报到上级衙门，没有人不称吴太守判案如神。铁案如山，宿介于是只能伸着脖子等待秋后处斩了。

然宿虽放纵无行，故东国名士①。闻学使施公愚山贤能称最②，又有怜才恤士之德，因以一词控其冤枉，语言怆恻。公讨其招供，反覆凝思之，拍案曰："此生冤也！"遂请于院、司③，移案再鞫。问宿生："鞋遗何所？"供言：."忘之。但叩妇门时，犹在袖中。"转诘王氏："宿介之外，奸夫有几？"供言："无有。"公曰："淫乱之人，岂得专私一个？"供言："身与宿介，稚齿交合，故未能谢绝。后非无见挑者，身实未敢相从。"因使指其人以实之。供云："同里毛大，屡挑而屡拒之矣。"公曰："何忽贞白如此④？"命掠之。妇顿首出血，力辨无有，乃释之。又诘："汝夫远出，宁无有托故而来者？"曰："有之，某甲、某乙，皆以借贷馈赠，曾一二次入小人家。"盖甲、乙皆巷中游荡子，有心于妇而未发者也。公悉籍其名⑤，并拘之。

【注释】

①东国：指齐鲁地区。古代齐、鲁等国，因皆位于我国东方，故称"东国"。

②施公愚山：施闰章（1619—1683），字尚白，一字屺云，号愚山、媲萝居士、蠖斋，晚号矩斋，江南宣城人。顺治六年（1649）进士，授刑部主事。十八年（1661）举博学鸿儒，授侍讲，预修《明史》，进侍读。文章醇雅，尤工于诗，与同邑高咏等唱和，时号"宣城体"，有"燕台七子"之称，与宋琬有"南施北宋"之名，位"清初六家"之列，处"海内八大家"之中，在清初文学史上享有盛名。著有《学徐堂文集》《试院冰渊》等。贤能称最：最称贤能。

③院、司：指部院和臬司。部院，即巡抚，一省的军政长官。臬司，也称"按察使"，省级最高司法官员。

④贞白：贞节、清白。

⑤籍：登录，记。

【译文】

　　然而，宿介虽然放荡无检，品行不正，却本是齐鲁一带有名的才子。他听说学使施愚山公的贤能最为人称道，又有怜悯士人的仁德，就写了一份状词申诉自己的冤枉，措辞非常悲怆沉痛。施学使取来了宿介的案卷，反复凝神思考，拍着桌子喊道："这个书生是冤枉的！"他于是向巡抚、按察使请求，将案子移交给他重新审理。他问宿介说："绣鞋丢在什么地方了？"宿介供道："忘记了。只是记得在敲王氏家门时，还在袖筒里。"施学使又转过来问王氏说："除了宿介之外，你还有几个奸夫？"王氏供说："没有了。"施学使说："淫乱的女人，怎么可能只跟一个人有私情呢？"王氏供说："小妇人跟宿介小时候就认识，所以一直没有断绝。后来倒不是没有人来勾引，我实在不敢再跟从了。"施学使于是让她交代那些男人的实名实姓。王氏说："街坊毛大屡次来勾引，我都拒绝了。"施学使问："怎么忽然这样的贞洁起来了？"便叫人对王氏施刑。王氏磕头磕得鲜血直流，竭力辩白再也没有别人了，施学使才放过她。接着又问："你丈夫出远门，难道就没人借口有事上门吗？"王氏说："有的，某人、某人，都因为借钱、送礼什么的来过小妇人家一两次。"原来这某人、某人都是街巷中的二流子，对王氏有意而没有表现出来。施学使将这些人的名字都记下来，将他们拘捕到案。

　　既集，公赴城隍庙，使尽伏案前，便谓："曩梦神人相告，杀人者不出汝等四五人中。今对神明，不得有妄言。如肯自首，尚可原宥①；虚者②，廉得无赦③！"同声言无杀人之事。公以三木置地④，将并加之，括发裸身⑤，齐鸣冤苦。公命释之，谓曰："既不自招，当使鬼神指之。"使人以毡褥悉幛殿窗，令无少隙。袒诸囚背，驱入暗中，始授盆水，一一命自盥讫，系诸壁下，戒令："面壁勿动。杀人者，当有神书其背。"少间，唤出验视。指毛曰："此真杀人贼也！"盖公先使人以灰涂壁，又以烟煤濯其手⑥：杀人者恐神来书，故匿背于壁而有灰色；临出，以手护背，而有烟色也。公固疑是毛，至此益信。施以毒刑，尽吐其实。判曰：

【注释】

①原宥：原谅，宽免。

②虚者：说谎话的人。虚，不实。

③廉得：查出。廉，查访。

④三木：古时加在犯人颈、手、足上的木制刑具。

⑤括发裸身：把头发束起来，把上衣剥下来，都是对犯人动刑前的准备。

⑥濯（zhuó）：洗。

【译文】

人犯到齐后，施学使前往城隍庙，命令他们都跪在香案前，对他们说："前些日子我梦见城隍告诉我，杀人的凶手不出你们四五个人中。现在对着神明，不许有一句假话。

如果肯自首，还可以从轻发落；说假话的，一经查明，绝不宽恕！"众人齐声说没有杀人的事。施学使吩咐将刑具放在地上，准备动刑，将人犯的头发都扎起来，扒光衣服。他们又齐声喊冤枉。施学使命令先停下来，对他们说："既然你们不肯自己招供，就让神明指出真凶。"他让人用毡子褥子将大殿的窗户遮严实了，不留一点儿缝隙。又让那几个嫌疑人光着脊背，赶到黑暗中，才给他们一盆水，命令他们一个个自己洗过手，再把他们拴在墙下，命令道："各人面对墙壁不许乱动。杀人凶手，神灵自会在他脊背上写字。"过了一会儿，将他们叫出来，逐个查看。施学使指着毛大说："这就是杀人凶手！"原来，施学使预先让人把石灰涂在墙上，又用烟煤水让他们洗手：杀人犯害怕神灵写字，所以将脊背贴着墙，沾上了白灰；临出来前又用手遮护脊背，以致染上了煤烟色。施学使本来就怀疑毛大是杀人犯，至此更加确信。于是对他施以大刑，毛大全部说出了犯罪实情。施学使判决道：

宿介：蹈盆成括杀身之道①，成登徒子好色之名②。只缘两小无猜③，遂野鹜如家鸡之恋④；为因一言有漏⑤，致得陇兴望蜀之心⑥。将仲子而逾园墙⑦，便如鸟堕⑧；冒刘郎而至洞口⑨，竟赚门开。感悦惊龙⑩，鼠有皮胡若此⑪？攀花折树⑫，士无行其谓何！幸而听病燕之娇啼⑬，犹为玉惜⑭；怜弱柳之憔悴⑮，未似莺狂⑯。而释幺凤于罗中⑰，尚有文人之意；乃劫香盟于袜底⑱，宁非无赖之尤⑲！蝴蝶过墙⑳，隔窗有耳㉑；莲花卸瓣㉒，堕地无踪。假中之假以生，冤外之冤谁信？天降祸起，酷械至于垂亡；自作孽盈㉓，断头几于不续。彼逾墙钻隙㉔，固有玷夫儒冠㉕；而僵李代桃㉖，诚难消其冤气。是宜稍宽笞扑㉗，折其已受之惨；姑降青衣㉘，开其自新之路。

【注释】

①蹈：蹈袭，重复旧时成例。盆成括：复姓盆成，名括，战国时人。《孟子·尽心》："盆成括仕于齐，孟子曰：'死矣盆成括！'盆成括见杀，门人问曰：'夫子何以知其将见杀？'曰：'其为人也小有才，未闻君子之大道，则足以杀其躯而已矣。'"这里以盆成括为喻，斥责宿介调戏妇女，招致杀身之祸。

②登徒子：战国宋玉《登徒子好色赋》中的人物，性好色，不择美丑。后因以"登徒子"代指好色之人。登徒，复姓。子，男子的通称。

③两小无猜：本指幼男幼女嬉戏玩耍，天真无邪，不避嫌疑。唐李白《长干行》："郎骑竹马来，绕床弄青梅。同居长干里，两小无嫌猜。"此隐指宿介与王氏幼时苟合。

④野鹜（wù）：野鸭。家鸡、野鹜本指自家与外人的两种不同的书法风格。晋何法盛《晋中兴书》："庾翼书，少时与王右军齐名。右军后进，庾犹不忿。在荆州与都下人书云：'小儿辈厌家鸡，爱野雉，皆

学逸少书，须我下当北之。'"此处借以喻宿介把野花当作家花，把情妇当作正妻。

⑤一言有漏：指王氏一句话泄漏了胭脂爱慕鄂生的心，招致宿介骗奸胭脂的邪念。

⑥得陇兴望蜀之心：即"得陇望蜀"，喻贪心不足。《后汉书·岑彭传》谓东汉光武帝遣岑彭攻下陇右之后，又想进攻西蜀，在给岑彭信中有云："人苦不知足，既平陇，复望蜀。"此指宿介既占有王氏，又进而想得到胭脂。

⑦将（qiāng）仲子而逾园墙：谓宿介逾墙而到卞家，企图骗胭脂开门。将仲子，《诗·郑风·将仲子》："将仲子兮，无逾我墙。"将，请。仲子，男性名。

⑧鸟堕：形容轻捷。

⑨刘郎：指刘晨。此用刘晨和阮肇在天台山遇见仙女的故事，喻宿介冒充鄂生追求胭脂。

⑩感帨（shuì）惊尨（máng）：意谓宿介至卞家粗暴而毫无顾忌。《诗·召南·野有死麕》："无感我帨兮，无使尨也吠。"感帨，指男子对女子非礼相陵。感，通"撼"。帨，佩巾。尨，多毛的狗。这两句诗原是写女方告诫前来幽会的男方，叫他不要非礼，不要惊得狗叫。

⑪鼠有皮：语出《诗·鄘风·相鼠》："相鼠有皮，人而无仪；人而无仪，不死何为？"此用以谴责宿介，谓其如有脸皮怎能干出此等事情。

⑫攀花折树：喻私会偷情行为。《诗·郑风·将仲子》：

中华经典藏书·聊斋志异

三八八

"将仲子兮，无逾我里，无折我树杞。岂敢爱之，畏我父母。"

⑬病燕：指胭脂。

⑭玉惜：犹言惜玉。旧时以玉比女子之美，因称爱护美女为"惜玉"。

⑮弱柳：喻指胭脂。

⑯莺狂：喻过分放肆。

⑰幺凤：鸟名。有五色彩羽，似燕而小，暮春来集桐花，因也称"桐花凤"。喻少女胭脂。罗：网。

⑱劫香盟：以暴力威胁对方订立相爱之盟。袜底：指胭脂绣鞋。

⑲尤：突出，特别。

⑳蝴蝶过墙：喻宿介逾墙偷情。语出唐王驾《雨晴》诗："蛱蝶飞来过墙去，却疑春色在邻家。"

㉑隔窗有耳：指毛大的偷听。

㉒莲花卸瓣：指胭脂的绣履被宿介强夺。莲花，取义于"步步生莲花"，隐指女鞋。《南史·齐纪·废帝东昏侯》："（东昏侯）又凿金为莲华（花）以贴地，令潘妃行其上，曰：'此步步生莲华（花）也。'"

㉓自作孽盈：指宿介自取灾祸。《书·太甲》："天作孽，犹可违；自作孽，不可逭。"

㉔逾墙钻隙：指男女私相幽会。《孟子·滕文公》："不待父母之命、媒妁之言，钻穴隙相窥，逾墙相从，则父母国人皆贱之。"

㉕玷：玷污。儒冠：古时读书人所戴的帽子。代指读

书人的身份。

㉖僵李代桃：也称"李代桃僵"。古乐府《鸡鸣》："桃
　生露井上，李树生桃傍。虫来啮桃根，李树代桃
　僵。"后用以称代人受过。此指宿介代毛大受刑。

㉗宽：宽免。笞扑：拷打。

㉘姑降青衣：姑且保留其生员资格，略施惩罚。姑，
　姑且。降青衣，对生员的一种降级惩罚。明清时，
　生员穿蓝衫，降为"青衣"则由蓝衫改着青衫，称
　为"青生"，是对生员的一种惩戒。

【译文】

　　宿介：重蹈盆成括无德被杀的覆辙，酿成了登徒
子贪好女色之恶名。只因为两小无猜，便有了偷鸡摘
花的私情；只因为泄露了一句话，便有了得陇望蜀的
淫心。像仲子一样逾越园墙，如鸟一般坠落于地；冒
充刘郎来到洞口，竟然将闺门骗开。对胭脂调戏无忌，
有脸皮的人怎么能干出这种事？攀折花木，士人没有
德行还能让人说什么！幸好倾听病中的胭脂婉转陈述，
还能够怜香惜玉；同情柔弱的胭脂病弱，没有过分淫
狂。总算放开了落在网中的小鸟，还存有一点儿文人
的雅意；抢去胭脂的绣鞋作为信物，难道不是无耻之
尤！翻墙偷情，却没想到被毛大听去；绣鞋掉落，便
再也没有了踪迹。假中之假已经产生了，冤外之冤谁
又会相信呢？灾祸从天而降，身受酷刑差点儿死去；
自作的罪孽已经满盈，脑袋几乎被砍下。这种翻墙钻
穴的偷情，固然有辱读书人的声名；但是代人受罪，

确实难以消除心中的冤气。因此稍稍放宽刑罚，折兔他已经受到的酷刑；姑且罚他由蓝衫改穿青衫，给他一条悔过自新的生路。

若毛大者：刁猾无籍，市井凶徒。被邻女之投梭①，淫心不死；伺狂童之入巷②，贼智忽生。开户迎风③，喜得履张生之迹④；求浆值酒⑤，妄思偷韩掾之香⑥。何意魄夺自天⑦，魂摄于鬼。浪乘槎木⑧，直入广寒之宫⑨；径泛渔舟，错认桃源之路⑩。遂使情火息焰⑪，欲海生波⑫。刀横直前⑬，投鼠无他顾之意⑭；寇穷安往⑮，急兔起反噬之心⑯。越壁入人家，止期张有冠而李借⑰；夺兵遗绣履，遂教鱼脱网而鸿离⑱。风流道乃生此恶魔，温柔乡何有此鬼蜮哉！即断首领，以快人心。

【注释】

①邻女之投梭：比喻妇女拒绝男子的挑诱。《晋书·谢鲲传》："邻家高氏女有美色，鲲尝挑之，女投梭，折其两齿。"

②狂童：女子对男子的昵称。此指宿介。《诗·郑风·褰裳》："子不我思，岂无他人？狂童之狂也且。"入巷：性生活的隐喻。指宿介与王氏欢会。

③开户迎风：唐元稹《莺莺传》记莺莺与张生相恋，莺莺寄诗张生，有"待月西厢下，迎风户半开"的

话，后因以"开户迎风"喻男女私会。

④履张生之迹：谓宿介潜入卞家私会胭脂。

⑤求浆值酒：指毛大本想挑诱王氏，却遇到玷污胭脂的
机会。《类说》卷三十五引《意林》："袁惟正书曰：岁
在申酉，乞浆得酒。"本意为所得超过所求。浆，水。

⑥偷韩掾（yuàn）之香：即韩掾偷香。韩掾，指韩寿，
晋朝人，曾为贾充掾吏。《晋书·贾充传》载，贾充
的女儿钟情于韩寿，曾把晋武帝赐给贾充的西域奇
香，偷来送给韩寿。贾充疑女儿与韩寿私通，便把
她嫁给韩寿。后因以"韩寿偷香"喻男女暗中通情。
这里指毛大妄想同胭脂暗中相会。

⑦魄夺自天：上天夺其魂魄，意谓毛大鬼迷心窍，神
识昏乱。《左传·宣公十五年》："原叔必有大咎，天
夺之魄。"魄，灵魂，神智。

⑧浪乘槎（chá）木：意指毛大凭借捡来的绣鞋想入非
非。浪，轻率。乘槎木，意指登天。槎，木筏。晋
张华《博物志·杂说》："旧说天河与海通。近世有
人居海滨者，年年八月有浮槎去来。……"

⑨广寒之宫：《洞冥记》："冬至后，月养魄于广寒宫。"
因称"月宫"为"广寒宫"。这里喻指胭脂的闺房。

⑩渔舟、桃源：晋陶渊明《桃花源诗并记》中语词。
文载：晋太元中，渔人泛舟误入桃花源。此指毛大
误诣卞翁之舍。

⑪情火：情欲的火焰。指毛大企图污辱胭脂的恶念。

⑫欲海生波：指发生变故。欲海，佛家语。喻情欲深

広如海，可使人沉溺。

⑬刀横直前：意谓卞翁操刀直出。

⑭投鼠无他顾：反用"投鼠忌器"成语。《汉书·贾谊传》载："里谚曰：'欲投鼠而忌器。'"意为以物投掷老鼠，要顾忌打坏靠近老鼠的器物。而投鼠无他顾之意，是说卞翁横刀直追毛大，无所顾忌。

⑮寇穷：即穷寇，指势穷力竭的敌人。《逸周书·武称》："追戎无恪，穷寇不格。"此处指急无所逃的毛大。

⑯急兔起反噬（shì）之心：俗语"兔子急了还咬人"，此指毛大夺刀杀翁。急兔，急忙逃脱之兔。指毛大。反噬，反咬一口。噬，咬。

⑰张有冠而李借：即张冠李戴。明田艺蘅《留青日札·张公帽赋》："俗谚云：张公帽摄在李公头上。"这里指毛大企图冒名顶替。

⑱鱼脱网而鸿离：指毛大逃跑却连累了胭脂。《诗·邶风·新台》："鱼网之设，鸿则离之。"鸿，鸿雁。离，同"罹"。

【译文】

毛大：奸猾刁蛮，无业游民，市井中的恶徒。挑逗王氏遭到拒绝，却淫心不死；偷窥宿介和王氏的私情，忽然产生了邪恶念头。胭脂本想着迎来鄂生，却让宿介喜获越墙而入的机会；毛大本想诱奸王氏却听到了胭脂的消息，产生了诱奸胭脂的企图。没想到魄被天夺去，魂被鬼摄走。仅凭着听到的路径，直奔胭脂的闺房；鲁莽地冒失前来，却来到了卞老汉的房前。于是情火被扑灭，欲海掀起波澜。卞老汉横刀向前，捉拿毫无顾忌；毛大穷途末路，像被追急的兔子产生了反咬的念头。翻墙跳到别人家里，只希望能冒充鄂生，诱奸胭脂；毛大夺过卞老汉的刀却遗下绣履，于是使得真凶漏网，无辜遭祸。没想到浪漫的路上会产生这样的恶魔，温柔乡中怎么会有这样的鬼怪！立刻砍下他的脑袋，让人心大快。

胭脂：身犹未字，岁已及笄。以月殿之仙人①，自应有郎似玉；原霓裳之旧队②，何愁贮屋无金③？而乃感《关雎》而念好逑④，竟绕春婆之梦⑤；怨摽梅而思吉士⑥，遂离倩女之魂⑦。为因一线缠萦⑧，致使群魔交至。争妇女之颜色⑨，恐失"胭脂"⑩；惹鸷鸟之纷飞⑪，并托"秋隼"⑫。莲钩摘去⑬，难保一瓣之香⑭；铁限敲来⑮，几破连城之玉⑯。嵌红豆于骰子⑰，相思骨竟作厉阶⑱；丧乔木于斧斤⑲，可憎才真成祸水⑳！葳蕤自守㉑，幸白璧之无瑕㉒；缧绁苦争㉓，喜锦衾之可覆㉔。嘉其入门之拒㉕，犹洁白之情人；遂其掷果之心㉖，亦风流之雅事。仰彼邑令㉗，作尔冰人㉘。

【注释】

①月殿之仙人：谓胭脂美如月宫仙女。

②霓裳之旧队:"霓裳羽衣舞"舞队中原有的仙女,亦赞美胭脂的容貌。霓裳,《霓裳羽衣曲》及"霓裳羽衣舞"的省称。是唐玄宗改编的从西凉传来的乐曲,杨贵妃善为"霓裳羽衣舞"。

③贮屋无金:犹言没有金屋贮之。《汉武故事》载,汉武帝为太子时,希望得到长公主之女阿娇为妇,曾云"若得阿娇作妇,当作金屋贮之"。金屋,极言屋室之华丽。

④感《关雎》:喻胭脂思春,怀恋鄂生。《关雎》,《诗·周南·关雎》:"关关雎鸠,在河之洲。窈窕淑女,君子好逑。"此诗描写了青年男女对爱情的追求。

⑤春婆之梦:指胭脂爱情梦想落空。宋赵令畤《侯鲭录》:"东坡老人(苏轼)在昌化,尝负大瓢,行歌于田间。有老妇年七十,谓坡云'内翰昔日富贵,一场春梦。'坡然之。里中呼此媪为春梦婆。"

⑥怨摽(biào)梅而思吉士:指胭脂钟情鄂生,相思成病。《诗·召南·摽有梅》:"摽有梅,其实七兮。求我庶士,迨其吉兮。"这是一首女子珍惜青春、急于求偶的诗歌。摽梅,落梅,梅子熟透落地,喻女子年华已大。吉士,古时对男子的美称。《诗·召南·野有死麇》:"有女怀春,吉士诱之。"

⑦离倩女之魂:唐传奇陈玄祐《离魂记》载,衡州张镒的女儿倩娘,与表兄王宙相恋。后来张镒把倩娘另许他人。倩女抑郁成疾,竟然魂离躯体,随王宙同去四川,居五年,生二子。归宁时,魂才同病体

合一。这里借喻胭脂思念鄂生，梦魂相随，以致卧病。

⑧一线缠萦：指胭脂怀春情思。一线，细微。

⑨颜色：容貌。

⑩胭脂：此处为双关语。"胭脂"一名"燕支"，地在匈奴，产胭脂草。《西河故事》："祁连、燕支二山在张掖、酒泉界上，匈奴失二山，乃歌曰：亡我祁连山，使我六畜不蕃息；失我燕支山，使我妇女无颜色。""恐失胭脂"即从此句演化而来。

⑪鸷（zhì）鸟：猛禽。

⑫并托"秋隼"：指宿介、毛大皆冒充鄂生秋隼。

⑬莲钩：指绣鞋。

⑭一瓣之香：语义双关。莲瓣，既指绣鞋，亦喻女性贞洁。

⑮铁限：铁门限，门槛。唐李绰《尚书故事》：唐代智永禅师为王羲之的后人，积年学书，一时推重，人来求书者如市，所居之户限为之穿穴，乃用铁叶裹之，人谓之"铁门限"。此处借喻胭脂闺门屡遭骚扰。

⑯连城之玉：价值连城的美玉，比喻贞操。

⑰红豆：相思树所结之子，大如豌豆，微扁，色鲜红，或半红半黑。古时以红豆象征相思，称为"相思子"。骰（tóu）子：俗称"色子"，旧时赌具的一种，用兽骨制成，正方形小立体，六面分刻一至六点，投掷为戏。唐温庭筠《南歌子》："玲珑骰子安

红豆，刻骨相思知未知？"

⑱厉阶：祸端，祸患的来由。

⑲乔木：喻指卞翁。乔木高大向上，象征父亲的尊严。《尚书大传·梓材》："乔者，父道也；梓者，子道也。"斧斤：泛指斧子等利器。因与乔木相对，故指代刀。

⑳可憎才：对情人的昵称。《西厢记》四本一折，张生怨莺莺："则为这可憎才熬得心肠耐。"这里指胭脂。祸水：旧时对惑人败事的女子的贬称。

㉑葳蕤（wēiruí）：草名。《本草纲目》："此草根多须，如冠缨下垂之緌，而有威仪，故以名之。"多用以形容女性。

㉒幸白璧之无瑕：指胭脂贞操没有丢失。瑕，玉中非原生的斑点。比喻人或事物显露出来的缺陷、缺点，小毛病。

㉓缧绁（léixiè）：捆绑犯人的黑绳索。借指监狱、囚禁。

㉔锦衾之可覆：指缺陷可以遮盖，错误可以弥补。

㉕入门之拒：指胭脂虽爱慕鄂生，但持之以礼，拒绝苟合。

㉖掷果之心：指胭脂爱慕鄂生的心愿。掷果，晋代潘岳貌美，洛阳妇女见到他，向他投掷果子，以表示爱慕。见《晋书·潘岳传》。

㉗仰：公文中上级命令下级的惯用套语。有期望、责成的意思。

㉘冰人：媒人。

【译文】

　　胭脂：没有婆家，年岁已大。长得像月宫里的仙女，自然应该有俊美的少年匹配；既然是霓裳队中的一员，还愁没有富贵人家来迎娶吗？读到《诗经》的《关雎》自然向往婚姻，整日萦绕春梦；哀怨年岁已大想找男人，因思念而想入非非。只因一份感情的萦绕，招得群魔纷纷而至。竞相争夺美丽的容颜，唯恐失去"胭脂"；惹得鸷鸟你抢我多，都假冒为"秋隼"。绣鞋被脱去，难保自身的贞洁；门槛被踏进，差点儿失去女儿身。红豆嵌在骰子里，相思竟然招来祸害；父亲惨遭砍杀，心爱的女儿真成了祸水！柔弱但坚守贞节，幸好未被玷污；在监狱中苦苦挣扎，所幸有好方法可以遮盖一切过错。嘉奖她能贞洁自守，还是个洁白的情人；成全她倾慕鄂生的心愿，也是一桩风流雅事。仰仗该县县令，撮合她的婚事。

　　案既结①，遐迩传诵焉②。

【注释】

①结：了结，完成。
②遐迩：远近。

【译文】

　　案子完结之后，远近都争相传颂。

　　自吴公鞫后，女始知鄂生冤。堂下相遇，觍然含涕^①，似有痛惜之词，而未可言也。生感其眷恋之情，爱慕殊切，而又念其出身微^②，且日登公堂，为千人所窥指，恐娶之为人姗笑，日夜萦回^③，无以自主。判牒既下^④，意始安帖。邑宰为之委禽^⑤，送鼓吹焉^⑥。

【注释】

①觍（tiǎn）然：惭愧的样子。

②微：微贱，卑微。

③萦回：盘绕，回旋，形容心中反复不定。

④判牒：判决书。牒，公文。

⑤委禽：即纳采、订婚。古代结婚礼仪中（即"六礼"），除纳征外，其他五礼，男方都要向女方送上雁作为贽礼，所以称"纳采"为"委禽"。

⑥鼓吹：原指器乐合奏，这里指乐队。

【译文】

自从吴太守审问以后，胭脂才知道鄂秋隼被冤枉了。在公堂上遇到时，胭脂满脸羞愧，两眼含着泪水，似乎有好多疼爱他的话要说，却说不出来。鄂秋隼被她的痴情所感动，也深深地爱慕胭脂，但是想到她出身微贱，而且天天上公堂对证，被众人窥视指点，又担心娶了她会被人耻笑。鄂秋隼日思夜想，拿不定主意。判决书下达后，鄂秋隼的心才安定下来。县令替他说媒，又帮助办了喜事。

异史氏曰：甚哉！听讼之不可以不慎也！纵能

知李代为冤，谁复思桃僵亦屈？然事虽暗昧，必有其间①，要非审思研察，不能得也。呜呼！人皆服哲人之折狱明②，而不知良工之用心苦矣③。世之居民上者，棋局消日④，绸被放衙⑤，下情民艰，更不肯一劳方寸⑥。至鼓动衙开，巍然高坐，彼嚣嚣者直以桎梏静之⑦，何怪覆盆之下多沉冤哉⑧！

【注释】

①间（jiàn）：间隙，破绽。

②哲人：智慧卓越的人。《诗·大雅·抑》：“其维哲人，告之话言。”

③良工：古代泛称技艺高超的人。工，这里指官。《书·尧典》：“允釐百工，庶绩咸熙。”

④棋局消日：用下棋消磨光阴。《唐诗纪事》卷五十六载，唐宣宗时，令狐绹荐李远为杭州刺史，宣宗说：“我闻远诗云：‘长日惟消一局棋’，岂可以临郡哉？”

⑤绸（chóu）被放衙：谓好逸贪睡废政。绸，同“绸”。放衙，官吏退衙。《倦游录》载，宋文彦博为榆次县令，题诗于新衙鼓上云：“置向谯楼一任挝，挝多挝少不知他。如今幸有黄绸被，努出头来听放衙。”

⑥方寸：指心。

⑦嚣嚣（xiāo）：争辩声。桎梏：刑具。

⑧覆盆：覆置的盆，喻不见天日，沉冤莫白。晋葛洪《抱朴子·辨问》：“是责三光不照覆盆之内也。”

【译文】

异史氏说：非常重要啊！审理案件不可以不慎重呢！纵然能够知道像鄂秋隼这样代人受过是冤枉的，又有谁会想到像宿介这样的人也是代人受过冤屈的呢？但是，事情虽然暗昧不清，其中必有可破解之处，如果不是仔细地思考观察，是不可能发现的。呜呼！人们都佩服贤明而有智慧的人断案神明，却不知道技艺高明的人如何构思费尽心血。世间那些做官的人，只知道下棋消遣时光，一下班就蒙头睡觉，民情再怎么艰苦，他们也不会费一点儿心思。到了该鸣鼓升堂之时，官员高高地坐在大堂上，对那些争辩的人径直用刑具来使他们安静下来，难怪百姓沉冤很多而得不到昭雪啊！

　　愚山先生吾师也。方见知时①，余犹童子②。窃见其奖进士子③，拳拳如恐不尽④，小有冤抑，必委曲呵护之，曾不肯作威学校，以媚权要。真宣圣之护法⑤，不止一代宗匠⑥，衡文无屈士已也⑦。而爱才如命，尤非后世学使虚应故事者所及。尝有名士入场，作《宝藏兴焉》文⑧，误记"水下"⑨，录毕而后悟之，料无不黜之理。作词曰："宝藏在山间，误认却在水边。山头盖起水晶殿⑩。瑚长峰尖⑪，珠结树颠⑫。这一回崖中跌死撑船汉！告苍天，留点蒂儿⑬，好与友朋看。"先生阅文至此，和之曰⑭："宝藏将山夸，忽然见在水涯。樵夫漫说渔翁话⑮。题目虽差，文字却佳，怎肯放在他人下。尝见他，登高怕险；那曾见，会水淹杀⑯？"此亦风雅之一斑⑰，怜才之一事也。

【注释】

① 见知：被赏识。

② 童子：未成年。此处指尚未取得秀才资格。

③ 奖进：奖励提拔。

④ 拳拳：诚恳尽心的样子。

⑤ 宣圣之护法：孔子的护法者，即保护儒教的人。宣圣，指孔子。元大德十一年（1307），新即位的元武宗海山加称孔子为"大成至圣文宣王"。护法，佛家语。保护佛法的人。

⑥ 宗匠：指学术上有重大成就、为众所推崇的人物。

⑦ 衡文：衡量文章高下。

⑧ 《宝藏（zàng）兴焉》：考场试题的名称。《礼记·中庸》："今夫山，一卷石之多，及其广大，草木生之，禽兽居之，宝藏兴焉。"

⑨ 误记"水下"：误记是水下的宝藏，指与《中庸》所说的山间宝藏不合。明清时期八股文无论是题目还是依据题目所作的文字必须代圣贤立言，不能离开儒家经典的原意。

⑩ 水晶殿：指传说中海水里的龙宫。

⑪ 瑚：珊瑚。

⑫ 珠：珍珠。都非山上的宝藏。

⑬ 留点蒂儿：意谓留点儿颜面。蒂，花果与枝茎相连

的部分。

⑭和（hè）：应和，唱和。指作词应答。

⑮樵夫漫说渔翁话：山上砍柴的人随意说水中打鱼的人的话。指文不对题。漫，空自。

⑯会水淹杀：这里指不会将会写文章的人一棒子打死，而是会留有徐地。

⑰一斑：比喻事物的一小部分。《世说新语·方正》："管中窥豹，时见一斑。"

【译文】

施愚山先生是我的老师。刚被他赏识的时候，我还是个童生。我看见他奖励举荐学生，费尽心力，唯恐自己还不够全心全意，学生稍有一点儿委屈，他一定细致精心地呵护，从来不在学校耍威风以讨好权豪势要。真可以称得上是至圣文宣王的护法神，不止是一代的宗师，主持考试从不委屈一个读书人而已。而他爱才如命，尤其不是后世那些敷衍了事的学使们所比得了的。曾经有一位名士参加科考，做《宝藏兴焉》的题目时，把"宝藏"两个字的涵义误指成"水下"了。等他抄录完毕，才省悟过来，料定没有不被黜退的理由。于是在卷后作了一首词道："宝藏在山间，误认却在水边。山头盖起水晶殿。瑚长峰尖，珠结树颠。这一回崖中跌死撑船汉！告苍天：留点蒂儿，好与友朋看。"愚山先生阅卷到此，和了一首词："宝藏将山夸，忽然见在水涯。樵夫漫说渔翁话。题目虽差，文字却佳，怎肯放在他人下。尝见他，登高怕险；那曾见，会水淹杀？"这也可见愚山先生风雅情调的一斑，也是他爱惜人才的一件逸事。

黄英

本篇虽然写的是人与菊精的婚恋，重心却在人格精神和人生社会问题的探讨上。

黄英姐弟不是花农，不是商人，也不是传统文人，而是蒲松龄心目中理想的人格范型——洒脱的名士——"青山白云人"。

篇中讨论了两个问题：一个是如何看待商人和商业行为，集中体现在陶生对马子才所说的一段话，即"自食其力不为贪，贩花为业不为俗。人固不可苟求富，然亦不必务求贫也"。这段自我辩护之词，批判了当时一般读书人持有的传统的看不起商人的观点，为商业和商业行为进行了辩护。另一个是如何看待贫富。富和贫哪个好？什么是贫？什么是富？贫与富对一个人的道德观念到底会产生什么影响？在作者看来，人们追求富裕的生活是正当的要求，只要这种求富的手段不肮脏，不"苟且"就可以。马子才和黄英结合后所发生的矛盾，固然有男子自尊心的因素，更有着过富足生活是不是理直气壮，能不能继续保有清德的观念上的争辩。在马子才看来，安贫乐道是高尚节操，而陶生和黄英的观点恰好相反，他们认为富足不是耻辱，一个人过着富足的生活并不影响节操，"清者自清，浊者自浊"。事实上，马子才富足后并没有丧失什么清德。就马子才和黄英的矛盾而言，最后是以黄英的胜利而告终的，这当然也是作者所肯定的。

小说语言隽永幽默，很有些《世说新语》的味道。作品的末尾赋予美丽的想象，陶生所化的菊称为"醉陶"，"嗅之有酒香"，"浇以酒则茂"，留下无穷的韵味。

马子才,顺天人①。世好菊,至才尤甚,闻有佳种,必购之,千里不惮②。一日,有金陵客寓其家③,自言其中表亲有一二种④,为北方所无。马欣动,即刻治装,从客至金陵。客多方为之营求,得两芽,裹藏如宝。归至中途,遇一少年,跨蹇从油碧车⑤,丰姿洒落⑥。渐近与语,少年自言"陶姓",谈言骚雅⑦。因问马所自来,实告之。少年曰:"种无不佳,培溉在人。"因与论艺菊之法⑧,马大悦,问:"将何往?"答云:"姊厌金陵,欲卜居于河朔耳⑨。"马欣然曰:"仆虽固贫,茅庐可以寄榻。不嫌荒陋,无烦他适。"陶趋车前,向姊咨禀⑩。车中人推帘语,乃二十许绝世美人也。顾弟言:"屋不厌卑,而院宜得广。"马代诺之,遂与俱归。

【注释】

① 顺天:顺天府,明清时代指北京地区。《清史稿》:"顺天府:明初曰北平府。后建北京,复改。……领州六,县二十五。"

② 惮:怕。

③ 金陵:今江苏南京。

④ 中表亲:古代称父系血统的亲戚为"内",称父系血统之外的亲戚为"外"(如:"外父"即为岳父,"外甥"即为姊妹之子)。外为表,内为中,合而称之"中表"。

⑤ 跨蹇(jiǎn)从油碧车:骑着驴跟随在油碧车后面。

塞，塞卫，驴子。油碧车，也作"油壁车"，因车壁以油涂饰，故名。古时妇女所乘之车。唐李贺《苏小小墓》："油壁车，夕相待。冷翠烛，劳光彩。"

⑥洒落：潇洒飘逸。

⑦谈言骚雅：说话文雅，有文学意味。《离骚》、《诗经》中的《大雅》和《小雅》都是中国古代文学的名篇，故以"骚雅"代指文学修养。

⑧艺菊：种植菊花。艺，种植，栽培。

⑨河朔：黄河以北地区。

⑩咨禀：商量，禀告。

【译文】

马子才是顺天府人。世代爱好菊花，到马子才尤其嗜好，一听到有好的品种，一定要买来，即使奔波千里也不在乎。一天，有位金陵来的客人住在他家，自称他的中表亲家中有一两种北方没有的菊花。马子才怦然心动，立刻整治行装，跟随客人去了金陵。客人多方设法为他寻找到两棵嫩芽，马子才如获至宝，包藏好便往家赶。走在半路上，遇到一个年轻人，骑着驴子，跟在一辆油碧车后面，丰姿洒脱。马子才渐渐走近和他搭话，年轻人自称"姓陶"，谈吐很是风雅。便问起马子才从什么地方来，马子才如实相告。陶生说："花的品种没有不好的，关键在于养花人的培植浇灌。"马子才于是跟他讨论种植菊花的方法，谈得十分投机，便问道："你要到哪里去？"陶生回答说："姐姐厌倦了金陵，想迁居北方河朔一带。"马子才高兴地说道："我家虽然很穷，倒还有房舍可以让你们下榻。如果不嫌寒舍简陋，就不必麻烦去别处了。"陶生快步走到车前，跟姐姐商量。车里的人推开帘子说话，原来是一位二十多岁的绝代美女。她对弟弟说："屋子倒不怕小，只是希望院子能大一点儿。"马子才替陶生答应了，于是姐弟俩便跟他回家了。

第南有荒圃，仅小室三四椽，陶喜，居之。日过北院，为马治菊。菊已枯，拔根再植之，无不活。然家清贫，陶日与马共食饮，而察其家似不举火①。马妻吕，亦爱陶姊，不时以升斗馈恤之。陶姊小字黄英②，雅善谈，辄过吕所，与共绒绩③。陶一日谓马曰："君家固不丰，仆日以口腹累知交④，胡可为常？为今计，卖菊亦足谋生。"马素介⑤，闻陶言，甚鄙之，曰："仆以君风流高士⑥，当能安贫，今作是论，则以东篱为市井⑦，有辱黄花矣⑧。"陶笑曰："自食其力不为贪，贩花为业不为俗。人固不可苟求富⑨，然亦不必务求贫也⑩。"马不语，陶起而出。自是，马所弃残枝劣种，陶悉掇拾而去，由此不复就马寝食，招之始一至。

【注释】

①不举火：不烧火做饭。

②小字：小名，乳名。

③绒绩：缝纫纺织。指针线活。

④口腹：饮食，吃饭问题。

⑤素：平素。介：耿介，有操守。

⑥风流高士：志节高尚的文士。风流，有才学，不拘礼法。

⑦以东篱为市井：把种菊的地方当作贸易的场所。晋陶渊明《饮酒》："采菊东篱下，悠然见南山。"因以"东篱"代指种菊的园地。

⑧黄花：指菊花。

⑨苟求富：不择手段谋求富足。

⑩务求贫：立志追求贫穷。

【译文】

马子才家的南面有一个荒废的花圃，只有三四间小屋子，陶生很喜欢，就住在那里。他每天到北院来，替马子才培育菊花。已经枯死的菊花，连根拔掉重新种上，没有不活的。但陶生很清贫，每天都跟着马家一块儿吃饭，看起来好像家里不生火做饭。马子才的妻子吕氏也喜爱陶生的姐姐，时不时地接济他们一些粮食。陶姐小名叫黄英，很善于谈吐，常常到吕氏的屋里跟她一块儿纺织做针线活。一天，陶生对马子才说："您家也不是太富裕，我每天还在您家吃饭拖累朋友，怎么能长此下去呢？为今之计，卖菊花也足以谋生。"马子才素来耿直，听了陶生的话，很是看不起他，说："我以为你是志节高雅的人，应该能安于贫穷；今天竟然说出这样的话，这是把种菊花的地方当作集市了，真是对菊花的侮辱。"陶生笑着说："自食其力不能说是贪鄙，以卖花为业也不能算是庸俗。人固然不可以苟且求取富贵，却也不必固守贫穷。"马子才不说话了，陶生起身离去。从此以后，凡是马子才丢弃的残枝劣种，陶生都拾起来拿走，而且从此陶家也不再到马家来吃饭睡觉，偶尔叫他们才来一次。

　　未几，菊将开，闻其门嚣喧如市①，怪之，过而窥焉。见市人买花者，车载肩负，道相属也②。其花皆异种，目所未睹。心厌其贪，欲与绝，而又恨其私秘佳本③，遂款其扉，将就诮让④。陶出，握手曳入。见荒庭半亩皆菊畦，数椽之外无旷土⑤。剔去者⑥，则折别枝插补之，其蓓蕾在畦者，罔不佳妙。而细认之，皆向所拔弃也。陶入屋，出酒馔，设席畦侧，曰："仆贫不能守清戒⑦，连朝幸得微赀，颇足供醉。"少间，房中呼"三郎"，陶诺而去，俄献佳肴，烹饪良精。因问："贵姊胡以不字⑧？"答云："时未至。"问："何时？"曰："四十三月。"又诘："何说？"但笑不言。尽欢始散。过宿，又诣之，新插者已盈尺矣。大奇之，苦求其术。陶曰："此固非可言传，且君不以谋生，焉用此？"又数日，门庭略寂，陶乃以蒲席包菊⑨，捆载数车而去。逾岁，春将半，始载南中异卉而归⑩，于都中设花肆，十日尽售，复归艺菊。问之去年买花者，留其根，次年尽变而劣，乃复购于陶。陶由此日富，一年增舍，二年起夏屋。兴作从心，更不谋诸主人。渐而旧日花畦，尽为廊舍。更于墙外买田一区，筑墉四周⑪，悉种菊。至秋，载花去，春尽不归。而马妻病卒，意属黄英，微使人风示之。黄英微笑，意似允许，惟专候陶归而已。

【译文】

不久，到了菊花将要开放的时节，马子才听说陶家门前像集市一样喧闹，很奇怪，就过来窥探。只见集市上买花的人，用车装，用肩扛，络绎不绝。这些菊花都是些奇特的品种，从来没见过。马子才心里厌恶陶生贪鄙，想跟他断绝往来，又恨他私藏良种菊花，便敲陶家的门，想当面数落他。陶生出来，握着马子才的手把他拽进了园子。只见原来荒废的庭院约半亩大的地方都种上了一畦畦的菊花，除了几间小屋以外没有空闲的土地。挖掉菊花的地方就折来别的枝条补上，那些在畦中含苞待放的菊花无不绝妙。而仔细一辨认，都是以前马子才拔了扔掉的。陶生进屋取出酒菜，就在菊畦旁边摆上宴席，说道："我因为贫穷，不能够恪守清高的风节，幸而每天得到一些钱财，倒足以供醉饮一番。"一会儿工夫，房中有人喊"三郎"，陶生答应着进去，很快端出美味佳肴来，烹饪得很精良。马子才趁机问道："你姐姐为什么还不出嫁？"陶生答道："时候还未到。"马子才问："什么时候？"陶生说："四十三月。"马子才又追问："这有什么说法吗？"陶生只是笑，不说话了。两人痛饮尽欢，才散去。过了一夜，马子才又来到陶家，只见昨天新插的菊苗已经超过了一尺。他大感惊奇，苦苦请求陶生传授他技术。陶生说："这技巧本来不可以言传，况且您又不以此谋生，学它有什么用呢？"又过了几天，陶家门前略微安静下来，陶生便用蒲席包好菊花打捆，装了几辆车离家。过了一年，春天将近一半时，陶生才载着南方的奇异花卉回来了，在城里开了家花店，十天就把带回来的花都卖光了，又回家种菊花。问到去年到陶家买花的人，留下的根到今年都变成劣种，只好再到陶家购买。陶家从此一天天富起来，一年增盖了屋子，两年盖起了大屋。一应兴造制作，都自己做主，再不跟马子才商量了。渐渐地，原来种菊花的地方都建起了房屋。又在墙外买了一块田地，四周都筑起了大墙，里面都种上了菊花。到了秋天，陶生将花全部运走，第二年春天过去了也没回来。这时马子才的妻子病死了，马子才想娶黄英，便悄悄请人去探听她的意思。黄英微笑，似乎是同意，只是要等陶生回来。

年馀，陶竟不至。黄英课仆种菊①，一如陶。得金益合商贾，村外治膏田二十顷②，甲第益壮。忽有客自东粤来③，寄陶生函信，发之，则嘱姊归马④。考其寄书之日，即妻死之日，回忆园中之饮，适四十三月也，大奇之。以书示英，请问"致聘何所"，英辞不受采⑤。又以故居陋，欲使就南第居，若赘焉⑥。马不可，择日行亲迎礼。黄英既适马，于间壁开扉通南第，日过课其仆。马耻以妻富，恒嘱黄英作南北籍⑦，以防淆乱。而家所须，黄英辄取诸南第。不半岁，家中触类皆陶家物。马立遣人一一赍还之⑧，戒勿复取。未浃旬⑨，又杂之。凡数更，马不胜烦。黄英笑曰："陈仲子毋乃劳乎⑩？"马惭，不复稽，一切听诸黄英。鸠工庀料⑪，土木大作，马不能禁。经数月，楼舍连亘⑫，两第竟合为一，不分疆界矣。

【注释】

①课：督促完成指定的工作。

②膏田：良田。膏，膏腴。

③东粤：或作"东越"，指东南沿海地区。

④归：女子出嫁。

⑤采：彩礼。

⑥赘：就婚于女家。

⑦籍：簿籍，账本。

⑧赍（jī）还：归还。

⑨浃（jiā）旬：即"浃日"，十日。古代以干支纪日，称自甲至癸一周十日为"浃日"。浃，周匝。

⑩陈仲子毋乃劳乎：喻指马子才过分追求廉洁乃至矫情。陈仲子，战国时齐人。《孟子·滕文公》中，孟子一方面赞扬他"以兄之禄为不义之禄而不食也，以兄之室为不义之室而不居也，辟兄离母，处于於（wū）陵"；但同时批评他说："虽然，仲子恶能廉？充仲子之操，则蚓而后可者也。夫蚓，上食槁壤，下饮黄泉。仲子所居之室，伯夷之所筑与？抑亦盗跖之所筑与？所食之粟，伯夷之所树与？抑亦盗跖之所树与？是未可知也。"

⑪鸠工庀（pǐ）料：招集工匠，置备建筑材料。庀，备具。

⑫连亘：连贯，连接。

【译文】

过了一年多，陶生竟然还没回来。黄英便教仆人种菊花，就像陶生在家时一样。得了钱进一步做买卖，在村外买了二十顷肥沃的土地，陶家的宅院越发壮阔起来。忽然一天，有个客人从东粤来，带来一封陶生写的信，马子才打开一看，原来是嘱咐姐姐嫁给马子才。核对一下发信的日子，正是马子才妻子死的那天，回想起两人在园中喝酒的时间，到今天正好四十三个月，马子才大感奇怪。他把信给黄英看，问她"聘礼送到什么地方"，黄英坚决不受彩礼。黄英认为马子才家简陋，想让他到南边陶家居住，像入赘一样。马子才不同意，选择吉日举行了迎亲的礼仪。

黄英嫁给马子才后，在墙上开了一个门通到南院，每天过去督促仆人。马子才为妻子比自己富裕感到羞耻，常常嘱咐黄英将南北的财产分开来登记，以防混淆。而家中所需要的东西，黄英往往从南院拿来。不到半年，家中触目可见的都是陶家的东西。马子才立即派人一一送回去，并告诫他们不要再取了。但不到十天，家中又夹杂了陶家的东西。这么来回折腾了数次，马子才烦不胜烦。黄英笑着说："你不觉得像战国的陈仲子那样辛劳吗？"马子才觉得羞惭，不再查核，一切都听从黄英的安排。黄英招来工匠，准备材料，大兴土木，马子才无法禁止。过了几个月，两家的楼舍便连接在一起，两家竟然合成了一家，分不出界限来了。

　　然遵马教，闭门不复业菊，而享用过于世家。马不自安，曰："仆三十年清德①，为卿所累。今视息人间②，徒依裙带而食③，真无一毫丈夫气矣。人皆祝富，我但祝穷耳④！"黄英曰："妾非贪鄙，但不少致丰盈，遂令千载下人谓渊明贫贱骨⑤，百世不能发迹，故聊为我家彭泽解嘲耳⑥。然贫者愿富，为难；富者求贫，固亦甚易。床头金任君挥去之，妾不靳也⑦。"马曰："捐他人之金，抑亦良丑。"黄英曰："君不愿富，妾亦不能贫也。无已，析君居，清者自清，浊者自浊，何害？"乃于园中筑茅茨⑧，择美婢往侍马。马安之。然过数日，苦念黄英。招之，不肯至，不得已，反就之。隔宿辄至，以为常。黄英笑曰："东食西宿⑨，廉者当不如是。"马亦自笑，无以对，遂复合居如初。

【注释】

①清德：清廉自守的德行。

②视息人间：犹言活在世上。视，看。息，呼吸。

③徒依裙带而食：只靠妻子生活，吃软饭。

④祝：祈求，祝愿。

⑤渊明：晋代诗人陶渊明。

⑥我家彭泽：陶渊明曾为彭泽县令，黄英姓陶，故曰"我家彭泽"。

⑦靳（jìn）：吝惜。

⑧茅茨（cí）：草屋。

⑨东食西宿：比喻兼有两利。《艺文类聚》卷四十引《风俗通》载，齐人有有一女，二人求之。一人丑而官，一人美而贫，父母疑而不决，问其女。女曰："欲东家食，西家宿。"这里以此故事嘲笑马生所标榜的"清廉"。

【译文】

不过遵从马子才的意思，黄英关上门不再以卖菊花为业，而家里的享用超过了世家大族。马子才心里感到不安，说："我三十年养成的清高德行，被你拖累了。我活在世界上，只会依靠妻子存活，真是没有一点儿丈夫的气概了。人们都祈求能富起来，我只祝愿贫穷下去！"黄英说："我并不是贪财的人，但如果不稍微使家境丰裕一点儿，会让千年以后的人们认为陶渊明天生是贫贱骨头，一百世也不能发迹，我只是想让我家祖宗彭泽县令不致被后人嘲笑而已。但是贫穷的人想富裕很难，富裕的人想贫穷却很容易。床头的钱财任你去挥霍掉，我不会吝惜。"马子才说："捐弃他人的钱财，也是很丑陋的事。"黄英说："你不愿意富，我也不想穷。没有别的办法，只好跟你分开来过；清高的人自己清高，混浊的人自己混浊，有什么妨害呢？"黄英便在园中盖了一间茅屋，挑了一个美丽的丫鬟去侍候马子才。马子才安然处之。但过了几天，他又苦苦思念黄英。派人去请她，她不肯来，不得已，马子才只好自己去找黄英。隔一个晚上就去一次，习以为常。黄英笑话他说："在东家吃饭，到西家睡觉，这是齐国女子干的事，清廉的人不应该这样吧。"马子才自己也笑了，无言以对，于是两人又和以前一样住在了一起。

　　会马以事客金陵，适逢菊秋。早过花肆，见肆中盆列甚烦，款朵佳胜①，心动，疑类陶制。少间，主人出，果陶也。喜极，具道契阔②，遂止宿焉。要之归③，陶曰："金陵，吾故土，将婚于是。积有薄赀，烦寄吾姊。我岁杪当暂去④。"马不听，请之益苦，且曰："家幸充盈，但可坐享，无须复贾⑤。"坐肆中，使仆代论价，廉其直，数日尽售。逼促囊装，赁舟遂北。入门，则姊已除舍，床榻裀褥皆设，若预知弟也归者。陶自归，解装课役，大修亭园，惟日与马共棋酒，更不复结一客。为之择婚，辞不愿。姊遣两婢侍其寝处，居三四年，生一女。

【注释】

①款朵：花朵的款式。指菊花品种。

②契阔：久别之情。

③要（yāo）：邀请。

④岁杪（miǎo）：岁末，年底。

⑤贾：经商。

【译文】

后来适逢马子才有事到金陵去，正赶上菊花盛开的秋季。早上他经过一家花店，见店中摆放的菊花很多，菊花品种都是上品，他心中一动，怀疑是陶生种的。过了一会儿，店主人出来，果然是陶生。马子才大喜，述说久别的情怀，于是住在陶生这里。马子才邀请陶生回北方去，陶生说："金陵是我的故乡，我想在这里结婚。我积攒了一点儿财物，麻烦你带给我姐姐。我年底就回家去。"马子才不听，更加苦苦地请求，并且说："家里已经很富裕了，尽可坐享其成，不必再行商了。"马子才坐在店中，让仆人代为论定价格，降价售花，几天时间就卖光了。然后催促陶生收拾行装，租了船回北方。一进门，只见黄英已经将屋子打扫干净，床铺被褥都摆放好了，好像预先就知道弟弟要回来似的。陶生回来以后，解下行装，督促工役，大修亭园，每天都跟马子才一起下棋饮酒，不再结交一个客人。替他张罗婚事，他推辞不愿意。黄英就派两个丫鬟侍候他起居，过了三四年，生下一个女儿。

陶饮素豪①，从不见其沉醉。有友人曾生，量亦无对，适过马，马使与陶相较饮。二人纵饮甚欢，相得恨晚。自辰以讫四漏②，计各尽百壶。曾烂醉如泥，沉睡座间。陶起归寝，出门践菊畦，玉山倾倒③，委衣于侧，即地化为菊，高如人，花十馀朵，皆大于拳。马骇绝，告黄英。英急往，拔置地上，曰："胡醉至此！"覆以衣，要马俱去，戒勿视。既明而往，则陶卧畦边。马乃悟姊弟菊精也，益爱敬之。而陶自露迹，饮益放，恒自折柬招曾，因与莫逆④。值花朝⑤，曾来造访，以两仆舁药浸白酒一坛，约与共尽。坛将竭，二人犹未甚醉。马潜以一瓻续入之⑥，二人又尽之。曾醉已惫，诸仆负之以去。陶卧地，又化为菊。马见惯不惊⑦，如法拔之，守其旁以观其变。久之，叶益憔悴。大惧，始告黄英。英闻骇曰："杀吾弟矣！"奔视之，根株已枯。痛绝，掐其梗，埋盆中，携入闺中，日灌溉之。马悔恨欲绝，甚怨曾。越数日，闻曾已醉死矣。盆中花渐萌，九月既开，短干粉朵，嗅之有酒香，名之"醉陶"，浇以酒则茂。后女长成，嫁于世家。黄英终老，亦无他异。

【注释】

①豪：豪放。此处指酒量大。

②自辰以讫四漏：从辰时（早上7—9时）一直到夜里四更天（凌晨1—3时）。讫，至。

③玉山倾倒：酒醉身体倒地。《世说新语·容止》载：嵇康为人傲然若孤松独立，酒醉时"若玉山之将崩"，后因以"玉山倾倒"形容醉倒。

④莫逆：没有抵触，感情融洽、要好的朋友。《庄子·大宗师》："三人相视而笑，莫逆于心，遂相与友。"

⑤花朝：花朝节，简称"花朝"。俗称"花神节"、"百花生日"、"花神生日"、"挑菜节"。汉族传统节日。流行于东北、华北、华东、中南等地。阴历二月初二举行，也有以二月十二、二月十五为花朝节的。节日期间，人们结伴到郊外游览赏花，称为"踏青"，女性则剪五色彩纸粘在花枝上，称为"赏红"。各地还有"装狮花"、"放花神灯"等风俗。花朝节由来已久，最早在春秋的《陶朱公书》中已有记载。

⑥瓻（chī）：古时盛酒用具。

⑦见惯不惊：习以为常。宋邵雍《首尾吟》其一："见惯不惊新物盛，话长难说故人稀。"

【译文】

陶生素来酒量大，从不曾见他大醉过。马子才有个朋友曾生，酒量也大得没有对手，恰好一天经过马家，马子才便让他跟陶生比着喝酒，看谁的酒量大。二人狂欢纵饮，只恨相见太晚。自辰时一直喝到四更天，算下来每人都喝干了上百壶。曾生烂醉如泥，就在座中昏沉沉睡去。陶生起身回去睡觉，一出门踩在菊畦里，身子倒下去，衣服落在旁边，一着地就变成了菊花，像人一样高，开了十几朵花，每朵都比拳头要大。马子才吓坏了，告诉黄英。黄英急忙赶来，将菊花拔起放在地上，说道："怎么能醉成这样！"将衣服盖在他身上，要马子才跟她一块儿走，告诫他不要再看。天亮后，马子才前去看视，只见陶生躺卧在菊畦边上。马子才于是醒悟到陶家姐弟都是菊花精，更加敬爱他们。而陶生自从显露真形以后，饮酒越发狂放，常常自己发请柬招来曾生，由此二人成为莫逆之交。正值花朝节，曾生前来拜访，带了两个仆人抬着一坛用药浸过的白酒，约定要跟陶生把这坛酒喝完。坛中酒快喝干了，二人还不是很醉。马子才悄悄又加了一些酒进去，二人又喝干了。曾生醉得很疲惫了，仆人们就把他背回了家。陶生躺在地上，又变成了菊花。马子才已经见惯了，并不惊慌，按照黄英的办法将菊花拔出来，守在旁边观察他的变化。时间一长，叶子更加枯黄了。他很是害怕，这才赶紧去告诉黄英。黄英一听，惊骇万分，说："你把我弟弟杀死了！"急忙奔过去一看，根茎都已经枯死了。黄英悲痛欲绝，掐下菊花的茎秆，埋在花盆中，带进自己的屋子，每天浇水。马子才悔恨欲绝，非常怨恨曾生。过了几天，听说曾生已经醉死了。盆里的菊花渐渐发芽，九月份就开了花，短矮的杆，粉色的花，闻着有一股酒的香气，为它起名为"醉陶"，用酒浇灌它就会茂盛。后来陶生的女儿长大了，嫁给一个世家子弟。黄英直到老死，也没有什么异常。

　　异史氏曰：青山白云人①，遂以醉死，世尽惜之，而未必不自以为快也。植此种于庭中②，如见良友，如对丽人，不可不物色之也^③！

【注释】

①青山白云人：比喻自由自在，不为世俗所污染。《旧唐书·傅奕传》载：傅奕生平未曾请医服药。年八十五，常醉酒酣卧。一日，忽然蹶起，自言将死，因自为墓志曰："傅奕，青山白云人也，因酒醉死。"

②此种：指上文所说的"醉陶"菊。种，品种。

③物色：访求。

【译文】

异史氏说：像"青山白云"一样的人，因为醉酒而死，世上的人都为之惋惜，而他自己未必不觉得快乐。把这样的菊花种在庭院中，就像见着好朋友，面对着美人，不可不访求这样的菊花啊！